HOWARD PYLE

LAS ALEGRES AVENTURAS DE ROBIN HOOD

Título: Las alegres aventuras de Robin Hood
Título original: *The Merry Adventures of Robin Hood of Great Renown*
Autor: Howard Pyle

© Edimat Libros, SA
C/ Primavera, 10, nave 35
28500 Arganda del Rey
Madrid-España
www.edimat.es

Traducción e introducción: Elena Fresco Barreira
Diseño e ilustraciones de cubierta: Karakachoff Estudio
Ilustración de cubierta: Andrés Nancul para Karakachoff Estudio

ISBN: 978-84-9794-618-6
Depósito Legal: M-7786-2025

Impreso en España - *Printed in Spain*

INTRODUCCIÓN

El ilustrador, pintor y escritor norteamericano Howard Pyle nació en 1853 en Wilmington, Delaware, en Estados Unidos. Sus padres eran descendientes de los primeros cuáqueros colonos de Pennsylvania, con el enorme interés por la cultura que caracterizaba a su comunidad. Howard heredó las inclinaciones artísticas y literarias de su madre. Puesto que la cultura cuáquera de sus padres provenía de las doctrinas místicas escandinavas, la educación recibida por Pyle —más en el ámbito familiar que en escuelas o instituciones de enseñanza— tuvo una clara impronta europea e idealista.

En su niñez acudió a centros privados de enseñanza, y desde muy pronto se interesó por el dibujo y la escritura. Fue un estudiante mediocre, pero sus padres, en especial la madre, lo animaron a que estudiara Arte. Durante tres años asistió a clases en la escuela de Van der Weilen en Filadelfia, donde cultivó la que sería la más destacada de sus vocaciones.

Howard Pyle trabajó con su padre en una empresa de cueros, pero su vocación artística lo llevaría a instalarse en Nueva York en 1876 decidido a triunfar, aunque los comienzos no resultaron fáciles. En marzo de 1878 publicó su primer desplegable, a partir de ahí su carrera avanzó rápidamente y en 1880 volvió a Wilmington con cierto renombre como ilustrador y escritor.

Pyle continuó dibujando para revistas, pero también escribía e ilustraba sus propias narraciones. *Las alegres aventuras de Robin Hood* sería su primera obra literaria, con ella atrajo la atención de numerosos críticos de todo el mundo. Durante el resto de su vida publicaría crearía muchas más obras para niños.

En 1881 contrajo matrimonio con la cantante Anne Poole, tuvieron siete hijos y él dedicó su vida al trabajo, sin excesos bohemios ni grandes extravagancias. Pyle era un artista casero y familiar con una enorme capacidad de trabajo y un rigor burgués exento de riesgos y aventuras. Cabe especular que de ahí procede el barniz placentero y ordenado de las aventuras de sus libros, en fuerte contraste con el tratamiento vibrante, espectacular y a veces violento de algunos de sus colegas.

En 1900, Pyle creó una escuela en Wilmington (Howard Pyle School of Illustration Art), muchos de cuyos alumnos adquirirían enorme fama posteriormente. Según los estudiosos de Howard Pyle, en su escuela se desarrolló el conjunto de los temas de su obra: atención al realismo, expresión del optimismo y fe en la bondad de los Estados Unidos. En 1903, Pyle pintó sus primeros murales para el Museo de Arte de Delaware. En 1906 profundizó en la pintura mural y creó *La batalla de Nashville* en Saint Paul, Minnesota, así como otros dos murales para los juzgados de Nueva Jersey. A esto le siguió una serie de cuadros de temática histórica. La categoría de los encargos iba aumentando, más allá de las simples ilustraciones.

En 1888 publicó la novela *Otto of the Silver Hand,* la primera de varias ambientadas en la época medieval, que tanto interesaba a Pyle. Entre sus libros ilustrados más importantes están *Un Aladino moderno, El rey Arturo y sus caballeros* (en cuatro volúmenes), *La historia de Lancelot y la Tabla Redonda.* Pero sus colaboraciones como ilustrador de obras ajenas son también numerosas, y entre sus trabajos figuran obras de Nathaniel Hawthorne, Washington Irving, Alfred Tennyson, Marc Twain y otros.

Pyle, que ya aplicaba y enseñaba las modernas técnicas de fotograbado y de impresión en color, comprendió en su madurez que necesitaba ampliar sus conocimientos técnicos. Para ello viajó a Florencia en 1910 con su familia, con la idea de estudiar pintura mural, mejorar sus técnicas pictóricas y profundizar en la historia del arte universal, dado que hasta la fecha había sido prácticamente autodidacta. Pero Pyle tenía mala salud, se sentía deprimido y sin energías, y tras un año en Florencia sufrió una infección renal (enfermedad de Bright) y murió el 9 de noviembre de 1911.

Howard Pyle fue enormemente respetado durante su vida y aún hoy goza de gran consideración entre ilustradores y artistas. En una carta a su hermano Theo, su contemporáneo Vincent van

Gogh escribió que «la obra de Pyle me ha dejado mudo de admiración». La fama de Pyle se debe a su innovación en ilustración, a partir de la cual se originó una escuela norteamericana de ilustración y de arte, y de su importante papel en el resurgimiento de los libros para el público infantil. Sus ilustraciones son imaginativas y muy vívidas, pero sin ser excesivamente fantásticas ni artificiosas, lo que les da un aspecto de realismo colorista.

La obra artística y literaria de Pyle se inscribe en el movimiento de revalorización de las tradiciones medievales y caballerescas que dio importantes frutos artísticos en los países anglosajones durante el último tercio del siglo XIX. Pyle es un hombre situado en la línea de Rossetti, William Morris y Ruskin, los prerrafaelistas que embellecieron la narrativa caballeresca, ilustrándola con la delicadeza de filigranas de orfebrería.

Las estampas de Pyle, elogiadas por el célebre ilustrador inglés Walte Crane, son auténticas obras de arte; aunque fundamentalmente es recordado por ellas, también su narrativa goza de gran valor literario, especialmente *Las alegres aventuras de Robin Hood,* cuya influencia en la literatura infantil y en autores como Ernest Hemingway ha sido ampliamente estudiada.

Robin Hood y la alegría

En *Las alegres aventuras de Robin Hood,* Howard Pyle nos ofrece una nueva interpretación del personaje del forajido inglés, que había crecido en popularidad a lo largo del siglo XIX. Esta nueva mirada dejó huella en escritores, artistas plásticos y cineastas del siglo XX, y caló en el ánimo de la cultura popular occidental.

La trama se desarrolla desde el momento en que Robin Hood se convierte en un fuera de la ley tras un conflicto con un guardabosques, y lo acompañamos en sus numerosas aventuras y altercados con la autoridad. La novela presenta la acción en modo episódico, al estilo de novelas de caballerías o cantares de gesta; así, cada capítulo narra una peripecia de Robin mientras recluta a su banda de alegres hombres, sortea las garras de las autoridades y ayuda a los necesitados.

La novela ofrece las consabidas aventuras asociadas al personaje, como la pelea contra Little John sobre el puente, el torneo de tiro con arco de Nottingham, la aparición del fraile Tuck o el perdón de Ricardo Corazón de León, entre otras. Muchos de estos sucesos proceden de narraciones y baladas conservadas desde la Alta Edad Media; el logro de Howard Pyle, gran conocedor de la cultura medieval, fue unificarlos en una historia que él mismo ilustró, adaptando leyendas inglesas y escocesas al público infantil y juvenil de su época.

REALIDAD O INVENCIÓN

Robin Hood ha formado parte de la cultura popular británica durante más de seiscientos años; en la Edad Media y la Edad Moderna, el forajido de la Inglaterra medieval parecía estar por todas partes. Los cronistas medievales ya aceptaban la existencia de Robin, cuyo enorme atractivo se reflejó en breves menciones aparecidas en textos aquí y allá.

Los estudiosos han investigado los orígenes de Robin Hood en algún forajido histórico del área de Sherwood o Barnsdale, en Inglaterra. Robin y sus camaradas eran un tema recurrente en los primeros textos impresos, de bajo precio y enorme popularidad, y es en la época temprana de la imprenta cuando se convierte en figura literaria por derecho propio. En los siglos XVIII y XIX, los anticuarios tenían especial interés en hallar las fuentes de la cultura y los héroes nacionales, y en este contexto Robin ejercía un enorme atractivo para los ingleses. En la actualidad, se acepta que Robin es un invento literario, basado en otras figuras como Gamelyn y Fouke fitz Waryn, y también en proscritos verdaderos. Toda búsqueda del Robin Hood ideal, el noble desposeído que roba a los ricos para dar a los pobres, está condenada al fracaso. Ese Robin es un personaje moderno cuyas características individuales se han ido añadiendo en diferentes etapas, respondiendo a la evolución de las inquietudes sociales.

CREACIÓN DEL HÉROE POPULAR

Aunque en los albores de la Edad Moderna aparecieron varios textos y representaciones teatrales, el siglo XIX vio un estallido en la popularidad de Robin Hood. Autores destacados incluyeron a

Robin Hood en sus obras, bien de forma anecdótica (como Walter Scott en *Ivanhoe,* que da protagonismo al conflicto entre sajones y normandos) o como personaje de la trama. El período finaliza con la inauguración de una nueva tendencia en las historias de Robin, con la publicación de *Las alegres aventuras de Robin Hood* de Howard Pyle (1883). Pero la fascinación por el personaje no se limitaría a la narrativa, sino que el siglo xix también fue testigo de la creación de numerosas obras teatrales, óperas y canciones protagonizadas por el bandido.

Tras el enorme éxito de la obra de Howard Pyle, y continuando la tendencia del siglo anterior, los primeros años del siglo xx vieron una mayor expansión de la presencia del proscrito. Se convirtió en una constante de las artes escénicas, con numerosas óperas, obras teatrales y canciones sobre él, pero quizá sería en el cine donde se ofrecería un mayor reflejo de la fascinación popular con el forajido.

En el cine, Robin ya era un héroe, sus antagonistas eran villanos de la peor catadura y nos encontramos con el retrato de una figura moral que lucha contra la injusticia. La mayoría de las películas presenta a Robin como el noble desposeído de la época Tudor, lo cual añade una intencionalidad a su rebeldía; la historia generalmente termina con un derrocamiento del opresor y la redención de los héroes.

La historia de Robin Hood se prestaba a las publicaciones periódicas y permitía la apertura a diferentes interpretaciones; muchas se dirigían al público infantil, como libro ilustrado, pero también gozaban de popularidad entre los adultos (los soldados eran grandes lectores de cómics, porque pesaban poco y podían circular con facilidad).

DIMENSIONES DE ROBIN HOOD

La contribución de Howard Pyle a la construcción del mito de Robin Hood ha sido la de regalarnos un personaje cuya aventura comienza en un punto de honda reflexión moral, donde toma el camino de los márgenes y emprende la huida al bosque y, con ella, el camino de la emancipación.

Pyle nos regala un héroe de profundo humanismo y conciencia del otro; un arquero de inigualable destreza que lanza sus flechas simbólicas al encuentro de sus enemigos, pues Robin no desea matar sino dar escarmiento, y sus acciones buscan la reparación y la enseñanza. Lejos de ser una criatura destructiva *(véase Guy de Gisbourne)*, Robin Hood promueve el encuentro y la redención. Además, es un héroe complejo: a la vez anticlerical y religioso (detesta a los curas gordinflones y a los de alcurnia, pero suma a su banda al franciscano calavera fray Tuck), protector de las mujeres desfavorecidas y cosificadas, e interlocutor protegido de las poderosas (es inolvidable su reina Leonor, deseosa de ajustar cuentas a través de Robin, ante el ninguneo servil del círculo del rey); Robin es un hombre de la gente, amistoso, bullanguero, a la vez pícaro y hombre de palabra, juerguista, noble, intrépido e iconoclasta.

Robin Hood ha trascendido el tiempo y la cultura para convertirse en el arquetipo del proscrito benevolente, un héroe popular nacido de las frustraciones de una clase inferior que sufre la voluntad y el capricho de quien detenta el poder. El personaje devenido en héroe colma el deseo del pueblo llano de un bandido romántico y justiciero que, atrincherado en un bosque de ensueño, roba a los ricos para repartir a los pobres.

Este forajido libre y rebelde, perseguido injustamente por la autoridad, posee los atributos del coraje y la generosidad, y las destrezas para dominar el medio natural. Con Robin Hood como bandido de los bosques, emerge la existencia de otro paradigma, que es ajeno al ordenamiento jurídico y religioso. Robin encarna la figura del hombre verde, un ser mágico que manifiesta el espíritu del bosque y la fuerza de los otros seres, del universo de las hadas, los ríos, los árboles, las fuentes, las nubes, las hojas y los ciervos. Personifica la vitalidad del mito frente a la represión del logos, la búsqueda de una vida poética, libre de la alienación de un sistema productivo deshumanizador e injusto para la mayoría, y encarna la posibilidad de un mundo alternativo donde impera la camaradería y los abusos son inexistentes.

Los antagonistas de Robin Hood son malos malísimos, hombres poderosos y monolíticos, claramente detestables y carentes de cualidades redentoras: el *sheriff* ruin, cobarde y vengativo, el obispo codicioso y taimado, el rey ávido de poder y riqueza, el padre avaro y cosificador, el comerciante sin escrúpulos, el sicario despiadado y cruel. Frente a ellos, Robin abandera su legitimidad frente a la ilegalidad del poder y la devaluación de la ley, frente al abuso y la criminalidad de los poderosos.

A Robin Hood le gusta un buen disfraz, y con frecuencia él y sus camaradas salen del bosque de Sherwood ataviados de monjes, nobles, mendigos o comerciantes para cumplir sus misiones. Así, los bandidos nos lanzan el mensaje de que ellos son tú y yo. Robin es cualquiera, todos los hombres y todas las mujeres; Robin es la legitimación del deseo de ruptura, de búsqueda de otro camino y de exploración de las posibilidades del sujeto y de la comunidad. Pero además, lejos de cualquier dogma o gravedad apisonadora, el juego, la peripecia, la gamberrada y la diversión son los medios de esta búsqueda individual y colectiva.

El texto de Pyle reitera hasta el hastío el campo semántico de la alegría. Nos habla del alegre bosque de Sherwood, de los alegres hombres de Robin, de las alegres aventuras, de los alegres banquetes. Con enorme acierto, Pyle tiende una mano al lector para atraerlo al júbilo de compartir, de improvisar, de cuidar, al brillo de la peripecia, a la emoción de hacer sitio a los otros con generosidad en el tiempo de nuestras vidas.

El propio autor se implica en este disfrute, pues *Las alegres aventuras de Robin Hood* es un alegre pastiche, una irreverente mezcolanza de anacronismos, escrita en un remedo de inglés altomedieval suavizado para el público infantil de finales del siglo XIX, donde ni todos los personajes encajan exactamente con el momento histórico (sirva el ejemplo de la reina Leonor), ni las unidades de medida acaban de inscribirse exactamente en una época concreta (tenemos leguas, varas, yardas, millas), siendo sin más, elementos que exhalan un aire de antigüedad. Para el público castellanoparlante, en este enfoque resuena la maravillosa gamberrada que es *La venganza de Don Mendo,* de Pedro Muñoz Seca, obra teatral estrenada en 1918 en Madrid; si bien Don Mendo llega más lejos en su deformación iconoclasta del género (el drama histórico, en su caso), comparte con la novela de Pyle el gusto por la inexactitud, el anacronismo, el humor y el juego lingüístico.

El pastiche reduce al absurdo la convención métrica, temporal, histórica y léxica; el mejunje, el refrito, es aquí posibilidad de emancipación, un acto libertario al más puro estilo de Robin Hood, un paso firme hacia la revolución de la alegría.

ELENA FRESCO.

LAS ALEGRES AVENTURAS DE ROBIN HOOD

PREFACIO

Del autor al lector

Tú, tan afanado en cosas serias que te avergüenza abandonarte fugazmente al júbilo y la alegría del territorio de la Fantasía; tú, para quien la vida es ajena a la risa inocente que a nadie ofende, estas páginas no son para ti. Cierra el libro y no avances más, pues si lo haces te escandalizará la visión de gentes buenas y sobrias de la historia real presentadas tan zumbones y traviesas, con sus chillones y abigarrados colores, que no los conocerías de no ser por sus nombres. Tenemos un tipo robusto y vigoroso de genio fuerte, pero no malo por ello, que responde al nombre de Enrique II. Tenemos una bella y gentil dama ante quien todos se inclinan y llaman «reina Leonor». Tenemos un granuja gordinflón ataviado con ricos ropajes clericales, a quien las buenas gentes llaman «monseñor», el obispo de Hereford. Tenemos a un cierto sujeto de amarga disposición y torva mirada, su excelencia el *sheriff* de Nottingham. Y aquí, por sobre todo, está un gran hombre, alto y jovial que campa por la floresta, participa en juegos mundanos, se sienta junto al *sheriff* en suculentos festines, y que lleva el nombre del más digno de los Plantagenet: Ricardo Corazón de León. Asimismo, tenemos un plantel de caballeros, clérigos, nobles, burgueses, guardias, pajes, damas, mozas, señores, mendigos, mercachifles y más, todos viviendo alegremente sus vidas alegres, enlazados por poco más que versos sueltos de algunas baladas antiguas (recortadas, abreviadas y reatadas mil veces de un sinfín de maneras) que llevan a estas gentes cantando de aquí para allá.

Aquí encontrarás cien lugares anodinos, sobrios y grises, tan emperifollados de flores y ornamentos que nadie los conocería con su nuevo disfraz. Y he aquí un país de nombre harto conocido, donde la niebla heladora no empaña el espíritu y la lluvia no cae, sino

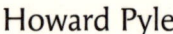

resbala por la espalda, como agua de abril por el lomo de un pato; donde las plantas florecen para siempre y los pájaros nunca cesan de cantar; donde un hombre siempre hace buen encuentro por los caminos, y las cervezas y el vino (que no empañan el juicio) corren libres como el agua de un arroyo.

Este país no es tierra de hadas. ¿Qué es? Pues la Tierra de Fantasía y es de esa índole placentera que, cuando te cansas de ella, ¡pum!, manotazo a las páginas, cierras este libro y quedas listo para la vida diaria, sin mayores perjuicios sufridos.

Y ahora subo el telón que cuelga entre aquí y Tierra de Nadie. ¿Vienes conmigo, querido lector? Gracias. Dame la mano.

PRÓLOGO

Aquí se narra la historia de Robin Hood y su peripecia con los guardabosques del rey. También se cuenta cómo reunió su banda, y la alegre aventura donde encontró a su mano derecha, el bueno y célebre Little John.

CAPÍTULO PRIMERO

De cómo Robin Hood se convirtió en un proscrito

En la jovial Inglaterra de tiempos pretéritos, cuando el buen rey Enrique II gobernaba la nación, habitaba en los claros del bosque de Sherwood, cerca de Nottingham, un famoso forajido llamado Robin Hood. Jamás existió un arquero que pudiera apresurar una flecha con la destreza de su mano, ni vivieron hombres tan alegres como los setenta que se ocultaban con él bajo las sombras del verde bosque. Moraban felices en las profundidades del bosque de Sherwood, sin preocupaciones ni penurias, entretenidos con alegres juegos de tiro con arco o combate con garrotes, alimentándose de la carne de los corzos del rey, regada con sublime cerveza de la remesa de octubre.

No sólo Robin, sino toda la banda, eran forajidos y vivían apartados de los demás hombres; no obstante, eran muy queridos por la gente del campo de las inmediaciones, pues nunca nadie acudió a Robin espoleado por la necesidad y se marchó con las manos vacías.

Y ahora contaré cómo Robin Hood se convirtió en un proscrito.

Cuando Robin era un joven campesino de dieciocho años, de nervio templado y corazón valiente, el *sheriff* de Nottingham convocó un concurso de tiro, ofreciendo como premio un barril de cerveza a quien disparara la mejor flecha de Nottinghamshire.

—Yo también asistiré —dijo Robin— pues con gusto tensaré cuerda por el destello de los ojos de mi moza, y un barril de buena cerveza de octubre.

Con su robusto arco de tejo y una veintena o más de anchas flechas de tres palmos, partió del pueblo de Locksley a través del bosque de Sherwood hacia Nottingham.

Despuntaba el alba del alegre mes de mayo, cuando los setos verdean y las flores pintan los prados; cuando las margaritas jaspeadas, los amarillos crocos y las bellas prímulas ríen por los matorrales; cuando los manzanos estallan y los pájaros cantan, la alondra al amanecer, y el gallo, y el cuco; cuando mancebos y mancebas se ojean con dulces pensamientos; cuando las atareadas esposas tienden la colada sobre la hierba verde y brillante. Dulce era el bosque esmeralda cuando caminaba por sus senderos, y susurrantes las hojas verdes donde los pajarillos trinaban su poderío; y alegre silbaba Robin caminando, pensando en la doncella Marian y en sus ojos brillantes, pues en esos momentos las cavilaciones de un joven suelen dedicarse deliciosamente a la muchacha que más ama.

Caminaba con paso rápido y silbido jovial cuando se topó con unos guardabosques sentados bajo un gran roble. Quince en total, se solazaban comiendo una enorme empanada, que cada uno acometía metiendo las manos en el pastel, y regando la pitanza con grandes cuernos de cerveza espumosa que sacaban de un barril cercano. Vestidos de verde Lincoln, pintaban un bello espectáculo sentados en la hierba bajo aquel árbol amplio y hermoso. Uno de ellos, con la boca llena, llamó a Robin.

—Buen día, ¿dónde vas, mozo, con tu arco de un penique y tus flechas de un cuarto de penique?

Robin se enojó, pues a ningún jovencito le gusta que le tomen el pelo con su edad.

—Resulta que mi arco y mis flechas son tan buenos como cualquiera; además, voy al concurso de tiro de Nottingham, convocado por nuestro buen *sheriff;* allí dispararé contra otros fuertes arqueros, pues se ha ofrecido como premio un buen barril de cerveza.

Otro del grupo, cuerno de cerveza en ristre, se mofó de Robin.

—¡Ea! ¡Mirad al muchacho! Mozo, la leche de tu madre apenas ha dejado tus labios y ya te jactas de medirte con hombres fornidos en Nottingham, tú que apenas puedes tensar la cuerda de un arco pesado.

—Apuesto veinte marcos al mejor de vosotros —dijo el valiente Robin— a que doy en el blanco a sesenta varas, con la buena ayuda de Nuestra Señora.

Estalló una carcajada general, y uno de ellos dijo:

—¡Bien presumido, gallardo infante, bien presumido! ¡Y bien sabes que no hay ningún blanco adecuado para ejecutar tu apuesta!

Otro gritó:

—¡Ahora tomará cerveza con la leche!

Robin se enfureció.

—¡Escuchad! Al final del claro veo una manada de ciervos a más de tres decenas de varas de distancia. Apuesto veinte marcos a que, con permiso de Nuestra Señora, acabo con el mejor ciervo de todos.

—¡Hecho! —exclamó el que había hablado primero—. ¡Y aquí están los veinte marcos! Apuesto a que no causarás la muerte de ninguna bestia, con o sin la ayuda de Nuestra Señora.

Robin asió su buen arco de tejo con la mano y, apoyando la punta entre los empeines, lo encordó con destreza; luego encajó una flecha de tres palmos en la cuerda y, levantando el arco, se acercó la pluma gris de ganso a la oreja; al momento, la cuerda zuñó y la flecha atravesó el claro como un gavilán cortando el viento del norte. El ciervo más noble de toda la manada saltó y cayó muerto, enrojeciendo el verde sendero con la sangre de su corazón.

—¡Ja! —gritó Robin—. ¿Qué te parece ese disparo, amigo? Veo que la apuesta es mía, y eran trescientas libras.

Los guardabosques se enfadaron, y el que más se encolerizó fue el que había hablado primero, y perdido la apuesta.

—¡No! —protestó—. La apuesta no es tuya y márchate presto o, por todos los santos del cielo, te tumbaré a mamporros hasta que no puedas volver a caminar.

—¿No sabes que has matado a un ciervo del rey? —dijo otro—. Según las leyes de nuestro gracioso señor y soberano el rey Enrique, hay que cortarte las orejas al ras de la cabeza.

—¡Atrapadlo! —gritó un tercero.

—No —repuso un cuarto—. Dejémoslo ir, a cuenta de su tierna edad.

Ni una palabra dijo Robin Hood, pero miró a los forasteros con rostro severo; luego, girando sobre sus talones, echó a andar a grandes zancadas, alejándose de ellos por el claro del bosque. Pero su corazón estaba henchido de ira, pues su sangre era caliente, joven y propensa a alterarse.

Mejor le habría ido al primero que habló si hubiera dejado en paz a Robin Hood; pero su cólera estaba encendida, tanto porque el joven lo había superado, como por la gran cantidad de cerveza consumida. Súbitamente, y sin previo aviso, se levantó de un salto, cogió su arco e insertó una flecha.

—¡Sí! —aulló—. ¡Y toma una buena! —exclamó, enviando una flecha tras Robin.

Afortunadamente para Robin Hood, la cabeza de aquel guardabosques daba vueltas por la cerveza, pues de lo contrario no hubiera dado un paso más. Así las cosas, la flecha silbó a menos de tres pulgadas de su cabeza. El muchacho se dio la vuelta, tensó rápidamente su propio arco y lanzó una flecha en respuesta.

—Dijisteis que no era arquero —exclamó en voz alta—. ¡Repetidlo ahora!

La flecha voló recta, el arquero cayó hacia adelante con un grito y quedó tendido de bruces en el suelo, con las saetas de su aljaba desparramadas por la hierba y el asta de pluma gris mojada con la sangre de su corazón. Entonces, antes de que los demás pudieran reaccionar, Robin Hood se esfumó en las profundidades del bosque. Algunos salieron tras él, pero con escaso ánimo, pues temían morir como su compañero; al poco rato volvieron, levantaron al muerto y lo llevaron a la ciudad de Nottingham.

Mientras tanto, Robin Hood corría por el bosque, pero la alegría y el brillo de las cosas habían desaparecido, pues su corazón estaba angustiado, y su alma soportaba el peso de haber matado a un hombre.

—¡Ay, para alardear de ser arquero he dejado viuda a una mujer! —se lamentaba—. Ojalá nunca me hubiera dicho una palabra, ni me hubiera cruzado en su camino, ojalá me hubiese herido el índice derecho antes de que esto sucediera. Golpeé rápido, pero esta pena me castigará un largo tiempo.

Y entonces, aún sumido en la aflicción, recordó el viejo dicho: «Lo hecho, hecho está y el huevo roto no se cura».

Y así fue cómo Robin acabó morando en el bosque verde que sería su hogar durante muchos años, sin volver a ver los días felices con la juventud de la encantadora ciudad de Locksley; ahora estaba fuera de la ley, no sólo por matar a un hombre, sino también por cazar ciervos del rey furtivamente. Se ofrecieron doscientas libras por su cabeza, como recompensa para quien lo llevara a la corte del rey.

El *sheriff* de Nottingham juró que él mismo llevaría al bribón de Robin Hood ante la justicia y lo haría por dos razones. Primero, porque quería las doscientas libras, segundo, porque el guardabosques que Robin Hood había matado era pariente suyo.

Pero Robin permaneció oculto en el bosque de Sherwood durante un año, y en ese tiempo se unieron a él muchos más, apartados de los otros hombres por una causa o por otra. Algunos habían cazado ciervos azuzados por el hambre del invierno, cuando no podían conseguir otro alimento, y aunque los guardabosques los habían descubierto en el acto, ellos habían escapado y salvado, así, sus orejas; otros se habían visto expulsados de sus heredades, y sus granjas se habían agregado a las tierras del rey en el bosque de Sherwood; otros habían sido desahuciados por un gran barón, un rico abad o un poderoso señor; todos, por una causa u otra, habían llegado a Sherwood huyendo de la injusticia y la opresión.

Así, en aquel año, cincuenta o más buenos y robustos campesinos se unieron a Robin y lo eligieron su líder. Entonces juraron que así como ellos habían sido desposeídos, ellos desposeerían a sus opresores, ya fueran barones, abades, caballeros o señores, y que de cada uno tomarían lo que había sido arrancado a los pobres por impuestos injustos, rentas de la tierra o multas abusivas. Pero a los pobres siempre les tenderían una mano en momentos aciagos, y les devolverían lo injustamente arrebatado. Además, juraron no dañar nunca a un niño ni perjudicar a una mujer, ya fuera doncella, esposa o viuda; de este modo, al cabo de un tiempo, cuando la gente empezó a entender que no pretendían hacerles daño, sino que el dinero o la comida llegaban a muchas familias pobres en tiempos sombríos, acabaron por alabar a Robin y a sus alegres hombres, y a contar muchas historias sobre él y sus acciones en el bosque de Sherwood, pues lo sentían como a un igual.

Robin Hood se levantó una bonita mañana, cuando los pájaros cantaban alegremente entre las hojas; también se despertaron sus alegres hombres, y todos y cada uno se lavaron la cabeza y las manos en el frío arroyo que brincaba riendo de piedra en piedra. Entonces Robin dijo:

—En catorce días no hemos tenido ninguna peripecia, así que saldré a buscar aventuras de inmediato. Pero quedaos aquí, mis alegres hombres, en la floresta; sólo os pido que estéis atentos a mi llamada. Tres toques de corneta soplaré en momento de necesidad; entonces venid presto, porque necesitaré vuestro auxilio.

Dicho esto, se alejó a grandes zancadas por los herbosos claros del bosque hasta llegar al lindero de Sherwood. Allí deambuló largo rato por caminos y senderos, por angostos valles y sotobosques. A veces daba con una moza lozana en un oscuro vericueto, intercambiaban alegres palabras y seguían su camino; otras se cruzaba a una bella dama cabalgando al paso y se quitaba la gorra ante ella, y la dama, a su vez, se inclinaba tranquilamente ante el apuesto joven; ora veía a un monje rollizo sobre un asno cargado de cestos; ora a un caballero galante, con lanza y escudo y brillante armadura; ora a un paje vestido de carmesí; ora a un robusto burgués de la buena ciudad de Nottingham caminando circunspecto. Finalmente tomó un camino en las lindes del bosque, un sendero que cruzaba un ancho arroyo lleno de guijarros, atravesado por un estrecho puente construido con un tronco de madera. Al acercarse, vio a un forastero alto que venía del otro lado. Robin apretó el paso y lo mismo hizo el desconocido, pensando ambos en cruzar primero.

—Ahora retroceded —dijo Robin— y dejad que el mejor cruce primero.

—No —respondió el desconocido— retroceded vos, pues yo soy el mejor hombre.

—Eso pronto lo veremos —retó Robin—. Quedaos donde estáis o de lo contrario, por el brillo de santa Elfrida, os mostraré el buen juego de Nottingham con una saeta de tres palmos entre las costillas.

—Entonces —dijo el hombre— curtiré vuestro pellejo hasta sacarle tantos colores como la capa de un mendigo si osáis tocar una cuerda de ese arco que tenéis en las manos.

—Rebuznáis como un asno —dijo Robin— pues podría atravesar vuestro corazón presuntuoso con esta flecha, antes de que un fraile bendijera un ganso asado en misa de san Miguel.

—Y vos os comportáis como un cobarde —replicó el extraño— pues queréis usar un buen arco de tejo para disparar a mi corazón, mientras que yo no tengo más que un simple bastón de espino negro con el que oponerme.

—Por la fe de mi corazón —dijo Robin— no he sido un cobarde en toda mi vida. Dejaré a un lado mi fiel arco y mis flechas, y si osáis recibir mi llegada, iré y cortaré un garrote para probar vuestra hombría con él.

—Hacedlo, recibiré vuestra llegada con enorme alegría —dijo el hombre, apoyándose en su báculo para esperar a Robin.

Robin Hood se apresuró hasta la maleza y cortó un buen bastón de roble, recto, sin torceduras, de casi dos metros de largo; regresó recortándole los tallos tiernos, mientras el desconocido lo esperaba silbando, apoyado en su bastón y contemplando el entorno. Robin lo observó furtivamente mientras recortaba su palo, lo midió de pies a cabeza con el rabillo del ojo y pensó que nunca había visto un hombre tan fuerte ni tan corpulento. Robin era alto, pero el forastero le sacaba una cabeza y un cuello, pues medía casi dos metros. Robin era ancho de hombros, pero el desconocido era dos palmos más ancho, y su cintura medía un codo.

«Aun así, te voy a machacar con alegría, amigo», se dijo Robin. Luego añadió en voz alta:

—He aquí mi buen bastón, robusto y resistente. Ahora esperad mi acometida, si osáis, y oponeos si no teméis. Lucharemos hasta que uno de los dos caiga a golpes al arroyo.

—¡Albricias, eso me llena el corazón! —gritó él, haciendo girar el bastón sobre su cabeza, entre los dedos y el pulgar, y silbando otra vez.

Nunca los caballeros de la tabla redonda del rey Arturo se enfrentaron en una refriega más reñida que la de estos dos. En un instante, Robin subió al puente con su oponente; primero hizo una finta y luego le asestó un golpe en la cabeza que, de haber acertado, lo habría hecho caer rápidamente al agua. Pero el forastero repelió el leñazo con habilidad y le devolvió otro igual de fuerte, que Robin también rechazó. Así siguieron, cada uno en su sitio, sin retroceder ni un palmo, durante una hora entera, propinando y recibiendo muchos golpes en ese tiempo, hasta que todo era huesos doloridos y chichones, pero ninguno pensó en gritar «basta», ni parecía propenso a caer del puente. De vez en cuando se detenían a descansar, pensando ambos que nunca habían visto tanta destreza con el báculo. Por fin, Robin atizó al forastero un porrazo en las costillas que hizo humear su chaqueta como la paja húmeda al sol. Tan astuto fue el golpe que casi derribó al desconocido del puente, pero éste se recuperó rápido y, con una diestra maniobra, le propinó a Robin un castañazo en la coronilla que le hizo correr la sangre. Entonces Robin enloqueció de ira y arremetió con todas sus fuerzas contra el otro. Pero el hombre rechazó el ataque y volvió a arrearle a Robin, con tanto tino esta vez que cayó de cabeza al agua, derribado como el boliche de una partida de bolos.

—¿Y dónde estáis ahora, mi buen muchacho? —tronó el forastero, rugiendo de risa.

—¡En la riada y flotando con la marea! —gritó Robin, sin poder evitar reír ante su lamentable situación. Se puso de pie y vadeó hasta la orilla, mientras los pececillos huían, asustados por su chapoteo.

—¡Dadme la mano! —gritó al llegar a la orilla—. Debo admitir que sois un alma valiente y robusta y, además, dais un buen golpe de garrote. Ahora me zumba la cabeza como una colmena de abejas en un caluroso día de junio.

Robin se llevó el cuerno a los labios y dio unos toques que resonaron dulcemente por los senderos del bosque.

—Sí, voto a bríos —dijo de nuevo— sois un muchacho alto y valiente, me atrevo a decir que no ha habido hombre de aquí a Canterbury que pudiera hacerme lo que me habéis hecho vos.

—Y vos —rio el desconocido— encajáis los golpes con corazón valiente y disposición robusta.

Súbitamente, crujieron las ramas y el follaje y una decena o dos de fornidos paisanos, todos vestidos de verde, irrumpieron desde la espesura encabezados por el jovial Will Stutely.

—¡Buen amo! —gritó Will—. ¿Qué sucede? Estás mojado de pies a cabeza, y completamente calado.

—¡Por las barbas de san Pedro! —respondió un alegre Robin—. Este fortachón me ha derribado entero en el agua, y antes me ha pegado una buena somanta.

—¡Entonces no se irá sin recibir una tunda él también! —gritó Will Stutely—. ¡A por él, muchachos!

Will y una veintena de proscritos saltaron sobre el desconocido, mas aunque fueron rápidos, lo encontraron preparado y repartió palos a diestro y siniestro, de modo que, aunque cayó frente a la superioridad numérica de los bandidos, muchos se frotaban las cabezas heridas antes de su derrota.

—No, ¡dejadlo! —gritó Robin, riendo hasta que le dolieron los costados—. Es un hombre bueno y honrado, y no le pasará nada. Ahora escucha, buen amigo, ¿te quedarás conmigo y serás uno de mi banda? Tendrás tres trajes verdes de tela de Lincoln cada año, además de cuarenta marcos de honorarios, y compartirás con nosotros todo lo bueno que nos suceda. Comerás dulce carne de venado y beberás la cerveza más fuerte, y serás mi mano derecha, pues nunca he visto un luchador de garrote tan bueno como tú. ¡Habla! ¿Quieres ser uno de mis alegres hombres?

—Pues no lo sé —dudó el desconocido hoscamente, enojado por recibir semejante paliza—. Si manejas el arco de tejo y la vara de manzano tan mal como el garrote de roble, creo que no eres digno de ser llamado vasallo en mi país. Pero si hay un hombre aquí que dispare mejor flecha que la mía, entonces aceptaré unirme a vosotros.

—A fe mía —dijo Robin— eres un varón bien descarado, pero me inclinaré ante ti como nunca me he inclinado ante un hombre. Buen Stutely, corta un trozo blanco de corteza de cuatro dedos de ancho y colócalo a ochenta yardas de distancia sobre aquel roble. Ahora, amigo, ensártalo con una flecha de ganso gris y llámate arquero.

—Descuida, que eso mismo haré. Dadme un buen arco y una flecha, y si no acierto, desnudadme y fustigadme con cuerdas de arco hasta que me ponga azul.

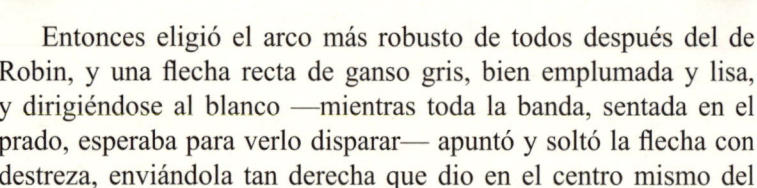

Entonces eligió el arco más robusto de todos después del de Robin, y una flecha recta de ganso gris, bien emplumada y lisa, y dirigiéndose al blanco —mientras toda la banda, sentada en el prado, esperaba para verlo disparar— apuntó y soltó la flecha con destreza, enviándola tan derecha que dio en el centro mismo del blanco. Gritó:

—¡Ajá! Supéralo si puedes —y hasta los proscritos aplaudieron la perfección del disparo.

—Es un tiro muy certero —observó Robin—. No lo puedo mejorar, pero quizá sí empeorar.

Entonces tomó su arco y, colocando una flecha con cuidado, disparó con toda su habilidad. La flecha voló tan recta y precisa que se clavó en la saeta del desconocido y la partió en mil astillas. Todos los mozos se levantaron de un salto y gritaron de alegría ante el disparo de su jefe.

—¡Por el arco de tejo de san Suspenso! —exclamó el desconocido—, ¡ése sí que es un disparo y nunca he visto uno igual en mi vida! Seré tu hombre a partir de ahora y para siempre. El buen Adam Bell[1] era un gran arquero, ¡pero nunca disparó así!

—Entonces, he ganado un gran hombre —dijo alegremente Robin—. ¿Cómo te llamas, buen amigo?

—De donde yo vengo me llaman John Little —respondió el forastero.

Entonces Will Stutely, que era muy chistoso, tomó la palabra.

—No, bello y diminuto forastero —dijo, destacando la disparidad entre el significado del apellido y la envergadura de su portador—. No me gusta tu apellido y desearía que fuese otro. Pequeño eres en verdad, y escueto de huesos y fibras, por lo tanto serás bautizado «Little John» y yo seré tu padrino.

Robin Hood y toda su banda rieron a carcajadas hasta que el desconocido empezó a enfadarse.

—Si te burlas de mí —repuso a Will Stutely— tendrás huesos doloridos y poca paga, y eso en poco tiempo.

—No, amigo —atajó Robin—. Calma tu ira, pues el nombre te queda bien. Little John serás de aquí en adelante, ni más ni menos

---

[1] Adam Bell, Clym del Clough y William de Cloudesly eran tres arqueros notables del norte del país, cuyos nombres han sido celebrados en muchas baladas de la antigüedad. *(N. del A.)*

que Little John. Así que venid, mis alegres muchachos, preparemos el banquete de bautizo de este hermoso infante.

Dando la espalda al arroyo, se internaron de nuevo en la espesura y desanduvieron el camino hasta su morada en las profundidades del bosque. Allí habían construido chozas con corteza y ramas de árboles, y fabricado camas de juncos cubiertas con pieles de gamo. Había un gran roble con ramas que se extendían ampliamente, debajo del cual destacaba un asiento de musgo verde donde Robin Hood acostumbraba a sentarse en los banquetes y parrandas, rodeado de sus hombres. Allí encontraron al resto de la banda, algunos de los cuales regresaban de cazar un par de gordas ciervas. Encendieron grandes hogueras, asaron las ciervas y abrieron un barril de cerveza. Cuando el festín estuvo listo se sentaron todos, y Robin colocó a Little John a su derecha, pues en adelante sería el segundo de la banda.

Después del banquete, Will Stutely tomó la palabra.

—Ya es hora, creo, de bautizar a nuestro hermoso bebé, ¿no es así, alegres muchachos?

—¡Sí! ¡Sí! —vocearon todos, haciendo que el bosque retumbase con su alegría.

—Tendremos siete padrinos —dijo Will Stutely, y eligió a los siete hombres más robustos.

—¡Por san Dunstan! —gritó Little John, levantándose de un salto—. Más de uno lo lamentará si me pone un dedo encima.

Sin mediar palabra, se abalanzaron sobre él todos a una, lo agarraron por las piernas y los brazos, lo sujetaron con fuerza pese a sus forcejeos y lo sacaron a hombros, mientras toda la cuadrilla se levantaba para contemplar el espectáculo. Entonces se adelantó el elegido para hacer de sacerdote porque tenía la coronilla calva, portando una jarra rebosante de cerveza.

—¿Quién presenta a este niño? —preguntó.

—Yo mismo —respondió Will Stutely.

—¿Y cómo lo llamarás?

—Little John lo llamaré.

Little John —dijo el cura, burlón—. Hasta ahora no has vivido, sino que solamente has pasado por el mundo, pero a partir de ahora vivirás de verdad. Cuando no vivías te llamabas John Little, pero ahora que vives de verdad, Little John te llamarás, y así te bautizo yo.

Y con las últimas palabras vació la cerveza sobre la cabeza de Little John.

Todos estallaron en risotadas al ver la buena cerveza tostada chorrear por la barba de Little John y caerle por la nariz y la barbilla, mientras sus ojos parpadeaban del picor. Quiso enfadarse, pero no lo consiguió al contagiarse de la alegría de los otros, así que también él acabó riendo. Entonces Robin se llevó a aquel tierno y puro bebé, lo vistió de pies a cabeza de verde, le entregó un sólido arco y lo convirtió en miembro de la alegre banda.

Y así fue cómo Robin Hood devino en un proscrito, así reunió a una banda de alegres camaradas y así reclutó a su mano derecha, Little John; y así termina este prólogo. Ahora contaré cómo el *sheriff* de Nottingham intentó tres veces apresar a Robin Hood y cómo fracasó cada vez.

CAPÍTULO II

Robin Hood y el calderero

Ya hemos explicado que doscientas libras era el precio de la cabeza de Robin Hood y que el *sheriff* de Nottingham juró que él mismo prendería a Robin, tanto porque deseaba las doscientas libras como porque el hombre asesinado era pariente suyo. Ahora bien, el *sheriff* no sabía aún con qué fuerza contaba Robin en Sherwood, pero pensó que podía entregar una orden de arresto contra él como haría con cualquier otro hombre que conociera las leyes; por lo tanto, ofreció ochenta ángeles de oro a quien entregara esta orden. Pero los hombres de la ciudad de Nottingham estaban más informados sobre Robin Hood y sus acciones que el *sheriff,* y muchos se rieron ante la idea de entregar una cédula de arresto contra el audaz forajido, sabedores de que el único pago por el servicio serían varias costillas rotas, de modo que nadie se ofreció voluntario. Así transcurrieron quince días, durante los cuales nadie se prestó para ocuparse del asunto del *sheriff.* El *sheriff* mostró su extrañeza.

—He ofrecido una buena recompensa a quienquiera que entregue mi cédula de arresto contra Robin y me sorprende que nadie se haya ofrecido.

Uno de sus hombres respondió:

—Buen señor, desconocéis de qué fuerza se rodea Robin Hood y cuán poco le importa la orden del rey o del *sheriff*. Verdaderamente, nadie desea cumplir este servicio, por miedo a salir de él con costillas pulverizadas y huesos rotos.

—En ese caso, los hombres de Nottingham son unos cobardes —repuso el *sheriff*—. Veremos quién se atreve a desobedecer la orden de nuestro soberano señor el rey Enrique, pues junto al santuario de san Edmundo. ¡Lo colgaré a cuarenta codos de altura! Pero si ningún hombre de Nottingham se atreve a ganar cuatro veintenas de monedas, mandaré recado a otra parte, pues algún hombre de temple habrá en esta tierra.

Entonces llamó a un mensajero en quien confiaba mucho, y le ordenó que ensillara su rocín y se dispusiera para viajar a Lincoln en busca de alguien que cumpliera sus órdenes y ganara la recompensa. Aquella misma mañana, el mensajero se puso en camino.

El sol brillaba sobre la polvorienta carretera que conducía de Nottingham a Lincoln, cuya blancura se prolongaba por colinas y valles. Polvorienta era la carretera, y polvorienta estaba también la garganta del mensajero cuando ya había completado algo más de la mitad de su viaje, de modo que su corazón se regocijó ante el cartel que señalaba la posada del Jabalí Azul. La posada se apareció hermosa a sus ojos, y la sombra de los robles que la circundaban le pareció fresca y agradable, así que se apeó de su montura para descansar un poco y pidió una jarra de cerveza para refrescar su garganta sedienta.

Allí vio a un grupo de tipos joviales sentados bajo el roble que sombreaba el jardín delantero. Había un calderero, dos frailes descalzos y un grupo de seis guardabosques del rey, ataviados con ropajes de paño verde, que bebían cerveza y cantaban alegres coplas de antaño. Los guardabosques reían a carcajadas, y los frailes reían más fuerte, pues eran hombres vigorosos con las barbas rizadas como lana de carnero negro; el que reía más alto era el calderero, que cantaba con más armonía que los demás. Su zurrón y su marti-

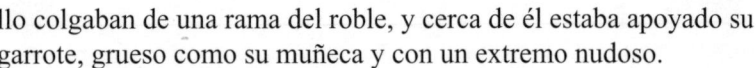

llo colgaban de una rama del roble, y cerca de él estaba apoyado su garrote, grueso como su muñeca y con un extremo nudoso.

—¡Venid! —gritó uno de los guardabosques al exhausto mensajero—. Sumaos a esta ronda. ¡Eh, posadero! Trae una jarra de cerveza fresca para cada uno.

El emisario se alegró mucho de sentarse con los demás, pues tenía el cuerpo cansado y la cerveza era buena.

—¿Qué noticias lleváis con tal premura? —preguntó uno—. ¿Y adónde os dirigís hoy?

El mensajero era un alma parlanchina y gustaba mucho de chismes; además, la jarra de cerveza le calentaba el corazón así que, acomodándose en un rincón del banco de la posada, mientras el posadero se apoyaba en la puerta y la posadera atendía con las manos bajo el delantal, desplegó su parte de noticias con gran soltura. Contó todo desde el principio: cómo Robin Hood había matado al guardabosques, cómo se había ocultado en el bosque para eludir la ley; cómo vivía allí —contraviniendo la ley, Dios lo sabe— matando ciervos de su majestad y cobrando peaje a abades, caballeros y señores, de tal modo que nadie se atrevía a cruzar siquiera la ancha calle Watling o el camino de Fosse por temor a él; cómo el *sheriff* quería entregar la orden de arresto de este mismo pícaro, a quien poco importaría una orden del rey o del *sheriff,* pues estaba lejos de ser hombre que respetase la ley. Luego aclaró que no había nadie en toda la ciudad de Nottingham que entregara esta orden, por miedo a que le rompieran patas y huesos, y que él, el emisario, se dirigía ahora a la ciudad de Lincoln para averiguar qué temple tenían allí los hombres.

—Yo vengo de la insigne ciudad de Banbury —dijo el calderero, chisposo— y nadie en los aledaños de Nottingham, ni tampoco de Sherwood, puede vencerme en un combate a garrote. ¿Acaso, muchachos, no machaqué a Simon de Ely en la famosa feria de Hertford, y lo vencí a puñetazos allí ante sir Robert de Leslie y su dama? Este Robin Hood, sea quien sea, es un pajarraco muy alegre, pero si él es fuerte, ¿no soy yo acaso más fuerte? Y si él es astuto, ¿no soy yo más astuto? Ahora, por los bellos ojos de Nan la molinera, y por mi propio nombre (que es Wat del Garrote), y por el hijo de mi madre (que soy yo), yo, Wat del Garrote, me enfrentaré a ese granuja, y si no le importa el sello de nuestro glorioso soberano el rey Enrique, y la orden del buen *sheriff* de Nottinghamshire, ¡lo machacaré, destrozaré y liquidaré de tal manera que no volverá a mover un dedo de la mano o del pie! ¿Han oído, muchachotes?

—¡Sois la respuesta a mis oraciones! —exclamó el emisario—. Y volveréis conmigo a la ciudad de Nottingham.

—No —atajó el calderero, negando con la cabeza—. No voy con nadie si no es por mi propia voluntad.

—No, no —repuso el mensajero—, no hay hombre en Nottinghamshire que pueda haceros ir contra vuestra voluntad, valiente amigo.

—Sí, soy valiente.

—Sí, por mi fe que sois valiente —continuó el emisario— pero nuestro *sheriff* ha ofrecido ochenta hermosas monedas de oro a quien entregue la orden de detención contra Robin Hood, aunque de poco servirá.

—Entonces iré. Esperad que reúna el zurrón, el martillo y el garrote. Ya veréis cuando me encuentre con Robin Hood, si le importa o no la orden del rey.

El mensajero pagó su cuenta y partió con el calderero de regreso a Nottingham.

Una mañana luminosa, poco después de esa fecha, Robin Hood partió hacia la ciudad de Nottingham caminando alegremente por el borde del sendero, donde la hierba se llena de margaritas, con la mirada y los pensamientos distraídos. Llevaba el cuerno colgado de la cadera, el arco y las flechas a la espalda, y en la mano un buen bastón de roble que hacía girar con los dedos mientras avanzaba. Al pasar por una oscura vereda, vio acercarse a un calderero que entonaba una alegre canción. A la espalda llevaba su zurrón y su martillo, y en la mano portaba un recio báculo de dos metros. El hombre iba cantaba una tonada:

> *En tiempo de cosecha,*
> *cuando el sabueso al cuerno da oreja*
> *hasta que el ciervo expira su aliento,*
> *y los mancebos mordisquean pipas de maíz*
> *mientras guardan las bestias del campo...*

—¡Salud, buen amigo! —exclamó Robin.

... fui a recoger fresas...

—¡Salud, digo! —gritó Robin de nuevo.

... por bosques y arboledas...

—¡Salud, pardiez! ¿Estáis sordo, amigo?

—¿Y quién sois vos, que con tamaña audacia rechazáis una bella canción? Salud, seáis buen amigo o no. Pero os diré que, si sois un buen amigo, nos irá bien a los dos; pero si no sois un buen amigo, os irá mal.

—¿Y de dónde venís? —inquirió Robin.

—Vengo de Banbury —respondió el calderero.

—¡Ay! —lamentó Robin—. Me dicen que hay malas noticias esta mañana.

—¿Es así? —exclamó el calderero—. Os ruego que lo contéis presto, pues soy calderero de oficio, como advertís, y siempre tengo hambre de noticias como un cura tiene hambre de monedas.

—Escuchad y hablaré, pero respirad antes con valor pues la noticia es triste, os digo. Así lo cuentan: que dos caldereros están en el cepo por beber cerveza.

—Mala centella os devore a vos y a vuestra noticia, perro sarnoso —maldijo el calderero— pues habláis mal de gente honrada. Pero es ciertamente una noticia nefasta que haya dos hombres buenos castigados al cepo.

—No —corrigió Robin— has errado el tiro y lloras por la cerda equivocada. La tristeza de la noticia radica en que sólo hay dos en el cepo, pues los otros huyeron y vagan por ahí.

—¡Por la bandeja de plata de san Dunstan! —gritó el calderero—. Tengo ganas de arrancaros el pellejo por vuestras bromas pesadas. Pero si a los hombres se los pone en el cepo por beber cerveza, sorprende que no hayáis recibido castigo.

Robin rio a carcajadas y exclamó:

—¡Bien dicho, calderero bien dicho! Vuestro ingenio es como la cerveza y echa más espuma cuando se agria, pero tenéis razón, porque yo amo la cerveza. Así pues, venid conmigo al Jabalí Azul, y si bebéis como parece, y creo que no desmentiréis vuestro aspecto, os empaparé la garganta con la mejor cerveza casera que se haya tirado jamás en Nottinghamshire.

—Sois un buen muchacho a pesar de vuestras chanzas. Me complacéis, amigo, y si no voy con vos a ese Jabalí Azul, me llamaréis pagano.

—Contadme noticias, buen amigo —pidió Robin mientras caminaban—, pues los caldereros, según creo, están tan llenos de noticias como un huevo lo está de alimento.

—Os aprecio como a un hermano, bravucón —dijo el calderero—, de lo contrario, no os contaría mis noticias, ya que soy hombre astuto y tengo entre manos una empresa que requiere todo mi ingenio: voy en busca de un audaz forajido que los hombres de por aquí llaman Robin Hood. En el morral llevo una cédula escrita en pergamino con un gran sello rojo oficial. Si doy con ese Robin Hood, se la entregaré y si no la acata, lo golpearé hasta que cada una de sus costillas grite «amén». Pero vos vivís por aquí, tal vez conozcáis a Robin Hood.

—Sí, voto a Dios, así es —dijo Robin—. Y lo he visto esta misma mañana. Pero, calderero, dicen que es poco más que un triste y astuto ladrón. Será mejor que vigiléis vuestra cédula, no os la vaya a robar del zurrón.

—¡Que lo intente! Astuto será, pero astuto soy yo también. Ojalá lo tuviera aquí, cara a cara. Pero, ¿qué clase de hombre es, muchacho?

—Se parece mucho a mí —rio Robin— en estatura, complexión y edad es casi igual, y también tiene los ojos azules.

—No —repuso el calderero—, no sois más que leña verde, todo humo. Yo creía que era un gran barbudo, pues los hombres de Nottingham lo temen tanto...

—En verdad, no es ni tan viejo ni tan corpulento como tú —aclaró Robin—, pero dicen que es muy hábil con el garrote.

—Puede ser —dijo el calderero con firmeza— pero yo soy más hábil que él, pues, ¿acaso no vencí a Simón de Ely en justo combate en la ciudad de Hertford? Pero si es verdad que lo conocéis ¿vendréis conmigo y me llevaréis hasta él? El *sheriff* me ha prometido ochenta monedas de oro contantes y sonantes si entrego la cédula firmada contra el bribón, y te daré diez de ellas si me lo muestras.

—Por mi fe que eso haré, pero mostradme vuestra cédula, amigo, para que vea si es buena o no.

—No haré tal cosa, ni siquiera con mi propio hermano —repuso el calderero—. Nadie verá la cédula hasta que la entregue en persona al bribón.

—Que así sea —aceptó Robin—. Y si no me la mostráis a mí, no sé a quién se la mostraréis. Pero he ahí el cartel del Jabalí Azul; entremos, pues, y probemos su tostado néctar.

No había en Nottinghamshire una posada más placentera que el Jabalí Azul. Ninguna tenía árboles tan hermosos, ni estaba tan cubierta de clemátides y dulces enredaderas; ninguna servía una cerveza tan buena; ni en invierno, cuando el viento del norte aullaba y la nieve se acumulaba en los setos, se encontraba en otro lugar un fuego tan reconfortante como el que ardía en el hogar del Jabalí Azul. En aquellos momentos siempre había una buena compañía de campesinos, sentados junto a la chimenea con chanzas y alegría, con manzanitas asadas flotando en cuencos de cerveza sobre la piedra de la chimenea[2]. Robin Hood y su banda conocían bien la posada, pues allí se habían reunido a menudo él y tan jocosos compañeros como Little John, Will Stutely o el joven David de Doncaster, cuando el bosque estaba lleno de nieve. En cuanto al posadero, se cuidaba de guardar la lengua a buen recaudo y tragarse las palabras antes de que rozaran los dientes, y sabía bien de qué lado estaba untado su pan, pues Robin y su banda eran excelentes clientes y pagaban sus cuentas sin que se las apuntaran con tiza detrás de la puerta. Así, cuando Robin Hood y el calderero llegaron y pidieron dos grandes jarras de cerveza, nadie hubiera adivinado por su actitud o su coloquio que el anfitrión había visto antes al forajido.

—Quedaos aquí —pidió Robin al calderero— mientras veo si el posadero saca cerveza del barril correcto, pues tiene una buena de octubre que elabora Withold de Tamworth.

Robin entró y susurró al anfitrión que añadiera una medida de aguardiente flamenco a la cerveza y se la llevó al calderero.

—Por Nuestra Señora —suspiró el calderero después de un largo trago de cerveza— ese Withold de Tamworth, buen nombre sa-

---

[2] Especialidad local consumida en la época. *(N. de la T.)*

jón, además, debes saber, hace la cerveza más zumbona que jamás haya pasado por los labios de Wat del Garrote.

—¡Bebe, hombre, bebe! —gritó Robin, mojando los labios—. ¡Posadero! Tráele a mi amigo otra jarra de lo mismo. Y ahora una canción, mi jovial compañero.

—Cantaré una canción, pues nunca había probado una cerveza semejante. Válgame Dios, ¡hace zumbar mi cabeza incluso ahora! Oíd, gentil posadera, venid a escuchar, si queréis oír una canción, y vos también, hermosa doncella, pues canto mejor cuando me mira un par de ojos bonitos.

El calderero entonó una antigua balada de los tiempos del rey Arturo, titulada *Las bodas de sir Gawain,* que quizá hayáis oído en el robusto inglés de los antiguos; y todos escucharon aquella noble historia del gallardo caballero y su sacrificio por su rey. Pero mucho antes de que el calderero llegara al último verso, su lengua empezó a trastabillar y su cabeza a girar, a causa de la ardiente mezcla. Primero patinó la lengua, luego se espesó el sonido, después osciló la cabeza, y acabó durmiéndose como si nunca más fuera a despertar.

Robin Hood rio en voz alta y sacó la cédula del zurrón del calderero con sus hábiles dedos.

—Eres avispado, calderero —dijo—, pero todavía no eres tan astuto como ese pícaro ladrón de Robin Hood.

Entonces llamó al posadero y le dijo:

—Aquí tienes, buen hombre, diez chelines por el refrigerio que nos has dado hoy. Cuida bien de tu hermoso huésped, y cuando despierte puedes volver a cobrarle otros diez chelines, y si no los tiene, puedes coger su martillo y su morral, e incluso su pelliza, como justo pago. Así castigo a los que vienen al bosque a emplumarme. En cuanto a ti, no conocí posadero que no cobrase el doble de lo que pudiese.

El posadero sonrió socarrón, como si rememorase el rústico proverbio: «No enseñes a una urraca a chupar huevos».

El calderero durmió hasta los confines de la tarde, cuando las sombras se alargaban junto al lindero del bosque; entonces despertó. Primero miró arriba, luego abajo, después al este y luego al oeste, haciendo acopio de sus mientes, como pajas de cebada que el viento deshace. Recordó a su alegre compañero, pero ya no estaba. Luego pensó en su robusto báculo, que descansaba en su mano.

Después en la cédula de arresto y en las ochenta monedas que ganaría por entregársela a Robin Hood. Metió la mano en el zurrón, pero no había ni un chavo. Entonces se levantó furioso.

—¡Oye, patrón! —exclamó—. ¿Adónde ha ido el rufián que estaba conmigo?

—¿Qué rufián quiere decir vuesa merced? —respondió el posadero, adulando al calderero para calmarlo, como quien vierte aceite en aguas agitadas—. No he visto a rufián alguno con vuesa señoría, pues juro por mi fe que nadie osaría llamar «rufián» a ese hombre tan cerca del bosque de Sherwood. He visto con vuecencia a un hombre robusto, pero creí que lo conocíais, pues pocos son los que por aquí pasan y no lo conocen.

—Cómo podría yo, que nunca he chillado en tu pocilga, conocer a todos los cerdos que hozan en ella? ¿Quién era él, entonces? ¿Tú lo conoces bien?

—Pues un tipo muy robusto a quien por aquí llaman Robin Hood.

—¡En mala hora! —lamentó el calderero con voz grave como la de un toro furioso—. Me viste entrar en tu posada, a mí, un artesano honorable y honrado, y no avisaste de quién me acompañaba, sabiendo tú quién era. ¡Tengo un anhelo creciente de propinar a tu sesera un buen coscorrón!

Blandió el garrote y miró al posadero como si fuera a golpearlo allí mismo.

—¡No lo hagáis! —pidió el anfitrión levantando el codo, temeroso del golpe—. ¿Cómo iba yo a saber que vos no lo conocíais?

—Bien agradecido estarás de que sea hombre paciente y perdone a tu calva coronilla, pues de lo contrario no volverías a engañar a un cliente. Pero en cuanto a ese tunante de Robin Hood, voy en su busca *ipso facto* y si no le descargo un mamporro en la mollera, corta mi garrote en astillas y llámame «mujer».

—Deteneos —ordenó el posadero, extendiendo los brazos ante él como un pastor de ánsares guiando a su banda, pues el dinero le hacía audaz— no os marchéis sin pagar mi cuenta.

—¿Pero no te pagó?

—Ni un cuarto de penique, y habéis bebido cerveza por valor de diez chelines. Es más, os digo que no os vayáis sin pagarme o lo pondré en conocimiento de nuestro buen *sheriff*.

—Pero no tengo con qué pagarte, buen amigo —dijo el calderero.

—Yo no soy un buen tipo —advirtió el posadero—. No lo soy cuando se pueden perder diez chelines. Págame lo que me debes en dinero o deja tu pelliza, tu zurrón y tu martillo, aunque sé que no valen diez chelines, y por eso perderé. Como te muevas, te digo, echaré a mi perro sobre ti. Maken, abre la puerta y suelta a Brian si este granuja da un paso más.

—No —reculó el calderero, pues a fuerza de recorrer el país bien sabía lo que eran los perros—. Toma lo que quieras y déjame partir en paz, y que te dé un mal aire. Pero si atrapo a esa alimaña, te juro que pagarás con usura todo lo que has cobrado.

El calderero se alejó a grandes zancadas hacia el bosque, maldiciendo entre dientes mientras el posadero, su digna esposa y Maken lo seguían con la mirada, desternillándose de risa.

—Robin y yo hemos despojado a ese asno de su ajuar con mucho tino —celebró el posadero.

Sucedió por aquel entonces que Robin Hood caminaba por el bosque hacia la calzada de Fosse Way, para ver qué se podía contemplar allí, pues había luna llena y la noche se prometía clara. En la mano portaba su bastón de roble, y de su costado colgaba el cuerno. Mientras bajaba por un sendero del bosque, por otro bajó el calderero, mascullando para sí y sacudiendo la cabeza como un toro furioso; y así fue que al doblar una curva se encontraron bruscamente cara a cara. Permanecieron inmóviles unos instantes, hasta que Robin habló.

—Salud, dulce pajarillo —bromeó—. ¿Qué te ha parecido tu cerveza? ¿No me cantas otra balada?

El calderero nada dijo al principio, y se quedó mirando a Robin con rostro adusto hasta que por fin habló.

—Vive Dios —acertó a decir— que me alegro mucho de encontrarte, y si hoy no te hago sonar los huesos dentro del pellejo, tienes licencia para poner tu pie en mi pescuezo.

—¡Albricias! —exclamó el alegre Robin—. Haz sonar mis huesos, si puedes.

Diciendo esto, blandió su vara y se puso en guardia. El calderero se escupió en las manos y, empuñando la vara, arremetió contra el otro. Le atizó dos o tres castañazos, pero pronto entendió que había encontrado la horma de su zapato, pues Robin los esquivó todos y, antes de que el calderero se percatara, le encajó un golpe en las costillas. Al ver esto, Robin rio a carcajadas, y el calderero se enfureció aún más y descargó palos con todas sus fuerzas. De nuevo, Robin rechazó dos de los golpes, pero a la tercera su vara se quebró bajo los furiosos envites del calderero.

—¡Por todos los diablos! —gritó Robin cuando se cayó de sus manos—. Mal bastón eres para servirme cuando más lo necesito.

—Ríndete —exigió el calderero—. Eres mi prisionero y si no lo haces te partiré la jeta.

Robin Hood calló y, llevándose el cuerno a los labios, tocó tres veces, alto y claro.

—Sí, sí —se burló el calderero—, sopla cuanto desees, pero vendrás conmigo a la ciudad de Nottingham, a ver al *sheriff.* ¿Te vas a rendir ahora o tendré que romperte tu hermosa testuz?

—Si he de beber cerveza agria, la bebo —dijo Robin— pero jamás me he entregado a nadie, y menos sin heridas ni marcas en el cuerpo. Ni tampoco, vive Dios, me rendiré ahora. ¡Salud, mis alegres hombres! Venid presto.

De entre la espesura del bosque emergieron Little John y seis mozos fornidos vestidos de verde.

—¿Qué necesidad había de tocar tan fuerte el cuerno? —gritó Little John.

—He aquí a un calderero —explicó Robin— con deseos de llevarme a Nottingham para colgarme en la horca.

—¡Voto a Dios que entonces él mismo será el ahorcado, y de inmediato! —exclamó Little John, dirigiéndose con sus compañeros a aprehender al calderero.

—No, no lo toques —dijo Robin— pues es hombre robusto. Es calderero por oficio, y hombre de metal por naturaleza; además, entona hermosas baladas. Dime, buen amigo, ¿quieres unirte a mis alegres hombres? Tres trajes verdes tendrás al año, además de cuarenta marcos de honorarios; compartirás todo con nosotros y llevarás una vida alegre en el bosque, porque no tenemos preocupaciones y la desgracia no se abate sobre nosotros en las dulces sombras de

Sherwood; cazamos, comemos carne de venado y dulces tortas de avena, cuajada y miel. ¿Quieres venir?

—Sí, pardiez, me uniré a vosotros —dijo el calderero— amo la vida alegre y os amo a vos, buen señor. Me golpeasteis las costillas y me engañasteis en el trato; con gusto reconozco que sois más robusto y astuto que yo, y por eso os obedeceré y seré vuestro fiel servidor.

Así fue como todos volvieron sus pasos hacia la espesura, donde el calderero viviría de ahí en adelante. Durante muchos días cantó baladas a la banda, hasta que se les unió el famoso Allan de Dale, cuya voz meliflua hacía que todas las demás rascasen, ásperas como la de un cuervo; pero de él sabremos más adelante.

CAPÍTULO III

El torneo de tiro de Nottingham

El *sheriff* se enfureció por no haber apresado al alegre Robin, pues llegó a sus oídos que la gente se mofaba de su idea de entregar una cédula de detención a alguien como el audaz forajido. Y nada odia tanto un hombre como que se burlen de él, así que dijo:

—Nuestro magnánimo señor y soberano rey tendrá noticias de esto, y oirá cómo sus leyes son pervertidas y despreciadas por esta recua de rebeldes bandoleros. En cuanto a ese traidor del calderero, lo colgaré, si lo atrapo, en la horca más alta de todo Nottinghamshire.

Luego ordenó a sus sirvientes y criados que preparasen el viaje a Londres, para celebrar una audiencia con el rey.

En el castillo del *sheriff* reinaba el bullicio, y los criados corrían de aquí para allá para ocuparse de un asunto o de otro, mientras los fuegos de las fraguas de Nottingham refulgían hasta bien entrada la noche como estrellas titilantes, pues todos los herreros de la ciudad estaban fabricando o reparando armaduras para la tropa que acompañaría al *sheriff*. El trabajo duró dos días y al tercero todo estuvo listo para el viaje. Partieron, pues, bajo un sol cegador, desde la ciudad de Nottingham hasta la calzada de Fosse Way, y de allí a Watling Street; así viajaron durante dos días, hasta que por fin vieron las agujas y las torres de la gran ciudad de Londres. Mucha gente se detenía a su paso a contemplar el espectáculo que ofrecían, recorriendo las calles con sus relucientes armaduras y sus alegres penachos y atavíos.

En Londres, el rey Enrique y su hermosa reina Leonor los recibieron en la corte, muy animada con damas vestidas de seda, satén, terciopelo y telas de oro, y también con valientes caballeros y galantes cortesanos.

El *sheriff* fue conducido a presencia del rey.

—Una petición, una petición —dijo, hincando una rodilla en el suelo.

—¿Qué deseáis? —preguntó el rey.

—Oh, mi buen señor y soberano —dijo el *sheriff*— en el bosque de Sherwood, en nuestro bello condado de Nottingham, vive un audaz forajido llamado Robin Hood.

—A decir verdad —afirmó el rey— sus acciones también han llegado a nuestros reales oídos. Es un joven descarado y rebelde mas, me complace reconocerlo, tiene un alma muy vivaz.

—Pero escuchad, vuestra benevolente majestad —dijo el *sheriff*—. Le envié una cédula con vuestro sello real a través de un bribón muy bullanguero, pero golpeó a este emisario y robó la cédula. Y mata a vuestros ciervos y roba a vuestros súbditos hasta en los grandes caminos.

—¿Pues bien? —repuso airado el monarca—. ¿Qué queréis que haga? Venís a mí con un extenso despliegue de hombres, armas y criados, y no sois capaz de vencer a un hatajo de bribones marrulleros mal equipados en vuestro propio condado. ¿Qué queréis que haga? ¿No sois vos mi *sheriff*? ¿No rigen mis leyes en Nottinghamshire? ¿No podéis tomar vuestro propio camino contra quienes quebrantan las leyes u os perjudican a vos o a los vuestros? Idos, partid y devanaros los sesos; elaborad algún plan por vuestra cuenta, pero no me molestéis más. Mas hacedlo bien, *sheriff,* pues mis leyes deben ser obedecidas por todos los hombres de mi reino, y si no sois capaz de hacerlas cumplir, no sois el *sheriff* adecuado para mí. Miraos bien al espejo, os digo, o el mal puede caer sobre vos como sobre los ladrones de Nottinghamshire. Cuando llega la inundación, arrastra tanto el grano como la paja.

El *sheriff* se alejó con el corazón encogido, y se arrepintió de su enorme séquito de criados, pues percibió el enojo del rey por su incapacidad para hacer cumplir la ley pese a rodearse de tantos hombres. En el camino de regreso a Nottingham, el *sheriff* estaba pensativo y colmado de preocupación. No cruzó palabra con nadie y ninguno de sus hombres le habló, pues iba absorto maquinando un plan para apresar a Robin.

—¡Ajá! —exclamó de pronto, golpeándose el muslo con la mano—. ¡Ya lo tengo! Vamos todos, mis leales hombres, apresurémonos en llegar a Nottingham. Y recordad bien: antes de que pasen quince días, ese malvado granuja de Robin Hood dará con sus huesos en las mazmorras de Nottingham.

Pero, ¿cuál era el plan del *sheriff*?

Como un usurero que examina las monedas de una bolsa, palpándolas una por una para ver si está recortada, así el *sheriff* analizaba los pormenores de su plan, uno tras otro, palpando los bordes y encontrando en cada uno algún defecto. Finalmente pensó en el alma audaz del alegre Robin y en cómo, según sabía el *sheriff,* era capaz de colarse con frecuencia en el interior de los muros de Nottingham.

En sus cavilaciones, el *sheriff* pensó «si pudiera persuadir a Robin de acercarse a la ciudad, le pondría las manos encima con tanta firmeza que nunca más podría escapar». Entonces, se le ocurrió convocar un gran torneo de tiro al blanco y ofrecer algún premio, Robin Hood se vería compelido a participar por su espíritu aventurero; y fue este pensamiento lo que hizo al *sheriff* gritar «¡Ajá!», y golpearse el muslo con la palma de la mano.

Tan pronto como regresó a Nottingham, envió heraldos a norte y a sur, a este y a oeste, para anunciar este gran concurso de tiro; invitó a todos quienes pudieran tensar un arco largo, y el premio sería una flecha de oro puro.

Robin Hood se enteró de la noticia en la ciudad de Lincoln; volvió rápidamente al bosque de Sherwood, reunió en asamblea a todos sus alegres secuaces y les habló así:

—Prestad atención, mi jovial banda, a las noticias que traigo de Lincoln. Nuestro amigo el *sheriff* de Nottingham ha convocado un concurso de tiro, ha destacado emisarios para que lo anuncien

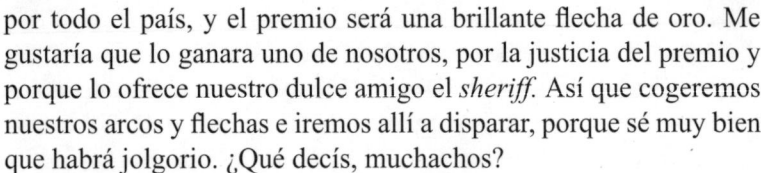

por todo el país, y el premio será una brillante flecha de oro. Me gustaría que lo ganara uno de nosotros, por la justicia del premio y porque lo ofrece nuestro dulce amigo el *sheriff*. Así que cogeremos nuestros arcos y flechas e iremos allí a disparar, porque sé muy bien que habrá jolgorio. ¿Qué decís, muchachos?

El joven David de Doncaster tomó la palabra.

—Buen amo, os ruego que escuchéis lo que os digo. Vengo directamente de ver a nuestro amigo Eadom del Jabalí Azul, y me ha hablado de este mismo concurso. Pero, amo, sé por él, y él lo ha sabido por Ralph Caracortada, el hombre del *sheriff,* que éste te ha tendido una trampa con esta competición de tiro y no desea otra cosa que verte allí. Así que no vayas, buen señor, porque sólo intenta engañarte; quédate en el bosque verde, no sea que todos caigamos en la desgracia y el infortunio.

—Por mi fe —dijo Robin— eres un muchacho sabio con los oídos abiertos y la boca cerrada, como corresponde a un camarada sabio y astuto. Pero ¿permitiremos que digan que el *sheriff* de Nottingham acorraló al valiente Robin Hood y a ciento cuarenta arqueros tan buenos como los mejores de toda Inglaterra? No, buen David, lo que me dices me hace desear el premio más aún. ¿Cómo decía Gaffer Swanthold? «El que va con prisa se quema la boca, y el necio que cierra los ojos cae al pozo». Así pues, debemos enfrentarnos a la astucia con astucia. Vestíos de frailes, algunos, otros de campesinos rústicos, y otros de caldereros o de mendigos, pero procurad llevar todos un buen arco o una buena espada, por si surge la necesidad. En cuanto a mí, participaré para ganar la flecha de oro y, si lo consigo, la colgaremos en las ramas de nuestro árbol de madera verde para alegría de la banda ¿Qué os parece el plan, mis alegres hombres?

—¡Bien, bien! —gritaron al unísono, de todo corazón.

La ciudad de Nottingham lucía hermosa el día del concurso de tiro. Por la verde pradera, bajo la muralla de la ciudad, se extendían hileras de gradas, destinadas a caballeros y damas, terratenientes y ricos burgueses y sus esposas, pues sólo podían sentarse allí los de señorío y abolengo. Al final del prado, cerca de la diana, se elevaba un estrado, engalanado con cintas, pañuelos y guirnaldas de flores, donde se sentaban el *sheriff* de Nottingham y su dama. El campo medía veinte pasos de ancho. En un extremo se hallaba la diana y en el otro una carpa de lona de rayas, de cuyo mástil ondeaban coloridos banderines y serpentinas. Esta caseta guardaba barriles de cerveza, a disposición de los arqueros que quisieran saciar su sed.

Al otro lado del campo, junto a los asientos para la gente de fuste, se había colocado una barandilla para evitar que los pobres se agolparan frente a la diana. Aunque era temprano, los bancos empezaban a llenarse de espectadores adinerados, que llegaban en un goteo de pequeños carros o palafrenes que se movían alegremente al son de las campanillas de plata de las riendas. Con ellos llegaban también los más humildes, que se instalaban sobre la verde hierba, cerca de la barandilla que los separaba del campo de tiro. En la gran tienda, los arqueros se reunían de dos en dos y de tres en tres; algunos comentaban gloriosos disparos del pasado; otros examinaban sus arcos, tensando la cuerda entre los dedos para comprobar que no estuviera deshilachada, o inspeccionaban las flechas, cerrando un ojo y mirando por la asta para asegurarse de que no estuviese torcida sino completamente recta.

Nunca se había congregado en la ciudad de Nottingham tan numerosa compañía como la de aquel día, pues los mejores arqueros de la alegre Inglaterra habían acudido al torneo. Allí estaba Gilbert Gorrarroja, arquero jefe del *sheriff,* Diccon Cruikshank de la ciudad de Lincoln, y Adam de Dell, un hombre de Tamworth de más de sesenta años, pero aún sano y vigoroso, que en su época había disparado en el famoso torneo de Woodstock y vencido a aquel renombrado arquero, Clym de Clough. Y muchos otros grandes del arco largo, cuyos nombres nos llegan en bellas baladas de la antigüedad.

Toda la bancada estaba llena ya de invitados, nobles, burgueses y damas, cuando llegó el *sheriff* con su señora, él cabalgando con aire patricio sobre su caballo blanco como la leche y ella sobre su potra castaña. El *sheriff* llevaba gorra y manto de terciopelo púrpura, este último ribeteado con rico armiño; su jubón y sus medias eran de seda verde mar y sus zapatos de terciopelo negro, con la punta afilada sujeta a sus ligas con cadenas de oro. Una cadena de oro le colgaba del cuello, con un enorme rubí engastado en oro rojo. Su dama vestía de terciopelo azul, con adornos de plumas de cisne. Ofrecían una galante estampa, cabalgando el uno junto al otro, y los espectadores apiñados de pie junto al espacio de los caballeros los vitorearon al verlos; el *sheriff* y su dama llegaron a su estrado, rodeado de soldados con armaduras y lanzas.

El *sheriff* ordenó a su heraldo que tocara su cuerno de plata, y él hizo sonar tres toques que resonaron alegremente desde los grises muros de Nottingham. Los arqueros se colocaron en sus puestos, mientras la muchedumbre vociferaba aclamando a sus favoritos. «¡Gorrarroja!», gritaban unos, «¡Cruikshank!», chillaban otros, o «¡hurra por William de Leslie!», y las damas agitaban pañuelos de seda para animar a los participantes.

Entonces el heraldo se levantó y proclamó las reglas del torneo:

—Disparad desde vuestra marca, que está a ciento ochenta y cinco varas del blanco. Primeramente, disparará una flecha cada arquero, y pasarán a la siguiente ronda los diez que realicen los mejores tiros. Cada uno de estos diez hombres disparará dos flechas, y de entre ellos, los tres mejores dispararán de nuevo. Tres tiros harán cada uno de estos hombres, y a quien dispare las flechas más hermosas se le concederá el premio.

El *sheriff* observó la multitud de arqueros para ver si Robin Hood estaba entre ellos; pero no había nadie con el verde Lincoln que acostumbraban a vestir Robin y su banda. «Sin embargo», se dijo el *sheriff,* «puede que esté ahí. Veremos cuando disparen sólo diez hombres, porque o muy mal lo conozco, o estará entre ellos».

Los arqueros dispararon, uno por uno, para deleite de la buena gente, que nunca había visto tiro con arco de la maestría de aquel día. Seis flechas acertaron en el blanco, cuatro en el círculo negro, y sólo dos dieron en el anillo exterior; cuando la última flecha salió disparada y dio en la diana, la muchedumbre prorrumpió en vítores, pues era un tiro muy noble.

Ya sólo quedaban diez hombres de todos los que habían disparado; de ellos, seis eran famosos en todo el país, y conocidos por la mayoría de la gente allí reunida. Estos seis hombres eran Gilbert Gorrarroja, Adam de Dell, Diccon Cruikshank, William de Leslie, Hubert de Cloud, y Swithin de Hertford. Además había dos campesinos del alegre Yorkshire, un forastero alto vestido de azul que decía venir de la ciudad de Londres, y un hombre extraño y andrajoso vestido de escarlata con un parche en un ojo.

—Dime —pidió el *sheriff* a un soldado cercano—. ¿Ves a Robin Hood entre esos diez?

—No lo sé, vuecencia —respondió el hombre—. Conozco bien a seis de ellos. De esos hombres de Yorkshire, uno es demasiado alto y el otro demasiado bajo para ser el audaz bribón. La barba de Robin es rubia como el oro, pero aquel mendigo harapiento de escarlata tiene la barba castaña, además de ser tuerto. En cuanto al forastero de azul, creo que los hombros de Robin son tres pulgadas más anchos que los suyos.

—Entonces ese canalla es tan cobarde como bribón, pues no osa asomar el rostro entre hombres buenos y honrados —masculló el *sheriff,* golpeándose el muslo con furia.

Después de unos instantes de descanso, los diez arqueros salieron a la siguiente ronda. Cada uno disparó a dos hileras de dianas, con el público observando en medio de un respetuoso silencio, pero cuando el último lanzó su flecha, se liberó otro grito colectivo, con muchos asistentes lanzando las gorras al aire para celebrar tan maravilloso disparo.

—Voto a Dios —dijo el viejo sir Amyas de Dell, quien, encorvado por sus más de ochenta años de edad, tomó asiento cerca del *sheriff*—, jamás he presenciado tan extraordinario tiro con arco en toda mi vida, y he conocido a los mejores tiradores de arco largo durante más de sesenta años.

Ya sólo quedaban tres hombres de todos los participantes. Uno era Gilbert Gorrarroja, otro el andrajoso forastero de escarlata, y otro Adam, el de la ciudad de Tamworth. Todo el público voceaba, gritando: «¡Hurra por Gilbert Gorrarroja!» y otros: «¡Hurra por el robusto Adam de Tamworth!», pero ni un solo espectador animó al mendigo de escarlata.

—¡Dispara bien, Gilbert! —gritó el *sheriff*—. Si tu flecha es la mejor, te daré, además del premio, cincuenta peniques de plata.

—Lo haré lo mejor que pueda —dijo Gilbert con firmeza.

Diciendo esto, sacó del carcaj una flecha hermosa y lisa de pluma ancha, la ajustó hábilmente a la cuerda, luego tensó el arco con cuidado y apuntó. La flecha trazó un vuelo rectilíneo y se clavó en la diana, a un dedo del centro. «¡Gilbert, Gilbert!», aclamó la multitud, y el *sheriff* exclamó:

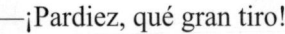

—¡Pardiez, qué gran tiro!

El andrajoso forastero dio un paso al frente. La gente reía al ver un remiendo amarillo asomarle bajo el brazo cuando levantaba el codo para disparar, y también al verlo apuntar con un solo ojo. Tensó el arco y rápidamente soltó una flecha; tan breve fue el lapso de tiempo que nadie respiró entre el momento de tensar y el de disparar; sin embargo, su flecha se clavó más cerca del centro que la otra, por el doble de la longitud de un grano de cebada.

—¡Por todos los santos del paraíso! —exclamó el *sheriff*—. ¡Es en verdad un hermoso tiro!

Seguidamente, Adam de Dell disparó con cautela, y su flecha se clavó cerca de la del forastero. Tras un instante, los tres volvieron a disparar y sus flechas se clavaron dentro de la diana, pero en esta ocasión la de Adam de Dell quedó más lejos del centro, y de nuevo el tiro del tuerto fue el mejor. Después de otro rato de descanso, realizaron un tercer disparo. Esta vez, Gilbert prestó mucha atención a su puntería, midió con esmero la distancia y disparó. La flecha voló recta, provocando en el público un clamor que hizo temblar las banderas que ondeaban en la brisa, y los grajos y los cuervos volaron graznando sobre los tejados de la vieja torre gris, porque la flecha se había clavado cerca del punto que marcaba el centro.

—Bien hecho, Gilbert —exclamó el *sheriff* con alegría—. Estoy deseando ver cómo te haces con el premio. Ahora, perro andrajoso, enséñanos una flecha mejor que esa.

El pordiosero, sin decir una palabra, ocupó su lugar; nadie parecía respirar, tan grande era el silencio expectante. El mendigo se concentró con el arco en la mano unos cinco segundos, entonces engarzó la saeta en su fiel tejo, la mantuvo encajada sólo un momento y aflojó la cuerda. La flecha voló tan recta y certera que golpeó una pluma de ganso gris del astil de Gilbert, que cayó revoloteando por el aire iluminado por el sol, mientras la flecha del desharrapado se alojaba en el centro exacto, cerca de la de Red Cap. Nadie soltó palabra durante un rato y nadie gritó: los espectadores se miraban asombrados.

Adam de Dell, soltando un largo suspiro y sacudiendo la cabeza, sentenció:

—Hace más de cuarenta años que disparo flechas, y no siempre he sido malo, pero hoy ya no tiro más, porque nadie puede igualar a ese forastero, sea quien sea.

Luego metió la flecha sonoramente en la aljaba y desencordó el arco sin soltar una palabra más.

El *sheriff* bajó de su estrado y se acercó, todo seda y terciopelo, a donde estaba el andrajoso tirador apoyado en su arco, mientras el público se agolpaba para ver al hombre que disparaba con tamaña maestría.

—Toma, buen amigo —dijo el *sheriff*—. Llévate el premio; lo tienes bien merecido, ante ti me inclino. ¿Cómo te llamas y de dónde procedes?

—Me llaman Jock de Teviotdale, y de allí vengo —dijo el forastero.

—Por mi fe, Jock, eres el arquero más cumplido que han visto mis ojos, y si te unes a mi servicio, te vestiré con una capa mejor que la que llevas, comerás y beberás a tu antojo, y cada Navidad recibirás como salario ochenta marcos. Eres mejor arquero que el cobarde bribón de Robin, que ni se ha atrevido a asomarse por aquí. Dime, buen amigo, ¿te unirás a mi servicio?

—No haré tal cosa —replicó bruscamente el arquero—. Seré mío, y ningún hombre de toda Inglaterra será mi amo.

—Ve, pues, ¡y mala centella te coma! —gritó el *sheriff,* temblando de cólera—. ¡Tengo muchas ganas de golpearte por tu insolencia!

Acto seguido, giró sobre sus talones y se alejó.

Aquel mismo día, una compañía muy variopinta se arracimó en torno al noble árbol de madera verde, en las profundidades de Sherwood. Constaba de una veintena o más de frailes descalzos, algunos hombres con aspecto de caldereros, otros que parecían robustos mendigos, y también rústicos aldeanos; en un musgoso asiento había un hombre vestido de andrajosa escarlata con un parche en un ojo, y en la mano llevaba la flecha de oro, el premio del gran torneo de tiro. En medio del bullicio de conversaciones y risas, se quitó el parche del ojo, se despojó de los harapos escarlatas y se mostró todo vestido de verde Lincoln; entonces dijo:

—Todo esto se quita fácilmente, pero la mancha de nuez no se limpia tan rápido del pelo rubio.

El grupo rio aún más alto que antes, pues el inimitable Robin Hood era quien había ganado el premio de las mismísimas manos del *sheriff*.

Acto seguido, todos se sentaron a disfrutar el banquete del bosque, y hablaron entre ellos de la broma que habían gastado al *sheriff*, y de las aventuras vividas por cada miembro de la banda con su disfraz. Cuando terminó el festín, Robin Hood se llevó aparte a Little John y le dijo:

—Realmente, me hierve la sangre por oír decir al *sheriff* «Disparas mejor que ese cobarde bribón de Robin Hood, que ni se atrevió a asomar su cara aquí hoy». Me gustaría poner en su conocimiento quién le arrebató la flecha de oro de la mano, y también que no soy un cobarde como él cree.

Little John dijo:

—Buen amo, déjamelo a mí y a Will Stutely; enviaremos a ese *sheriff* gordinflón noticias de todo esto por un mensajero inesperado.

Aquel día, el *sheriff* se sentó a la mesa del gran comedor de su casa en la ciudad de Nottingham. Había largas mesas a lo largo de la sala, que ocupaban hombres de armas, personal de la casa y buenos sirvientes, en total más de ochenta comensales. Conversaban sobre la cacería del día, comían carne y bebían cerveza. El *sheriff* presidía la mesa en un asiento elevado bajo un dosel, flanqueado por su dama.

—Por el amor del Altísimo —dijo—. Estaba seguro de que ese maldito Robin Hood acudiría hoy al torneo. No creí que fuera tan cobarde. Pero, ¿quién sería ese pícaro que me despreció a la cara con tanta desfachatez? Me pregunto por qué no le propiné un correctivo; pero algo en él no encajaba con los harapos y remiendos.

Entonces algo cayó estrepitosamente en los platos de la mesa, y los que se sentaban cerca se levantaron para ver qué era. Tras unos instantes de duda, un soldado reunió el valor suficiente para cogerlo y llevárselo al *sheriff*. Entonces todos vieron que se trataba de una flecha de ganso gris, con un pergamino fino atado en lugar de la punta. El *sheriff* abrió el rollo; enseguida se empezaron a hinchar las venas de su frente y las mejillas se le enrojecieron de rabia mientras leía, pues lo que veía era esto:

Que el cielo bendiga este día,
celebra el bosque de Sherwood
la justa y dulce victoria
del buen Robin Hood, libre y noble.

—¡¿De dónde ha salido esto?! —tronó el *sheriff*.

—Ha entrado por la ventana, vuesa merced —respondió el hombre que le había entregado la flecha.

CAPÍTULO IV

Donde se cuenta el rescate de Will Stutely

Cuando el *sheriff* vio que no podía vencer a Robin Hood ni con la ley ni con la astucia, se dijo, desconcertado: «¡Tonto de mí! Si no me hubiera quejado a nuestro rey, no me habría metido en semejante lío; ahora debo apresarlo o recibiré su real cólera sobre mi cabeza. He probado la ley y he probado la astucia, y he fracasado en ambas; ahora probaré qué puede lograr la fuerza». Con tal convencimiento, llamó a sus lugartenientes para informarlos de lo que pensaba hacer.

—Escoged cada uno a cuatro hombres, completamente armados —dijo—, y apostaos en diferentes puntos del bosque para acechar a Robin Hood. Si alguna de las brigadas se ve cercada por el ataque de un grupo mayor, que toque el cuerno y la brigada más cercana acudirá a la que pide auxilio sin dilación. Así capturaremos a ese sarnoso de calzas verdes. El primero que encuentre a Robin Hood recibirá cien libras de plata si me lo trae, ya sea vivo o muerto; el que encuentre a cualquiera de su banda, vivo o muerto, recibirá cuarenta. Adelante, pues, y no olvidéis: sed audaces, sed astutos.

Marcharon al bosque de Sherwood en sesenta grupos de cinco hombres para capturar a Robin Hood, todos ansiando ser quien encontrara al audaz forajido o al menos, a uno de su tropa. Durante siete días y siete noches patrullaron por los claros del bosque, pero no vieron ni un solo hombre de verde pues el leal Eadom, del Jabalí Azul, había avisado a Robin Hood de la misión.

Al enterarse de la noticia, Robin afirmó:

—Si el *sheriff* recurre a la fuerza, pobre de él y de muchos otros mejores que él, porque correrá la sangre y se orquestará su desdicha. Pero voto a Dios que yo evitaré la violencia y la batalla, y no haré sufrir a mujeres y esposas por que sus hombres, buenos y robustos, pierdan la vida. Una vez maté a un hombre y nunca más deseo hacerlo, pues es amargo para el alma pensar en ello. Dispongo que guardemos silencio en el bosque de Sherwood para que todo vaya bien, pero si nos vemos obligados a defendernos, o a defender a alguien de nuestra banda, que cada uno emplee su arco y su flecha con fuerza y determinación.

Al oír sus palabras, muchos de la banda se dijeron: «Ahora el *sheriff* pensará que somos cobardes, y la gente se burlará diciendo que tememos encontrarnos con estos hombres». Pero no se manifestaron en voz alta, sino que se tragaron sus palabras e hicieron lo que ordenaba Robin.

Se ocultaron en las profundidades del bosque de Sherwood y estuvieron siete días y siete noches sin asomar la nariz; a primera hora de la mañana del octavo día, Robin Hood reunió a la banda y preguntó:

—¿Quién quiere ir a ver qué hacen los hombres del *sheriff?* No se quedarán para siempre en el corazón del bosque de Sherwood.

Se alzó un enorme alboroto entre los hombres, todos agitando el arco en alto y pidiendo a gritos ser los elegidos. El corazón de Robin Hood se hinchió de orgullo ante el coraje de sus compañeros, y dijo:

—Sois valientes y honrados, mis alegres hombres, y una banda de buenos y aguerridos compañeros, pero no podéis ir todos, así que elegiré sólo a uno, que será el bueno de Will Stutely, pues es tan astuto como el zorro más viejo del bosque de Sherwood.

Will Stutely saltó entre risotadas, aplaudiendo de pura alegría por ser el elegido entre todos ellos.

—Gracias, buen amo —dijo—, pero si no te traigo noticias de esos bribones, no me llames más «astuto Will Stutely».

Will Stutely se disfrazó de fraile, y debajo de la túnica colgó una buena espada donde pudiera echarle mano fácilmente. Así ataviado, partió en busca de los soldados, hasta que llegó al lindero del bosque y a la carretera. Vio dos pelotones de hombres del *sheriff*, pero no se volvió ni a derecha ni a izquierda, sino que se tapó la cara con el capuchón, cruzando las manos en gesto de rezo. De este modo llegó por fin a la señal del Jabalí Azul. «Nuestro buen amigo Eadom me contará todas las noticias».

En el Jabalí Azul encontró a un grupo de hombres del *sheriff* bebiendo con desenfreno; sin hablar con nadie, Will Stutely se sentó en un banco apartado con el bastón en la mano, y la cabeza inclinada hacia delante, como si meditara. Esperó de esta guisa hasta que vio solo al posadero; Eadom no lo reconoció y pensó que era un pobre fraile cansado, así que lo dejó sentarse sin molestarlo, aunque no le gustaban nada los miembros del clero. «Duro es el corazón que echa al perro cojo del umbral», se dijo. Mientras Stutely estaba tranquilamente sentado, llegó un gran gato doméstico y se frotó contra su rodilla, levantándole la túnica a la altura de la palma de la mano. Stutely se volvió a bajar rápidamente la túnica, pero el oficial al mando de los hombres del *sheriff* vio lo sucedido, y vio también el hermoso tejido verde Lincoln asomar bajo la túnica del fraile. No dijo nada en aquel momento, pero meditó para sus adentros de la siguiente manera: «No hay ninguna orden religiosa con hábito gris y, también lo sé, ningún hombre honrado va por ahí disfrazado de fraile, y ningún ladrón lo hace porque sí. Creo que se trata de uno de los hombres de Robin Hood». Entonces dijo en voz alta:

—Hermano, ¿no deseáis acaso tomar una buena jarra de cerveza de marzo para saciar vuestra alma sedienta?

Pero Stutely negó con la cabeza en silencio, pensando: «Quizá haya aquí quien conozca mi voz».

El oficial insistió:

—¿Adónde vais, hermano, en este caluroso día de verano?

—Voy de peregrinación a la ciudad de Canterbury —respondió Will Stutely bruscamente, para que nadie reconociera su voz.

El oficial dijo, por tercera vez:

—Ahora decidme, venerable hermano. ¿Llevan los peregrinos a Canterbury el buen verde de Lincoln bajo el hábito? ¡Ja! A fe mía que os tengo por un bastardo ladrón, y tal vez de la banda de Robin Hood. Por la fe de Nuestra Señora, si movéis mano o pie, os ensartaré con mi espada.

Entonces blandió su brillante acero y saltó sobre Will Stutely, pensando que lo tomaría desprevenido, pero Stutely tenía la espada bien sujeta en la mano, bajo la túnica, y la desenvainó antes de que el oficial se le echara encima. El corpulento soldado le asestó un fuerte golpe; pero sería el único que lograría en todo el combate, pues Stutely, rechazando el ataque con gran destreza, arremetió contra el hombre del *sheriff* con todas sus fuerzas. Stutely quiso escapar, pero no pudo, porque el oficial, aunque estaba mareado por la pérdida de sangre, lo agarró por las rodillas mientras se tambaleaba y caía. Los demás soldados se abalanzaron sobre él, y Stutely atacó a otro más, pero el yelmo paró el mamporro y, aunque la espada mordió a fondo, no llegó a matarlo. Mientras tanto, el oficial, desmayándose, tironeó de Stutely hacia abajo; sus hombres, viéndolo perjudicado de esta guisa, se lanzaron sobre él de nuevo, y uno le descargó tal zurriagazo en la cabeza que la sangre le empezó a correr por el rostro, impidiéndole ver claramente. Stutely se revolvió con tal denuedo que apenas lo podían retener, pero se las arreglaron para atarlo con fuertes cuerdas de cáñamo para que no pudiera mover ni pies ni manos, y así fue como lo vencieron.

Robin Hood estaba bajo el árbol de madera verde, preguntándose cómo le estaría yendo la misión a Will Stutely, cuando vio a dos de sus fornidos hombres llegar corriendo por el sendero delantero; entre ellos corría la hermosa Maken del Jabalí Azul. Robin sintió una punzada en el corazón, intuyendo malas noticias.

—¡Han apresado a Will Stutely! —gritaron al llegar hasta él.

—¿Y eres tú quien trae tan tristes noticias?

—¡Sí, y en mala hora, porque yo todo lo vi! —exclamó la moza, jadeando como una liebre huida de los sabuesos—. Y me temo que está herido de gravedad, pues uno le golpeó con genio en la coronilla. Lo han atado y llevado a la ciudad de Nottingham, y antes de salir del Jabalí Azul me enteré de que lo ahorcarían mañana.

—¡No será ahorcado mañana! —gritó Robin—. Y si lo es, muchos morderán el polvo y tendrán motivos para lamentarse.

Se llevó el cuerno a los labios y sopló tres veces; al poco rato, sus hombres llegaron corriendo por el bosque, y ciento cincuenta audaces espadas se reunieron a su alrededor.

—¡Escuchad todos! —gritó Robin—. Nuestro querido camarada Will Stutely ha sido apresado por los hombres de ese vil *sheriff*, nos corresponde tomar arco y flecha para traerlo de vuelta; amigos, creo que debemos arriesgar la vida y la salud por él, como él ha hecho por nosotros. ¿No es así, mis alegres hombres?

Todos gritaron:

—¡Sí! —con una sola voz.

Al día siguiente, salieron del bosque de Sherwood, pero con gran astucia, lo hicieron por caminos diferentes; la banda se disgregó en grupos de dos y tres, que debían reunirse de nuevo en una hondonada de frondosa maleza cercana a Nottingham. Una vez congregados en el lugar de reunión, Robin les habló así:

—Nos quedaremos emboscados aquí hasta que tengamos noticias, pues debemos ser astutos y cautelosos si queremos liberar a nuestro amigo Will Stutely de las garras del odioso *sheriff*.

Permanecieron ocultos hasta que el sol se elevó en el cielo. El día era cálido, y el polvoriento camino estaba libre de viajeros, excepto un viejo peregrino avanzando lentamente por la calzada que rodeaba la muralla gris del castillo de Nottingham. Cuando Robin comprobó que no había ningún otro caminante a la vista, llamó al joven David de Doncaster, que era muy sagaz para su edad, y le dijo:

—Ahora ve, joven David, y habla con aquel peregrino que camina junto a la muralla, porque acaba de salir de Nottingham y tal vez te dé noticias de maese Stutely.

David se puso en marcha; cuando alcanzó al monje, lo saludó diciendo:

—Buenos días, padre, ¿podríais decirme cuándo colgarán a Will Stutely de la horca? No quisiera perderme el espectáculo, pues he venido de lejos para ver ajusticiado a tan pútrido bribón.

El peregrino exclamó:

—¡Mala centella te parta, jovencito, por hablar así cuando van a ahorcar a un buen hombre sólo por proteger su propia vida!

—y golpeó el suelo con su bastón, furioso—. ¡Ay, qué gran desgracia! Hoy mismo al atardecer será ahorcado a ochenta varas de la puerta de la ciudad, donde tres caminos se encuentran; allí jura el *sheriff* que morirá, como advertencia a todos los malhechores de Nottinghamshire. Pero, repito, ¡ay! Porque, aunque Robin Hood y su banda sean forajidos, sólo roban a los ricos, a los poderosos y a los deshonestos, y no hay cerca de Sherwood ni una viuda pobre, ni un campesino con muchas bocas que alimentar, que carezca de harina de cebada todo el año gracias a él. Me aflige el corazón ver morir a alguien tan gallardo como este Stutely, pues yo fui un buen sajón en mis tiempos, antes de convertirme en peregrino, y celebro la mano recia que astutamente golpea al cruel normando o al codicioso abad. Si el jefe del buen Stutely supiera que su hombre está en peligro, tal vez enviaría socorro para librarlo de las fauces de sus enemigos.

—¡Voto a tal que es verdad! —exclamó el joven—. Si Robin y sus hombres están cerca, sé de buena tinta que se esforzarán por sacarlo del peligro. Buen camino, anciano, y créeme que, si Will Stutely muere, será bien vengado.

Dio media vuelta y se alejó rápidamente; pero el peregrino lo siguió con la mirada, murmurando:

—Este joven no es labriego venido a ver morir a un buen hombre. Bien, bien, pues Robin Hood no está tan lejos, parece, y este día verá un buen suceso.

Siguió su camino, murmurando entre dientes.

Cuando David de Doncaster contó a Robin Hood las palabras del peregrino, Robin reunió a la banda y les habló así:

—Vayamos a la ciudad de Nottingham y mezclémonos con la gente de allí; pero no os perdáis de vista entre vosotros, colocaos tan cerca del prisionero y de sus guardias como podáis cuando salgan de la muralla. No ataquéis a nadie innecesariamente, pues preferiría evitar el derramamiento de sangre, pero si lo hacéis, que sea con contundencia para que no haya necesidad de volver a hacerlo. Después manteneos bien juntos hasta que lleguemos de nuevo a Sherwood, y que nadie abandone a sus compañeros.

El sol estaba bajo en el cielo occidental cuando sonó un cuerno en la muralla del castillo. Entonces empezó el bullicio en la ciudad y las calles se llenaron de gente, pues todos sabían que el famoso Will Stutely sería ahorcado ese día. Las puertas del castillo se abrieron de par en par y un gran destacamento de soldados salió formando gran estrépito, encabezados por el *sheriff,* que lucía una refulgente cota de malla. En un carromato en medio de la comitiva, con un ronzal al cuello, apareció Will Stutely. Su rostro estaba pálido por la hemorragia como la luna en pleno día, y tenía el cabello rubio apelmazado en costras sobre la frente, donde la sangre se había endurecido. Cuando salió del castillo miró arriba y abajo, pero entre la marea de rostros que mostraban compasión o amistad, no vislumbró ninguno que conociera. Su corazón se hundió dentro de él como si fuera de plomo, pero aun así habló con valentía.

—Dadme una espada, sir *sheriff* —pidió— y aunque sea un hombre herido, lucharé contra vos y todos vuestros hombres hasta que me falten la vida y las fuerzas.

—No, pícaro villano —contestó el *sheriff,* despectivo— no tendrás espada y sufrirás una muerte miserable, como corresponde a un sucio ladrón como tú.

—Entonces desátame y lucharé contra ti y tus hombres sin más armas que mis puños. No ansío ningún arma, pero no quiero que me cuelguen miserablemente.

El *sheriff* rio en alto.

—¿Qué sucede? ¿Tiembla acaso tu ánimo presuntuoso? Muévete, perro, pues serás ahorcado hoy mismo donde se juntan tres caminos, para que todos te vean colgado, y cuervos y bichos carroñeros te picoteen hasta despedazarte.

—¡Maldigo tu corazón ponzoñoso! —gritó Will Stutely, mostrando los dientes—. ¡Perro cobarde! Si mi buen señor te pilla, pagarás cara la afrenta de hoy. Él te desprecia, como lo hacen todos los corazones valientes. ¿No sabes que tú y tu nombre sois el hazmerreír de todos los valientes? Un pusilánime desdichado como tú jamás podrá vencer al audaz Robin Hood.

El *sheriff* gritó, furioso:

—¿Ah sí? ¿Me burlo de tu «señor», como tú lo llamas? Ahora tú serás el bufón, y un bufón penoso, pues te descuartizaré miembro a miembro después de ahorcarte.

Luego espoleó a su caballo y no dijo más a Stutely.

Llegaron por fin a la gran puerta de la ciudad, a través de la cual Stutely vio ante él la hermosa campiña extendiéndose en colinas y valles tapizados de verdor y, en lontananza, la oscura línea de los lindes del bosque de Sherwood. Luego, admiró la luz oblicua del sol bañando el campo cultivado y el barbecho, brillando rojiza aquí y allá sobre cabañas y granjas; se deleitó con los dulces pájaros cantando sus vísperas y las ovejas balando en la colina; contempló el vuelo de las golondrinas en el aire resplandeciente, y le sobrevino una gran plenitud de corazón, todo se nubló por las lágrimas saladas, e inclinó la cabeza para que la gente no lo creyera hombre débil ante las lágrimas de sus ojos. Mantuvo la cabeza baja hasta que cruzaron la puerta y estuvieron fuera de la ciudad, pero cuando volvió a levantar la vista, sintió que el corazón le daba un vuelco y se detenía de pura alegría, pues vio el rostro de uno de sus queridos camaradas de Sherwood; miró a su alrededor e identificó más rostros conocidos, agolpados junto a los hombres de armas que lo custodiaban. La sangre le subió a las mejillas, pues vislumbró un segundo a su buen amo entre la multitud y, al verlo, supo que toda su banda estaba allí. Pero entre él y ellos se interponía una fila de soldados fuertemente armados.

—¡Atrás! —exclamó el *sheriff* con un chorro de voz a la multitud que se agolpaba por doquier—. ¿Qué queréis, plebeyos, que nos empujáis así? ¡Atrás, os digo!

Entonces aumentó el desorden, se produjo un ruido y un hombre se afanó por abrirse paso entre los soldados hasta el carromato; Stutely vio que era Little John quien había provocado aquel revuelo.

—¡Atrás! —gritó un soldado a quien Little John empujó a codazos.

—No, ¡tú atrás! —exclamó Little John, asestándole un porrazo en la cabeza que lo derribó como un carnicero a un buey, para después saltar al carromato donde estaba Stutely.

—Bonita manera de morir, Will, sin despedirte de tus amigos —dijo— o tal vez me vaya contigo si tú has de morir, pues no podría tener mejor compañía.

Entonces, con un golpe certero, cortó las ligaduras que ataban los brazos y las piernas de Stutely, que saltó del carromato.

—¡Por mi vida! —aulló el *sheriff*— ese muchacho es un bastardo rebelde. ¡A mí todos! ¡Prendedlo, os ordeno, y no dejéis que escape!

El *sheriff* espoleó su caballo hacia Little John y, levantándose en los estribos, se dispuso a atacarlo con enorme fuerza y poderío, pero Little John se agachó bajo el vientre del rocín y el golpe silbó inofensivo por encima de su cabeza.

—¡No, buen *sheriff*! —exclamó, levantándose de un salto tras el golpe fallido—. Debo tomar prestado vuestro venerado acero. Aquí tienes, Stutely —gritó— el *sheriff* te deja su espada. Pongámonos espalda con espalda, amigo, y defiéndete, pues la ayuda está cerca.

—¡Abajo con ellos! —bramó el *sheriff* como un toro furioso, lanzando su caballo contra los dos amigos que luchaban juntos; pero olvidó, tal era su cólera, que no tenía arma con la que defenderse.

—¡Atrás, *sheriff*! —exclamó Little John; en ese momento, sonó un cuerno penetrante y una flecha de tres palmos silbó a una pulgada de la cabeza del *sheriff*. Estalló una enorme refriega, una algarabía de juramentos, gritos y gemidos, chasquidos de acero y espadas flameando bajo el sol de poniente, y entonces una veintena de flechas cortaron el aire. Algunos gritaban «¡Socorro, socorro!» y otros «¡Es un rescate, es un rescate!».

—¡Traición! —tronó el *sheriff*—. ¡Atrás! ¡Retroceded o seremos hombres muertos!

Entonces hizo recular a su caballo entre la multitud.

Robin Hood y su banda podrían haber matado a la mitad de los hombres del *sheriff*, pero los dejaron huir a empujones, limitándose a enviar tras ellos un puñado de flechas para apresurarlos en su huida.

—¡Detente! —gritó Will Stutely al *sheriff*—. Nunca atraparás al audaz Robin Hood si no te detienes para enfrentarte a él cara a cara.

Pero el *sheriff*, inclinándose sobre el lomo de su caballo, lo espoleó más rápido por toda respuesta.

Will Stutely se volvió hacia Little John, lo miró hasta que las lágrimas le saltaron de los ojos y entonces sollozó y, besando las mejillas de su amigo, dijo:

—¡Oh, Little John, mi fiel amigo, a quien amo más que a nadie de todo el mundo! Poco esperaba ver tu rostro hoy, o encontrarte a este lado del paraíso.

Little John no pudo responder, pues lloraba también.

Robin Hood reunió a su banda en una fila cerrada, con Will Stutely en medio, y de tal guisa se alejaron hacia Sherwood, desapareciendo como una nube de tormenta que se aleja del lugar donde la tempestad ha barrido la tierra. Dejaron a diez soldados del *sheriff* heridos —unos más que otros— en el suelo, sin que nadie supiera quién los había abatido.

Así intentó tres veces el *sheriff* de Nottingham apresar a Robin Hood y fracasó las tres; pero la última se asustó, pues sintió cuán cerca había estado de perder la vida. El *sheriff* se lamentó:

—Estos hombres no temen ni a Dios ni a los hombres, ni al rey ni a los oficiales del rey. Antes perderé mi cargo que mi vida, así que no los molestaré más.

Se encerró en su castillo durante muchos días y no se atrevió a mostrar su rostro fuera de él, y todo el tiempo su ánimo estuvo sombrío, y no habló con nadie, pues se sentía humillado por lo sucedido aquel día.

CAPÍTULO V

De cómo Robin Hood se hizo carnicero

Después de todas las peripecias pasadas, poco tardó Robin Hood en enterarse, con todo lujo de detalles, de cómo el *sheriff* había intentado tres veces capturarlo.

«Si se presenta la oportunidad», se dijo «haré que nuestro *sheriff* pague muy cara su villanía. Es posible que lo traiga una temporada a Sherwood, para que disfrute de nuestra compañía».

De cuando en cuando, Robin Hood secuestraba a un barón, a un terrateniente, a un obispo gordo o a un abad, los llevaba al bosque y allí los agasajaba hasta que aflojaban la bolsa.

Robin y su banda vivían apaciblemente en el bosque de Sherwood sin asomar la cara fuera de sus lindes; Robin sabía que no era aconsejable dejarse ver por Nottingham y sus aledaños, pues las autoridades estaban muy disgustadas con ellos. No obstante, aunque no salían del bosque, vivían muy a gusto practicando el tiro contra guirnaldas colgadas de una rama de sauce colocada al final de un claro. En todo el bosque resonaban sus risas y sus bromas, pues quien fallaba el tiro recibía una sonora bofetada que, si la propinaba Little John, mandaba invariablemente al desdichado arquero rodando por los suelos. También practicaban lucha libre y lucha con bastón, y ganaban fuerza y destreza cada día.

Así vivieron casi un año, y durante aquel tiempo Robin urdió infinitas tramas para vengarse del *sheriff*. Finalmente, aburrido de su reclusión, cogió su bastón y partió en busca de aventuras. Caminó ágil y alegre hasta llegar al lindero del bosque. Allí, en la polvorienta calzada a Nottingham, vio a un joven carnicero con un reluciente carromato, cargado de carne y tirado por una espléndida yegua. El carnicero silbaba con buen ánimo, pues el día era precioso y él esperaba buenas ventas en el mercado.

—Buenos días, amigo —dijo Robin—. Se os ve feliz esta mañana.

—Así es —respondió el carnicero—. ¿Por qué no? ¿Acaso no estoy sano de cuerpo y mente? ¿No tengo la novia más bella de Nottinghamshire? ¿Y no nos desposaremos el jueves en la iglesia de Locksley?

—¡Albricias! —exclamó Robin—. ¿Venís de Locksley? Bien conozco ese extraordinario lugar. Recuerdo cada seto y cada regato, e incluso a cada uno de los peces que allí bucean, en leguas a la redonda, pues allí nací y me crié. ¿Y adónde vais con vuestra carne, querido paisano?

—Voy al mercado de Nottingham, a vender carne de vaca y de cordero —respondió el carnicero—. Pero ¿quién sois, amigo de Locksley?

—Soy un simple campesino. Me llaman Robin Hood.

—¡Por las barbas de san Pedro! —exclamó el carnicero—. ¡Conozco vuestro nombre! He oído vuestras hazañas, narradas e incluso cantadas. Pero... ¡No quiera el Altísimo que me robéis a mí! Soy honrado y jamás he hecho mal a ningún hombre o mujer. Dejadme ir, pardiez, que yo no os he importunado.

—No. Decís bien, el Altísimo no quiere que os robe a vos, amigo mío. Ni un cuarto de penique os sisaría, pues me complace vuestro noble rostro sajón; y más aún porque procede de Locksley y pertenece al hombre que desposará el jueves a la mozuela más hermosa de todo Nottinghamshire. Pero os ruego que me digáis, ¿cuánto pediríais por todo el cargamento de carne, incluidos carro y caballo?

—El valor de todo son cuatro marcos —respondió el carnicero—, mas si no vendo toda la carne, ganaré bastante menos.

Entonces Robin sacó una bolsa del refajo y dijo:

—En esta bolsa hay seis marcos. Quisiera ser carnicero por un día y vender carne en Nottingham. ¿Aceptáis seis marcos por todo?

—¡Que la bendición de Nuestra Señora caiga sobre vuestra ínclita sesera! —exclamó el conmovido carnicero, saltando del carro y agarrando la bolsa que le ofrecía Robin.

Robin bromeó:

—Muchos son los que me aprecian y me desean el bien, mas pocos dirán que soy honesto. Volved con vuestra moza y dadle un beso afectuoso de mi parte.

El bandido, entonces, se puso el delantal de carnicero, subió al carromato, agarró las riendas y se encaminó a Nottingham.

Al llegar a la ciudad, buscó la zona del mercado reservada a los carniceros y montó su tenderete. Luego colocó el género en el mostrador y empezó a afilar el cuchillo frotándolo en la piedra de amolar, a la vez que canturreaba alegremente:

> *Vengan las doncellas y también las damas,*
> *compren aquí carne:*
> *Tendrán carne de tres peniques,*
> *pagando poco más que una tercera parte.*
>
> *Tengo tierno cordero, que en lugar de hierba*
> *comió sólo narcisos,*
> *bellas margaritas y dulces violetas,*
> *flores que crecen a la orilla del río.*
>
> *Tengo carne de vaca de las praderas de brezo,*
> *y carnero del valle,*
> *y ternera blanca como rostro de dama,*
> *demos gracias a la leche de su madre.*

Vengan las doncellas y también las damas,
compren aquí carne:
Tendrán carne de tres peniques,
pagando poco más que una tercera parte.

Así canturreaba Robin Hood, para admiración de los que pasaban junto a él; al finalizar la canción, golpeó ruidosamente el cuchillo y el afilador y voceó:

—¿Quién me compra? ¿Quién me compra? Tengo cuatro precios. A los frailes gordos cobro doble, no los quiero de clientes; a los concejales, precio justo, no me importa si compran; a las damas, la mitad, pues me complacen; y a las mozas guapas con gusto por los carniceros, sólo les cobro un beso, pues son las que más me complacen de todos.

Los que pasaban lo observaban anonadados, y se agolparon a su alrededor entre risas, pues nunca antes en Nottingham se había oído una venta semejante; pero cuando se animaron a comprar vieron que era verdad, pues daba a la buena esposa o a la dama tanta carne por un penique como la que comprarían en otro sitio por tres, y cuando una viuda o una mujer pobre acudía a él, le daba carne gratis; cuando venía una alegre doncella y le daba un beso, no cobraba ni un penique por la carne, y muchas acudían a su puesto, pues aquel carnicero tenía los ojos azules como el cielo de junio, y era alegre y risueño, y daba a todas la medida completa. Vendió su carne con tal rapidez que ningún carnicero cercano pudo vender nada.

Empezaron los cuchicheos; unos decían «Será un ladrón que ha robado carromato, jamelgo y carne»; y otros protestaban «¿Cuándo se ha visto a un ladrón desprenderse del género tan alegremente? Será un hijo pródigo que ha vendido las tierras heredadas y quiere vivir alegremente mientras dure el dinero. Los demás, uno a uno, se fueron uniendo a su forma de pensar.

Algunos carniceros se le acercaron para conocerlo.

—Compañero —dijo el jefe de todos—, tenemos un mismo oficio, así que ¿cenaréis con nosotros? Hoy el *sheriff* ha invitado al gremio de carniceros a festejar con él en el Salón del Gremio. Habrá buenas viandas y abundante bebida, y creo que no yerro si digo que eso os complace.

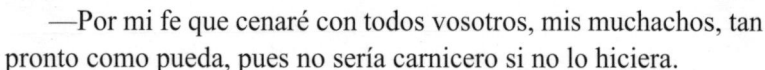

—Por mi fe que cenaré con todos vosotros, mis muchachos, tan pronto como pueda, pues no sería carnicero si no lo hiciera.

Una vez hubo vendido toda la carne, cerró el puesto y se encaminó con ellos al gran Salón del Gremio, donde ya estaba el *sheriff,* y con él muchos carniceros. Cuando entraron Robin y sus acompañantes, carcajeándose de alguna broma que les contaba, los más cercanos al *sheriff* susurraron:

—Es un loco de remate, hoy ha vendido más carne por un penique de lo que nosotros podríamos vender por tres, y a las mozas alegres que le dieran un beso, les daba carne gratis.

Otros decían:

—Es un heredero que ha vendido sus tierras por oro y plata y quiere gastárselo todo alegremente.

Entonces el *sheriff* llamó a Robin, sin reconocerlo porque llevaba indumentaria de carnicero, y lo hizo sentar a su derecha, pues sentía debilidad por los jóvenes y ricos herederos y picazón por aligerar sus bolsillos en su propia y adorada bolsa. Así que aduló mucho a Robin, y reía y hablaba con él más que con cualquiera de los otros.

Con la cena lista para servirse, el *sheriff* le pidió a Robin que bendijera la mesa; Robin se puso en pie y dijo:

—Que el cielo nos bendiga a todos y que haya buena vianda y buen beber en esta casa, y que todos los carniceros sean, y queden, tan honrados como yo lo soy.

Todos rieron ante sus palabras, y el *sheriff* el que más, pues musitó:

—Seguramente es heredero, y por ventura podré vaciarle la bolsa de esos dineros que el muy necio suelta tan alegremente.

Después se dirigió a Robin, diciendo:

—Sois un alegre muchacho, y os tengo en gran estima —mientras le palmoteaba el hombro amigablemente.

Robin también soltó unas risotadas y dijo:

—Sé que os complace un mozo alegre, pues ¿no recibisteis al alegre Robin Hood en vuestro concurso de tiro y no le disteis con gusto una flecha de brillante oro?

Al oír esto, el *sheriff* adoptó un semblante serio, y con él todo el gremio de carniceros; nadie rio excepto Robin, y algunos que se guiñaron disimuladamente el ojo.

—¡Vamos, llenadnos la copa! —exclamó Robin—. Alegrémonos mientras podamos, porque el hombre polvo es, y no tiene más que un palmo de vida aquí hasta que el gusano lo devore, como dice nuestro buen Gaffer Swanthold; así que regocijémonos en vida mientras dure, os digo. Pero maese *sheriff,* las cartas no están echadas; quién sabe si aún podréis atrapar a Robin Hood, con un poco menos de morapio y malvasía, menos grasa en la ilustrísima barriga, y también menos telarañas en la miente. Sed feliz, buen hombre.

El *sheriff* volvió a reír, pero no parecía disfrutar la chanza. A los carniceros les gustó, y comentaron ente ellos:

—Nunca se vio tal descaro; este atrevido lenguaraz tal vez enloquezca a nuestro *sheriff.*

—Pues bien, hermanos —exclamó Robin—. ¡Regocijaos! No contéis vuestros cuartos, porque por esto y aquello pagaré yo la pitanza, aunque cueste doscientas libras. Que nadie alce el morro ni meta la zarpa en la bolsa, porque juro que ni los carniceros ni el *sheriff* pagarán un penique de este festín.

—Sois un alma alegre —dijo el *sheriff*— debéis poseer muchas reses y muchas tierras para gastar vuestro caudal tan libremente.

—Eso es, eso es —dijo Robin, carcajeándose otra vez— quinientas y pico bestias cornudas tenemos mis hermanos y yo, pero ninguna hemos podido vender, por ello me he convertido en carnicero. En cuanto a las tierras, nunca le he preguntado a mi mayordomo cuántas hectáreas tengo.

Al oír esto, los ojos del *sheriff* brillaron y rio para sus adentros.

—Buen mancebo —dijo— si no puedes vender tu ganado, tal vez yo encuentre a un hombre que te lo quite de las manos; quizá yo mismo, pues valoro a los jóvenes alegres y me complace ayudarlos en el camino de la vida. ¿Cuánto quieres por tu ganado astado?

—Pues bien —dijo Robin— valen por lo menos quinientas libras.

—Pardiez —respondió el *sheriff* lentamente, cavilando— os tengo en gran estima y me encantaría ayudaros, pero quinientas libras contantes y sonantes es mucho dinero, no lo tengo conmigo.

Sin embargo, os daré trescientas libras por todos ellos, y además en buena plata y oro.

—Bien sabéis, viejo avaro —dijo Robin— que tantas reses valen más de setecientas libras, y que aun eso es muy poco y, sin embargo, vos, con vuestras canas y un pie en la tumba, queréis comerciar con la insensatez de un joven.

El *sheriff* miró a Robin con gesto adusto.

—No —advirtió Robin— no me miréis como si tuvierais cerveza agria en la boca. Aceptaré vuestra oferta, pues mis hermanos y yo necesitamos el dinero. Llevamos una vida disipada, y nadie lleva una vida así por un penique, así que cerraré el trato con vos. Pero cuidaos de traer las trescientas libras, porque no me fío de nadie que haga un trato tan astuto.

—Traeré el dinero —dijo el *sheriff*—. Pero, ¿cómo os llamáis, buen joven?

—Me llaman Robert de Locksley —dijo el audaz Robin.

—Entonces, buen Robert de Locksley —dijo el *sheriff*—, iré hoy mismo a ver vuestras reses. Pero antes mi secretario redactará un documento en el que quedarás obligado a la venta, pues no recibirás mi dinero sin que yo reciba a cambio tus reses.

Entonces Robin Hood volvió a reír.

—¡Que así sea! —dijo, golpeando con la palma de la mano amigablemente la del *sheriff*—. Por mi fe que mis hermanos os estarán agradecidos por vuestro dinero.

Así se cerró el trato, pero muchos de los carniceros cuchichearon entre sí su mala opinión del *sheriff,* comentando que era una sucia triquiñuela para engañar a un pobre joven manirroto.

Caía la tarde cuando el *sheriff* montó a caballo y se reunió con Robin Hood, que lo esperaba de pie en la puerta del patio empedrado, pues había vendido su caballo y su carro a un comerciante por dos marcos. Entonces se pusieron en camino, el *sheriff* sobre su montura y Robin corriendo a su lado. Así salieron de la ciudad de Nottingham y avanzaron por la polvorienta calzada, riendo y bromeando como viejos amigos. Pero todo el tiempo el *sheriff* pensaba «Tu bromita sobre Robin Hood te costará cara, buen amigo, casi cuatrocientas libras te levantaré, tonto de remate», pues calculaba que ganaría al menos esa cantidad con el trato.

Recorrieron el camino hasta que, al llegar al lindero del bosque de Sherwood, el *sheriff* miró de arriba abajo y de derecha e izquierda, y se calló y dejó de reír.

—Guárdeme Dios —dijo— que el cielo y sus santos nos protejan del granuja que llaman Robin Hood.

Robin rio en voz alta.

—Sosegaos, conozco bien a Robin Hood y sé que hoy no corréis más peligro con él que conmigo.

El *sheriff* miró con recelo a Robin, diciéndose «Me incomoda esa familiaridad con el escurridizo forajido, y desearía estar bien lejos de este bosque».

Pero siguieron adentrándose en las sombras espesas de la maleza, y cuanto más lo hacían, más taciturno se volvía el *sheriff*. Llegaron a un repentino tramo curvo, donde una manada de ciervos pardos trotaba cruzando el sendero. Entonces Robin Hood se aproximó al *sheriff* y, señalando con el dedo, le dijo:

—Estas son mis reses astadas, vuecencia. ¿Qué os parecen? ¿No están bien hermosas?

El *sheriff* dio un rápido tirón a las riendas.

—Amigo —dijo— quisiera estar bien lejos de este bosque, pues no me place vuestra compañía. Seguid vuestro camino, buen amigo, y dejadme seguir el mío.

Pero Robin rio y agarró las riendas del *sheriff*.

—¡No! —exclamó—. Quedaos un instante, pues me gustaría que vierais a mis hermanos, que son dueños de estas hermosas bestias conmigo.

Diciendo esto, se llevó la corneta a la boca, hizo sonar tres alegres notas, y al instante aparecieron brincando por el sendero cincuenta fornidos hombres con Little John a la cabeza.

—¿Qué deseáis, buen amo? —preguntó Little John.

—¡Voto a Dios! —respondió Robin—. ¿Acaso no veis que traigo buena compañía para festejar hoy con nosotros? Pardiez, ¡qué vergüenza! ¿No veis a nuestro venerable señor, el *sheriff* de Nottingham? Tomad su brida, Little John, pues hoy nos honra viniendo a festejar con nosotros.

Todos se quitaron los sombreros gentilmente, sin rastro de sarcasmo, mientras Little John tomaba la rienda de la brida y conducía

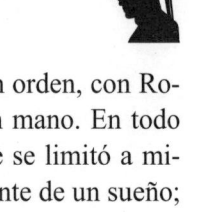
el rocín aún más adentro del bosque; marcharon en orden, con Robin Hood caminando junto al *sheriff,* sombrero en mano. En todo ese tiempo, el *sheriff* no articuló palabra, sino que se limitó a mirar a su alrededor como quien despierta abruptamente de un sueño; al verse en las mismísimas profundidades de Sherwood se le hundió el corazón, pues pensó «Seguro que me quitarán mis trescientas libras, aunque no me quiten la vida, pues más de una vez he conspirado contra ellos». Pero todos parecían humildes y mansos, y no se mencionó ningún peligro, ni para la vida ni para el dinero.

Llegaron por fin a la parte del bosque de donde extendía sus ramas un noble árbol, y bajo él había un asiento hecho de musgo en el que Robin se sentó, colocando al *sheriff* a su derecha.

—Todos vosotros, mis alegres hombres —pidió— traed lo mejor que tengamos en carne y en vino, pues el *sheriff* me ha agasajado hoy en el Salón del Gremio de Nottingham y no quiero que regrese con las manos vacías.

Nada se había dicho en este tiempo sobre el dinero del *sheriff,* así que pronto comenzó a animarse. «Tal vez Robin Hood lo haya olvidado», se dijo.

Más tarde, en el bosque, crepitaban brillantes hogueras y suculentos aromas de carne de venado y gordos capones suavemente asados perfumaban el claro, doradas empanadillas se tostaban junto a las llamas, y Robin Hood entretenía al *sheriff* con total entrega. Varias parejas se pusieron a jugar a un combate de picas, y tan hábiles eran en el juego, y tan rápidamente daban golpes y paradas, que el *sheriff,* que adoraba observar todos los deportes de esa índole, aplaudió, olvidándose de dónde estaba, y gritó en voz bien alta:

—¡Bien jugado! ¡Buen golpe, el de la barba negra! —ignorando que aquel luchador era el calderero que había tratado de entregar su cédula de detención a Robin Hood.

Entonces varios campesinos extendieron manteles sobre la verde hierba y prepararon un festín de reyes, mientras sacaban barriles de buena cerveza negra y malvasía y los servían en jarras dispuestas sobre los manteles, rodeadas de cuernos para beber. Se sentaron, festejaron y bebieron juntos alegremente hasta que el sol se ocultó y la media luna brilló pálida entre las hojas de los árboles.

Entonces, el *sheriff* se levantó y dijo:

—Os doy gracias, buenos hombres, por el alegre entretenimiento que me habéis ofrecido este día. Me habéis tratado con inigualable cortesía, demostrando con ello vuestro respeto por nuestro glorioso rey y su lugarteniente en el valiente Nottinghamshire. Pero las sombras se alargan, y debo partir antes de que oscurezca, no vaya a extraviarme por el bosque.

Robin Hood y sus alegres compadres se levantaron también, y Robin le dijo al *sheriff*:

—Si debéis marchar, adorado señor, debéis marchar; pero habéis olvidado algo.

—Nada olvido, por mi fe —dijo el *sheriff*, disimulando, pero se le cayó el alma a los pies.

—Pues yo digo que olvidáis algo —insistió Robin—. Ofrecemos, aquí en el bosque, una alegre hospitalidad, pero quien se convierta en nuestro huésped debe pagar su cuenta.

El *sheriff* se echó a reír, pero la carcajada era hueca.

—Por mi fe, alegres muchachos, hoy hemos gozado mucho juntos, y aunque no me lo pidierais, os daría una veintena de libras por el deleite de estas horas.

—No —repuso Robin seriamente— sería impropio de nosotros tratar a vuecencia con tal mezquindad. A fe mía, maese *sheriff*, que me avergonzaría dar la cara si no estimara en trescientas libras el sueldo de lugarteniente del rey. ¿No es así, mis alegres hombres?

Toda la banda exclamó como un solo hombre.

—¡Así es!

—¡Trescientas porras! —rugió el *sheriff*—. ¿Creéis que vuestro mísero festín valía tres libras, por no hablar de trescientas?

Robin repuso con gravedad.

—No habléis tan rotundamente, señor. Os estimo por el dulce festín que me habéis ofrecido hoy en la alegre ciudad de Nottingham; pero hay aquí quienes no os estiman tanto. Si miráis a la mesa, veréis a Will Stutely, a cuyos ojos no gozáis de gran favor; además, hay aquí otros dos tipos robustos que no conocéis, que fueron heridos en una reyerta cerca de Nottingham Town hace algún tiempo, vos sabéis cuando; uno de ellos fue herido gravemente en un brazo, pero ha recuperado el uso de él. Buen *sheriff*, hacedme caso; pagad vuestra cuenta sin más preámbulos, de lo contrario puede haber consecuencias.

Las rubicundas mejillas del *sheriff* palidecieron, no dijo nada más, miró al suelo y se mordisqueó el labio inferior. Lentamente, sacó su pesada bolsa de monedas y la arrojó sobre el mantel.

—Coge la bolsa, Little John —dijo Robin Hood— y haz las cuentas correctamente. No dudaríamos de nuestro honrado *sheriff,* pero podría disgustarle descubrir que no ha pagado toda la cuenta.

Little John contó el dinero y descubrió que la bolsa contenía trescientas libras en plata y oro. El *sheriff* sentía cada tintineo de dinero como una gota de sangre vaciada de sus venas. Y cuando lo vio todo contado, apilado en un montón de plata y oro que llenaba una bandeja de madera, se dio la vuelta y montó su caballo en silencio.

—Nunca habíamos agasajado a tan venerable huésped —dijo Robin— y puesto que se hace tarde, enviaré a uno de mis muchachos para que os guíe afuera del corazón del bosque.

—¡No, guárdeme Dios! —gritó el *sheriff*—. Sabré encontrar mi camino, buen hombre, sin ayuda.

—En ese caso, yo mismo os pondré en el camino correcto —dijo Robin.

Y, tomando la rienda del rocín del *sheriff,* lo condujo al sendero principal del bosque. Antes de soltarlo, le deseó:

—Que os vaya bien, buen *sheriff;* la próxima vez que se os ocurra desplumar a algún pobre pródigo, volveréis a disfrutar de un festín en el bosque de Sherwood. Nunca compréis un caballo, buen amigo, sin antes mirarle la boca, como bien dice el bromista de Gaffer Swanthold. Y así, una vez más, os deseo buena travesía.

Robin dio una palmada en el lomo del caballo, y partieron jamelgo y *sheriff* a través de los claros del bosque.

El *sheriff* se arrepintió amargamente del día en que se enfrentó por primera vez a Robin Hood, pues ahora era el hazmerreír de la gente de todo el país, que cantaba baladas sobre cómo el *sheriff* fue a esquilar y regresó trasquilado hasta los huesos. Pues así se exceden a veces los hombres por codicia y artería.

CAPÍTULO VI

De cuando Little John fue a la feria de Nottingham

Pasó la primavera después de la fiesta del *sheriff* en Sherwood, pasó también el verano, y llegó apacible el mes de octubre. El aire era fresco y agradable, las cosechas estaban recolectadas, las crías de los pájaros habían emplumado, el lúpulo se había recogido y las manzanas habían madurado. Pero aunque el tiempo había suavizado tanto las cosas que ya no se hablaba de los astados que el *sheriff* quiso comprar, él seguía enfadado por el asunto y no soportaba oír el nombre de Robin Hood.

Octubre traía la gran feria que se celebraba cada cinco años en la ciudad de Nottingham, a la que acudían gentes de todas partes del país. En tales ocasiones, el tiro con arco era siempre el deporte principal del día, pues los vasallos de Nottinghamshire eran los mejores tiradores de arco largo de toda la alegre Inglaterra; no obstante, aquel año el *sheriff* vaciló antes de proclamar la celebración de la feria, temiendo que Robin Hood y su cuadrilla acudieran a ella. Muy tentado al principio de no anunciarla, un segundo pensamiento le dijo que sería objeto de mofas y habladurías si no había feria, pues se diría que tenía miedo de Robin Hood. Por fin, decidió que celebraría la feria y ofrecería un premio que nadie codiciara. En tales ocasiones era costumbre ofrecer media veintena de marcos o un tonel de cerveza, así que este año proclamó que se daría un premio de dos gordos bueyes al mejor arquero.

Cuando Robin Hood se enteró de lo que se ofrecía, se enfureció.

—¡Maldito sea este *sheriff* por prometer tan magro premio que sólo los pastores de ciervas tirarían por conseguirlo! Nada me habría gustado más que otro combate en la alegre ciudad de Nottingham, pero no me complacería ni me beneficiaría ganar este premio.

Little John repuso:

—No, pero escuchad, buen amo, hoy mismo Will Stutely, el joven David de Doncaster y yo estuvimos en el Jabalí Azul, y allí oímos noticias de esta alegre feria, y también descubrimos que el *sheriff* otorga este mísero premio para que a nosotros, los de

Sherwood, no nos interese asistir; así que, buen amo, si queréis, me gustaría ir y ganar, aunque sea un premio miserable, a los robustos hombres que dispararán en la feria de Nottingham.

—No, Little John —dijo Robin— eres un excelente muchacho, pero te falta la astucia del buen Stutely, y por todos los ángeles del cielo que no quisiera que te pasara nada malo. Sin embargo, si realmente quieres ir, disfrázate, no vayan a reconocerte.

—Así sea, buen amo —dijo Little John— pero lo único que deseo es un buen traje escarlata en vez de éste, verde Lincoln. Me cubriré la cabeza con la capucha, para que oculte mi pelo castaño y mi barba y entonces, confío, nadie me reconocerá.

—Esto me da mala espina —dijo Robin Hood—. Sin embargo, si lo deseas, eres libre de marchar, pero guarda cuidado, Little John, porque eres mi mano derecha y no soportaría que te ocurriera nada malo.

Así que Little John se vistió de escarlata y partió hacia la feria de Nottingham Town.

Muy alegres eran los días de feria en Nottingham, cuando el prado a las puertas de la ciudad estaba salpicado de casetas colocadas en hileras, con carpas de lona de muchos colores, engalanadas con serpentinas y guirnaldas de flores, y la gente venía de todas partes, tanto nobles como plebeyos. En algunas casetas se bailaba al son de animada música, en otras corría la cerveza, en otras se vendían pasteles dulces y azúcar de cebada; fuera de las casetas se practicaba el deporte, donde algún juglar entonaba coplillas de antaño con otro tocando el arpa, o donde los luchadores se medían en el cuadrilátero de serrín, pero la gente se reunía sobre todo en torno a un estrado donde unos tipos fornidos jugaban a las cartas.

Así llegó Little John a la feria. Llevaba las calzas y el jubón de color escarlata, así como la gorra ladeada con una pluma rubí en el costado. Portaba sobre los hombros un robusto arco de tejo, y a la espalda una aljaba de flechas redondas. Muchos se volvieron para admirar a aquel tipo tan alto y corpulento, pues sus hombros eran un palmo más anchos que los de cualquiera de los presentes, y les sacaba una cabeza a todos los demás. También las muchachas lo miraban con interés, pensando que nunca habían visto un joven más atractivo.

En primer lugar, se dirigió al puesto donde se vendía cerveza negra y, subido a un banco, llamó a todos los que estaban cerca para que vinieran a beber con él.

—¿Quién quiere beber cerveza con un hombre robusto? ¡Venid todos! ¡Venid todos! Alegrémonos, pues el día es hermoso y la cerveza espumea. Venid aquí, buen mozo y vos, y vos también, porque ninguno pagará un penique. No, volveos aquí, tú, mendigo parrandero y tú, alegre calderero, porque todos seréis felices conmigo.

Así gritó, y todos se amontonaron a su alrededor riendo mientras corría la cerveza negra; y gritaron «bravo» a Little John, jurando que lo amaban como a su propio hermano; porque cuando uno recibe entretenimiento sin pagar, ama a quien se lo da.

Luego se dirigió al cuadrilátero donde peleaban con garrote, pues le gustaba jugar tanto como la carne y la bebida, y allí ocurrió una aventura que se cantó en las baladas de todo el país durante mucho tiempo.

Había un tipo que les destrozaba la cabeza a todos los que se lanzaban al cuadrilátero. Se trataba de Eric de Lincoln, de gran renombre, celebrado en baladas por toda la campiña. Cuando Little John llegó, nadie luchaba, y sólo estaba el feroz Eric caminando arriba y abajo, blandiendo su garrote y retando.

—¿Quién vendrá a intercambiar mamporros, por la muchacha que más ama, con un buen campesino de Lincolnshire? ¿Qué decís, muchachos? ¡Arriba! ¡Arriba! O los ojos de las muchachas no brillan por aquí, o la sangre de Nottingham es perezosa y fría. ¡Lincoln contra Nottingham, os digo! Porque hoy nadie ha puesto un pie sobre las tablas que pueda medirse con lo que en Lincoln llamamos «un jugador de garrote».

Al oír esto, el público se daba codazos y decía: «¡Vamos, Ned!» o «¡Vamos, Thomas!», pero a ningún mancebo le apetecía romperse la coronilla porque sí.

Poco después, Eric vio dónde estaba Little John, que sacaba sobradamente una cabeza a los demás, y llamó su atención:

—¡Hola, patilargo de púrpura! Veo hombros anchos y cabeza gruesa; ¿no es tu muchacha lo bastante hermosa para que tomes el garrote por ella? Creo que los hombres de Nottingham están hechos de huesos y tendones, pues no tienen corazón ni valor. Vamos, gigante patán, ¿no te animas a girar el bastón por Nottingham?

—Sí, claro —dijo Little John— si tuviera aquí mi buen bastón, me complacería enormemente partirte la coronilla, fanfarrón descarado. ¡Te iría bien si te cortaran la cresta, gallito presuntuoso!

Así habló, muy despacio al principio, pues era de ritmo lento; pero su cólera avanzaba como una enorme roca rodando colina abajo, y al final gritaba lleno de ira.

Eric de Lincoln rio en voz alta.

—No hablas mal, para ser alguien que teme enfrentarse conmigo de hombre a hombre. Eres muy descarado y si pones un pie sobre estas tablas, haré que tu lengua insolente traquetee entre tus dientes.

—¡Pardiez! —exclamó Little John—. ¿No hay nadie aquí que me preste un buen garrote para probar la valentía de este felón?

Al oír esto, media veintena de hombres le acercaron sus bastones, y él tomó el más robusto y pesado de todos. Después, mirándolo de arriba abajo, dijo:

—No tengo en mi mano más que una astilla de madera, una paja de cebada, por así decirlo, pero me las tendré que arreglar, así que allá voy.

Entonces arrojó el garrote sobre el cuadrilátero y, dando un ligero brinco, volvió a cogerlo con la mano.

Cada luchador se colocó en su lugar y midió al otro de soslayo hasta que el árbitro gritó:

—¡Ahora!

En ese momento arrancaron, agarrando fuertemente el bastón por el centro. Los espectadores presenciaron el más recio juego de báculo que jamás se haya visto en Nottingham. Al principio, Eric de Lincoln pensó que obtendría una fácil ventaja y se adelantó, como si dijese «Mirad, buena gente, cómo estrangulo a este gallo en un santiamén» pero pronto percibió que no era tan fácil. Jugó hábilmente y con gran destreza, pero Little John era un rival de su talla. Golpeó una, dos, tres veces, y tres veces Little John desvió los golpes a izquierda y derecha. Luego, rápidamente y con un delicado revés, golpeó a Eric por debajo de su guardia con tal astucia que le hizo sonar la cabeza. Eric retrocedió para recobrar la lucidez, mientras estallaba un gran clamor, pues todos se alegraban de que

Nottingham hubiera roto la corona de Lincoln; así terminó el primer asalto del combate.

Al poco, el árbitro exclamó:

—¡Ahora!

Y se enzarzaron de nuevo; pero ahora Eric jugó con cautela, porque vio que su rival tenía muy buen temple, y además no recordaba bien el golpe que había recibido; en este combate ni Little John ni el hombre de Lincoln dieron un golpe dentro de la guardia. Al cabo de un rato, se separaron de nuevo y ahí terminó el segundo asalto. Entonces se encontraron por tercera vez, y al principio Eric se esforzó por ser cauteloso, como antes, pero enloqueció de frustración, perdió el juicio y empezó a asestar golpes tan fieros y rápidos que retumbaron como granizo sobre el techo de un desván; pese a ello, no llegó a entrar en la guardia de Little John. Finalmente, Little John vio su oportunidad y la aprovechó hábilmente. Una vez más, con un golpe rápido, le atizó a Eric en la cabeza; antes de que pudiera recuperarse, Little John deslizó la mano derecha hacia la izquierda y, con un golpe oscilante, arreó al otro tan fuerte en la coronilla que el de Lincoln cayó como si nunca fuera a moverse de nuevo.

El público clamó con tal estruendo que la gente acudió corriendo para ver qué pasaba; Little John saltó del cuadrilátero y devolvió el bastón al que se lo había prestado. Y así terminó el famoso combate entre Little John y Eric de Lincoln.

Llegó el momento de que los tiradores de arco largo ocupasen sus puestos, y los espectadores acudieron en tropel a los campos donde se iba a disparar. Cerca de la diana, ocupando un buen sitio sobre un estrado, se sentaba el *sheriff*, rodeado de numerosos nobles y hombres poderosos. Cuando los arqueros ocuparon sus puestos, el ujier declaró las reglas del torneo: cada uno debía disparar tres veces, y al mejor le correspondería el premio de dos gordos bueyes. Participaban veinte valientes tiradores, entre los que se contaban algunos de los mejores arqueros de Lincoln y Nottinghamshire.

—¿Quién es aquel forastero vestido de escarlata? —preguntaban algunos.

Y otros respondían:

—Es el que acaba de machacarle estrepitosamente la mollera a Eric de Lincoln.

Así chismorreaba la gente, lo cual acabó por llegar a oídos del *sheriff.*

Cada arquero, por turnos, se adelantó y disparó; mas aunque todos dispararon bien, Little John fue el mejor de todos, pues tres veces dio en el blanco y sólo erró una, quedando a la longitud de un grano de cebada del centro. La multitud gritaba:

—¡Hurra por el arquero alto!

Y otros clamaban:

—¡Hurra por Reynold Greenleaf! —pues ése era el nombre adoptado por Little John aquel día.

El *sheriff* bajó de su trono en el estrado y se aproximó a donde estaban los arqueros, mientras todos se quitaban la gorra al verlo llegar. Miró atentamente a Little John pero aunque no lo reconoció, tras unos instantes dijo:

—Vaya, buen amigo, me parece que en vuestro rostro hay algo que he visto antes.

—Tal vez sea así —ofreció Little John— pues he visto a menudo a vuestra merced.

Mientras hablaba, miró fijamente a los ojos del *sheriff* para que éste no sospechara su identidad.

—Valiente luchador sois, pardiez —dijo el *sheriff*— me cuentan que hoy has defendido bien la destreza de Nottinghamshire contra la de Lincoln. ¿Cómo os llamáis, buen amigo?

—Me llaman Reynold Greenleaf, vuecencia —dijo Little John; aquí la vieja balada que nos cuenta estos hechos, añade: «Así que, en verdad, sí era una hoja verde[3], pero el *sheriff* ignoraba de qué árbol».

—Pues bien, Reynold Greenleaf —dijo el *sheriff*— sois el más cumplido arquero que han visto mis ojos, después de ese falsario bribón de Robin Hood, de cuyas artimañas el cielo me ha librado. ¿Deseáis uniros a mi servicio, buen muchacho? Se os pagará muy bien, pues tendréis tres trajes al año, buena comida y tanta cerve-

---

[3]   Juego de palabras que hace referencia al apellido «Greenleaf», que significa «hoja verde» en inglés. *(N. de la T.).*

za como podáis beber; además, os pagaré cuarenta marcos en San Miguel.

—Heme aquí, pues, como hombre libre, y con gran honor entraré en vuestra casa —dijo Little John, pues pensó que entrando al servicio del *sheriff*, podría liar alguna buena travesura.

—Bien merecéis los bueyes gordos —dijo el *sheriff*— y añadiré a estos un trago de rica cerveza de marzo, por la alegría de haber conseguido a semejante hombre; pues, según creo, disparáis tan bien como el mismísimo Robin Hood.

—Pues yo, vuecencia —dijo Little John— por la satisfacción de ponerme a vuestro servicio, regalaré los bueyes gordos y la cerveza negra a toda esta buena gente, para que se divierta.

Al oír esto, se alzó un enorme clamor y muchas gorras volaron al aire en señal de alegría.

Después, se encendieron grandes hogueras y se asaron los bueyes, y otros sacaron la cerveza, con la que todos se alegraron. Cuando ya hubieron comido y bebido todo lo que pudieron, el día se desvaneció y salió la enorme luna, roja y redonda, sobre las agujas y torres de la ciudad de Nottingham, entrelazaron sus manos y bailaron alrededor de las hogueras, al son de gaitas y arpas. Pero mucho antes de que empezara la fiesta, el *sheriff* y su nuevo sargento, Reynold Greenleaf, ya estaban en el castillo de Nottingham.

CAPÍTULO VII

Donde se cuenta la estancia de Little John en casa del *sheriff*

Little John entró al servicio del *sheriff* y vio que la vida allí era fácil, pues el *sheriff* lo convirtió en su mano derecha y lo tenía en gran estima. Se sentaba a su lado a la hora de comer, y corría junto a su caballo cuando salía de caza; así, entre la cacería y cetrería, la rica pitanza y el buen vino, y dormir hasta altas horas de la mañana, engordó tanto como un buey alimentado en un establo. La vida flotaba fácilmente en el curso de los días, hasta que una jornada en la que el *sheriff* salió de caza, ocurrió algo que rompió la superficie lisa de las cosas.

Aquella mañana, el *sheriff* y muchos de sus hombres partieron al encuentro de ciertos señores para ir a cazar. El *sheriff* buscó por todas partes a su buen hombre, Reynold Greenleaf, pero al no encontrarlo se enfureció, pues deseaba mostrar la destreza de Little John a sus nobles amigos. En cuanto a Little John, se había quedado en la cama roncando estentóreamente, hasta que el sol coronó el cielo. Finalmente abrió los ojos y miró a su alrededor, pero no se movió para levantarse. Brillaba el sol por la ventana, y el aire estaba perfumado con el aroma de los ramilletes de enredadera que colgaba en la pared exterior, pues el frío invierno había pasado y la primavera había llegado de nuevo.

Qué dulce era todo en esa hermosa mañana. Pero entonces oyó, débil y lejana, una nota de corneta que sonaba muy fina y clara. El sonido era leve mas, como guijarro caído en fuente cristalina, rompió la superficie lisa de sus pensamientos, hasta que toda su alma se llenó de perturbación. Su espíritu pareció despertar de su letargo, y su memoria rescató la alegre vida del bosque verde, cómo los pájaros cantarían alegremente allí aquella luminosa mañana, y cómo sus queridos compañeros y amigos estarían festejando y divirtiéndose, o tal vez acordándose de él con sobriedad, pues cuando entró al servicio del *sheriff* lo hizo en broma; pero el hogar era cálido durante el invierno y la comida muy abundante, y así se había acomodado, posponiendo día a día su regreso a Sherwood, hasta que pasaron seis largos meses. Pero ahora pensaba en su buen amo y en Will Stutely, a quien amaba más que a nadie en todo el mundo, y en el joven David de Doncaster, a quien había entrenado tan bien en todos los deportes de combate, e invadió su corazón una aguda y amarga nostalgia por todos ellos, y sus ojos se llenaron de lágrimas. Entonces dijo:

—Aquí engordo como un buey cebado en un establo, y toda mi hombría se aleja de mí mientras yo me convierto en un perezoso y un idiota. Pero despertaré y volveré con mis queridos amigos una vez más, y no volveré a dejarlos hasta que la vida abandone mis labios.

Así habló, y saltó de la cama abochornado por su holgazanería.

Al bajar, vio al mayordomo de pie junto a la puerta de la despensa, un hombre grande y gordo con un enorme manojo de llaves colgado de la cintura. Little John dijo:

—Señor mayordomo, hambriento estoy, pues nada he comido en toda esta bendita mañana. ¿Podéis darme alimento?

El mayordomo le dirigió una mirada aviesa y tintineó las llaves del cinto, pues odiaba a Little John porque gozaba del favor del *sheriff*.

—Maese Reynold Greenleaf, veo que estáis mal a gusto, ¿verdad? Ay, hermoso joven, si vivís lo suficiente, descubriréis que quien duerme demasiado por una cabeza ociosa se va con el estómago vacío. ¿Qué dice el viejo refrán, maese Greenleaf? ¿No era «Ave tardía no halla sustento»?

—¡Pardiez, bola de sebo! —exclamó Little John—. No te pido sabiduría para necios, sino pan y carne. ¿Quién eres tú para negarme de comer? Por san Dunstán, más vale que me digas dónde está mi desayuno, si quieres ahorrarte un hueso roto.

—Vuestro desayuno, maese Fuegofatuo, está en la despensa —dijo el mayordomo.

—Pues tráemelo aquí —gritó Little John, iracundo.

—Id vos mismo a por él —repuso el mayordomo—. ¿Soy acaso vuestro esclavo?

—¡He dicho que vayas y me lo traigas!

—¡He dicho que lo hagáis vos mismo!

—Con que esas tenemos... —dijo Little John, furioso. Acto seguido, se dirigió a la despensa y trató de abrir la puerta, pero la encontró cerrada, por lo que el mayordomo se rio e hizo tintinear las llaves. Así estalló la cólera de Little John, que levantó el puño, golpeó la puerta de la despensa y reventó tres paneles, abriendo un boquete tan grande que podría agacharse y colarse por él fácilmente.

Cuando el mayordomo vio lo sucedido, enloqueció de rabia; Little John se había agachado para mirar dentro de la despensa, así que lo agarró por la nuca, pellizcándolo fuertemente y golpeándolo repetidas veces en la cabeza con las llaves hasta que le pitaron los oídos. Ante esto, Little John se volvió hacia el mayordomo y le propinó tal sopapo que el gordo cayó al suelo y quedó tendido como si nunca más fuera a moverse. Little John dijo:

—No olvides ese golpe y no vuelvas a privar de un buen desayuno a un hombre hambriento.

Dicho esto, se arrastró hasta la despensa y miró a su alrededor para ver si encontraba algo con que aplacar su hambre. Vio una gran empanada de venado y dos capones asados, y una fuente de huevos de chorlito junto a ellos; además, había un odre de vino dulce y otro de malvasía, una deliciosa estampa para un hambriento. Los bajó de los estantes, los colocó sobre un aparador y se dispuso a gozar.

El cocinero, que estaba en la cocina, al otro lado del patio, oyó la caldeada conversación entre Little John y el mayordomo, y también el golpe que Little John le dio al otro, de modo que cruzó corriendo el patio y subió por la escalera hasta la despensa, cargado con el espeto y el asado todavía en él. Entretanto, el mayordomo había recobrado la lucidez y se había puesto en pie; cuando el cocinero llegó a la despensa vio al mayordomo mirando con desprecio a través de la puerta rota a Little John, que se preparaba para un buen banquete, como un perro mira con desprecio a otro que tiene un hueso. Cuando el mayordomo vio al cocinero, se acercó a él y, poniéndole un brazo sobre el hombro, le dijo:

—¡Ay, buen amigo! —pues el cocinero era un hombre alto y corpulento—. ¿Ves lo que ha hecho ese sarnoso bribón de Reynold Greenleaf? Ha irrumpido en la despensa de nuestro *sheriff* y me ha dado un golpe en la oreja, tan fuerte que creí morir. Buen cocinero, te aprecio mucho, y todos los días tendrás una jarra del mejor vino de nuestro amo, pues eres un viejo y fiel servidor. Además, maese cocinero, tengo diez chelines que pienso regalarte. Pero, ¿no te disgusta ver a un vil advenedizo como ese Reynold Greenleaf glotonear con tal desfachatez?

—Sí, por mi fe que sí —dijo el cocinero envalentonado, pues su estima por el mayordomo aumentó ante la mención del vino y de los diez chelines—. Idos presto a vuestros aposentos, que yo sacaré a este bribón por las orejas.

Diciendo esto, dejó a un lado el espeto y desenvainó la espada que llevaba colgada; con esto, el mayordomo ahuecó el ala sin demora, pues detestaba la visión del acero desnudo.

El cocinero fue directamente a la puerta destrozada de la despensa, a través de la cual vio a Little John colocándose una servilleta de babero y preparándose para el festín.

—Reynold Greenleaf, no eres más que un ladrón. Ven aquí, o te trincharé como a un cochinillo.

—No, buen cocinero; ten cuidado, o saldré a tu encuentro. Suelo ser como un corderito, pero cuando alguien se interpone entre mi carne y yo, me convierto en un león furioso.

—Ni león ni leona —insistió el valiente cocinero— ven tú... de lo contrario serás un cobarde además de un ladrón.

—¡Nunca he sido cobarde! —exclamó Little John—. Guardaos, cocinero, porque aquí viene de frente el león rugiente.

Little John salió de la despensa, también él espada en mano; luego, poniéndose en guardia, se acercaron lentamente, con miradas sombrías y airadas, pero de pronto Little John bajó la punta.

—Alto, buen cocinero —dijo—. No es buena cosa pelear teniendo cerca una buena comida y un festín digno de dos tipos robustos como nosotros. Por mi fe, buen amigo, creo que deberíamos disfrutar de esta pitanza antes de luchar. ¿Qué dices, alegre cocinero?

El cocinero lo miró de arriba abajo dudoso, rascándose la cabeza, pues le encantaban los buenos banquetes. Dio un largo suspiro y admitió.

—Bueno, me gusta tu plan; festejemos, pues, de todo corazón, porque uno de los dos puede cenar en el paraíso antes del anochecer.

Los dos envainaron su espada y entraron en la despensa. A continuación, ya sentados, Little John sacó la daga y la clavó en el pastel.

—El hombre hambriento merece sustento —dijo— querido amigo, me sirvo sin permiso.

Pero el cocinero no quedó a la zaga, pues de inmediato introdujo las manazas hasta el fondo de la suculenta empanada. Después ya no dijeron esta boca es mía, pues afanados estaban en usarla.

Se observaban el uno al otro sin hablar, pensando ambos en su fuero interno que jamás habían visto un apetito como el del otro comensal.

Después de un largo rato, el cocinero respiró hondo como si se lamentara y se limpió las manos en la servilleta, pues ya no podía comer más. Little John también se hartó, y apartó la empanada, como diciendo «No te quiero más a mi lado, buena amiga». Luego tomó el vino dulce y dijo:

—Juro por todo lo que brilla que eres el compañero de banquete más robusto que he tenido jamás. Bebo a tu salud.

Se llevó la redoma a los labios y alzó los ojos, mientras el buen vino le inundaba la garganta. Luego pasó la jarra al cocinero, que añadió:

—¡Bebo a tu salud, buen amigo!

No desmerecía a Little John en beber ni en comer.

—Maese cocinero —dijo Little John— tu voz es noble y dulce, buen muchacho. Seguro que cantas bellamente las baladas, ¿verdad?

—A decir verdad, de vez en cuando así lo hago —dijo el cocinero—, pero no cantaría solo.

—Bien dices —aceptó Little John— pues no sería más que una mala cortesía. Entonad vuestra coplilla y yo cantaré después una que la iguale, si es que puedo.

—Que así sea, buen amigo —dijo el cocinero—. ¿Has oído alguna vez la canción de la pastora abandonada?

—No sabría decir —respondió Little John— pero canta tú y déjame escuchar.

El cocinero tomó otro trago y, aclarándose la garganta, cantó dulcemente:

CANCIÓN DE LA PASTORA ABANDONADA

En Cuaresma, cuando las hojas reverdecen
y las bellas aves se emparejan,
la alondra canta y el zorzal, creo,
y la tórtola arrulla día y noche.

La bella Phillis se sentó en una piedra,
y así la oí decir en su lamento:
«Oh sauce, sauce, sauce, sauce,
me llevaré tu hermosa rama
y la haré corona para engalanar mi pelo.

El zorzal se ha buscado compañera,
también el petirrojo y la paloma;
mi Robin ya partió, y me dejó por otro amor.
Así que aquí, junto al arroyo, completamente sola,
me siento y canto mi lamento.
¡Oh sauce, sauce, sauce, sauce!
me llevaré tu hermosa rama
y la haré corona para engalanar mi pelo».

Mas nunca el mar le trajo arenques,
pero algo bueno tenía en la marea,
pues el joven Corydon llegó con ella,
y Phillis se sentó justo a su vera
y finalmente terminó el lamento.
«¡Oh sauce, sauce, sauce, sauce!
puedes conservar tu hermosa rama,
pues ya no quiero que engalane mi cabello».

—¡Voto a bríos! —exclamó Little John— es una hermosa canción y guarda también mucha verdad.

—Me alegro de que te guste, amigo mío —dijo el cocinero—. Ahora canta tú también, porque nunca un hombre debe festejar solo, o cantar y no escuchar cantar después.

—Pues cantaré de un buen caballero de la corte de Arturo, y de cómo curó la herida de su corazón sin caer de nuevo en la trampa, como hizo tu Phillis; pues ella no hizo sino curar una herida dándose otra. Escucha mientras canto.

El buen caballero y su amor

En el tiempo en que Arturo reinaba esta tierra,
era un rey de maravilla
y de robustos caballeros,
constaba su banda de alegre compañía.

Entre todos ellos, grandes y pequeños,
había un caballero robusto,
un alto y gallardo joven que a una bella dama amaba.
Pero ella era esquiva,
y se apartó de él.
Así que él se fue a un país lejano,
para olvidar a la dama,
allí él solo lanzó su lamento,
y sollozó y suspiró,
y lloró hasta derretir las piedras,
en un mar de desesperación.
Pero aun su corazón sintió el dolor;
y marchito, de angustia se invadió,
más aguda su aflicción se tornó
y su cuerpo de fuerza se desvistió.
Mas luego al buen vino volvió
y en la alegre compañía
dejó de dolerse
prefiriendo la alegría.
De lo que sostengo, y digo con audacia
pues creo que ninguna desgracia
escapa fría del bebercio,
que de penas limpia el corazón.

—¡Por mi fe! —exclamó el cocinero, golpeando la jarra contra el aparador—. Me complace esa canción, y su tema es como un fruto dulce bajo la dura cáscara de una avellana.

—Eres un hombre de opiniones sagaces —dijo Little John— y te estimo como si fueras mi hermano.

—También yo te estimo, pero el día avanza y tengo que terminar la comida antes de que nuestro amo regrese; vayamos, pues, y resolvamos esta valiente lucha que tenemos entre manos.

—Hagámoslo —dijo Little John— y muy pronto. Nunca he sido más perezoso para pelear que para comer y beber. Ven, pues, derecho al pasadizo, donde hay buen espacio para blandir la espada, y trataré de servirte.

Ambos salieron al amplio pasadizo que conducía a la despensa del mayordomo, donde ambos desenvainaron de nuevo sus aceros y, sin más preámbulos, se abalanzaron el uno sobre el otro como si quisieran deshacerse miembro a miembro. Las espadas chocaron con enorme estrépito, y saltaban chispas de cada golpe que descargaban. Así lucharon, moviéndose de un lado a otro de la sala durante más de una hora, sin que ninguno de los dos acertara a tocar al otro, y aunque se esforzaban al máximo por hacerlo —pues ambos eran duchos en la esgrima— nada sacaron de todo su esfuerzo. De vez en cuando descansaban, jadeando; tras recuperar el aliento, volvían a la carga con más fiereza que nunca. Por fin, Little John gritó: «¡Alto, buen cocinero!», y descansaron apoyados en la espada, jadeando.

—Voto a tal, amigo mío —dijo Little John— eres el mejor espadachín que jamás vieron mis ojos. ¡Confieso que creí que sería pan comido derrotarte!

—Y yo pensaba igual, amigo —admitió el cocinero—. ¡Pero he errado el blanco!

—Me pregunto —dijo Little John— por qué luchamos, porque ya no me acuerdo.

—Tampoco yo —respondió el cocinero—. No siento un especial aprecio por ese mayordomo roñoso, pero como nos hemos comprometido a pelear, había que cumplir.

—Pues en lugar de degollarnos entre nosotros, sería mejor convertirnos en compañeros de correrías. ¿Qué dices, alegre cocinero, quieres venir al bosque de Sherwood y unirte a la banda de Robin Hood? Vivirás una vida feliz en el bosque, y tendrás setenta buenos compañeros, uno de los cuales soy yo mismo. Tendrás tres trajes de paño verde de Lincoln cada año, y cuarenta marcos de paga.

—¡Bien has hablado! —gritó el cocinero de todo corazón—. Así como lo cuentas, es el servicio ideal para mí. Iré contigo, y con enorme gusto. Dame la mano, buen amigo, y seré tu compañero de ahora en adelante. ¿Cómo te llamas, muchacho?

—Me llaman Little John, buen amigo.

—¿Cómo? ¿Eres en verdad Little John, la mano derecha de Robin Hood? Mucho he oído hablar de ti, mas no esperaba conocerte. Así que en realidad eres el famoso Little John... —el cocinero no salía de su asombro y miraba a su compañero con ojos abiertos.

—Así es, soy Little John y hoy le llevaré a Robin Hood a un tipo bien robusto para que se una a su alegre banda. Pero antes de irnos, buen amigo, creo una gran lástima que, ya que tanto hemos comido del *sheriff,* no llevemos también un poco de su plata para Robin Hood, como prueba de su adoración por él.

—Pues claro —dijo el cocinero. Cogieron toda la plata que pudieron, la metieron en un saco y, una vez lleno, partieron hacia el bosque de Sherwood.

Adentrándose en el bosque, llegaron por fin al árbol de madera verde, donde encontraron a Robin Hood y a sesenta alegres camaradas tendidos sobre la hierba verde y fresca. Cuando Robin y sus compañeros vieron quién venía, se levantaron de un salto.

—¡Bienvenidos! —gritó Robin Hood—. ¡Bienvenido seas, Little John! Mucho tiempo llevamos sin nuevas tuyas, aunque sabíamos que te habías incorporado al servicio del *sheriff.* ¿Cómo te ha ido en estos largos días?

—Pues muy gustosamente he vivido en casa del *sheriff* —respondió Little John— y de allí vengo directamente. Mirad, buen amo. He traído a su cocinero y hasta su vajilla de plata.

Entonces Little John contó a Robin Hood y a sus alegres hombres lo sucedido desde que se marchara a la feria de Nottingham. Todos se desternillaron de risa, excepto Robin Hood, que permaneció serio.

—Little John —dijo— eres una espada valiente y un camarada leal. Me alegro de que hayas vuelto con nosotros, y con un compañero tan bueno como el cocinero, a quien damos la bienvenida a Sherwood. Pero no me agrada que hayas robado la plata del *sheriff* como un mísero ratero. El *sheriff* ya ha sufrido nuestro castigo, y perdió trescientas libras cuando trató de despojar a otro; pero no ha hecho nada para que le robemos la vajilla de su casa.

Aunque Little John estaba disgustado por esto, disimuló con una broma.

—No, buen amo —dijo— si creéis que el *sheriff* no nos dio la plata, iré a buscarlo para que explique él mismo que nos lo dio todo. Se levantó de un salto y se marchó antes de que Robin pudiera llamarlo.

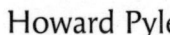

Little John corrió cinco leguas hasta llegar a donde cazaban el *sheriff* de Nottingham y una alegre cuadrilla, cerca del bosque. Cuando Little John se acercó al *sheriff,* se quitó la gorra e hincó la rodilla.

—Que Dios os salve, buen señor —dijo.

—¡Vaya, Reynold Greenleaf! —exclamó el *sheriff*—. ¿De dónde vienes y dónde has estado?

—En el bosque —respondió Little John, con gesto de asombro— y allí vi un espectáculo insólito a ojos de cualquiera. Había un cervatillo verde de la cabeza a los pies, y a su alrededor una manada de sesenta ciervos, todos verdes también de la cabeza a los pies. Pero no me atreví a disparar, buen amo, por miedo a que me mataran.

—¿Qué oigo, Reynold Greenleaf? —gritó el *sheriff*—. ¿Estás soñando o estás loco, por qué me traes tal historia?

—Ni estoy soñando ni estoy loco —dijo Little John— si queréis venir conmigo, os mostraré esta hermosa estampa, pues la he visto con mis propios ojos. Pero debéis venir solo, buen amo, no sea que se asusten y se escapen con tanta gente.

Cabalgaron hacia allí, con Little John haciendo las veces de guía en el camino al bosque.

—Buen amo —dijo al fin— estamos cerca del lugar donde vi el rebaño.

El *sheriff* bajó de su caballo y ordenó que lo esperaran hasta su regreso; y Little John lo condujo a través de un bosquecillo hasta un gran claro, al final del cual se sentaba Robin Hood bajo la sombra de un gran árbol, rodeado por sus alegres hombres.

—Mirad, buen *sheriff* —dijo Little John— he ahí el ciervo del que os hablé.

El *sheriff* se volvió hacia Little John y le dijo amargamente.

—Hace tiempo creí recordar tu rostro, pero ahora ya te reconozco. Ay de ti, Little John, pues me has traicionado.

Entretanto Robin Hood había llegado hasta ellos.

—Bienvenido, maese *sheriff* —dijo—. ¿Has venido hoy a tomar otro banquete conmigo?

—No, Dios me libre —dijo el *sheriff* en un tono que alejaba toda sombra de duda—. No me interesa ningún festín ni tengo hambre hoy.

—No obstante —dijo Robin— si no tienes hambre, tal vez tengas sed, y bien sé que tomarás una copa de vino conmigo. Pero me apena que no festejemos, podrías comer lo que quisieras, pues allí está tu cocinero.

Luego condujo al *sheriff* al asiento que tan bien conocía bajo el árbol de madera verde.

—¡Adelante, muchachos! —gritó Robin—. Llenadle a nuestro querido *sheriff* una copa de vino bien rebosante y traedla aquí, pues está desfallecido y cansado.

Uno de la banda le llevó al *sheriff* una copa de vino dulce, inclinándose al entregársela; pero el *sheriff* no pudo tocar el vino, pues venía servido en una de sus jarras de plata, colocada en una de sus propias bandejas de plata.

—¿Qué os parece nuestro nuevo servicio de lujo? Hoy hemos conseguido una bolsa de plata.

Al decir esto, levantó el saco de plata llevado por Little John y el cocinero.

Al *sheriff* se le amargó el corazón; pero se limitó a mirar al suelo sin atreverse a hablar. Robin lo observó intensamente y dijo:

—La última vez que estuvisteis en Sherwood, vinisteis a despojar a un pobre derrochador y acabasteis desplumándoos a vos mismo; pero ahora no venís a hacer daño, ni tengo conocimiento de que hayáis desplumado a nadie. Yo tomo mis diezmos de los rollizos abades y de los señoritingos soberbios, para ayudar a quienes ellos roban y para levantar a quienes ellos humillan; pero no sé de arrendatarios vuestros a quienes hayáis perjudicado de alguna manera. Por tanto, volved a tomar lo vuestro, pues hoy no os desposeeré de un solo cuarto de penique. Venid conmigo, y os conduciré desde el bosque a vuestros dominios.

Echándose la bolsa al hombro, emprendió la marcha, seguido por el *sheriff,* que estaba demasiado perplejo para responder. Así avanzaron, hasta llegar a un kilómetro del lugar donde lo esperaban los compañeros de caza del *sheriff.* Allí, Robin Hood devolvió el saco de plata.

—Os devuelvo lo que es vuestro —dijo, y añadió— buen *sheriff,* llevaos un consejo. Probad bien a vuestros sirvientes antes de contratarlos, así sabréis a quién metéis en casa.

Dándose la vuelta, dejó al otro de pie, desconcertado, con el saco en las manos.

Los que aguardaban al *sheriff* se asombraron al verlo salir del bosque con un pesado saco sobre los hombros; lo interrogaron, pero él no abrió la boca y parecía caminar en sueños. Sin decir nada, colocó el saco sobre el lomo de su jamelgo, montó y se alejó; todo el tiempo bullía en su cabeza un revoleteo de pensamientos. Así termina la alegre historia de Little John y de cómo entró al servicio del *sheriff*.

CAPÍTULO VIII

Donde se cuenta la aventura de Little John y el curtidor de Blyth

Un buen día, no mucho después de que Little John dejara al *sheriff* y regresara con su adorado cocinero al bosque verde, Robin Hood y algunos miembros de la banda yacían sobre la suave hierba bajo el enorme árbol. Como el día era caluroso, la mayor parte de la cuadrilla estaba dispersa por el bosque, ocupados en esta y aquella misión, pero estos pocos compañeros yacían a la sombra del árbol, en la galbana de la tarde, gastándose bromas entre ellos y contando alegres historias, con mucha risa y alegría.

El aire portaba la amarga fragancia del mes de mayo, y las sombras de los bosques resonaban con el dulce canto de los pájaros —el gallo cornudo, el cuco y la paloma torcaz— y con él se mezclaba el fresco gorgoteo del arroyo que salía del corazón del bosque, el cual discurría agitado entre las piedras, ásperas y grises, por el claro soleado ante el árbol de la fiesta. Hermoso era contemplar a aquella media docena de hombres robustos de verde, tumbados bajo las anchas ramas del árbol, bañados por la luz danzante del sol que atravesaba las hojas temblorosas y caía en manchas sobre la hierba.

De repente, Robin Hood se golpeó la rodilla.

—¡Por san Dunstán! —exclamó—. Casi olvido que el día de pago se acerca y todavía no hay paño verde de Lincoln en nuestro almacén. Hay que buscarlo, y sin demora. Vamos, Little John. Mueve esos huesos perezosos, debes visitar presto al chismoso de nuestro pañero, Hugh Longshanks de Ancaster. Pídele que nos envíe de inmediato veinte yardas de hermoso paño de color verde Lincoln; tal vez el viaje te adelgace esa grasa de los huesos que has acumulado en tu vida holgazana con el *sheriff.*

—No —murmuró Little John (harto de esa broma hasta la irritación)—. Puede que tenga más carne en las articulaciones que antes, pero con carne o sin ella, aún podría mantenerme en pie en un puente estrecho y luchar contra cualquier hombre de Sherwood, o del condado de Nottingham, aunque no tuviera más grasa en los huesos de la que tú tienes, buen amo.

Ante esta respuesta se oyó una gran carcajada y todos miraron a Robin Hood, pues sabían que Little John hablaba de la pelea librada entre su amo y él, donde se habían conocido por primera vez.

—No —dijo Robin Hood, riendo más fuerte que todos—. Dios me libre de dudar de ti, pues no quiero probar tu bastón, Little John. Confieso que algunos de mi banda pueden manejar un bastón de dos metros con más destreza que yo, pero ningún hombre de Nottinghamshire maneja la flecha de ganso gris con la agilidad de mis dedos. No obstante, un viaje a Ancaster puede hacerte bien; así que ve, como te indico, y hazlo esta misma noche, porque ya muchos conocen tu rostro desde tu estancia con el *sheriff,* y si partes a plena luz del día, puedes meterte en un lío con algunos de sus soldados. Quédate hasta que te traiga dinero para pagar a nuestro buen Hugh. Te aseguro que no tiene mejores clientes que nosotros en todo Nottinghamshire.

Dicho esto, Robin se levantó y se adentró en el bosque.

No lejos del árbol había una gran roca en la que se había excavado una cámara, cuya entrada estaba tapada por una maciza puerta de roble de dos palmos de grosor, tachonada de púas y cerrada con un gran candado. Era la sala del tesoro de la banda, allí se dirigió Robin Hood y, abriendo la puerta, entró en la cámara, de donde sacó una bolsa de oro que entregó a Little John para pagar a Hugh Longshanks por el paño verde de Lincoln.

Little John tomó la bolsa de oro, se la metió en el pecho, se ciñó un cinturón, cogió una sólida pica de dos metros de largo y se puso en camino. Avanzó silbando por el frondoso sendero del bosque

que conducía a la calzada de Fosse Way, sin doblar ni a derecha ni a izquierda, hasta llegar a una bifurcación, que llevaba por un lado a Fosse Way y por el otro, como bien sabía Little John, a la alegre posada del Jabalí Azul. Little John dejó de silbar y se detuvo en medio del sendero. Primero miró arriba, luego abajo y a continuación, ladeando la gorra sobre un ojo, se rascó la cabeza. Sucedió que, a la vista de estos dos caminos, dos voces comenzaron a sonar dentro de él, una gritando «Ahí está el camino al Jabalí Azul, una jarra de cerveza de octubre y una noche alegre con buenos parroquianos como los que suele haber allí», y la otra «Ahí está el camino a Ancaster y el deber que se te ha encomendado». Ahora bien, la primera de las voces era mucho más fuerte, porque Little John se había aficionado a la buena vida en casa del *sheriff;* así que, mirando al cielo azul, que surcaban nubes brillantes como barcos de seda, y las golondrinas que volaban en círculos, se dijo «Va a llover esta noche, me detendré en el Jabalí Azul hasta que escampe, porque sé que mi buen amo no quiere que me cale hasta los huesos». Sin más preámbulos, se encaminó por el sendero de su preferencia. No había indicios de mal tiempo, pero cuando uno desea hacer algo, como le pasaba a Little John, no le faltan razones para hacerlo.

En la posada del Jabalí Azul había cuatro alegres juerguistas: un carnicero, un mendigo y dos frailes franciscanos. Little John los oyó cantar desde lejos, caminando en el silencio del crepúsculo que caía sobre colinas y valles. Recibieron con gran alegría a un hombre tan jovial como Little John. Trajeron nuevas jarras de cerveza y, entre chanzas, canciones y alegres historias, el tiempo se deslizó con alas fugaces. Nadie pensó en la hora, hasta que la noche estuvo tan avanzada que Little John renunció a la idea de volver a emprender su viaje esa noche, y se quedó en la posada del Jabalí Azul hasta el día siguiente.

Pero resultaría en un enorme infortunio para Little John dejar el deber por el placer, pues pagó con creces por ello, como todos hacemos en esa situación, como veréis.

Se levantó al amanecer del día siguiente y, con su robusta pica en la mano, reanudó el viaje, como si quisiera recuperar el tiempo perdido.

En la buena ciudad de Blyth vivía un curtidor corpulento, conocido en todas partes por sus hazañas de fuerza y sus muchos y duros combates de lucha y de asta. Durante cinco años había ostentado el cinturón de campeón de lucha del centro del país, hasta que el gran Adam de Lincoln lo arrojó al cuadrilátero y rompió una costilla; pero no tenía rival en todo el país en lucha con báculo. Además, le gustaba mucho el arco largo, y salir en excursiones furtivas por el bosque cuando había luna llena y los ciervos pardos entraban en celo, de modo que los guardabosques del rey lo vigilaban de cerca, a él y sus actividades, pues en casa de Arthur de Bland solía haber mucha carne, más parecida a la carne de venado de lo que permitía la ley.

Arthur había estado en Nottingham la víspera del viaje de Little John, para vender una decena de pieles curtidas. Al amanecer del día en que Little John dejó la posada, partió de Nottingham en dirección a Blyth. Su camino lo condujo, con el rocío de la mañana, más allá de los linderos del bosque de Sherwood, donde los pájaros daban la bienvenida al hermoso día con estruendoso júbilo. El curtidor llevaba colgado sobre los hombros su robusto bastón, siempre a mano para agarrarlo con rapidez, y en la cabeza llevaba un gorro de piel de vaca doblada, tan resistente que apenas podía ser hendida, siquiera por una espada ancha.

Cuando llegó a la zona del camino que atraviesa un rincón del bosque, Bland se dijo «Sin duda, en esta época del año los ciervos pardos salen de la espesura a las praderas abiertas. Tal vez pueda avistar a mis queridos cuadrúpedos pardos a esta hora tan temprana». Nada había que le gustara más que contemplar una manada de ciervos trotando, aunque no pudiera hacerles cosquillas en las costillas con una vara. En consecuencia, abandonó el sendero y espió por doquier, oteó aquí y allá, de un lado a otro de la maleza, por todas partes y con todas las artimañas de un maestro de los bosques, y de alguien que más de una vez se había puesto un jubón verde de Lincoln.

Caminaba Little John alegremente, sin pensar en nada, más que en la dulzura de los capullos de espino que adornaban los setos, o mirando a la alondra que, desde la hierba cubierta de rocío, se elevaba sobre alas temblorosas a la luz amarilla del sol, con su canto cayendo del cielo como una estrella fugaz, y quiso su suerte que se apartase del camino, no lejos del lugar donde Arthur de Bland ojeaba a través de los matorrales. Al oír el crujido de las ramas, Little John se detuvo, y enseguida vio la gorra marrón del curtidor moviéndose entre los arbustos.

Little John pensó «Me pregunto qué busca ese bribón, que anda husmeando y espiando por todas partes. Serán los ciervos del rey». De tanto vagar por el bosque, Little John había llegado a creer que todos los ciervos de Sherwood pertenecían tanto a Robin Hood y su banda como al rey Enrique. «Creo que hay que ocuparse de este asunto». Así que, abandonando el camino, se internó también en la espesura y comenzó a acechar al robusto Arthur de Bland.

Durante largo rato, ambos cazaron, Little John iba en pos del curtidor y éste iba en pos del ciervo. Finalmente, Little John pisó un palo que se quebró bajo su pie; al oír el ruido, el curtidor se volvió rápidamente y vio al bandido; éste, sabiéndose descubierto por el curtidor, se puso en guardia.

Little John dijo:

—¿Qué haces aquí, pícaro? ¿Quién eres tú, que vienes por los caminos de Sherwood? En verdad tienes un semblante maligno; creo que no eres mejor que un ladrón, y que buscas los ciervos de nuestro buen rey.

—No —dijo el curtidor con valentía, pues no era hombre que se arredrara fácilmente—. No soy un ladrón, sino un honrado artesano. Mi aspecto es el que es; el tuyo tampoco es muy bonito, so descarado.

—¡Ja! —exclamó Little John—. No me retes, pues tengo muchas ganas de partirte la jeta. Podría decirse, amigo, que soy uno de los guardabosques del rey.

«Más bien», se dijo, «mis amigos y yo cuidamos muy bien de los ciervos de nuestro buen soberano».

—Poco importa quién seas —respondió el atrevido curtidor— pues a menos que tengas contigo a muchos más de tu clase, nunca lograrás que Arthur de Bland ruegue misericordia.

—¡Con que esas tenemos! —gritó furioso Little John—. Por mi fe, pícaro deslenguado, tu boca te ha llevado a un pozo del que te costará mucho salir, pues recibirás una paliza como nunca has recibido. Coge tu bastón, amigo, no golpearé a un hombre desarmado.

—Pardiez, ¡ven con murria! —gritó el curtidor, pues también él se había encolerizado—. La palabrería no mata ni a un ratón. ¿Quién eres tú que baboseas tan libremente de partirle la crisma a Arthur de Bland? Si hoy no te curto la piel como a un ternero, ¡parte mi bastón en brochetas para carne de cordero y no me llames más valiente! ¡Mírate, amigo!

—Detente —dijo Little John—. Midamos primero nuestros garrotes. Considero que el mío es más largo que el tuyo, y no me aprovecharía de eso ni una pulgada.

—No me interesa —respondió el curtidor—. Mi bastón es lo bastante largo como para derribar a un ternero.

Sin más preámbulos, cada uno agarró su báculo por el centro y, con miradas fijas y furiosas, se acercaron lentamente el uno al otro.

Había llegado a oídos de Robin Hood que Little John, en lugar de cumplir sus órdenes, había pasado del deber al placer, y había pernoctado alegremente en la posada del Jabalí Azul, en lugar de ir a Ancaster. Enfadado hasta el tuétano por esto, se puso en marcha al amanecer para buscar a Little John en el Jabalí Azul, o al menos para encontrarse con él en el camino y desahogar su corazón de lo que pensaba sobre el asunto. Caminaba furioso, rumiando las palabras que usaría para reprender a Little John, cuando oyó voces fuertes y airadas, que sonaban a hombres enfurecidos replicándose el uno al otro. Robin Hood se detuvo y escuchó. Se dijo «esa es la voz de Little John, que habla con furia. Creo que la otra es extraña a mis oídos. Que el cielo me libre de que mi fiel Little John haya caído en manos de los guardabosques del rey. Debo ocuparme presto de este asunto».

Así habló Robin Hood para sus adentros, y toda su ira se desvaneció como un soplo de aire a través de la ventana, al pensar que tal vez su fiel mano derecha corría peligro de muerte. Se abrió paso cautelosamente a través de la espesura y, apartando las hojas, se asomó al pequeño claro donde los dos hombres, bastón en mano, se acechaban despacio.

«¡Ja!», se dijo Robin, «he aquí un alegre deporte. Daría tres ángeles de oro por que ese gigante le zurrara la badana a Little John.

Me complacería verlo machacado por incumplir mis órdenes. Me temo, sin embargo, que hay pocas probabilidades de presenciar tan placentero espectáculo». Diciendo esto, se tendió en el suelo para ver mejor la pelea, y también para disfrutar a sus anchas del combate.

Como dos perros que van a pelearse caminan lentamente el uno alrededor del otro, sin que ninguno quiera atacar primero, así aquellos fornidos hombres se movían despacio en círculos, esperando la oportunidad de coger al otro desprevenido para dar el primer golpe. Por fin, Little John atacó como un rayo, el curtidor recibió el porrazo y lo rechazó, y después se lo devolvió a Little John, que también lo rechazó; y así comenzó la poderosa batalla. Los tortazos eran tan fuertes y rápidos que, desde la distancia, se hubiese dicho que luchaban media veintena de hombres. Así pelearon durante casi media hora, hasta que la tierra quedó arada por sus tacones, y su respiración se volvió agitada como la del buey en el surco. Pero Little John fue el que más sufrió, pues se había desacostumbrado al trabajo duro y sus articulaciones no eran tan flexibles como antes de vivir con el *sheriff.*

Todo este tiempo, Robin Hood permaneció bajo los arbustos para presenciar tan bello lance. «A fe mía», se dijo «nunca pensé ver a Little John tan parejo. Creo, sin embargo, que habría vencido a ese tipo antes de hoy, cuando estaba en su mejor forma».

Por fin, Little John vio su oportunidad y, empleando toda la fuerza que sentía que se le iba en un zurriagazo que podría haber derribado a un buey, golpeó al curtidor con fuerza y contundencia. La gorra de piel de vaca del curtidor sirvió de mucho, pues de no ser por ella nunca habría podido sostener el bastón en el suelo de nuevo. Sin embargo, el mamporro que recibió junto a la cabeza fue tan certero que le hizo tambalearse, y si Little John hubiera tenido fuerzas para aprovechar la ventaja, le habría ido mal al corpulento Arthur. Pero se recuperó rápidamente y, con el brazo extendido, devolvió el golpe al bandido. Esta vez el golpe dio en el blanco y Little John cayó cuan largo era, con el bastón volando de su mano. El corpulento Arthur levantó el báculo y le atizó otro porrazo en las costillas.

—¡Alto! —rugió Little John—. ¿Vas a golpear a un hombre que está en el suelo?

—¡Sí, pardiez! —dijo el curtidor, propinándole otro bastonazo.

—¡Alto! —rugió Little John—. ¡Socorro! ¡Alto, he dicho! ¡Me rindo! ¡Me rindo, te digo, buen amigo!

—¿Ya has tenido bastante? —preguntó iracundo el curtidor, alzando el bastón.

—Ay, sí. Más que suficiente.

—¿Reconoces que yo soy mejor?

—¡Sí, en verdad lo eres!, y tráeme un poco de murria —Little John exclamó lo primero y musitó lo segundo.

—Entonces puedes seguir tu camino, y agradece a tu santo patrón que soy hombre misericordioso —dijo el curtidor.

—Una plaga de piedad, la tuya —dijo Little John, incorporándose y palpándose las costillas aporreadas por el curtidor—. Te juro que siento las costillas como si me las hubieran partido en dos. Te aseguro, buen amigo, que creía que no había hombre en todo Nottinghamshire que pudiera hacerme lo que tú me has hecho hoy.

—¡Y lo mismo pensé yo! —gritó Robin Hood, saliendo de la espesura y riendo con lágrimas por las mejillas—. Vaya, hombre —añadió, tan bien como le permitió su alborozo—. Caíste como una botella derribada de un muro. He presenciado todo el combate, y nunca pensé que te vería rendirte así, de pies y manos, a ningún hombre en toda la alegre Inglaterra. Te buscaba para reprenderte por incumplir mis órdenes, pero este buen hombre te ha dado tu merecido con creces, a manos llenas y a dos carrillos. Pardiez, ¡cómo extendió el brazo en toda su longitud mientras tú lo mirabas boquiabierto y, con un bonito golpe, te derribó como a un árbol!

Así habló el audaz Robin a Little John, aún sentado en el suelo con cara de tener cuajada agria en la boca.

—¿Cómo os llamáis, buen amigo? —dijo Robin, volviéndose hacia el curtidor.

—Me llaman Arthur de Bland —respondió el curtidor—. ¿Cuál es tu nombre?

—¡Válgame Dios! Arthur de Bland... —dijo Robin— he oído antes tu nombre, buen amigo. Le destrozaste la crisma a un amigo mío en la feria de Ely el pasado octubre. La gente de allí lo llama

Jock de Nottingham; nosotros lo llamamos Will Scathelock. Este pobre hombre, a quien has maltratado tanto, es considerado el mejor tirador de toda Inglaterra. Su nombre es Little John, y el mío Robin Hood.

—¡¿Cómo?! —exclamó el curtidor—. ¿Sois en verdad el gran Robin Hood, y éste es el famoso Little John? Por mi fe que si hubiera sabido quién erais, nunca me habría atrevido a levantaros la mano. Permitidme que os ayude a poneros en pie, maese Little John, dejadme quitaros el polvo de la capa.

—No —protestó Little John levantándose con cuidado, como si sus huesos fueran de cristal— puedo valerme por mí mismo, buen amigo, sin vuestra ayuda; y permitidme añadir que, de no ser por ese vil gorro de piel de vaca, hoy os habría ido muy mal.

Robin volvió a reír y, dirigiéndose al curtidor, le dijo:

—¿Queréis uniros a mi banda, buen Arthur? Os juro que sois uno de los hombres más robustos que han visto mis ojos.

—¡Me uniré a vuestra banda! —exclamó alborozado el curtidor—. Claro que sí, señor. ¡Hurra, por una vida feliz! —celebró, brincando y chasqueando los dedos—. ¡Y por la vida que amo! Adiós a la corteza, a las sucias cubas y a las asquerosas pieles de vaca. Os seguiré hasta los confines de la tierra, buen amo, y ni una manada de ciervos pardos en todo el bosque conocerá el tañido de la cuerda de mi arco.

—En cuanto a ti, Little John —dijo Robin, volviéndose hacia él y riendo— partirás hacia Ancaster y nosotros te acompañaremos, pues no quiero que gires ni a la derecha ni a la izquierda hasta que te hayas alejado de Sherwood. Hay otras posadas que aún no conoces por aquí.

Así pues, abandonando la espesura, tomaron de nuevo el camino y se pusieron en marcha.

CAPÍTULO IX

Robin Hood y Will Scarlet

Así viajaron por la calzada soleada, tres tipos recios sin par en la alegre Inglaterra. Muchos se paraban a mirarlos pasar, tan anchos eran sus hombros y tan robustos sus andares.

—¿Por qué no fuiste ayer directamente a Ancaster, como dije? No te hubieras metido en semejante lío si hubieras hecho lo que te pedí —dijo Robin.

—Amenazaba lluvia —gruñó Little John hoscamente, harto de que Robin lo fastidiara tanto con lo sucedido.

—¡Lluvia! —exclamó Robin, deteniéndose en medio del camino y mirando atónito a Little John—. No ha caído ni una gota en estos tres días, ni ha amenazado lluvia alguna, ni ha habido señal de mal tiempo en la tierra, el cielo o el agua.

—Sin embargo —protestó Little John—, el santo Swithin guarda las aguas de los cielos en su vasija de peltre y podría haberlas derramado, si hubiera querido, incluso desde un cielo despejado; ¿hubieras preferido que me calase hasta los huesos?

Robin Hood estalló en carcajadas.

—¡Ay, Little John! ¡Vaya sesos de manteca tienes en esa cabeza tuya! ¿Quién podría enojarse contigo?

Después de esta charla, emprendieron la marcha una vez más, con el pie derecho por delante, como suele decirse.

Tras haber recorrido cierta distancia, Robin Hood tuvo sed, pues el día era caluroso y el camino polvoriento; viendo una fuente de agua fría como el hielo justo detrás de un seto, cruzaron el vallado y llegaron a donde manaba el agua, debajo de una piedra musgosa. Se arrodillaron y, con las manos en forma de cuenco, bebieron hasta saciarse; a continuación, como el lugar era fresco y sombreado, se tumbaron y descansaron un rato.

Delante de ellos, más allá del seto, el polvoriento camino serpenteaba por la llanura; a sus espaldas, los prados y los verdes campos de tierno maíz resplandecían al sol, junto a las susurrantes hojas de haya. A sus narices llegaba la tierna fragancia de las violetas y el tomillo silvestre que crecían al rocío de la orilla de la pequeña fuente, y también el suave gorgoteo del agua. Todo era tan agradable, y estaba tan bañado de la alegría del luminoso mes de mayo, que estuvieron largo rato sin hablar, tendidos de espaldas, mirando arriba, a través de las hojas temblorosas de los árboles, al brillante cielo que los cubría. Por fin, Robin, cuyos pensamientos no estaban tan ocupados en la recolección de lana como los de los otros, y que había estado mirando a su alrededor de vez en cuando, rompió el silencio.

—¡Albricias! Se acerca un pájaro de vistoso plumaje, por mi fe.

Los otros miraron y vieron a un joven que avanzaba lentamente por la calzada. Era alegre, como apuntaba Robin, y pintaba una bella figura, con coleto y medias de seda escarlata; una hermosa espada le colgaba del costado, la vaina de cuero repujado estaba adornada con finos hilos de oro; su gorra era de terciopelo escarlata y una ancha pluma colgaba detrás de su oreja. Llevaba en la mano una rosa temprana, que olía de vez en cuando con delicadeza.

—Por mi vida —rio Robin Hood—, ¿habéis visto alguna vez a un tipo tan apuesto y bien plantado?

—En verdad, sus ropas son demasiado bonitas para mí —dijo Arthur de Bland— pero, sus hombros son anchos y sus lomos estrechos, y ¿veis, maese, cómo los brazos le cuelgan del cuerpo? No cuelgan como longanizas, sino que caen rígidos y doblados en el codo. Voto a Dios que no hay extremidades de pan y leche en esas finas ropas, sino articulaciones rígidas y piernas duras.

—Llevas razón, amigo Arthur —dijo Little John—. En verdad creo que no es tan galante como aparenta.

—¡Bah! —dijo Robin Hood—. ¡Semejante individuo me pone un sabor desagradable en la boca! Ved cómo sostiene esa hermosa flor entre el pulgar y el dedo, como diciendo «Rosita, no me caes tan mal, puedo soportar tu olor un rato». Yo creo que ambos estáis equivocados, y que si un ratón furioso se cruzara en su camino, él gritaría y se desmayaría de golpe. Me pregunto quién será.

—El hijo de algún gran barón, no lo dudo —respondió Little John— con dinero de hombres honrados llenando su monedero.

—Lleváis razón —admitió Robin Hood—. Qué lástima que hombres como él, sin más ocupación que salir al extranjero con bellos ropajes, mangoneen a hombres buenos cuyos zapatos no saben ni

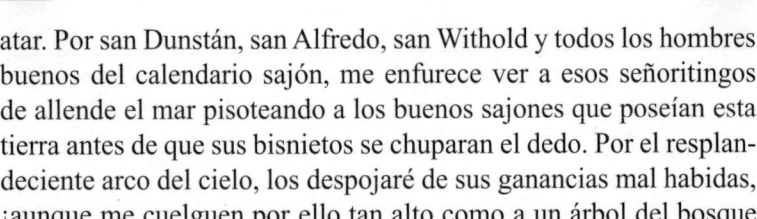

atar. Por san Dunstán, san Alfredo, san Withold y todos los hombres buenos del calendario sajón, me enfurece ver a esos señoritingos de allende el mar pisoteando a los buenos sajones que poseían esta tierra antes de que sus bisnietos se chuparan el dedo. Por el resplandeciente arco del cielo, los despojaré de sus ganancias mal habidas, ¡aunque me cuelguen por ello tan alto como a un árbol del bosque de Sherwood!

—Vaya, vaya, amo —repuso Little John—. ¿Qué acaloramiento es éste? Pones la olla a hervir ¡y tal vez no haya tocino que cocer! El cabello de ese hombre es demasiado claro para ser normando. En realidad, puede tratarse de un hombre bueno y honrado.

—De ningún modo —insistió Robin— apuesto mi cabeza contra un penique de plomo. Quedaos aquí los dos hasta que os muestre la paliza que le voy a dar. Dicho esto, Robin Hood salió de la sombra del haya, cruzó la verja y se paró en medio del camino con los brazos en jarras, delante del forastero.

Éste caminaba tan despacio que toda la conversación se desarrolló antes de que llegase donde estaban, y ni aceleró el paso ni pareció percatarse de que Robin Hood existía. Así que Robin se apostó en medio del camino, esperando, mientras el otro avanzaba lentamente, oliendo su rosa y mirando a un lado, a otro y a todas partes menos a Robin.

—¡Aguardad! —gritó Robin, cuando por fin el otro se le acercó—. ¡Quieto! ¡Deteneos donde estáis!

—¿Por qué he de detenerme, buen amigo? —dijo el forastero con voz suave y gentil—. ¿Por qué he de quedarme donde estoy? No obstante, puesto que así lo deseáis, me quedaré para oír lo que tengáis que decirme.

—En ese caso —dijo Robin— ya que hacéis lo que os digo y me habláis tan suavemente, yo también os trataré con la debida cortesía. Quiero que sepáis, gallardo amigo, que soy, devoto del santuario de San Wilfredo, quien, como sabréis, tomó todo el oro de los paganos y lo fundió en candelabros. Por ello, a quienes vienen por aquí les cobro un cierto peaje que utilizo para un fin mejor, espero, que hacer candelabros. Por lo tanto, dulce joven, me gustaría que me entregarais vuestra bolsa para que pueda mirarla y juzgar, con lo mejor de mis pobres poderes, si tienes más riqueza de la que permite nuestra ley. Como dice el bromista de Gaffer Swanthold, «Aquel que engorda por vivir en exceso debe necesariamente perder sangre».

Todo este tiempo, el joven había estado olfateando la rosa que sostenía entre el pulgar y el dedo.

—No —dijo con una leve sonrisa cuando Robin Hood hubo terminado— me encanta oíros. Hablad, buen amigo y si por ventura no habéis terminado aún, concluid, os lo ruego. Tengo todavía un poco más de tiempo.

—Ya he dicho todo —zanjó Robin— y ahora, si me dais vuestra bolsa, os dejaré seguir vuestro camino sin permiso ni obstáculo, tan pronto como vea lo que puede contener. No os quitaré nada si tenéis poco.

—¡Ay! Mucho me apena —dijo el otro— no poder complaceros. No tengo nada que daros. Dejadme seguir mi camino, os lo ruego. No os he hecho ningún daño.

—No, no os vayáis —dijo Robin— hasta que me hayáis mostrado vuestra bolsa.

—Buen amigo —insistió el otro con dulzura— tengo asuntos que atender en otra parte. Os he concedido tiempo y os he escuchado pacientemente. Por vuestra fe, dejadme partir en paz.

—Os lo he explicado, amigo —dijo Robin con severidad— y ahora os repito que no deis un paso más hasta que hayáis hecho lo que ordeno.

Y diciendo esto, blandió su bastón con ademán amenazador.

El forastero dijo lánguidamente:

—Me apena que tenga que ser así. Mucho me temo que he de mataros, pobre hombre.

Y diciendo esto, desenvainó la espada.

—Guardad vuestro acero —dijo Robin—. No quiero aprovecharme de vos. Vuestra espada nada puede hacer contra un bastón de roble como el mío, pues podría partirlo como una paja de cebada. Allá hay un buen matorral de roble junto al camino; sacad de él un garrote y defendeos con justicia, si es que os complace que os peguen una zurra.

El desconocido midió a Robin con la mirada, y luego midió el bastón de roble.

—Tenéis razón, buen amigo —dijo— mi espada no es rival para vuestro garrote. Esperad hasta que consiga un bastón.

Arrojó a un lado la rosa, volvió a envainar la espada y, con paso más apresurado que antes, se dirigió al borde del camino donde crecía un pequeño grupo de robles. Los inspeccionó hasta encontrar un retoño de su agrado. No lo cortó, sino que, remangándose, lo agarró, apoyó el talón en el suelo y arrancó de raíz el joven árbol con un fuerte tirón. Después regresó y recortó las raíces y los tallos tiernos con su espada tranquilamente, como si no hubiera hecho nada destacable.

Little John y el curtidor habían observado todo en silencio, pero cuando vieron al forastero arrancar el retoño de la tierra y oyeron el desgarro y el chasquido de sus raíces, el curtidor apretó los labios y emitió un largo silbido.

—¡Por todos los santos del cielo! —exclamó Little John en cuanto pudo salir de su asombro—. ¿Has visto eso, Arthur? Madre querida, creo que nuestro pobre amo no tendrá ni una oportunidad con este tipo. Por Nuestra Señora, ha arrancado el árbol como si fuera paja de cebada.

Fuera lo que fuera lo que pensaba Robin Hood, se mantuvo firme, y ahora él y el forastero de escarlata estaban por fin cara a cara.

Robin Hood se defendió bien, como un campesino de digna casta. Por doquier lucharon, aquí y allá llovían los golpes, con la destreza de Robin contra la fuerza del forastero. El polvo del camino flotaba a su alrededor como una nube, de modo que a veces Little John y el curtidor no veían nada, y sólo oían el ruido de los palos. Robin Hood golpeó tres veces al forastero, una en el brazo y dos en las costillas, y había conseguido rechazar todos los golpes del otro, de los cuales sólo uno, de haber dado en el blanco, habría derribado al robusto Robin directo al polvo. El forastero, finalmente, pegó al garrote de Robin con tal fuerza en el centro que apenas lo pudo sostener en la mano; volvió a golpear y Robin se dobló bajo el golpe; una tercera vez golpeó y ahora no sólo derribó la guardia de Robin, sino que además le dio tal mamporro que cayó rodando por el polvoriento camino.

—¡Esperad! —gritó Robin Hood al ver que el forastero alzaba de nuevo el bastón—. ¡Me rindo!

—¡Alto! —gritó Little John, saliendo de su escondite, con el curtidor pisándole los talones—. ¡Alto! ¡Ríndete, te digo!

—No haré tal cosa —contestó el forastero en voz baja— si sois dos más, y tan robustos como este buen muchacho, voy a tener las manos llenas. No obstante, venid, y me esforzaré por serviros a todos.

—¡Alto! —gritó Robin Hood—. No pelearemos más. Hoy es un mal día para nosotros, Little John. En verdad creo que mi muñeca y mi brazo están paralizados por el golpe que me propinó este extraño.

Little John se volvió hacia Robin.

—Vaya, vaya, buen amo. Estás en muy mala situación. Tienes la ropa toda manchada con el polvo del camino. Permíteme que te ayude a levantarte.

—¡Caiga una plaga sobre tu ayuda! —gritó Robin con enojo—. Puedo ponerme en pie solo, buen amigo.

—Pues déjame al menos quitarte el polvo del abrigo. Me temo que tus pobres huesos están bien machacados —dijo Little John, con un brillo malicioso en los ojos.

—Déjame, te digo —dijo Robin enfurecido—. Mi abrigo ya ha sido suficientemente desempolvado sin tu ayuda.

Luego, volviéndose hacia el forastero, le dijo:

—¿Cómo te llamas, buen amigo?

—Me llamo Gamwell —respondió el otro.

—¡Ja! —exclamó Robin—. ¿Es así? Tengo parientes cercanos con ese nombre. ¿De dónde vienes, querido amigo?

—Vengo de la ciudad de Maxfield —respondió el forastero— allí nací y crecí, y de allí vengo en busca del joven hermano de mi madre, a quien llaman Robin Hood. Así que, si por casualidad pudierais indicarme...

—¡Ja! ¡Will Gamwell! —gritó Robin, poniendo las manos sobre los hombros del otro y manteniéndolo a distancia. No hay duda. Debía haber reconocido ese aire de hermosa doncella, esa manera de andar delicada y fina. ¿No me conoces, muchacho?

—¡Por el aliento de mi cuerpo! —exclamó el otro—. Mi corazón me dice que eres mi tío Robin. Es más, ¡seguro que es así! Se fundieron en un fuerte abrazo, y se besaron en la mejilla.

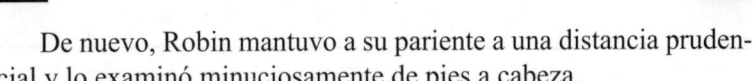

De nuevo, Robin mantuvo a su pariente a una distancia prudencial y lo examinó minuciosamente de pies a cabeza.

—¿Qué ven mis ojos? ¿Qué cambio hay aquí? Hace unos ocho o diez años te dejé como un mozalbete, con articulaciones grandes y miembros mal ensamblados, y ¡hete aquí! tan firme como nunca te había visto. ¿Recuerdas, muchacho, cómo te enseñé la manera correcta de pasar la pluma de ganso entre los dedos y de estirar el brazo del arco con firmeza? Prometías ser un buen arquero.

—Sí —dijo el joven Gamwell— y yo te admiraba tanto y te consideraba tan superior a todos los demás hombres que juro que, de haber sabido quién eras, nunca me habría atrevido a levantarte la mano hoy. Confío en no haberte hecho daño.

—No, no —se apresuró a decir Robin, mirando de reojo a Little John— no me has hecho daño. Pero te diré, muchacho, que espero no volver a sentir un golpe como el que tú me has propinado. Por todos los cielos, el brazo me hormiguea desde la uña hasta el codo, pensé que había quedado paralizado de por vida. Te digo, sobrino, que eres el hombre más fuerte que han visto mis ojos. Juro que sentí temblar el estómago cuando te vi arrancar así ese árbol. Pero dime, ¿cómo es que dejaste a sir Edward y a tu madre?

—¡Ay, tío Robin! —respondió el joven Gamwell—. Es mala historia la que tengo que contarte. El mayordomo de mi padre, que vino a nuestra casa tras la muerte del viejo Giles Crookleg, fue siempre un insolente bribón, y no sé por qué mi padre lo mantuvo, salvo que lo hizo con gran juicio. Me irritaba oírle hablar con tanto descaro a mi padre, que, como sabéis, siempre fue un hombre paciente con los que le rodeaban, y lento para la ira y las palabras duras. Pues bien, un día, un mal día para aquel descarado, trató de reñir a mi padre, estando yo presente. No pude soportarlo más, buen tío, así que di un paso al frente y le di una bofetada en la oreja. ¿Podéis creerlo? Creo que dijeron que le había roto el cuello, o algo así. Me enviaron a buscarte y escapar de la ley.

—Por la fe de mi corazón —dijo Robin Hood— para estar escapando de la ley, lo hacías con una lentitud pasmosa. ¿Cuándo se ha visto a alguien que ha matado a un hombre y en su huida pasea por el camino como una delicada doncella de la corte, olfateando una rosa mientras tanto?

Will Gamwell respondió:

—Querido tío, la prisa no bate buena mantequilla, como dice el viejo refrán. Creo, además, que esta excesiva fuerza de mi cuerpo me ha quitado la agilidad de los talones. Acabas de golpearme tres veces y yo no te he atizado ni una, sólo he podido parar tus ataques.

—No hablemos más de eso —dijo Robin—. Me alegro mucho de verte, Will, y aportarás gran honor a mi banda de alegres compañeros. Pero debes cambiarte el nombre, pues pronto saldrán órdenes de busca y captura contra ti; así que, en alusión a tus alegres ropas, en adelante y para siempre te llamarás «Will Scarlet».

—Will Scarlet —dijo Little John, adelantándose y extendiendo su gigantesca mano, que el otro cogió—. El nombre te queda bien. Me alegra darte la bienvenida a nuestra banda. Me llamo Little John y este es un nuevo miembro, un robusto curtidor llamado Arthur de Bland. Vas a alcanzar la fama, Will, se cantarán muchas baladas por el país, y se contarán muchas historias en Sherwood de cómo Robin Hood enseñó a Little John y a Arthur de Bland la forma correcta de usar la vara de cuarto; asimismo, por así decirlo, de cómo nuestro buen amo mordió un trozo de pastel tan grande que se atragantó con él.

—No, querido Little John —dijo Robin con suavidad, pues no le gustaba que se burlaran de él—. ¿Por qué hablar de este pequeño asunto? Mantengamos las vicisitudes de hoy entre nosotros.

—Por supuesto, de todo corazón —dijo Little John—. Buen amo, yo creía que te gustaban las buenas chanzas, pues tantas veces has bromeado sobre el engordamiento de mis articulaciones, y de las carnes adquiridas por mi permanencia con el *sheriff* de...

—No, Little John —dijo Robin apresuradamente— creo que ya he dicho bastante al respecto.

—Me alegro —dijo Little John— porque yo también me he cansado un poco. Pero ahora recuerdo que tú también parecías dispuesto a burlarte de la lluvia que amenazaba anoche; así que...

—No —dijo Robin Hood desafiante— me equivoqué. Me parece que es cierto que amenazaba lluvia.

—Eso me pareció a mí también —dijo Little John— sin duda, pensarás que fue prudente por mi parte hacer noche en la posada del

Jabalí Azul, en lugar de aventurarte a salir con un tiempo tan tormentoso; ¿no es así?

—¡Malditos seáis tú y tus acciones! —gritó Robin Hood—. Si así lo deseas, pienso que tenías derecho a quedarte donde quisieras.

—De acuerdo, pues —dijo Little John—. En cuanto a mí, yo he estado ciego en este día. No he visto que te golpearan, no he visto que cayeras de cabeza en el polvo; y si alguien dice que sí, puedo con la conciencia tranquila hacer sonar su lengua mentirosa entre sus dientes.

—¡Vamos! —gritó Robin mordiéndose el labio inferior, mientras los demás contenían la risa a duras penas—. No iremos más lejos hoy, sino que regresaremos a Sherwood, y tú irás a Ancaster en otra ocasión, Little John.

Así habló Robin pues, con los huesos doloridos, sentía que un largo viaje sería algo malo para él. Así que, girándose sobre sus talones, emprendieron el regreso al bosque.

CAPÍTULO X

Donde se cuenta la aventura con Midge, el hijo del molinero

Cuando los cuatro hombres llevaban largo rato de camino hacia Sherwood, y ya había pasado el mediodía, empezaron a tener hambre. Robin Hood dijo:

—Ojalá tuviera algo de comer. Una buena hogaza de pan blanco, con un trozo de queso blanco como la nieve, regado con un trago de cerveza, sería un festín digno de un rey.

—Ahora que lo mencionáis —apuntó Will Scarlet— a mí tampoco me vendría mal. Hay algo en mí que grita «¡Víveres, buen amigo, víveres!».

—Sé de una casa aquí cerca —dijo Arthur de Bland— si tuviera dinero, os traería lo que deseáis, a saber, una dulce hogaza de pan, un buen queso y un odre de cerveza negra.

—Por lo que a ello respecta, sabéis que yo tengo dinero, buen amo —dijo Little John.

—Así es, Little John —dijo Robin—. ¿Cuánto dinero se necesita, buen Arthur, para comprar carne y bebida?

—Con seis peniques se puede alimentar a una docena de hombres —dijo el curtidor.

—Entonces dale seis peniques, Little John —dijo Robin— pues calculo que comida para tres hombres satisfará mis necesidades. Ahora ve con el dinero, Arthur, y trae aquí el piscolabis, pues hay una agradable sombra bajo ese matorral junto al camino, y allí comeremos las vituallas.

Little John dio el dinero a Arthur y los demás se dirigieron a la espesura para aguardar su regreso.

Al cabo de un rato volvió con una gran hogaza de pan moreno, un buen queso redondo y una piel de cabra llena de cerveza negra de marzo colgada de los hombros. Will Scarlet tomó su espada y dividió la hogaza y el queso en cuatro buenas porciones, que cada uno se sirvió. Entonces Robin Hood le dio un profundo trago a la cerveza.

—¡Ajajá! Nunca he probado una cerveza tan deliciosa.

Nadie dijo una palabra más, pues los cuatro se dedicaron a saborear pan y queso con avidez, dando de vez en cuando un trago a la cerveza.

Por fin, Will Scarlet miró un pedacito de pan que aún tenía en la mano y dijo:

—Creo que se lo daré a los gorriones.

Lo lanzó lejos y se sacudió las migas del jubón.

—Yo también —dijo Robin— ya he comido bastante.

En cuanto a Little John y al curtidor, ya habían engullido hasta la última migaja de pan y queso.

—Me siento como nuevo —dijo Robin— y quisiera disfrutar de algo agradable antes de proseguir nuestro viaje. Will, recuerdo que tenías una voz bien afinada y que entonabas dulcemente las canciones. Por tu fe, bríndanos una antes de emprender la marcha de nuevo.

En verdad, no me importa desafinar —respondió Will Scarlet— pero no deseo cantar solo.

—Descuida, otros te seguirán. Arranca, muchacho —dijo Robin.

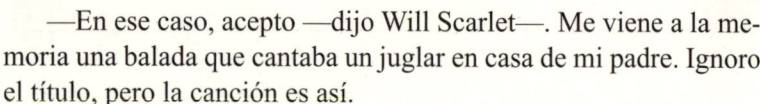

—En ese caso, acepto —dijo Will Scarlet—. Me viene a la memoria una balada que cantaba un juglar en casa de mi padre. Ignoro el título, pero la canción es así.

Aclarándose la garganta, Will cantó:

En la alegre primavera,
cuando anhelos de amor alimentan el pecho,
la flor está en la rama
y el avecilla construye su nido,
dulce canta el ruiseñor y el gallo vivaz,
el cuco en el valle bañado de rocío
y la tortuga en la palabra.
Pero amo el petirrojo
pues todo el año canta con arrojo.
¡Petirrojo! ¡petirrojo!
¡Mi alegre petirrojo!
Para que sea mi verdadero amor:
no vueles de noche,
es señal de fría adversidad.

Cuando la primavera trae dulces delicias,
cuando en lo alto se eleva la alondra,
amantes de las noches tranquilas,
los jóvenes a los ojos de doncellas espían
en el tiempo en que florece la eglantina,
y las violetas oscuras junto al arroyo.
Pero el manto verde de la hiedra crece
cuando el viento del norte trae la nieve.
¡Hiedra! ¡Hiedra!
¡Leal y fuerte!
Así tendría que ser su amor,
no morir en la cercanía
al aliento de la fría adversidad.

—Bien cantada está —dijo Robin— pero primo, prefiero oír a un buen mozo como tú cantar una balada lujuriosa antes que una fina canción de florecitas y pajarillos. Sin embargo, lo has hecho muy bien y no es mala canción. Ahora, curtidor, es tu turno.

—No sé —dijo Arthur y sonrió, ladeando la cabeza como una doncella azorada a la que sacan a bailar— no creo que pueda igualar la canción del amigo Will; creo sinceramente que me he resfriado, pues tengo cierto cosquilleo y ronquera en la tráquea.

—Al contrario, buen amigo —dijo Little John— sentándose junto a él y palmoteándole el hombro.

—Tienes una voz hermosa, limpia y suave; disfrutémosla.

—¡Ay, pobres amigos! —dijo Arthur—. Haré lo que pueda. ¿Conocéis el cortejo de sir Keith, el robusto y joven caballero de Cornualles, en tiempos del buen rey Arturo?

—Algo me parece haber oído —dijo Robin— no obstante, canta tu cancioncilla porque, si la memoria no me engaña, es una galante tonada. Adelante con ella, buen amigo.

Sin más preámbulos, el curtidor se aclaró la garganta y empezó a cantar:

EL CORTEJO DE SIR KEITH

Sentado el rey Arturo estaba en su salón real,
junto a él a mano diestra y siniestra
bullía la presencia de fieles caballeros,
por doquier los más grandes de la tierra.
Lancelot de cabello ala de cuervo,
Gawain de melena dorada,
Kay el guardián de cerraduras,
sir Tristán y otros muchos nobles gallardos.
Y a través de las lucidas vidrieras,
rebotando en elevados aleros,
la luz del sol en colores cayendo
avivaba áureos yelmos y doradas grebas.
Mas un súbito silencio reinó en la mesa redonda,
pues por el pasillo despacio avanzaba
una dama terrible harto encorvada,
con nariz ganchuda, ojos sangrantes,
cabellos lacios de un blanco brillante,
y una barba hirsuta en la barbilla,
era, sin duda alguna,
una estampa horripilante.

A rastras llegó y al pie de Arturo se postró.
Kay dijo «Nunca vi mujer tan repugnante»,
y entonces también ella habló:
«A vos acudo, buen rey,
pues un mal corroe mis entrañas,
y hay solamente un remedio para curarme,
descanso no habrá, ni sanación a norte o a sur,
a oeste o a este, sin un cristiano caballero
que bese mis labios tres veces.
Ni casado puede haber estado
quien me dé facilidad,
ni obligado ha de ser, creo,
mas besarme de voluntad.
¿Hay aquí caballero cristiano
noble de alta fortuna
que libere a esta pobre dama
de la maldición que la importuna?».
Hombre casado soy, dijo Arturo,
si no, de buena gana te besaba,
vamos, Lancelot, el mejor caballero,
dadle un beso presto, acabad su sufrimiento.
Mas Lancelot se apartó y al suelo miró
pues le escocía el altivo orgullo
de risotadas aquel murmullo.
Venid, pues, sir Tristán, ayudadnos con premura,
«No puedo, buen rey, me lo impide la amargura
pues nunca convenceré a mi boca de ese beso».
¿Y sir Kay? «¡No, pardiez, pues qué dama
besaría mi sucia boca después?».
¿Y vos, Gawain, queréis?
No puedo, buen rey.
¿Y vos, sir Geraint?
Mis besos carecen de alivio,
pues yo antes moriría
que pasar ese suplicio.

Entonces se levantó a hablar
el más joven de la mesa:
«Le daré toda la ayuda
que un buen cristiano pueda».
Habló así sir Keith, un caballero joven,
mas también fuerte y audaz,
con la barbilla poblada
de hilos de oro feraz.
Entonces Kay opinó:
«Él no ha ninguna dama
que pueda llamar suya,
he aquí a uno libre,
que se ofrece disponible».
Una vez la besó, luego otra y hasta tres
y un cambio maravilloso
apareció en un santiamén.
Sus mejillas enrojecieron como una rosa,
su frente se tornó clara como un prado,
su pecho de un blanco de nieve,
los sus ojos, de cervatillo
y su aliento, dulce como el verano que viene.
Su voz se tornó suave como un árbol que suspira,
su cabello reluciente, como el oro de una mina,
sus manos blancas de leche
y sus harapos, tan inmundos y viejos,
fueron también cambiados por bellos aires de seda.
Perplejos los caballeros, y Kay volvió a hablar:
«Por mi fe, buena señora, que ahora os quiero besar».
Mas Keith el joven se arrodilló
y el hermoso vestido besó,
«Dejadme ser vuestro siervo»,
pidió, «pues nadie se compara a vos».
Ella se inclinó y su frente rozó,
sus labios y sus ojos besó, y así habló:
«Sois mi amo, mi señor, mi amor:
levantaos presto, pues toda mi tierra

y mi riqueza vuestra es,
pues nunca caballero alguno
mostró tan noble cortesía,
rompisteis mi maligno hechizo,
prisión de amargo dolor,
y por así hacerlo, verdadera me entrego a vos».

—En verdad os digo, es como la recuerdo, una bonita balada con una agradable melodía —dijo Robin Hood cuando el curtidor terminó de cantar.

—Con frecuencia he pensado —dijo Will Scarlet— que hay en ella cierto consejo: a veces, un deber que parece feo y duro, si lo besamos justamente en la boca —por así decirlo— no es tan asqueroso al final.

—Bien has hablado —dijo Robin— puesto que si, por el contrario, besamos un placer de apariencia alegre, nos resulta desagradable; ¿no es así, Little John? Tal cosa te ha traído hoy dolorosos golpes. No te aflijas, amigo, no bajes la mirada. Prepara esa voz y cántanos algo.

—No —lamentó Little John— ninguna tengo tan hermosa como la que ha entonado Arthur. Las que yo conozco son míseras. Además, hoy no tengo fina la voz, y me dolería estropear una canción afinándola mal.

Todos insistieron a Little John para que cantara y, tras rehusar el tiempo de rigor, cedió, diciendo:

—Bien, si así lo deseáis, haré lo que pueda. Al igual que la de Will, mi cancioncilla carece de título, pero dice así:

Ay, mi señora, la primavera llega
con su triroliroliro,
la dulce estación del amor
con un tirolirolí,
mancebo y manceba yacen en la hierba,
el ciervo reposa, las hojas ya brotan,
el gallo canta y la brisa sopla,
y todo ríe en un tri...

—¿Quién será ese tipo que viene por el camino? —interrumpió Robin, cortando la canción.

—Lo ignoro —repuso Little John hoscamente—. Lo que sí sé es que no es aconsejable detener el ritmo de una buena canción.

—No te enfades, Little John, te lo ruego. Lo he estado observando desde que empezaste a cantar, agachado bajo ese gran saco que lleva al hombro. Míralo, Little John, a ver si lo conoces.

Little John miró adonde señalaba Robin Hood.

—En verdad —dijo al poco rato— creo que es un joven molinero que he visto alguna vez en los linderos del bosque de Sherwood.

—Ahora lo reconozco, yo mismo lo he visto alguna vez —dijo Robin—. ¿No tiene un molino después de Nottingham, cerca de la carretera de Salisbury?

—Tienes razón, ése es —confirmó Little John.

—Un buen ejemplar —dijo Robin—. Lo vi romperle la crisma a Ned de Bradford hace unos quince días, y nunca he visto levantar una cabellera con tal pulcritud.

El joven molinero ya se había acercado tanto que podían verlo claramente. Llevaba las ropas empolvadas de blanco, un gran saco de harina a la espalda y un grueso bastón sobre el saco, y caminaba inclinado para soportar todo el peso sobre los hombros. Tenía miembros robustos y fuertes, y avanzaba firme por el camino con el pesado saco encima. Tenía las mejillas rubicundas como un escaramujo, el pelo de color lino y en la barbilla le crecía una vellosa barba del mismo tono arrubiado.

—Un buen hombre honesto —dijo Robin Hood— de los que honran la nobleza inglesa. Vayamos a divertirnos con él, haremos como si fuésemos ladrones y fingiremos robarle sus ganancias. Luego lo llevaremos al bosque y le ofreceremos un festín como jamás ha disfrutado. Le inundaremos la garganta de buen vino canario y lo enviaremos a casa con coronas en la bolsa por cada penique que tenga. ¿Qué decís, muchachos?

—En verdad, es una alegre idea —dijo Will Scarlet.

—Está bien pensado —dijo Little John— pero que el cielo nos libre de dar hoy más golpes. Mis pobres huesos me duelen tanto que...

—Pardiez, Little John, tu necia lengua hará que se rían de nosotros —cortó Robin.

—Mi necia lengua, dice... —gruñó por lo bajo Little John a Arthur de Bland—. Ojalá mi necia lengua pudiera evitar que nuestro amo nos metiera hoy en otro lío más.

El molinero, avanzando trabajosamente por el camino, ya había llegado frente al escondrijo de los tres compinches, así que salieron corrieron hacia él y lo rodearon.

—¡Deteneos, amigo! —gritó Robin al molinero; éste se volvió lentamente por el peso del saco sobre el hombro, y los miró uno a uno desconcertado, pues aunque era un buen hombre robusto, su ingenio distaba de ser saltarín como castañas al fuego.

—¿Quién me obliga a quedarme? —inquirió molesto el molinero, con voz grave y ronca como el gruñido de un gran perro.

—Yo os obligo —dijo Robin— y dejadme deciros, amigo, que será mejor que cumpláis mis órdenes.

—¿Y quién sois vos, buen amigo? —preguntó el molinero, descargando del hombro al suelo el gran saco de harina—. ¿Y quiénes son los que os acompañan?

—Somos cuatro buenos cristianos —dijo Robin— y deseamos ayudaros a llevar parte de vuestra pesada carga.

—Os doy las gracias —dijo el molinero— pero el saco no es tan pesado como para no poder llevarlo solo.

—No, no —dijo Robin— quise decir que tal vez llevas encima algunos pesados cuartos de penique o peniques, por no hablar de plata y oro. Nuestro querido bromista Swanthold dice que el oro es una carga demasiado pesada para que la lleve un asno de dos patas.

—¡En mala hora os encuentro! —exclamó el molinero—. ¿Qué diantre queréis? No llevo siquiera un poco de dinero. No me hagáis daño, os lo ruego, dejadme partir en paz. Además, permitidme deciros que estáis en territorio de Robin Hood, y si os descubre intentando robar a un honesto artesano, os cortará las orejas y os correrá a latigazos hasta los muros de Nottingham.

—En verdad os digo: no temo a Robin Hood más que a mí mismo —dijo el alegre Robin—. Debéis entregarme hasta el último centavo que llevéis encima. Es más, si movéis un músculo haré retumbar este bastón en vuestras orejas.

—¡No, pardiez, no me golpeéis! —gritó el molinero, levantando el brazo como si temiera el bastonazo—. Podéis registrarme si quieres, pero no encontraréis nada en mi persona, ni bolsa, ni zurrón, ni piel.

—¿Ah sí? —dijo Robin Hood, mirándolo con agudeza—. Pues ahora creo que mentís. Si no yerro, tenéis algo en el fondo de ese gordo saco de harina. Buen Arthur, vaciad el saco en el suelo; os aseguro que encontraréis un chelín o dos en la harina.

—¡Ay! —lamentó el molinero, cayendo de rodillas—. ¡No echéis a perder mi buen sustento! A vos no os hará bien y a mí me arruinará. Ahorráoslo y os daré el dinero de la bolsa.

—¡Ja! —exclamó Robin, dando un codazo a Will Scarlet—. ¿He encontrado, entonces, donde está tu dinero? Voto a tal que tengo un gran olfato para la bendita imagen del rey Enrique. Me pareció oler oro y plata bajo la harina de cebada. Traedlo, molinero.

El molinero se puso lentamente en pie y de mala gana desató el saco, metió lentamente las manos y empezó a rebuscar con los brazos hundidos hasta los codos en la harina de cebada. Los otros se congregaron a su alrededor con las cabezas juntas, mirando y preguntándose qué sacaría.

Así pues, se quedaron todos con las cabezas juntas mirando hacia el interior del saco. Mientras fingía buscar el dinero, el molinero cogió dos grandes puñados de harina.

—Aquí están, por fin —dijo.

Entonces, cuando los otros se inclinaron aún más hacia para ver lo que tenía, les arrojó la harina a la cara, llenándoles los ojos, las narices y las bocas, cegándolos y medio ahogándolos. Arthur de Bland estaba peor que nadie, pues lo pilló boquiabierto de asombro por lo que iba a suceder, de modo que una gran nube de harina le bajó por la garganta, haciéndole toser hasta que apenas pudo tenerse en pie.

Entonces, mientras los cuatro daban tumbos y rugían con el picor de la harina en los ojos, frotándoselos hasta que las lágrimas les pintaron grandes canales en la cara, el molinero cogió otro puñado de harina, y después otro, y otro más, y se los tiró a la cara, de modo que, aunque antes hubieran conservado un destello de luz, ahora estaban tan ciegos como un mendigo de Nottinghamshire, y sus cabellos, barbas y ropas estaban blancos como la nieve.

Entonces, cogiendo su enorme báculo, el molinero empezó a dar vueltas como si estuviera loco de remate. Los cuatro saltaban de un lado a otro como guisantes en un tambor, pero no veían la forma de defenderse ni de huir. El garrote del molinero les golpeaba la espalda, y a cada mamporro grandes nubes blancas de harina se elevaban en el aire desde sus chaquetas y volaban a la deriva en la brisa.

—¡Alto! —rugió Robin al fin—. ¡Ríndete, buen amigo, soy Robin Hood!

—¡Sandeces! ¡Mientes, bribón! —gritó el molinero, atizándole un trompazo en las costillas que levantó una nube de harina enorme como una bocanada de humo—. El noble Robin nunca robó a un comerciante honrado. ¿Quieres mi dinero? ¡Toma! —y le dio otro zurriagazo—. No, no recibirás tu parte, bribón patilargo. Parte y parte por igual.

Y golpeó a Little John en los hombros con tal fuerza que lo hizo saltar por el camino.

—No, no temas, ahora te toca a ti, barbinegro —y le endosó al curtidor un sopapo que lo hizo rugir de tanto toser—. ¡Espera, pelirrojo, déjame quitarte el polvo de encima! —gritó entonces, golpeando a Will Scarlet.

Y así les siguió dedicando alegres palabras y golpes hasta que apenas pudieron tenerse en pie, y cuando veía que uno quería limpiarse los ojos le tiraba más harina a la cara. Por fin Robin Hood encontró su cuerno y, llevándoselo a los labios, lo hizo sonar tres veces.

Sucedió que Will Stutely y un grupo de camaradas estaban en el claro, no lejos de donde se desarrollaba este alegre deporte. Al oír la algarabía de voces y los golpes que sonaban como un mayal en el granero en invierno, se detuvieron, escuchando y preguntándose qué pasaba. Will Stutely dijo:

—Si no me equivoco, no muy lejos de aquí se libra una dura batalla a garrotazos. Me gustaría presenciar este hermoso espectáculo.

Así, él y todo el grupo volvieron sobre sus pasos hacia el lugar de donde procedía el ruido. Cuando se acercaban al tumulto, oyeron los tres toques del cuerno de Robin.

—¡Rápido! —gritó el joven David de Doncaster—. ¡Nuestro amo está en grave necesidad!

Sin detenerse ni un momento, se lanzaron adelante con todas sus fuerzas e irrumpieron en la carretera.

Pero ¡qué espectáculo vieron! Todo el camino estaba blanco de harina, y en él había cinco hombres blancos de pies a cabeza, pues gran parte de la harina de cebada había caído también sobre el molinero.

—¿Qué necesitas, amo? —gritó Will Stutely—. ¿Y qué significa todo esto?

—¡Pardiez! —exclamó Robin—. Ese traidor ha estado tan cerca de matarme como ningún otro hombre lo ha estado antes. Si no te hubieras apresurado, buen Stutely, tu amo habría muerto.

Entonces, mientras él y los otros tres se restregaban el fino polvo de los ojos, y Will Stutely y sus hombres se limpiaban la ropa, les contó que había querido gastar una broma al molinero que tan violentamente se había vuelto contra ellos.

—¡Rápido, hombres, atrapad presto al vil molinero! —gritó Stutely, a punto de ahogarse de risa como los demás; entonces varios corrieron hacia el corpulento ejemplar y, agarrándolo, le ataron los brazos a la espalda con cuerdas de arco.

Robin gritó, fuera de sí, cuando le trajeron al tembloroso molinero.

—¡Me ibas a matar! ¿Verdad? A fe mía que...

Aquí se detuvo y observó al molinero con gesto adusto, pero la ira de Robin no podía mantenerse, así que le brillaron los ojos y parpadeó y luego, sin resistirse, estalló en carcajadas.

Al ver reír a su amo, los hombres de la banda no pudieron contenerse más y lanzaron una potente risotada. Muchos de ellos no podían tenerse en pie y rodaban por el suelo de puro regocijo.

—¿Cómo te llamas, buen amigo? —dijo Robin por fin al molinero, que permanecía boquiabierto de puro asombro.

—Ay, señor, soy Midge, el hijo pequeño del molinero —musitó con voz temblorosa.

—Voto a bríos —dijo el alegre Robin, golpeándolo en el hombro— eres el pequeño más poderoso que han visto mis ojos. ¿Ahora dejarás tu polvoriento molino para unirte a mi banda? Por mi fe que eres un hombre demasiado robusto para pasar tus días entre tolva y caja.

—Pues si me perdonas por los golpes que te di sin conocimiento de quién eras, me uniré a ti con toda justicia —dijo el molinero.

—Entonces puedo decir que hoy he reclutado a los tres hombres más robustos de todo Nottinghamshire —dijo Robin—. Nos iremos al bosque y celebraremos un alegre festín en honor de nuestros nuevos amigos, y tal vez una copa o dos de vino dulce alivien el dolor de mis pobres huesos, aunque os aseguro que pasarán muchos días antes de que vuelva a ser el hombre que era. Dicho esto, dio media vuelta y se puso a la cabeza de la cuadrilla, y así entraron de nuevo en el bosque y se perdieron de vista.

Fuegos vivos y crepitantes danzaron en los bosques aquella noche, porque aunque Robin y los otros —sólo con la excepción de Midge— tenían muchos dolores, estos no les impedían disfrutar del alegre festín, celebrado para dar la bienvenida a los nuevos miembros de la banda. Así, con canciones, bromas y risas reverberando en los rincones más profundos y silenciosos del bosque, la noche transcurrió rápidamente, como siempre hacen los momentos alegres, hasta que por fin cada uno buscó su jergón, el silencio se apoderó del lugar y todo pareció dormir.

Pero la lengua de Little John no era siempre fácil de guiar, de modo que, gota a gota, se filtró toda la historia de su pelea con el curtidor y la de Robin con Will Scarlet. Y así os lo he contado, para que os riais conmigo de estos divertidos sucesos.

CAPÍTULO XI

Robin Hood y Allan de Dale

Robin Hood y Little John tuvieron tres desafortunadas aventuras en un mismo día, que les produjeron magulladuras en las costillas y en los huesos. Así pues, ahora contaremos cómo compensaron esos malos sucesos con una buena acción que le acarreó un pequeño malestar a Robin.

Dos días habían pasado, y algo del dolor se había suavizado en las articulaciones de Robin Hood, pero aun así, cuando se movía de repente y sin pensar, lo sacudía el dolor aquí y allá, como si gritase «Te han dado una paliza, buen amigo».

El día era luminoso y alegre, y el rocío de la mañana aún caía sobre la hierba. Bajo el árbol de madera verde se sentaba Robin Hood; a un lado tenía a Will Scarlet, tumbado de espaldas con la cabeza apoyada en las manos, mirando el cielo claro; al otro lado, estaba Little John, fabricando un garrote con una rama de manzano silvestre; aquí y allá, sobre la hierba, se sentaban o yacían muchos otros de la banda.

—Por la fe de mi corazón —dijo el alegre Robin— no hemos invitado a nadie a cenar con nosotros en muchísimo tiempo. Poco dinero hay en la bolsa, pues nadie ha venido a pagar la cuenta en muchos días. Ocúpate presto, buen Stutely, elige a seis hombres e id a la calzada de Fosse Way o a otro sitio; procurad traer a alguien a cenar con nosotros esta noche. Mientras tanto, prepararemos un gran banquete para honrar a quien venga. Y, buen Stutely, me gustaría que llevaras a Will Scarlet contigo, pues es conveniente que conozca los caminos del bosque.

—Te agradezco, buen amo —dijo Stutely, en pie— que me escojas para esta aventura. Se me aflojan los miembros de estar sin hacer nada. En cuanto a dos de mis seis, elegiré a Midge el molinero y a Arthur de Bland, pues bien sabes que son fuertes con el báculo. ¿No es así, Little John?

Todos rieron menos Little John y Robin, que torcieron el gesto.

—Puedo hablar por Midge —dijo— y también por mi primo Scarlet. Esta mañana me he mirado las costillas y las he visto de tantos colores como la capa de un mendigo.

Así, tras elegir a otros cuatro tipos robustos, Will Stutely y su cuadrilla partieron hacia la calzada de Fosse Way para buscar algún invitado rico a quien invitar a un festejo nocturno en Sherwood, con Robin y su banda.

Permanecieron cerca de la carretera todo el día. Cada uno traía consigo una buena provisión de carne fría y una botella de cerveza negra de marzo, para conservar el estómago saciado hasta la vuelta a casa. Al mediodía, se sentaron sobre la mullida hierba, bajo un amplio espino verde, y celebraron un banquete alegre y jovial. Después, uno vigiló mientras los otros dormían la siesta, pues era un día pesado y bochornoso.

Así pasaron el rato, pero no apareció ningún invitado en todo el tiempo que estuvieron ocultos allí. Muchos viajeros pasaban por el polvoriento camino bajo el resplandor del sol: ora un grupo de damiselas parlanchinas trotando alegremente, ora un torpe calderero, ora un pastor jovial, ora un robusto granjero; todos miraban adelante en el camino, sin saber de los siete tipos fornidos que se ocultaban cerca de ellos. Tales eran los viajeros que pasaban: ninguno de ellos un abad gordo, un rico mancebo o un usurero cargado de monedas.

Por fin el sol empezó a ocultarse en el cielo; la luz se tornó roja y las sombras largas; el aire se llenó de silencio, los pájaros piaron somnolientos y desde lejos llegó, débil y claro, el soniquete de la lechera que llamaba a las vacas a casa para ordeñarlas.

Stutely se incorporó de donde estaba tumbado. Dijo:

—¡Vaya plaga de mala suerte! Llevamos aquí todo el día y ningún pájaro digno de ser cazado, por así decirlo, se ha puesto al alcance de nuestra saeta. Si hubiera salido con un encargo inocente, me habría encontrado a una docena de frailes orondos o una veintena de prestamistas. Siempre es así: los venados nunca escasean tanto como cuando uno tiene una pluma de ganso gris entre los dedos. Vamos, muchachos, volvamos a casa.

Los demás se levantaron y, saliendo de la espesura, volvieron la vista hacia el bosque de Sherwood. Cuando hubieron recorrido cierta distancia, Will Stutely, que encabezaba el grupo, paró en seco.

—¡Chist! Escuchad, muchachos. Me parece oír un ruido —dijo, pues sus oídos eran tan agudos como los de un zorro de cinco años.

Todos se detuvieron y escucharon con la respiración contenida, aunque tardaron un rato en oír nada, pues sus oídos no estaban tan afinados como los de Stutely. Al fin oyeron un sonido débil y melancólico, como el de alguien que se lamenta.

—¡Ja! —dijo Will Scarlet—. Hay que investigar esto. Alguien se encuentra en apuros aquí cerca.

—No sé yo... —dudó Will Stutely— nuestro amo siempre se lanza a meter el dedo en una olla hirviendo; pero yo no veo la utilidad de buscarnos líos maliciosos. Lo que se oye es la voz de un hombre, si no me equivoco, y un hombre debe estar siempre dispuesto a salir de sus propias ollas.

Will Scarlet habló con audacia.

—¡Ya está bien de paños calientes, Stutely! Quédate, si quieres. Voy a ver en qué brete se halla esa pobre criatura.

—¡No! —dijo Stutely—. Si saltas tan rápido caerás en la zanja. ¿Quién dijo que no iría?

Diciendo esto, encabezó el grupo y los otros le siguieron hasta llegar a un pequeño claro en el bosque, donde un arroyo borboteaba bajo la maraña de arbustos colgantes para luego escanciarse en un amplio estanque de guijarros vidriosos. Junto a éste, y bajo las ramas de un árbol de mimbre, yacía un joven de bruces llorando audiblemente, cuyo sonido habían captado de lejos los finos oídos de Stutely. Sus cabellos dorados estaban enmarañados, sus ropas desaliñadas y todo en él denotaba tristeza y dolor. En las ramas del árbol, sobre su cabeza, colgaba una hermosa arpa de madera pulida con fantásticas incrustaciones de oro y plata. A su lado había un robusto arco de fresno y media veintena de flechas hermosas y lisas.

—¡Hola! —exclamó Will Stutely, cuando salieron del bosque al pequeño paraje abierto—. ¿Quién eres, amigo, que yaces ahí quemando la hierba verde con tu agua salada?

El forastero se incorporó de un salto y, cogiendo el arco y encajando una flecha, se preparó para cualquier peligro inminente.

—En verdad —dijo uno de la banda al ver la cara del joven desconocido— reconozco a ese muchacho. Es un juglar que he visto por aquí más de una vez. Hace sólo una semana saltaba por la colina como una cierva de un año. Fue un hermoso espectáculo, llevaba una flor en la oreja y una pluma de gallo en la gorra; pero ahora me parece que nuestro gallo ha perdido su alegre plumaje.

—¡Pardiez! —gritó Will Stutely, acercándose al joven—. ¡Sécate los ojos, hombre! Odio ver a un tipo hecho y derecho lloriqueando como una niña de catorce años por un pajarillo muerto. Baja el arco, hombre. No queremos hacerte daño.

Pero Will Scarlet, viendo que el desconocido, de aspecto juvenil, se dolía por las palabras de Stutely, se acercó a él y le puso la mano en el hombro.

—Veo que estás en apuros, pobre muchacho —le dijo amablemente—. No te preocupes por lo que te han dicho. Son rudos, pero tienen buenas intenciones. Tal vez no entiendan a un muchacho como tú. Ven con nosotros y tal vez encontremos a alguien que pueda ayudarte en tus padecimientos, sean cuales fueren.

—Sí, es verdad, ven —dijo Will Stutely bruscamente—. No quería ofenderte, y venir puede que te haga bien. Quita tu lira de este hermoso árbol y síguenos.

El joven, con la cabeza inclinada y paso apesadumbrado, acompañó a la banda, caminando al lado de Will Scarlet. Así atravesaron el bosque. La claridad se desvaneció del cielo y un resplandor gris cayó sobre todas las cosas. De los rincones más profundos del bosque llegaban los extraños susurros de la noche y todo lo demás estaba en silencio, salvo el sonido de sus pasos entre las hojas crujientes y secas del pasado invierno. Por fin, un resplandor rojizo brilló ante ellos, aquí y allá, a través de los árboles; al poco llegaron al claro abierto, ahora bañado por la pálida luz de la luna. En el centro crepitaba una gran hoguera que arrojaba un resplandor rojizo. Junto al fuego se asaban jugosos filetes de venado, faisanes, capones y pescado fresco del río. Todo el aire estaba impregnado del dulce aroma de buenas viandas cocinándose.

Cuando el pequeño grupo atravesó el claro, muchos hombres los observaron con curiosidad, pero ninguno les dirigió la palabra ni los interrogó. Así, con Will Scarlet a un lado y Will Stutely al otro, el forastero llegó al asiento de musgo donde Robin Hood se acomodaba bajo el árbol de madera verde, con Little John de pie junto a él.

—Buenas noches, buen amigo —dijo Robin Hood, levantándose—. ¿Has venido a festejar conmigo hoy?

—Por mi fe que no lo sé —dijo el muchacho, mirando a su alrededor con ojos aturdidos, perplejo ante todo lo que veía—. En verdad, no sé si estoy soñando —murmuró.

—Pierde cuidado —dijo Robin riendo— estás despierto, pronto verás que se está preparando un gran festín para ti. Hoy eres nuestro invitado de honor.

El joven aún miraba a su alrededor como en un sueño; entonces se volvió hacia Robin y le dijo:

—Me parece que sé dónde estoy y lo que me ha sucedido. ¿No eres tú el gran Robin Hood?

—Has dado en el blanco —dijo Robin, palmoteándole el hombro—. La gente de por aquí me llama así. Si me conoces, sabrás también que quien festeja conmigo debe pagar su cuenta. Confío en que tengas la bolsa llena, muchacho.

—Desgraciadamente, no —dijo el chico—. Carezco de bolsa y de dinero, salvo media moneda de seis peniques; la otra mitad la lleva mi querida amada en su pecho, colgada del cuello por un hilo de seda.

Una carcajada general estalló ante estas palabras, y el pobre muchacho sintió una enorme vergüenza, pero Robin Hood se volvió bruscamente hacia Will Stutely.

—¿Por qué, pardiez, traes a este invitado para llenar nuestra bolsa? Has traído un gallo flaco al mercado.

—No, buen amo —respondió Will Stutely, sonriendo— no es mi huésped; fue Will Scarlet quien lo trajo aquí.

Entonces Will Scarlet contó cómo encontraron al muchacho afligido, y cómo lo llevaron a Robin, pensando que tal vez podría ayudarlo en su problema. Entonces Robin Hood se volvió hacia él y, poniéndole la mano en el hombro, escudriñó su rostro de cerca.

—Un rostro joven —musitó, medio para sí mismo— un rostro amable, un buen rostro. Es como el de una doncella por su pureza y, además, el más hermoso que han visto mis ojos; pero veo que el dolor castiga tanto a los jóvenes como a los viejos.

Al oír estas amables palabras, los ojos del pobre chico se llenaron de lágrimas.

—No, no —dijo Robin apresuradamente— anímate, muchacho; tu caso no es tan grave que no se pueda reparar. ¿Cómo te llamas?

—Allan de Dale, buen amo.

—Allan de Dale... —repitió Robin, pensativo—. Allan de Dale. El nombre no es del todo extraño a mis oídos. Debes de ser el juglar de quien tanto se habla últimamente, cuya voz encanta a todos los hombres. ¿No vienes del valle de Rotherstream, más allá de Stavely?

—Así es —respondió Allan—, vengo de allí.

—¿Cuántos años tienes, Allan?

—Sólo veinte años.

—Eres demasiado joven para tener cuitas —dijo Robin amablemente; acto seguido, volviéndose a los otros, gritó— ¡Vamos, muchachos, trabajad y preparad el banquete!; menos tú, Will Scarlet y tú, Little John; vosotros quedaos aquí conmigo.

Cuando los demás se marcharon a sus quehaceres, Robin se volvió una vez más hacia el joven.

—Ahora, muchacho —dijo— cuéntanos tus problemas y habla libremente. Un torrente de palabras siempre alivia el corazón de sus penas; es como abrir el desagüe cuando la presa del molino está llena. Ven, siéntate aquí a mi lado y habla a tus anchas.

El joven desveló a los tres proscritos lo que tenía en el corazón; al principio con palabras y frases entrecortadas, luego con mayor libertad y soltura al ver que escuchaban atentamente lo que decía. Después les contó que había viajado de York al dulce valle de Rother, recorriendo el país como un juglar, deteniéndose a veces en castillos, a veces en salones y a veces en granjas; también que había pasado una dulce noche en cierta casona, donde cantó ante un corpulento hidalgo y una doncella tan pura y hermosa como la primera campanilla de invierno; les narró cómo había cantado para ella, y cómo la dulce Ellen de Dale lo había escuchado y lo había amado. Luego, en voz baja y dulce, apenas más alta que un susurro, añadió que la había visto alguna vez en el extranjero, pero que en su dulce presencia tenía demasiado miedo para hablar, hasta que por fin, junto a las orillas del Rother, le había confesado su amor y ella le había susurrado aquello que hizo temblar de alegría las cuerdas de su corazón. Entonces partieron en dos una moneda de seis peniques y juraron ser fieles el uno al otro para siempre.

Luego contó que el padre había descubierto su amor y se la había llevado para que no la volviera a ver, y que a veces su corazón estaba a punto de romperse; esa mañana, sólo un mes y medio después de verla por última vez, había oído que ella se casaría dentro de dos días con el viejo sir Stephen de Trent, porque al padre de Ellen le parecía maravilloso que su hija se casara con alguien de tan alto rango aunque ella no lo amara; no era de extrañar que un caballero deseara casarse con su dulce amor, que era la doncella más hermosa de la ciudad.

Los amigos escucharon todo esto en silencio, con la algarabía de muchas risas y bromas bullendo a su alrededor y la calidez del fuego brillando en sus rostros y en sus ojos. Tan sencillas eran las palabras del pobre muchacho y tan profunda su pena, que hasta Little John sintió que se le hacía un nudo en la garganta.

—No me extraña —dijo Robin, después de un momento de silencio— que tu verdadero amor te haya amado, pues sin duda tienes una cruz de plata bajo la lengua, como el buen san Francisco, que podía encantar a los pájaros del cielo con su palabra.

—Por el aliento de mi cuerpo —exclamó Little John, tratando de encubrir sus sentimientos con palabras airadas—, tengo muchas ganas de arrancarle la asquerosa vida a golpes de garrote a ese vil sir Stephen. Mala centella lo trague, pardiez. ¿Piensa un viejo miserable que las muchachas tiernas se pueden comprar como pollitos en un día de mercado? ¡Pero no importa, ya sabrá él!

Entonces habló Will Scarlet.

—Me parece muy mal que la muchacha cambie tan rápido a instancias de otros, sobre todo para casarse con un hombre tan viejo como este sir Stephen. No me gusta eso de ella, Allan.

—¡No! —exclamó Allan acaloradamente—. Te equivocas con ella. Es dulce y gentil como una paloma. La conozco mejor que a nadie en el mundo. Puede que cumpla las órdenes de su padre, pero si se casa con sir Stephen, se le romperá el corazón y morirá. Mi dulce amada, yo... —se detuvo y sacudió la cabeza, incapaz de decir nada más.

Mientras los otros hablaban, Robin Hood había callado, sumido en sus pensamientos.

—Creo que tengo un plan que podría encajar, Allan —dijo—. Pero dime primero, ¿crees, muchacho, que tu amada tendría el arrojo de casarse contigo si estuvierais juntos en una iglesia, se publicaran las amonestaciones y se encontrara al sacerdote, aunque su padre dijera que no?

—¡Sí, por mi fe! —gritó Allan con entusiasmo.

—En ese caso, si su padre es el hombre que creo que es, me comprometo a que os dé su bendición como marido y mujer en la

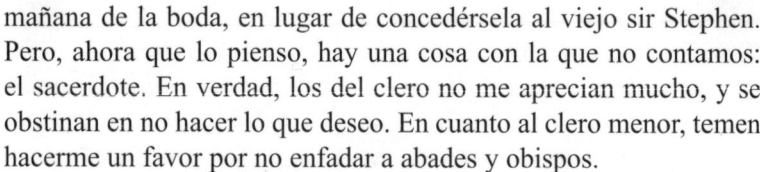

mañana de la boda, en lugar de concedérsela al viejo sir Stephen. Pero, ahora que lo pienso, hay una cosa con la que no contamos: el sacerdote. En verdad, los del clero no me aprecian mucho, y se obstinan en no hacer lo que deseo. En cuanto al clero menor, temen hacerme un favor por no enfadar a abades y obispos.

—No temas —dijo Will Scarlet, riendo—. Sé de cierto fraile que hará lo que quieras si lo pillas con buen pie, aunque la mismísima papisa Juana se levante de la tumba para prohibírselo. Se trata del fraile de la abadía de la Fuente, en Fountain Dale.

—Pero la abadía de la Fuente está a un buen centenar de leguas de aquí —dijo Robin—. Si quisiéramos ayudar a este muchacho, no tendríamos tiempo de ir y volver antes de que se celebre la boda de su amada. No conseguiríamos nada.

Will Scarlet rio de nuevo, diciendo:

—Pero esta abadía de la Fuente no está tan lejos como la que tú dices, tío. Ésta no es un lugar tan rico y grandioso como el otro, sino una simple y pequeña celda; no obstante, es un lugar harto acogedor para un robusto anacoreta. Lo conozco bien y puedo guiarte hasta allí; aunque está a bastante distancia, un hombre de piernas robustas podría ir y volver en un día.

—¡Entonces dame la mano, Allan! —exclamó Robin—. Juro por la brillante cabellera de santa Elfrida que dentro de dos días, Ellen de Dale será tu esposa. Mañana buscaré a ese fraile de la abadía de la Fuente, y te aseguro que lo pillaré con buen pie, aunque para ello tenga que retorcérselo.

Al oír esto, Will Scarlet volvió a reír.

—No estés tan seguro, querido tío —advirtió—. Sin embargo, por lo que sé de él, este fraile unirá de buen grado a dos amantes tan virtuosos, sobre todo si después hay buena comida y bebida.

Entonces llegó el aviso de que el banquete estaba servido sobre la hierba; así que, con Robin a la cabeza, fueron todos a disfrutar de tan hermoso festín. La comida fue muy divertida, pues hubo chanzas e historias y el bosque retumbó con sus risas. Allan reía también, con las mejillas sonrojadas por la esperanza conferida por Robin Hood.

Por fin terminó el banquete y Robin Hood se volvió hacia Allan, que estaba sentado a su lado.

—Allan, se habla mucho de tu canto y nos gustaría comprobar tu habilidad. ¿Nos dedicas una canción?

—Sin duda —respondió Allan, pues era un hombre con clase.

No era un juglar de tres al cuarto, a quien hay que insistir varias veces; él decía «sí» o «no» a la primera. Cogió el arpa y acarició suavemente las cuerdas, que sonaron melodiosas. Se hizo el silencio en el claro y, a continuación, acompañando su voz con la dulce música del arpa, cantó:

LA BODA DE MAY ELLEN
*(Que cuenta cómo fue amada por un príncipe
de las hadas, que se la llevó a su casa).*

*May Ellen se sentó bajo un espino
y en un aguacero
las flores con la brisa cayeron
como nieve sobre el suelo,
y en un tilo cercano se oyó
el dulce piar de una extraña ave salvaje.*

*¡Cuán dulce, dulce, dulce es este canto!
¡Cuán dulce melodía trae este piar!
El corazón de May Ellen se posó en un dichoso dolor
y escuchando inmóvil quedó en aquel lugar.*

*¡Baja de las flores, ave extraña!
Baja del árbol, ave hermosa
y en mi corazón podrás yacer,
y yo te amaré con gran placer.
Así habló May Ellen, suave y bajo,
donde el espino derramó su nieve.*

*Bajó el ave temblorosa
del árbol en flor,
y se cobijó en su pecho de níveo color.
«¡Amor mío! ¡Amor mío!» gritó
Y de vuelta a casa, entre sol y flores,
ella lo llevó a su dulce emparrado.*

El día devino en noche apacible,
la luna flotaba sobre el prado esmeralda
y en toda su luz solemne y pálida,
vio una presencia que en silencio estaba.
Un joven de rara belleza,
posado en el cálido seno de May Ellen.

Paró en aquel frío empedrado
donde fulgían brillantes los rayos de luna.
May Ellen observó asustada,
y no pudo apartar la mirada,
pues, como en místicos sueños vemos,
un espíritu se paró muy quieto.

Todo en voz baja y casi sin aliento,
«¿De dónde vienes?» dijo ella;
«¿Eres criatura de un sueño, o visión de mis antojos?».
Entonces en voz baja,
como tiemblan los nocturnos vientos
en el río por los juncos tensos.

«Vengo como ave emplumada,
del lejano país de las hadas.
Do las aguas murmuran un canto
sobre las áureas aguas del río,
do los árboles siempre son verdes,
pues allí mi madre es la reina.

May Ellen ya no deja su emparrado
sólo para adornar de flores,
pero en la hora callada
y también a medianoche
allí la oyen hablar sin un reproche.
O cuando blanca brilla la luna,
la oyen cantar a través de la noche.

«Luce bien las sedas y las joyas»
dijo la madre de May Ellen.

Pues aquí viene el señor de Lyne
y con él te has de desposar.
May Ellen dice: «Puede que no,
pues nunca en mí a su esposa hallará».

Arriba habló su hermano, oscuro y sombrío:
«Por el brillante cielo azul
que antes de que haya transcurrido un día
perecerá tu pájaro malvado,
pues él te ha causado amargo daño,
por extraña arte o astuto encanto».

Con lúgubre y triste canto,
el pájaro se alejó volando,
sobre los aleros del castillo,
y a través del ventoso cielo oscuro.
«¡Sal», gritó el hermano,
«¿por qué lo miras así?».

Es el día de la boda de May Ellen.
El cielo está azul y hermoso,
nobles y alegres señores y damas
a la iglesia acuden con sus galas.
El novio era sir Hugh el Audaz,
vestido de seda y paño de oro.

Entró la novia vestida de blanco
con una corona de níveas flores;
sus ojos vacíos eran de cristal,
su rostro pálido parecía morir.
Y cuando estuvo entre la multitud,
cantó una balada extraña y salvaje.

Entonces llegó un etéreo sonido
como el viento que se acerca,
y por las ventanas abiertas entraron
nueve cisnes de alas silbantes.

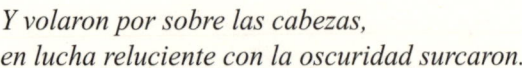
Y volaron por sobre las cabezas,
en lucha reluciente con la oscuridad surcaron.

Junto a la cabeza de May Ellen volaron
en amplia y ventosa lucha,
tres veces el círculo hicieron
y los invitados se encogieron de miedo,
el sacerdote allí en el altar,
se persignó con oración murmurada.

Pero la tercera vez que volaron,
May Ellen recta ya se había ido
y en su lugar, en el suelo pulido
un cisne de nieve apareció,
después, con salvaje canción
a la alada multitud se unió.

Los viejos que a muchas bodas asistieron
comentan preclaros con gran acuerdo
que durante al menos sesenta años,
tan mágica boda nunca se ha visto.
Pero ninguno pudo detener a cisnes y a novia,
cuyo salvaje vuelo gozó emprender.

Ni un sonido rompió la quietud reinante al terminar Allan de Dale, y todos miraban callados al apuesto cantante, porque tan dulce era su voz y su música que los hombres de la banda contenían la respiración, no fuera a romperse el hechizo.

—Por mi fe y mi coraje —dijo Robin al fin—. Lamento que abandones nuestra casa, Allan. ¿No te quedarías con nosotros aquí, en el dulce y verde bosque? En verdad, mi corazón te guarda un gran aprecio.

Allan tomó la mano de Robin y la besó.

—Me quedaré siempre contigo, querido amo —dijo— pues nunca he conocido bondad como la que me has mostrado hoy.

Will Scarlet alargó la mano y estrechó la de Allan en señal de compañerismo, y lo mismo hizo Little John. Y así el famoso Allan de Dale se convirtió en uno más de la banda de Robin Hood.

CAPÍTULO XII

De cómo Robin Hood fue en busca del fraile

Los forajidos del bosque de Sherwood eran siempre madrugadores, sobre todo cuando llegaba el verano, pues el rocío era siempre más brillante en la frescura del amanecer, y el canto de los pajarillos era más dulce.

Por la mañana, Robin anunció:

—Iré ahora mismo a buscar a ese fraile de la fuente de quien hablamos anoche y llevaré a cuatro de mis hombres, que serán Little John, Will Scarlet, David de Doncaster y Arthur de Bland. Quedaos aquí los demás, Will Stutely será vuestro jefe mientras yo esté fuera.

Inmediatamente, Robin Hood se colocó una cota de malla de acero, ligera y delgada, sobre la cual vistió una chaqueta verde Lincoln. En la cabeza llevaba un yelmo, cubierto con una gorra de suave cuero blanco rematada con un penacho de gallo. Colgaba de su costado una espada de acero templado, cuya hoja azulada estaba decorada con dragones, mujeres aladas y similares figuras. Robin ofrecía una gallarda estampa, con el brillo del acero asomando cuando el sol reflejaba los eslabones de la pulida cota de malla que llevaba bajo su verde abrigo.

Una vez preparados, él y los otros cuatro bandidos partieron. Will Scarlet iba en cabeza, pues sabía mejor hacia dónde dirigirse. Avanzaron a grandes zancadas, milla tras milla, a veces cruzando un riachuelo embravecido, a veces un camino iluminado por el sol, a veces un dulce sendero boscoso donde los árboles se juntaban en verdes y crujientes copas, al final del cual se alejaba una manada de ciervos asustados por el crujido de hojas y ramas. Siguieron caminando entre canciones, bromas y risas hasta que, pasado el mediodía, llegaron por fin a un arroyo ancho, cristalino y rodeado de lirios. Allí, junto a la orilla, se extendía un camino ancho y trillado, que recorrían los caballos que remolcaban las lentas barcazas cargadas de harina de cebada, o de otras mercancías, desde el campo hasta la ciudad de las muchas torres. Pero ahora, en el caluroso silencio del mediodía, no se veía jamelgo ni hombre aparte de ellos.

Largo se desplegaba el río, con su plácido seno erizado por una pequeña brisa.

Will Scarlet, cuando hubieron caminado largo rato junto a aquel río dulce y luminoso, dijo:

—Querido tío, más allá de aquel recodo hay un vado poco profundo, nunca más hondo que la mitad de tu muslo, y al otro lado de la corriente hay una ermita escondida entre la maraña boscosa donde mora el fraile. Allí te llevaré, pues conozco el camino, aunque no es difícil de encontrar.

—No —repuso Robin, deteniéndose de pronto— si hubiera pensado que tendría que vadear el agua, aunque fuera un arroyo tan cristalino como éste, me habría puesto otra ropa. Pero ahora ya no importa, porque mojarme no me va a arrancar la piel, y lo que debe ser, debe ser. Pero aquí nos despedimos, muchachos, porque me gustaría disfrutar solo de esta alegre aventura. No obstante, aguzad el oído y si me oís tocar el cuerno, venid presto.

Con estas palabras, Robin se marchó. Sucedió que no había caminado más allá de donde la curva del camino ocultaba a sus leales compinches cuando se detuvo de repente, pues le pareció oír voces. Permaneció inmóvil y escuchó, y enseguida oyó un ir y venir de palabras entre dos hombres; no obstante, las dos voces eran sorprendentemente parecidas. El sonido procedía de más allá de la orilla, que en ese punto era empinada y caía unos veinte metros desde el borde de la carretera hasta el sedoso margen del río.

—Qué extraño —murmuró Robin cuando las voces cesaron de hablar—. Parecen dos personas hablando la una a la otra, sin embargo, sus voces son muy parecidas. Juro que nunca en mi vida había oído algo semejante. Si juzgo a estos dos por sus voces, nunca dos guisantes fueron más parecidos. Me ocuparé de este asunto.

Dicho esto, se acercó suavemente a la orilla del río y, tumbándose sobre la hierba, miró abajo.

La orilla estaba fresca y sombreada. Un robusto mimbre crecía inclinado sobre el agua con su delicado follaje. Estaba rodeado por una masa de helechos plumosos, como los que se esconden y anidan en lugares frescos, y a la nariz de Robin llegaba el tierno olor del tomillo silvestre, que ama las húmedas orillas de los arroyos. Con la ancha espalda apoyada en el tronco rugoso del sauce, y medio oculto por los suaves helechos que lo rodeaban, se sentaba un tipo corpulento y musculoso, pero no había ningún otro hombre. Tenía la cabeza redonda como una pelota y cubierta por una mata de pelo negro rizado que le crecía hasta la frente. La coronilla estaba tonsurada tan lisa como la palma de la mano, lo cual, junto con su holgada túnica, su capucha y su collar de cuentas, demostraba lo que su fornido aspecto nunca hubiera hecho: que era un fraile. Las mejillas eran tan rojas y brillantes como una manzana, aunque estaban tapizadas casi totalmente por una barba negra muy rizada, al igual que su barbilla y su labio superior. El cuello era grueso como el de un toro del norte, y los hombros no tenían nada que envidiar a los del mismísimo Little John. Bajo sus pobladas cejas negras danzaban dos ojitos grises que no podían estar quietos por su viveza y humor. Nadie podía mirar aquel rostro sin sentir que su corazón se estremecía por la alegría que transmitía. Junto a él yacía un pequeño yelmo de acero, que se había quitado para refrescarse la coronilla. Tenía las piernas muy separadas, y entre las rodillas sostenía una gran empanada compuesta de jugosas carnes, aderezadas con cebollas tiernas y una rica salsa. En el puño derecho sostenía un gran trozo de corteza marrón que mordisqueaba con denuedo; de cuando en cuando introducía la mano izquierda en la empanada y la sacaba llena de carne, luego daba un largo trago a una gran botella de malvasía que tenía a su lado.

«Por mi fe» se dijo Robin «es la fiesta más alegre, la noche más alegre, el lugar más alegre y la vista más alegre de toda la alegre Inglaterra. Pensé que había otra persona más aquí, pero debe haber sido este santo hombre hablando solo».

Robin se quedó mirando al fraile; éste, sin saberse observado, comió plácidamente. Al terminar, después de limpiarse las manos grasientas con helechos y tomillo silvestre (no hay servilleta más dulce), tomó su petaca y comenzó a hablar consigo mismo como si fuera otro hombre, y a jurar como si fuera otra persona.

—Querido muchacho, eres el hombre más gentil del mundo, te quiero como un amante quiere a su amada. Haces que me avergüence de hablar así en este lugar solitario, sin nadie cerca y, sin embargo, seré sincero: te amo como tú me amas a mí. ¿Y no tomarás un trago de buen vino canario? Tú primero, muchacho, tú primero. No,

te lo ruego, endulza el trago con tus labios —pasó el frasco de su mano derecha a la izquierda—. Si me obligas, tendré que cumplir tus órdenes, pero con mayor razón si bebo a tu salud —bebió un trago largo y profundo—. Y ahora, dulce muchacho, es tu turno —aquí pasó la botella de su mano izquierda a la derecha—. Tómala, dulce muchacho, te deseo tanto bien como tú me deseas a mí —diciendo esto, bebió otro trago, y en verdad fue suficiente para dos.

Todo el tiempo el alegre Robin permaneció tumbado en la orilla escuchando, mientras el estómago le temblaba tanto de risa que se veía obligado a taparse la boca con la mano para no estallar; en verdad, no echaría a perder una broma tan buena ni por la mitad del condado de Nottingham.

Tras recuperar el aliento con su último trago, el fraile comenzó a hablar de nuevo.

—Ahora, dulce muchacho, ¿no puedes cantarme una canción? No sé, no tengo buena voz, no me lo pidas, ¿no oyes cómo croo como una rana? No, no, tu voz es tan dulce como la de cualquier camachuelo, canta, te lo ruego, prefiero oírte cantar a comer un buen banquete. Desgraciadamente, no me gustaría cantar ante alguien que lo hace tan bien y que ha oído tantas buenas canciones y baladas. Quizá tú y yo podríamos cantar juntos alguna canción hermosa; ¿no conoces una que se llama *El joven enamorado y la doncella desdeñosa*? Me parece haberla oído. Entonces, ¿podrías hacer el papel de la muchacha si yo hago el del muchacho? No lo sé, pero lo intentaré; empieza tú con el muchacho y yo seguiré con la muchacha.

Acto seguido, turnándose entre una voz grave y ronca, y una aguda y chirriante, se puso con alegría a entonar la siguiente canción:

EL JOVEN ENAMORADO Y LA DONCELLA DESDEÑOSA

ÉL

¿Vendrás conmigo, amor mío?
Y tu amor, ¿querrá ser mío?
Pues yo a ti me daré, amor mío,
con bellas cintas y guirnaldas
te cortejaré, amor, de rodillas,
y sólo a ti cantaré mis dulces tonadillas.

Escucha ¡gru! ¡gru! ¡gru!
el canto de la alada alondra,
y escucha el arrullo de la dulce paloma.
Como el brillante narciso
que crece junto al arroyo,
ven a mí y sé mi amor.

ELLA

Márchate, joven tan fino;
márchate ya, te digo;
pues mi verdadero amor tuyo no ha de ser,
y por ello mejor no te quedes,
buen mancebo para mí no eres.
Dice ¡gru! ¡gru! ¡gru!
el canto de la alada alondra,
y escucha el arrullo de la dulce paloma.
Como el brillante narciso
que crece junto al arroyo,
yo nunca seré tu amor.

ÉL

Entonces buscaré a otra belleza,
hay diversas flores en la naturaleza,
de mí nada tendrás, nunca a ti yo estaré atado.
Porque nunca hay sólo una flor en el campo,
y también hay otras igualmente hermosas.
Dice ¡gru! ¡gru! ¡gru!
el canto de la alada alondra,
y escucha el arrullo de la dulce paloma.
Como el brillante narciso
que crece junto al arroyo,
yo me buscaré otro querido amor.

ELLA

Mancebo, no os alejéis
a procurar otra muchacha,
pues me he precipitado
y aún no me he decidido,
mas si te quedas conmigo
sólo te amaré ti, dulce mancebo.

Aquí Robin no pudo contenerse más y prorrumpió en una gran carcajada; el santo fraile, siguiendo con la canción, se unió al coro y juntos cantaron, o, mejor dicho, bramaron:

> *Dice ¡gru! ¡gru! ¡gru!*
> *el canto de la alada alondra,*
> *y escucha el arrullo de la dulce paloma.*
> *Como el brillante narciso*
> *que crece junto al arroyo,*
> *yo seré tu verdadero amor.*

Así cantaron juntos, pues el robusto fraile no había oído la risa de Robin, ni había percibido que el bandido se había unido a su canción; con los ojos entrecerrados orientados hacia delante, movía su redonda cabeza de un lado a otro al compás de la música valientemente hasta el final, y Robin y él terminaron con un poderoso rugido que podría haberse oído a una milla de distancia. Pero apenas hubo cantado la última palabra, el santo individuo agarró su yelmo, se lo colocó en la cabeza y, poniéndose en pie de un salto, tronó:

—¿Qué espía tenemos aquí? Revélate, criatura del mal, y te convertiré en el mejor pudin jamás cocinado en Yorkshire un domingo. Entonces sacó del interior de su hábito una espada tan robusta como la de Robin.

—No, amigo —dijo Robin, de pie con lágrimas de risa aún en las mejillas— afloja la tenaza. La gente que canta a coro tan dulcemente no debería pelearse —y bajó de un salto hasta donde estaba el otro—. Te digo, amigo —prosiguió— que tengo la garganta tan seca con esa canción como un rastrojo de cebada en octubre. ¿Te queda algo de malvasía en esa jarra?

—Tienes descaro pidiendo libremente donde no te ofrecen. Pero soy demasiado buen cristiano para negarle bebida a un sediento. Si hay alguno, bienvenido sea a beber —dijo el fraile con voz sombría, pasándole la jarra a Robin.

Robin se la llevó a los labios e inclinó la cabeza hacia atrás, mientras el contenido decía «¡glu!» durante más de tres guiños. El corpulento fraile observó ansiosamente a Robin, y cuando éste terminó tomó la jarra rápidamente. La agitó y la sostuvo entre sus manos, al notar su ligereza, miró con reproche al campesino y se la llevó a los labios. Cuando acabó de beber, no quedaba nada en su interior.

—¿Conoces la zona, buen y santo hombre? —preguntó Robin, riendo.

—Sí, un poco —respondió el otro secamente.

—¿Y conoces un lugar llamado la abadía de la Fuente?

—Sí, un poco.

—Entonces, tal vez conozcas también a un tal fraile de la abadía de la Fuente.

—Sí, un poco.

—Bien, buen amigo, santo padre, o lo que quiera que seas —dijo Robin— quisiera saber si ese fraile se encuentra a este lado del río o al otro.

—Eso —dijo el fraile— es una cuestión práctica en la que no tienen nada que ver las leyes de la lógica. Te aconsejo que lo averigües con la ayuda de tus cinco sentidos: la vista, el tacto y otros.

—Desearía mucho —dijo Robin, mirando pensativamente al robusto sacerdote— vadear el río y tratar de encontrar a ese buen fraile.

—En verdad —dijo piadosamente el otro— es un buen deseo por parte de alguien tan joven. El Altísimo me libre de detenerte en tan santa procura. Amigo, el río es libre para todos.

—Sí, buen padre —dijo Robin— pero ya ves que mis ropas son de las mejores y no quisiera que se mojaran. Veo que tus hombros son robustos y anchos; ¿te atreverías a llevarme al otro lado?

—¡Por la blanca mano de la santa Nuestra Señora de la Fuente! —exclamó el fraile enfurecido—. Tú, pobre enclenque, besas a mi amada señora, la jarra de vino; tú... ¿Cómo debo llamarte? ¿Me pides a mí, el santo Tuck, que te lleve? Ahora te juro... —aquí hizo una pausa repentina; la cólera desapareció gradualmente de su rostro y sus ojillos volvieron a centellear—. Pero, ¿por qué no habría de hacerlo? ¿Acaso san Cristóbal nunca llevó a un desconocido al otro lado del río? ¿Y debería yo, un pobre pecador, avergonzarme de hacer lo mismo? Acompáñame, forastero, y cumpliré tu voluntad humildemente.

A continuación, trepó hacia la orilla seguido de cerca por Robin, y se dirigió hacia el vado de guijarros, riendo para sus adentros como si disfrutara de una broma secreta.

Cuando llegó al vado, se ciñó la túnica a los costados, se guardó la espada bajo el brazo e inclinó la espalda para llevar a Robin. De pronto se enderezó.

—Me parece —dijo— que se te mojará el arma. Deja que la meta bajo el brazo junto con la mía.

—No, querido padre —dijo Robin— no quiero cargarte con nada mío que no sea mi persona.

—¿Piensas acaso que el buen san Cristóbal habría buscado así su propia comodidad? —dijo el fraile suavemente—. No, dame tu acero, te pido, pues la llevaré como penitencia por mi orgullo.

Sin más preámbulos, Robin Hood desabrochó su espada del costado y se la entregó al otro, que la sujetó con la suya bajo el brazo. Una vez más, el fraile dobló la espalda y Robin se montó en ella, entró con paso firme en el agua y siguió avanzando, chapoteando en el banco de arena y rompiendo toda la superficie lisa en anillos cada vez más anchos. Al fin llegó al otro lado y Robin saltó ágilmente al suelo.

—Muchas gracias, padre —dijo—. Eres un hombre bueno y santo. Dame mi espada y déjame partir, pues tengo prisa.

El corpulento fraile dedicó a Robin una mirada larga, con la cabeza ladeada y el rostro torcido, y guiñó lentamente el ojo derecho.

—No, buen joven —dijo dulcemente— no dudo de que estás apurado con tus asuntos, pero no piensas en los míos. Los tuyos son de naturaleza carnal; los míos de naturaleza espiritual, una obra santa, podría decirse; además, mis asuntos se encuentran al otro lado de este arroyo. Por tu búsqueda de ese santo recluso veo que eres un buen joven y con gran reverencia hacia el hábito. Me mojé al venir aquí y temo que, si vuelvo a vadear el agua, me darán retortijones y dolores en las articulaciones que estropearán mis oraciones durante muchos días. Puesto que he cumplido tan humildemente tu voluntad, sé que me llevarás de vuelta. Ya ves cómo san Godrick, ese santo ermitaño cuyo día de nacimiento es hoy, ha puesto en mis manos dos espadas y ninguna en las tuyas. Por lo tanto, persuádete, buen joven, y llévame de vuelta.

Robin Hood miró arriba y abajo, mordiéndose el labio inferior.

—Fraile astuto, me tienes donde querías, justo y rápido. Permíteme decirte que ninguno de tu índole me ha engañado tanto en toda mi vida. Por tu aspecto podría haber deducido que no eras un hombre tan santo como decías ser.

—Basta —interrumpió el fraile— te ruego que no hables con tal grosería, no vayas a notar el mordisco del acero.

—No, no... —dijo Robin— no hables así, fraile; el perdedor siempre tiene derecho a usar la lengua como quiera. Dame mi espada; prometo llevarte de vuelta enseguida. No levantaré el arma contra ti.

—Voto a tal, ven aquí —dijo el fraile— no te temo, mequetrefe. Aquí tienes tu pincho, y date prisa, quiero volver pronto.

Robin tomó de nuevo su espada y se la abrochó al costado; luego dobló el robusto lomo y cargó al fraile sobre él.

Robin Hood llevaba una carga más pesada de la soportada por el fraile. Además, no conocía el vado, de modo que iba trastabillando entre las piedras, ora metiéndose en un hoyo profundo, ora casi tropezando con una roca, mientras el sudor le goteaba por la cara por la dureza del viaje y la pesadez de la carga. Mientras tanto, el fraile clavaba sus talones en los costados de Robin y le pedía que se apresurara, profiriendo todo tipo de apelativos malsonantes. Robin no respondió ni una palabra y, tanteando suavemente hasta encontrar la hebilla del cinturón que sujetaba la espada del fraile, toqueteó hábilmente los cierres, tratando de aflojarlos. Así sucedió que, cuando llegó con su carga a la otra orilla, el cinturón de la espada del fraile estaba suelto, aunque éste lo ignoraba; así que cuando Robin estuvo en tierra firme y el fraile saltó al suelo, el bandido agarró la espada de tal modo que hoja, vaina y correa se desprendieron del hombre santo, dejándolo desarmado.

—¡Ajajá! —exclamó el alegre Robin, jadeando y secándose el sudor de la frente— Ya te tengo, amigo. Esta vez, ese santo del que hablabas me ha puesto dos espadas en la mano y a ti te ha quitado la tuya. Si no me llevas de vuelta rápidamente, juro que te voy a picotear la piel con este aguijón hasta dejarla como un colador.

El buen fraile no soltó ni una palabra y miró a Robin con gesto adusto.

—Vaya, vaya —dijo al fin— yo creía que tu ingenio era de los pesados, no sabía que fueras tan astuto. En verdad, me tienes bien cogido. Dame mi espada, prometo no desenvainarla contra ti salvo en defensa propia; también prometo cumplir tus órdenes, cargarte sobre mis espaldas y llevarte a cuestas.

Así que el alegre Robin le dio de nuevo la espada, que el fraile se abrochó al costado y comprobó que estuviera mejor abrochada; luego se arrebujó en sus ropas, se cargó a Robin Hood al lomo y sin decir palabra se metió en el agua; así vadeó en silencio mientras el bandido reía a su espalda. Por fin llegó a la mitad del vado, donde el agua era más profunda. Allí se detuvo un momento y, levantando la mano y los hombros, arrojó a Robin por encima de su cabeza como un saco de grano. Robin cayó al agua con un gran chapoteo.

—Ya está —dijo el fraile, volviéndose tranquilamente hacia la orilla—. Deja que se enfríe el ardor de tu espíritu, si puede ser.

Entretanto, después de mucho chapotear, Robin se había puesto de pie y miraba perplejo a su alrededor, mientras el agua se le escapaba en bonitos riachuelos. Por fin se sacó el agua de las orejas, escupió un poco por la boca y, ordenando sus dispersas ideas, vio al corpulento fraile riendo en la orilla. Entonces Robin Hood se volvió loco.

—¡Detente, villano! —rugió—. ¡Voy a por ti, y que me parta un rayo si no te mato hoy!

Y chapoteando, se precipitó a la orilla.

—No te apresures demasiado —bromeó el robusto fraile—. Descuida que yo me quedaré aquí, y si no gritas «albricias» en breves instantes, que me parta a mí ese rayo.

Robin, ya en la orilla, comenzó a subirse las mangas por encima de las muñecas. El fraile también se remangó más la túnica, mostrando un brazo grande y robusto donde destacaban los músculos como las jorobas de un árbol añoso. Entonces Robin vio, para su sorpresa, que el fraile llevaba también una cota de malla bajo la toga.

—¡Con que esas tenemos! —gritó Robin, desenvainando su buena espada.

—¡Te las verás conmigo! —exclamó el fraile, retador, blandiendo su acero.

Comenzó una feroz y poderosa batalla. Lucharon a derecha e izquierda, arriba y abajo, adelante y atrás. Las espadas destellaron al sol y luego chocaron con un sonido que se oyó lejos y cerca. No se trataba de un combate juguetón, sino de una contienda seria. Así lucharon durante una hora o más, con pausas esporádicas para descansar, donde se miraban con asombro, pensando que nunca habían visto a un tipo tan robusto; después, una vez más, se enfrentaban con más fiereza que nunca. Pero en todo ese tiempo, ninguno hirió al otro ni derramó su sangre. Por fin, el alegre Robin gritó:

—¡Detén tu mano, buen amigo! —y ambos bajaron sus espadas—. Pido una bendición antes de reanudar el combate —dijo Robin, secándose el sudor de la frente, pues habían luchado tanto que se le antojaba una mala acción resultar herido, o herir a un compañero tan corpulento y valiente.

—¿Qué queréis de mí? —preguntó el fraile.

—Sólo esto —dijo Robin— que me dejes tocar tres veces el cuerno de mi corneta.

El fraile frunció el ceño y miró con astucia a Robin Hood.

—En verdad creo que tienes una treta astuta en esto —dijo—. No obstante, no te temo y te concederé tu deseo, siempre que me permitas soplar tres veces este pequeño silbato.

—De todo corazón —dijo Robin— así que allá voy.

Diciendo esto, se llevó el cuerno de plata a los labios y sopló tres veces, alto y claro.

Mientras tanto, el fraile permanecía atento a lo que pudiera suceder, sosteniendo entre sus dedos un bonito silbato de plata, como los que usan los cetreros para llamar a sus halcones de vuelta a la muñeca, el cual siempre colgaba en su faja junto al rosario.

Apenas regresó el eco de la última nota de la corneta desde el otro lado del río, cuatro hombres altos vestidos de verde Lincoln aparecieron a la carrera por el recodo del camino, cada uno con un arco en la mano y una flecha preparada en la cuerda.

—¡Ja! Ya sabía yo, bribón traidor —gritó el fraile—. Pues te daré de tu misma medicina, ¡mira, mira!

Se llevó a los labios el silbato de halcón y sopló con fuerza y estridencia. Acto seguido, algo crujió en los arbustos que bordeaban el camino y salieron cuatro grandes y peludos sabuesos.

—¡A por él, Labios Dulces! ¡A él, Gaznate! ¡A él, Belleza! ¡A él, Colmillos! —gritó el fraile, señalando a Robin.

Y menos mal que había un árbol junto al camino, pues lo contrario le habría ido muy mal. Antes de que pudiera decirse «Gaffer Downthedale», los sabuesos ya estaban sobre él, y sólo tuvo tiempo de soltar la espada y saltar al árbol, bajo el cual se apostaron los sabuesos, mirándolo como si fuera un gato en el tejado. Pero el fraile llamó a sus perros.

—¡A por ellos! —gritó, señalando hacia el camino, donde los proscritos estaban petrificados, atónitos por lo que veían. Como el halcón se lanza sobre su presa, así se precipitaron los cuatro perros sobre los bandidos; pero cuando los cuatro hombres vieron venir a los sabuesos, todos salvo Will Scarlet se acercaron una pluma de ganso a la oreja y soltaron su flecha.

La vieja balada cuenta que, en ese momento, cada uno de los perros a los que disparaban dio un ligero brinco lateral y, cuando la flecha pasaba silbando, la cogió con la boca y la partió en dos. Habría sido un mal día para estos cuatro buenos amigos si Will Scarlet no se hubiera adelantado y hubiera salido al encuentro de los sabuesos.

—Vaya, vaya, ¡Colmillos! —gritó con severidad—. ¡Abajo, Belleza! ¡Abajo! ¿Pero qué es esto?

Al oír su voz, los perros retrocedieron y se acercaron a él, le lamieron las manos y le hicieron fiestas, como acostumbran celebrar los canes cuando se encuentran con alguien conocido. Entonces se acercaron los cuatro camaradas, y los perros saltaron alegremente alrededor de Will Scarlet.

—¿Qué es esto? —gritó el robusto fraile—. ¿Eres tú el mago que va a convertir a esos lobos en corderos?

Cuando se acercaron aún más, exclamó:

—¿Qué ven mis ojos? ¿Qué me aspen si no veo al joven maese William Gamwell en semejante compañía?

—No, Tuck —dijo el joven, cuando los cuatro se acercaron a donde Robin bajaba del árbol, pues todo peligro había pasado por el momento—. No, Tuck, ya no me llamo Will Gamwell, sino Will Scarlet; y éste es mi buen tío, Robin Hood, con quien ahora vivo.

—En verdad, buen amo —dijo el fraile, tendiendo su manaza hacia Robin, algo abochornado— he oído cantar y pronunciar vuestro nombre muchas veces, pero nunca pensé medirme con vos en combate. Os ruego perdón, y ahora entiendo vuestra dureza como contrincante.

—En verdad, santísimo padre —dijo Little John— estoy más agradecido que nunca en toda mi vida de que nuestro buen amigo Scarlet os conozca a vos y a vuestros perros. Os digo en serio que mi corazón se desmoronó cuando vi que mi flecha erraba el blanco, y que esas grandes bestias venían directamente hacia mí.

—Podéis estar agradecido, amigo —dijo el fraile con gravedad—. Pero, maese Will, ¿cómo es que ahora vivís en Sherwood?

—¿Recuerdas, Tuck, lo mal que me iba con el mayordomo de mi padre?

—Por mi fe que sí, pero no sabía que te escondías por eso. Cáspita, los tiempos están mal cuando un caballero debe esconderse por algo tan insignificante.

—Pero estamos perdiendo el tiempo... —dijo Robin— y todavía tengo que encontrar al fraile.

—Tío, no tienes que ir muy lejos —dijo Will Scarlet, señalando al religioso— pues aquí lo tienes, a tu lado.

—¿Cómo? —dijo Robin—. ¿Eres tú el hombre que tanto me he esforzado en buscar durante todo el día y que tanto me ha costado encontrar?

—Pues, en verdad, sí lo soy —admitió el fraile recatadamente—. Algunos me llaman el fraile de Fountain Dale; otros me llaman en broma el abad de la fuente; otros aún me llaman simplemente «Fray Tuck».

—Me complace más el último nombre —dijo Robin— pues se desliza mejor por la lengua. Pero, ¿por qué no me dijiste que eras tú, en lugar de enviarme a buscar negros rayos de luna?

—No me lo preguntasteis, buen amo —dijo el robusto Tuck—. ¿Qué deseáis de mí?

—Ahora no —dijo Robin— el día se acaba y no podemos quedarnos aquí hablando. Vuelve con nosotros a Sherwood, y te lo contaré todo por el camino.

Sin más retrasos, partieron con los robustos perros pisándoles los talones, de regreso hacia el bosque de Sherwood.

Ahora escucha, porque a continuación te contaré cómo Robin Hood logró la felicidad de dos jóvenes amantes, con la ayuda del alegre fraile Tuck de Fountain Dale.

CAPÍTULO XIII

De cómo Robin Hood organizó una boda

Llegó la mañana en que la bella Ellen iba a casarse, cuando el alegre Robin había jurado que Allan de Dale debía, por así decirlo, comer del plato servido para sir Stephen de Trent. Robin se levantó, alegre y jovial, con todos sus hombres; el más reciente recluta, el robusto fray Tuck, se levantó con la mirada aún perdida en el sueño. Entonces, con el aire rebosante del canto de los pájaros, mezclados y gozosos en la brumosa mañana, cada hombre metió la cara y las manos en el saltarín arroyo, y así comenzó el día.

Cuando hubieron desayunado hasta saciarse, Robin dijo:

—Es hora de iniciar la misión que tenemos para hoy. Elegiré a una veintena de hombres para que me acompañen, pues es posible que necesite ayuda; tú, Will Scarlet, te quedarás aquí y serás el jefe mientras yo esté fuera.

Entonces, buscando entre los integrantes de la banda, que se agolpaban deseosos de ser elegidos, Robin llamó por su nombre a los seleccionados, hasta que tuvo a una veintena de hombres robustos, la flor y nata de su banda. Junto a Little John y Will Stutely se contaban los famosos muchachos de los que ya os he hablado. Los exultantes elegidos fueron corriendo para armarse con el arco, Robin Hood se hizo a un lado para ponerse un vistoso abrigo con lazos que podría haber usado algún trovador ambulante, y se colgó un arpa al hombro para completar mejor la estampa.

Toda la banda se quedó mirando y muchos rieron, pues nunca habían visto a su jefe con tan fantástica apariencia.

—En verdad —dijo Robin, levantando los brazos y mirándose— es un atavío chillón, como de saltamontes; pero es bonito y no desentona con mi aspecto, aunque sólo lo llevaré un tiempo. Little John, aquí tienes dos bolsas que quiero que guardes en tu zurrón. Yo no puedo cuidarlas bajo esta vestimenta.

—Vaya, Robin —dijo Little John, cogiendo las bolsas y pesándolas en la mano— aquí tintinea oro.

—Bueno, lo que sea —dijo Robin— pues bien sitúa a nuestra banda.

—Vamos, muchachos, preparaos rápido.

Luego reunió a la veintena de camaradas en una fila, en medio de la cual estaban Allan de Dale y fray Tuck, y los guio por el camino desde las sombras del bosque.

Avanzaron largo rato hasta salir de Sherwood y llegar al valle de Rotherstream. Aquí el paisaje era diferente al del bosque: setos, amplios campos de cebada, pastizales salpicados de rebaños de ovejas blancas, campos que exhalaban el olor del heno recién cortado, que yacía en suaves franjas vigiladas por los vencejos en rápido vuelo; eso vieron, y bien diferente era de las enmarañadas profundidades de los bosques, pero no menos hermoso. Así guiaba Robin a su banda, caminando alegremente con el pecho abierto y la cabeza atrás, aspirando los olores de la brisa que flotaba desde los campos de heno.

—En verdad —dijo— el querido mundo es tan bello aquí como en las sombras del bosque. ¿Quién dijo «valle de lágrimas»? Creo que no es sino la oscuridad de nuestras mentes lo que ensombrece el mundo. ¿Cómo decía esa alegre canción tuya, Little John?

Cuando los ojos amados los tuyos reflejan,
cuando sus labios sonríen con tanta belleza,
el día es feliz y resplandece
y aun con lluvia, el sol aparece
y cuando corre la buena cerveza
las penas y dolores mueren con certeza.

Fray Tuck advirtió:

—Pensáis sólo en cosas profanas; pero en verdad hay mejores salvaguardas contra la preocupación y la aflicción que la bebida y los ojos hermosos; a saber, el ayuno y la meditación. Miradme, ¿tengo yo aspecto de hombre afligido?

Todos prorrumpieron en estruendosas carcajadas, pues la noche anterior el robusto fraile había vaciado el doble de jarras de cerveza que cualquier otro de los alegres hombres.

—Por mi fe —dijo Robin, cuando pudo hablar por la risa— diría que tus penas son casi iguales a tu bondad.

Así siguieron, hablando, cantando, bromeando y riendo, hasta llegar a cierta capilla perteneciente a las grandes heredades del rico priorato de Emmet. Era allí donde la bella Ellen iba a casarse aquella mañana, y allí se dirigía la banda. Al otro lado de la calzada, donde se alzaba la capilla entre ondulantes campos de cebada, había un muro de piedra a lo largo del camino. Por encima de éste se veía una franja de árboles y arbustos jóvenes, y aquí y allá el muro estaba cubierto por una masa de enredaderas en flor que preñaba el aire cálido de un dulce olor veraniego. Los bandidos saltaron el muro y se posaron en la hierba alta y mullida del otro lado, asustando a un rebaño de ovejas que yacía a la sombra, de modo que salieron corriendo en todas direcciones. Había una sombra fresca y dulce, ofrecida por el muro y por los árboles y arbustos jóvenes, y allí se sentaron los proscritos, aliviados por descansar después de su larga caminata de la mañana.

—Escuchad —dijo Robin— quiero que uno de vosotros vigile y me avise cuando vea a alguien venir a la iglesia, y esto lo hará el joven David de Doncaster. Súbete al muro, David, y escóndete bajo la parra para vigilar.

David hizo lo que se le ordenaba, y los demás se tendieron sobre la hierba, algunos conversando y otros durmiendo. Luego todo quedó en silencio, exceptuando los susurros de los que hablaban y los pasos inquietos de Allan, que caminaba de un lado a otro, pues su alma rebosaba tal desasosiego que no lo podía soportar, y los suaves ronquidos de fray Tuck, que disfrutaba de un sueñecito que sonaba como quien serrucha madera blanda muy despacio. Robin se tendió de espaldas y miró arriba, entre las hojas de los árboles, con el pensamiento a leguas de distancia, y así pasó largo rato.

Finalmente, Robin pidió:

—Dinos, joven David de Doncaster, ¿qué ves?

David respondió:

—Veo las nubes blancas flotando y noto el viento soplando, y tres cuervos negros que vuelan sobre el bosque; pero no veo nada más, buen amo.

Volvió a hacerse el silencio y pasó otro rato, interrumpido sólo por la impaciencia de Robin, que volvió a hablar.

—Dime, joven David, ¿qué ves?

Y David respondió:

—Veo molinos de viento que giran y tres altos álamos que se mecen contra el cielo, y un enjambre de moscas campestres sobrevuela la colina; pero nada más veo, buen amo.

Así transcurrió otro rato, hasta que por fin Robin volvió a preguntar al joven David qué veía; y David dijo:

—Oigo cantar al cuco, y veo cómo el viento hace ondas en el campo de cebada; y ahora por la colina hacia la iglesia viene un viejo fraile, y en sus manos lleva un gran manojo de llaves; y ¡he aquí! Ahora se acerca a la puerta de la iglesia.

Entonces Robin Hood se levantó y sacudió a fray Tuck por el hombro.

—¡Vamos, despierta, santo varón! —gritó; y entre gruñidos, el corpulento Tuck se puso de pie—. Vamos, prepárate —dijo Robin— porque allá, en la puerta de la iglesia, hay uno de tu clase. Ve y habla con él, y métete en la iglesia para cuando se te necesite; Little John, Will Stutely y yo te seguiremos enseguida.

Fray Tuck trepó por el muro, cruzó el camino y llegó a la iglesia, donde el viejo fraile seguía luchando con la enorme llave, pues la cerradura estaba algo oxidada y él algo viejo y débil.

—Hola, hermano —dijo Tuck— déjame ayudarte.

Con estas palabras, cogió la llave de la mano del otro y abrió la puerta con un giro.

—¿Quién eres, buen hermano? —preguntó el viejo fraile con voz aguda y jadeante—. ¿De dónde vienes y adónde vas?

Y guiñó y parpadeó ante el corpulento fraile Tuck como un búho al sol.

—Responderé a tus preguntas, hermano —dijo el otro—. Mi nombre es Tuck, y no voy más allá de este lugar, si me permites quedarme mientras se celebra esta boda. Vengo de Fountain Dale y, a decir verdad, soy un pobre ermitaño, pues vivo en una celda junto a la fuente bendecida por santa Audrey. Pero, si no me equivoco, hoy se va a celebrar aquí una alegre boda; si no te importa, me gustaría descansar a la sombra, pues deseo contemplar el hermoso espectáculo.

—Descuida, hermano —dijo el viejo, dejándole paso.

Mientras tanto, Robin Hood, con su atuendo de arpista, junto con Little John y Will Stutely, ya había llegado a la iglesia. Robin se sentó en un banco junto a la puerta, pero Little John entró con las dos bolsas de oro, acompañado de Stutely. Robin se sentó junto a la puerta, mirando el camino para ver quién llegaba hasta que, al cabo de un rato, vio a seis jinetes que cabalgaban despacio, como correspondía a su condición de eclesiásticos de alta alcurnia. Cuando se acercaron, Robin los reconoció. El primero era el obispo de Hereford, que tenía una buena figura. Sus vestiduras eran de riquísima seda y llevaba una hermosa cadena de oro batido el cuello. El gorro que ocultaba su tonsura era de terciopelo negro, y en los bordes lucía hileras de joyas que brillaban a la luz del sol, todas ellas engastadas en oro. Llevaba medias de seda color fuego y zapatos de terciopelo negro con los dedos largos y puntiagudos vueltos hacia arriba y sujetos a las rodillas, y en cada empeine una cruz bordada en hilo de oro. Junto al obispo llegaba el prior de Emmet en un palafrén. Sus ropas también eran ricas, pero no tan vistosas como las del corpulento obispo. Detrás de ellos marchaban dos altos eclesiásticos de Emmet, y detrás de estos, dos criados, pues el señor obispo de Hereford se esforzaba por parecerse a los grandes barones tanto como le era posible a alguien de sagrado oficio.

Cuando Robin vio acercarse esta comitiva, con destellos de joyas y seda, y tintineo de cascabeles de plata en los jaeces de los corceles, los miró con amargura. Se dijo «Este obispo es demasiado ostentoso para ser hombre santo. Me pregunto si su patrón, que, según creo, era santo Tomás, llevaba cadenas de oro en el cuello, ropas de seda en el cuerpo y zapatos puntiagudos en los pies; el dinero para todo eso, bien lo sabe Dios, ha sido arrancado del sudor de los pobres arrendatarios. Obispo, obispo, tu orgullo puede caer antes de que te des cuenta».

Así llegaron los altos eclesiásticos a la iglesia; el obispo y el prior reían y bromeaban sobre ciertas hermosas damas, palabras que, a mi parecer, eran más propias de labios de legos que de santos clérigos. Luego se apearon de sus cabalgaduras y el obispo, mirando a su alrededor, vio a Robin de pie en la puerta.

—Salud, buen amigo —dijo con voz jovial—. ¿Quién eres tú que te pavoneas con tan alegres plumas?

—Soy arpista, del norte del país —dijo Robin—. Conozco las cuerdas como ningún otro hombre de toda la alegre Inglaterra. En verdad, vuestra eminencia, muchos caballeros y burgueses, clérigos y laicos, han bailado al son de mi música, y la mayoría de las veces muy en contra de su voluntad; tal es la magia de mi arpa. Ahora, mi señor obispo, si puedo tocar en esta boda, prometo que haré que la bella novia ame al hombre con el que se case con un amor que durará tanto como sus vidas juntas.

—¿Ah, sí? —exclamó el obispo—. ¿Qué quieres decir con eso? —y clavó una mirada a Robin, que se la devolvió con audacia—. Si haces que esta doncella (que en verdad ha embrujado a mi pobre primo Stephen) ame así al hombre con quien se va a casar, como tú dices, te daré todo lo que me pidas en su justa medida. Déjame comprobar tu habilidad, amigo.

—No —dijo Robin— mi música no llega sin que yo lo decida, ni siquiera por orden de un señor obispo. No tocaré hasta que lleguen los novios.

—Eres un descarado, hablándole así a un obispo —dijo el religioso, frunciendo el ceño hacia Robin—. No obstante, debo soportarte. Mirad, prior, aquí vienen nuestro primo sir Stephen y su amada.

Por el recodo del camino asomaron más personas, montadas a caballo. El primero era un hombre alto y delgado de porte caballeresco, vestido todo de seda negra, con un gorro de terciopelo negro ribeteado de escarlata. Robin lo miró y no tuvo duda de que se trataba de sir Stephen, tanto por su porte caballeresco como por sus canas. Junto a él cabalgaba un corpulento franco sajón, el padre de Ellen, Edward de Deirwold; detrás venía una litera tirada por dos caballos, y en su interior una doncella que Robin supo que sería Ellen. Tras ella cabalgaban seis hombres de armas, que tintineaban por el camino polvoriento con la luz del sol destellando en sus yelmos.

Al llegar a la iglesia, sir Stephen saltó de su montura y, acercándose a la litera, ayudó a descender a la bella Ellen. Al verla, Robin Hood comprendió cómo era posible que un orgulloso caballero como sir Stephen de Trent quisiera casarse con la hija de un franco; y no se extrañó de que aquello no causase alboroto, pues era la doncella más hermosa que jamás había visto. No obstante, mostraba un semblante pálido y decaído, como un hermoso lirio blanco partido por el tallo; y así, con la cabeza inclinada y la mirada apenada, entró en la iglesia con sir Stephen llevándola de la mano.

—¿Por qué no tocas, amigo? —dijo el obispo, mirando a Robin con severidad.

—Por mi fe —dijo Robin con calma— tocaré más sabiamente de lo que vuesa eminencia cree, pero no hasta que llegue el momento.

El obispo, mirando a Robin con gesto adusto, se dijo «Cuando pase esta boda, haré que azoten a este tipejo por su lengua afilada y sus palabras osadas».

La bella Ellen y sir Stephen ya estaban de pie ante el altar, y el obispo en persona llegó con sus ropas y abrió su libro, mientras la bella Ellen miraba a todas partes con amarga desesperación, como el cervatillo que encuentra a los sabuesos en su flanco. Entonces, con todas sus cintas y lazos rojos y amarillos, Robin Hood se adelantó. Dio tres pasos desde la columna en que se apoyaba y se colocó entre la novia y el novio.

—Dejadme ver a esta doncella —pidió en voz alta—. Pero, ¿cómo es posible? ¿Qué tenemos aquí? Veo lirios en las mejillas, y no rosas como corresponde a una hermosa novia. Esta no es una boda apropiada. Vos, caballero, tan viejo, y ella tan joven ¿y pensáis hacerla vuestra esposa? Os digo que no puede ser, porque vos no sois su verdadero amor.

Los asistentes se quedaron atónitos, sin saber adónde mirar ni qué pensar o decir, pues estaban desconcertados; entonces, mientras observaban a Robin petrificados, él se llevó la corneta a los labios y tocó tres tonos tan fuertes y claros que resonaron de suelo a viga como si procedieran de la trompeta del apocalipsis. Enseguida,

Little John y Will Stutely llegaron saltando, se apostaron a ambos lados de Robin Hood, y rápidamente desenvainaron sus espadas, mientras una voz poderosa resonaba en las cabezas de todos.

—Aquí estoy, buen amo, para cuando me necesites.

Era el fraile Tuck quien tan imperiosamente tronaba desde la galería superior.

Entonces todo se sumió en la algarabía y el ruido. El corpulento Edward avanzó furibundo, queriendo agarrar a su hija para llevársela, pero Little John se interpuso y lo empujó hacia atrás.

—Retrocede, viejo —dijo— hoy eres un caballo cojo.

—¡Abajo los villanos! —gritó sir Stephen buscando su espada, pero no la llevaba por ser el día de su boda.

Entonces, los soldados desenvainaron sus espadas, y parecía claro que la sangre iba a empapar las piedras; pero entonces se oyó bullicio en la puerta, seguido de fuertes voces, el acero centelleó a la luz y sonó el estruendo de unos golpes. Los hombres de armas retrocedieron y por el pasillo avanzaron dieciocho fornidos soldados, ataviados de verde Lincoln, con Allan de Dale a la cabeza. Llevaba en la mano el arco de tejo de Robin Hood, y se lo entregó, hincando una rodilla en el suelo a modo de reverencia. Entonces habló Edward de Deirwold con profundo enojo.

—¿Eres tú, Allan de Dale, quien ha engendrado todo esto en una iglesia?

—No —corrigió el alegre Robin— soy yo, y no me importa quién lo sepa, pues me llamo Robin Hood.

Se hizo un silencio repentino. El prior de Emmet y su séquito se apiñaron como un rebaño de ovejas asustadas ante el olor del lobo, mientras que el obispo de Hereford, dejando a un lado su libro, se persignó devotamente.

—Que el cielo nos guarde hoy de ese hombre malvado —dijo.

—Descuida —dijo Robin— no quiero hacerte daño, pero aquí está el prometido de la bella Ellen, y ella se casará con él o sufriréis dolor.

Entonces el corpulento Edward dijo en voz airada.

—¡Digo que no! Yo soy su padre, y ella se casará con sir Stephen y con ningún otro.

Durante este tiempo, mientras todo se revolucionaba a su alrededor, sir Stephen se había sumido en un silencio desdeñoso.

—No, amigo —dijo fríamente— puedes volver a llevarte a tu hija; yo no me casaría con ella después de lo sucedido hoy, aunque con ello ganara toda la alegre Inglaterra. Os digo claramente que yo amaba a vuestra hija, tan viejo como soy, y que la habría atesorado como a una joya sacada de un pozo, pero, en verdad, ignoraba que ella amaba a este hombre, y que era amada por él. Doncella, si prefieres a un mísero juglar a un caballero de alta alcurnia, adelante. Siento vergüenza de hablar así en medio de este rebaño, y por eso os dejo.

Reunió a sus hombres a su alrededor y caminó orgulloso por el pasillo central hacia la salida. Todos enmudecieron ante el desprecio de sus palabras. Sólo fray Tuck se inclinó sobre el borde del coro y le gritó antes de que desapareciese.

—¡Buen viaje, caballero! Los huesos más viejos deben dejar sitio a la sangre joven.

Sir Stephen no respondió ni levantó la vista, sino que salió de la iglesia como si nada, seguido por sus hombres.

Entonces el obispo de Hereford se apresuró a aclarar:

—No tengo nada que hacer aquí, así que me marcho.

E hizo ademán de irse. Pero Robin lo agarró de la ropa y lo retuvo.

—Quedaos, mi señor —dijo— aún tengo algo que deciros.

El rostro del obispo se desencajó, pero hizo como pedía Robin, pues no tenía elección.

Robin Hood se dirigió al robusto Edward de Deirwold, diciéndole:

—Bendice el matrimonio de tu hija con este vasallo y todo irá bien. Little John, dame las bolsas de dinero. Mira, compadre, aquí hay doscientos ángeles de oro bien brillantes; da tu bendición, como te digo, y los aportaré como dote de tu hija. Si no lo bendices, ella se casará igualmente, pero ni un centavo rozará tu palma. Escoge.

Edward miró al suelo con el ceño fruncido, dándole vueltas al asunto en su mente; pero era un hombre astuto y, además, sabía sacar el mejor partido de una pipa rota; así que al fin levantó la vista y dijo, sombrío:

—Si la muchacha quiere seguir su camino, que se vaya. Yo pensaba hacer de ella una dama, mas si decide ser lo que desee, no tengo nada que ver con ella a partir de ahora. No obstante, le daré mi bendición cuando esté debidamente casada.

—No tan rápido —intervino un esbirro de Emmet—. Las amonestaciones no han sido debidamente publicadas, y no hay sacerdote aquí para casarlos.

—¿Qué oigo? —rugió Tuck desde el coro—. ¿No hay sacerdote? Pardiez, hay aquí un hombre tan santo como el que más, se mire por donde se mire, del derecho y del revés. En cuanto a la cuestión de las amonestaciones, no tropieces con esa piedra, hermano, porque yo las publicaré.

Diciendo esto, proclamó las amonestaciones y, como reza la vieja balada, por si tres veces no bastasen las publicó nueve. Acto seguido, bajó de la galería y celebró el matrimonio, y así Allan y Ellen se casaron debidamente.

Robin entregó doscientos ángeles de oro a Edward de Deirwold, quien, por su parte, dio su bendición, aunque no con demasiada buena voluntad. Entonces los corpulentos bandidos se agolparon alrededor de Allan y le agarraron la palma de la mano y él, sosteniendo la mano de Ellen entre las suyas, miró alrededor rebosante de felicidad.

Por fin, el alegre Robin se volvió hacia el obispo de Hereford, que había observado todo lo que ocurría con mirada sombría.

—Monseñor —dijo— recordaréis vuestra promesa de que si tocaba de un modo tal que esta hermosa muchacha amase a su marido, me daríais lo que pidiera. He tocado mi música y ella ama a su marido, lo cual no sucedería de no ser por mí; así que ahora cumple tu promesa. Lleváis encima lo que, a mi entender, no deberías poseer; por tanto, os ruego, dadme esa cadena de oro que os cuelga del pescuezo, como regalo de bodas para esta hermosa novia.

Las mejillas del obispo enrojecieron de ira y sus ojos relampaguearon. Miró a Robin fijamente, pero vio en el rostro del proscrito algo que le hizo recular. Lentamente, se quitó la cadena del cuello y se la entregó a Robin, quien se la colocó a Ellen para que colgara reluciente sobre sus hombros. Entonces nuestro alegre Robin declaró:

—Os agradezco de parte de la novia, obispo, vuestro hermoso regalo, y por mi fe que está más hermosa con él que vos. Si alguna vez os acercáis a Sherwood, espero poder ofreceros allí un banquete como jamás habréis disfrutado en vuestra vida.

—¡Que el cielo te perdone! —exclamó el obispo con seriedad, pues sabía muy bien qué clase de banquete ofrecía Robin Hood a sus invitados en el bosque de Sherwood.

Robin reunió a sus hombres y, con Allan y su joven esposa en medio de la comitiva, dirigieron sus pasos hacia el bosque. Por el camino, fray Tuck se acercó a Robin y lo tomó de la manga.

—Lleváis una alegre vida, buen amo —dijo— pero ¿no creéis que, por el bienestar de todas vuestras almas, deberíais tener un capellán robusto como yo para supervisar los asuntos sagrados? En verdad, amo mucho esta vida.

El alegre Robin Hood se echó a reír y le pidió que se quedara y se uniera a la banda si lo deseaba.

Aquella noche se celebró en el bosque una fiesta como nunca se había visto en Nottinghamshire. Tú y yo no fuimos invitados a esa fiesta, y es una enorme lástima; así que, para no dolernos del asunto con mayor intensidad, no diré nada más al respecto.

CAPÍTULO XIV

De cómo Robin Hood ayudó a un caballero afligido

Pasó la apacible primavera con su belleza incipiente, sus lluvias plateadas y sus rayos de sol, con sus verdes prados y sus dulces flores. Así pasó también el verano con su sol amarillo, su calor tembloroso y su follaje profundo y boscoso, sus largos crepúsculos y sus noches livianas, durante las cuales croaban las ranas y se decía que las hadas folgaban en las colinas. Todo esto pasó y llegó el otoño, trayendo consigo sus propios placeres y alegrías; pues ahora, cuando se recogía la cosecha, alegres bandas de espigadores recorrían el país, cantando por los caminos durante el día y durmiendo bajo los setos y almiares por la noche. Ahora las rosas ardían rojas en los matorrales enmarañados y los tejuelos se ennegrecían en los setos, los rastrojos yacían crujientes y desnudos, y las hojas verdes se tornaban rojizas y marrones. Además, en esta estación, las cosas buenas del año se recogen en grandes cantidades. La cerveza negra madura en la bodega, los jamones y el tocino cuelgan en el ahumadero y las manzanas esperan, guardadas en paja, a que las asen en invierno, cuando el viento del norte apila la nieve en montones junto a los tejados y el fuego crepita sobre el hogar.

Así pasaban las estaciones entonces, así pasan ahora, y así pasarán en el tiempo venidero, con nuestras idas y venidas como hojas del árbol que caen y pronto se olvidan.

—Hoy es un buen día, Little John, no lo desperdiciemos en la ociosidad. Escoge a los hombres que necesites, ve hacia el este y yo iré hacia el oeste, y ambos traeremos a algún buen invitado para cenar bajo el árbol de madera verde.

—¡Albricias y zapatetas! —gritó Little John, palmoteando de alegría—. Tu oferta se ajusta a mi gusto como la empuñadura a la hoja. Que me aspen si no traigo a un invitado hoy mismo.

Ambos eligieron al grupo que deseaban y salieron por diferentes caminos del bosque. Ahora bien, tú y yo, querido lector, no podemos ir en dos direcciones al mismo tiempo para acompañar a estas alegres cuadrillas; así que dejaremos que Little John siga su camino mientras nosotros nos remangamos los faldones y vamos tras Robin Hood. Y aquí también hay buena compañía: Robin Hood, Will Scarlet, Allan de Dale, Will Scathelock, Midge, el hijo del molinero, y otros. Una veintena o más de hombres robustos se habían quedado en el bosque con el fraile Tuck, preparando el regreso de los otros a casa, pero el resto había partido con Robin Hood o con Little John.

Así continuaron, Robin siguiendo su apetencia y los otros siguiendo a Robin. Cruzaron un valle con casitas y granjas, y de nuevo se internaron en el bosque. Pasaron por la hermosa ciudad de Mansfield con sus torres, almenas y chapiteles sonrientes al sol, y salieron por fin de las tierras boscosas. Marcharon siempre adelante, por caminos y carreteras, a través de pueblos donde las amas de casa y las alegres muchachas miraban por la ventana el hermoso espectáculo de los jóvenes, hasta que por fin pasaron Alverton, en Derbyshire. Ya era mediodía, pero no habían encontrado ningún huésped que mereciera la pena llevar a Sherwood; así que, al llegar a una encrucijada donde se erigía un santuario, Robin les pidió que se detuvieran pues allí, a ambos lados, podían camuflarse detrás de unos setos altos, que ofrecían un buen escondite para observar los caminos a sus anchas mientras comían. El alegre Robin dijo:

—He aquí un buen lugar de descanso, donde la gente pacífica como nosotros puede comer tranquilamente; pararemos aquí y veremos qué cae en nuestra olla de la suerte.

Cruzaron, pues, una verja y llegaron detrás de un seto, donde la suave luz del sol era brillante y cálida, y la hierba estaba mullida, y allí se sentaron. Entonces cada uno sacó de su morral lo que llevaba para comer, pues tan alegre paseo agudizaba el apetito hasta dejarlo tan vivo como el viento de marzo. No dijeron nada más y dedicaron los dientes al mejor uso de masticar con vigor el pan y el embutido.

Delante de ellos, una de las carreteras subía por un monte y luego descendía repentinamente por sobre su cima, que se recortaba contra el cielo con setos y hierba tupida. Por encima asomaban los aleros de algunas casas del pueblo que se adentraban en el valle; también allí se veía la cúspide de un molino de viento, cuyas velas se elevaban e inclinaban lentamente contra el claro cielo azul, mientras la brisa las movía con fuerza chirriante y trabajosa.

Los proscritos se tumbaron detrás del seto y terminaron su comida del mediodía; pero el tiempo pasaba y nadie se acercaba. Por fin llegó un hombre cabalgando lentamente por el monte y bajando por el camino pedregoso, hacia el lugar donde Robin y su banda yacían escondidos. Era un caballero robusto, con rostro apesadumbrado y semblante abatido. Sus ropas eran sencillas y ricas, pero del cuello no le colgaba ninguna cadena de oro como las que acostumbraban a lucir los hombres de su posición, y no llevaba ninguna joya; sin embargo, nadie podía confundirlo con otro que no fuera de sangre noble y orgullosa. Llevaba la cabeza inclinada sobre el pecho y las manos caídas a ambos lados, pues venía hundido en tristes pensamientos e incluso su buen corcel, con las riendas sueltas sobre el cuello, avanzaba con la cabeza colgante como si compartiera la pena de su amo.

Robin Hood afirmó:

—Verdaderamente tiene un aspecto lamentable, y parece que esta mañana se ha puesto mal el jubón; no obstante, saldré a hablar con él, pues puede haber aquí algo que recoger para un viejo hambriento. Me parece que sus atavíos son ricos, aunque él mismo esté tan abatido. Quedaos aquí hasta que me ocupe de este asunto.

Dicho esto, se levantó y cruzó el camino hacia el santuario, donde se quedó esperando a que el apenado caballero se aproximara. Cuando éste llegó cabalgando lentamente, el alegre Robin se adelantó y le puso la mano en la rienda.

—Aguardad, caballero. Os ruego que os detengáis un momento, pues tengo unas palabras que deciros —dijo Robin.

—¿Quién sois vos, amigo, que detenéis así a un viajero en el camino de su majestad? —inquirió el caballero.

—Por vuestra fe —dijo Robin— planteáis una pregunta difícil de responder. Unos me creen amable, otros cruel; hay quien me piensa un buen hombre honrado, y otros un vil ladrón. En verdad, el mundo tiene tantos ojos para mirar a un hombre como manchas tiene un sapo; por lo tanto, con qué par de ojos me miráis depende enteramente de vos. Mi nombre es Robin Hood.

—En verdad, buen Robin —dijo el caballero, con una sonrisa asomando en los labios— vuestro orgullo es pintoresco. En cuanto al par de ojos con que os miro, diría que son lo más favorables, pues oigo hablar mucho bien de vos y poco mal. ¿Qué queréis de mí?

—Me parece, noble caballero —dijo Robin— que habéis aprendido la sabiduría del buen Gaffer Swanthold, pues dice «Las palabras hermosas son tan fáciles de decir como las feas, y traen buena voluntad en lugar de golpes». Ahora os mostraré la verdad de este dicho; pues si venís conmigo hoy al bosque de Sherwood, os daré el banquete más alegre que hayáis tenido en toda vuestra vida.

—Sois muy amable —dijo el caballero— mas creo que tendréis en mí a un invitado triste y malencarado. Será mejor que me dejéis seguir mi camino en paz.

—No —dijo Robin— podríais seguir vuestro camino de no ser por algo que os contaré. Tenemos una posada, por así decirlo, en lo más profundo de Sherwood, pero tan lejos de los caminos y senderos trillados que los huéspedes no suelen acercarse a nosotros; así que mis amigos y yo partimos alegremente y los buscamos cuando nos aburrimos de vernos las caras siempre los mismos. Así están las cosas, buen caballero; pero además os diré que contamos con que nuestros invitados paguen la cuenta.

—Entiendo lo que queréis decir, amigo —dijo el caballero con gravedad— pero yo no soy el hombre que buscáis, pues carezco de dinero.

—¿Es verdad eso? —dijo Robin, mirando al caballero fijamente—. No puedo sino creeros; no obstante, vuesa merced, hay algunos de vuestra índole en cuya palabra no se puede confiar tanto como quieren hacer creer. No os parecerá mal que sea precavido en este asunto.

Sujetando al caballo por la rienda, se llevó los dedos a los labios y tocó un agudo silbido; al segundo, ochenta forajidos saltaron por encima de la valla y corrieron hacia donde estaban el caballero y Robin.

—Éstos —dijo Robin, mirándolos con orgullo— son algunos de mis alegres camaradas. Comparten conmigo todas las alegrías y los problemas, las ganancias y las pérdidas. Vuesa merced, os ruego que me digáis cuánto dinero lleváis encima.

El caballero no dijo una palabra, mas sus mejillas se enrojecieron lentamente; al fin miró a Robin a la cara y dijo:

—No sé por qué me azoro, pues no debería avergonzarme, pero amigo, os digo de verdad que en mi bolsa hay diez chelines y que eso es todo, hasta el último centavo, lo que sir Richard de Lea tiene en el ancho mundo.

Cuando sir Richard terminó, se hizo un silencio que duró hasta que Robin dijo:

—¿Y me prometéis con vuestra palabra de caballero que es todo lo que tenéis?

—Así es —respondió sir Richard—. Os doy mi palabra más solemne, como verdadero caballero, de que es todo el dinero que tengo en el mundo. Aquí está mi bolsa, para que comprobéis la verdad de lo que digo. Y tendió la bolsa a Robin.

—Guardad vuestra bolsa, sir Richard —dijo Robin— no dudo de la palabra de tan gentil caballero. A los soberbios me esfuerzo por abatir, pero a los que caminan en la tristeza los ayudaría si pudiera. Vamos, sir Richard, alegrad vuestro corazón y venid con nosotros al bosque. Quizá yo también os ayude, pues ya sabéis cómo el buen Athelstane fue salvado por un pequeño topo ciego, que cavó una zanja con la que tropezó el que quería matar al rey.

—En verdad, amigo —dijo sir Richard— sois muy gentil, pero mis problemas son tales que no es probable que podáis ayudarme. No obstante, iré con vos a Sherwood.

El caballero tiró de las riendas a un lado para hacer girar a su rocín, y todos juntos se encaminaron hacia el bosque, Robin a un lado del caballero y Will Scarlet al otro, mientras el resto de la banda caminaba detrás.

Después de viajar así un rato, Robin Hood habló.

—Buen caballero —dijo— no quisiera molestaros con preguntas inanes, pero ¿halláis en vuestro corazón el deseo de contarme vuestras penas?

—En verdad, Robin —dijo el caballero— no veo razón para no hacerlo. Así son las cosas: mi castillo y mis tierras están empeñados por una deuda que he contraído. Dentro de tres días, el dinero debe pagarse, o de lo contrario toda mi hacienda se perderá para siempre y caerá en manos del priorato de Emmet, y lo que se tragan allí nunca lo devuelven.

—No entiendo por qué los de vuestra clase viven de un modo tal que su riqueza pasa ante ellos como nieve bajo el sol de primavera.

—Os equivocáis, Robin —dijo el caballero—. Escuchad: tengo un hijo de apenas veinte inviernos, pero ya ha ganado sus espuelas de caballero. El año pasado, cierto día infausto, se celebraron las justas en Chester, y allí fuimos mi hijo, mi esposa y yo. Fue un momento de orgullo para nosotros, pues derrotó a todos los caballeros contra los que se midió. Al final se enfrentó al gran sir Walter de Lancaster y, aun siendo tan joven, mi hijo resistió pese a que las lanzas se agitaron hasta la empuñadura; pero sucedió que una astilla

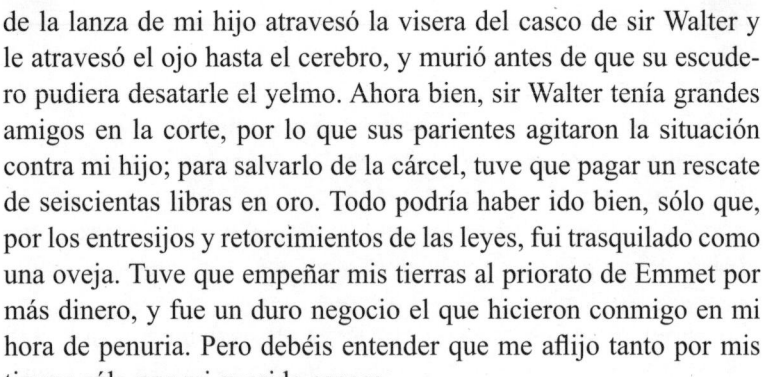

de la lanza de mi hijo atravesó la visera del casco de sir Walter y le atravesó el ojo hasta el cerebro, y murió antes de que su escudero pudiera desatarle el yelmo. Ahora bien, sir Walter tenía grandes amigos en la corte, por lo que sus parientes agitaron la situación contra mi hijo; para salvarlo de la cárcel, tuve que pagar un rescate de seiscientas libras en oro. Todo podría haber ido bien, sólo que, por los entresijos y retorcimientos de las leyes, fui trasquilado como una oveja. Tuve que empeñar mis tierras al priorato de Emmet por más dinero, y fue un duro negocio el que hicieron conmigo en mi hora de penuria. Pero debéis entender que me aflijo tanto por mis tierras sólo por mi querida esposa.

—Pero, ¿dónde está ahora vuestro hijo? —preguntó Robin, que había escuchado atentamente al caballero.

—En Palestina —respondió sir Richard— luchando como un valiente soldado cristiano por la cruz y el santo sepulcro. En verdad, Inglaterra era un mal lugar para él debido a la muerte de sir Walter y al odio de los parientes del Lancaster.

—Por mi fe —dijo Robin, muy conmovido— tenéis un trance difícil. Pero decidme, ¿cuánto le debéis a Emmet por vuestros bienes?

—Sólo cuatrocientas libras —dijo sir Richard.

Oyendo esto, Robin se golpeó el muslo, furioso.

—¡Malditos chupasangres sarnosos! —gritó—. Un noble patrimonio que se pierde por cuatrocientas libras. ¿Qué os ocurrirá si perdéis vuestras tierras, sir Richard?

—No es mi suerte la que me preocupa en ese caso —dijo el caballero— sino la de mi amada esposa; si pierdo mis tierras, tendrá que marcharse con algún pariente y vivir allí en caridad; lo cual, me parece, rompería su orgulloso corazón. En cuanto a mí, cruzaré el mar salado y me dirigiré a Palestina para unirme a mi hijo en la lucha por el Santo Sepulcro.

Entonces habló Will Scarlet.

—¿Pero no tenéis ningún amigo que os ayude en vuestra extrema necesidad?

—Ni un hombre —dijo sir Richard—. Cuando era rico de casa y tenía amigos, se jactaban de quererme. Pero cuando el roble cae en el bosque, los cerdos huyen de debajo de él para no ser abatidos también. Mis amigos me han abandonado, pues no sólo soy pobre, sino que tengo enemigos importantes.

—Lamentáis no tener amigos, sir Richard. No me jacto, pero muchos han encontrado en Robin Hood un amigo en tiempos aciagos. Animaos, noble caballero, aún puedo ayudaros.

El caballero sacudió la cabeza con una triste sonrisa pues, pese a todo, las palabras de Robin le alegraron el corazón; la esperanza, por leve que sea, trae un resplandor a la oscuridad, como un pequeño candil que no cuesta más que un penique. El día terminaba cuando se acercaron al árbol. Incluso a distancia vieron por el número de gentes que Little John había vuelto con algún invitado, y al acercarse, ¡a quién encontraron sino al señor obispo de Hereford!

Su eminencia estaba en un buen brete, lo sé. Caminaba en círculos bajo el árbol como un zorro atrapado en un gallinero. Detrás de él había tres dominicos muy apiñados que formaban un grupo asustado, como tres ovejas negras en una tempestad. Enganchados a las ramas de los árboles cercanos había seis corceles, uno de ellos un bereber con lucidos jaeces que era la montura del obispo, y los otros cargados con bultos de diversas formas y clases, uno de los cuales iluminó los ojos de Robin, pues era una caja no demasiado grande, fuertemente atada con cintas y barras de hierro.

Cuando el obispo vio a Robin y a sus acompañantes, hizo ademán de correr hacia el proscrito, pero el hombre que custodiaba al obispo y a los tres frailes se adelantó con su báculo, de modo que el obispo se vio obligado a retroceder, con el ceño fruncido y hablando con enojo.

—¡Sosegaos, mi señor obispo! —gritó el alegre Robin, viendo lo sucedido—. ¡Iré a veros presto, pues os prefiero a cualquier otro hombre de la alegre Inglaterra!

Aceleró sus pasos y llegó a donde estaba el enfurecido obispo.

El obispo ladró airado cuando Robin se hubo acercado a él.

—¿Cómo es que tú y tu banda tratáis así a alguien de mi condición? Estos hermanos y yo pasábamos pacíficamente con nuestros caballos de carga y media veintena de hombres custodiándolos, cuando apareció un tipo corpulento de más de siete pies de altura, con ochenta o más hombres detrás de él, y me pidió que me detuviera; a mí, su eminencia el obispo de Hereford. Es inaudito. En ese momento, mi guardia armada, que Dios castigue su cobardía, salió corriendo. Pero no sólo me detuvo, sino que me amenazó, diciendo que Robin Hood me desnudaría como a un seto de invierno. Además de todo esto, me insultó vilmente, llamándome «cura gordo», «obispo comehombres», «usurero ávido de dinero» y cosas por el estilo, como si yo no fuera más que un mendigo ambulante o un calderero.

Al concluir, el obispo miró como un gato furioso y hasta sir Richard se echó a reír; sólo Robin mantuvo un semblante serio.

—Es una desgracia, mi señor —dijo— que hayáis sido tan maltratado por mi banda. En verdad os digo que tenemos gran veneración por vuestros hábitos. Little John, ven.

Little John se adelantó, torciendo el rostro en una expresión caprichosa, como si quisiera decir «Tened piedad de mí, buen señor». Robin se volvió hacia el obispo de Hereford y dijo:

—¿Fue éste el hombre que habló con tamaña grosería a su eminencia?

—Sí, éste fue.

—¿Y tú, llamaste «cura gordo» a su eminencia?

—Sí —dijo Little John, consternado.

—¿Y «obispo comehombres»?

—Sí —dijo Little John, más apenado que antes.

—¿Y «usurero ávido de dinero»?

—Sí —admitió Little John, tan afligido que podría haber hecho sollozar al dragón de Wentley.

—Ay, ¡cómo lamento que las cosas sean así! —dijo el alegre Robin, volviéndose hacia el obispo— porque siempre he juzgado a Little John un hombre veraz.

Ante esto, estalló una carcajada general y la sangre subió al rostro del obispo, que se puso rojo cereza desde la coronilla hasta la barbilla; pero calló, casi atragantándose con sus palabras.

—No, milord obispo —dijo Robin— somos tipos rudos, pero confío en que no seamos tan malos como pensáis. No hay aquí hombre que dañe un pelo de la cabeza de vuestra reverencia. Sé que os irritan nuestras bromas, pero todos somos iguales en este bosque, no hay obispos ni barones ni condes entre nosotros, sólo hombres, así que debéis convivir con nosotros mientras permanezcáis aquí.

Venid, mis alegres hombres, y preparad el festín. Mientras tanto, mostraremos a nuestros invitados nuestros deportes.

Así, mientras unos encendían el fuego para asar las carnes, otros corrían saltando a buscar sus garrotes y arcos largos. Entonces Robin trajo a sir Richard de Lea.

—Eminencia —dijo—, aquí hay otro invitado. Desearía que lo conocierais mejor, pues mis hombres y yo nos esforzaremos por honraros a ambos en esta alegre fiesta.

—Sir Richard —reprochó el obispo—, vos y yo somos compañeros de sufrimiento en esta cueva de... —estaba a punto de decir «ladrones», pero se detuvo y miró con recelo a Robin Hood.

—Hablad, obispo —dijo Robin, riendo—. Nosotros, los de Sherwood, no tenemos facilidad de palabra. «Cueva de ladrones», ibas a decir.

El obispo dijo:

—Tal vez fue eso lo que se me atragantó, sir Richard; pero esto sí lo diré: hace un momento te he visto reír con las chanzas groseras de esos tipos. Hubiera sido más propio de vos, me parece, refrenarlos con desaprobación en lugar de espolearlos con la risa.

—No pretendía ofenderos —dijo sir Richard— pero una broma es una broma, y puedo decir sinceramente que me habría reído incluso si hubiera sido contra mí.

Robin Hood llamó a algunos de su banda, que extendieron musgo blando sobre el suelo y pusieron sobre él pieles de venado. Luego Robin ordenó a los invitados que se sentaran, y así lo hicieron los tres; algunos de los hombres principales, como Little John, Will Scarlet, Allan de Dale y otros, se tendieron en el suelo cerca de ellos. Luego se instaló una guirnalda en el extremo más alejado del claro y allí tiraron los arqueros, y aquel día se dispararon flechas que habría dado un vuelco el corazón verlas. Y todo el tiempo Robin hablaba tan pintorescamente al obispo y al caballero que, el uno por su disgusto y el otro por sus problemas, ambos reían a carcajadas sin parar.

Entonces salió Allan de Dale y afinó su arpa, todo quedó en silencio a su alrededor, y él cantó con su maravillosa voz canciones de amor, de guerra, de gloria y de tristeza, y todos escucharon sin un movimiento ni un sonido. Así cantó Allan hasta que la gran luna,

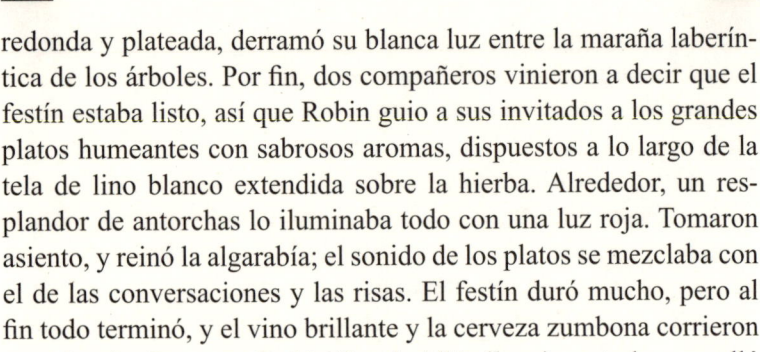

redonda y plateada, derramó su blanca luz entre la maraña laberíntica de los árboles. Por fin, dos compañeros vinieron a decir que el festín estaba listo, así que Robin guio a sus invitados a los grandes platos humeantes con sabrosos aromas, dispuestos a lo largo de la tela de lino blanco extendida sobre la hierba. Alrededor, un resplandor de antorchas lo iluminaba todo con una luz roja. Tomaron asiento, y reinó la algarabía; el sonido de los platos se mezclaba con el de las conversaciones y las risas. El festín duró mucho, pero al fin todo terminó, y el vino brillante y la cerveza zumbona corrieron con alegría. Entonces Robin Hood pidió silencio, y todo se acalló hasta que él habló.

—Tengo una historia que contaros a todos, así que escuchad —dijo.

Y sin más preámbulos les habló de sir Richard y de cómo sus tierras estaban empeñadas. Pero, a medida que avanzaba, el rostro del obispo, antes sonriente y bermejo por la juerga, se puso serio y dejó a un lado el cuerno de vino, pues conocía la historia de sir Richard, y su corazón se hundió con sombríos presentimientos. Robin Hood, al concluir, se volvió hacia el obispo de Hereford.

—Ahora bien, mi señor obispo —dijo—, ¿no os parece que esto está mal por parte de cualquiera, mucho más viniendo de un religioso, quien debería vivir con humildad y caridad?

A esto el obispo no respondió ni una palabra, sino que clavó en el suelo sus ojos malhumorados.

Robin añadió:

—Sois el obispo más rico de toda Inglaterra; ¿no podéis ayudar a este hermano necesitado?

Pero el obispo no respondió ni una palabra.

Entonces Robin se volvió a Little John y pidió:

—Ve con Will Stutely y traed esos cinco caballos de carga.

Los demás hicieron sitio en el prado, donde la luz era más clara, para los cinco caballos que traían Little John y Will Stutely.

—¿Quién tiene la cuenta de los bienes? —preguntó Robin Hood, mirando a los dominicos.

Entonces habló el más pequeño de todos con voz temblorosa; era un anciano de rostro amable y arrugado.

—Yo mismo la tengo, pero te ruego que no me hagas daño.

—Nunca he hecho daño a un hombre inofensivo; pero dámela, buen padre —dijo Robin.

El anciano hizo lo que se le pedía y entregó a Robin la tablilla con la cuenta de los bultos que llevaban los caballos. Robin se la pasó a Will Scarlet, pidiéndole que la leyera. Will Scarlet, alzando la voz para que todos lo oyeran, comenzó:

—Tres fardos de seda para Quentin, el mercader de Ancaster.

—Eso no lo tocamos —dijo Robin—. Quentin es un hombre honrado que ha ascendido gracias a su propio ahorro.

Los fardos de seda se dejaron a un lado sin abrir.

—Un fardo de terciopelo de seda para la abadía de Beaumont.

—¿Para qué quieren estos sacerdotes el terciopelo de seda? Sin embargo, aunque no lo necesiten, no se lo quitaré todo. Dividídlo en tres lotes, uno para caridad, otro para nosotros y otro para la abadía.

Esto también se hizo como Robin Hood ordenó.

—Dos decenas de grandes velas de cera para la capilla de Santo Tomás.

—Eso pertenece a la capilla —dijo Robin— así que ponlo a un lado. Dios nos libre de coger del bendito Santo Tomás lo que le pertenece.

Así se hizo también, según la orden de Robin, y las velas se apartaron junto con los fardos de seda sin abrir del honrado Quentin. Se repasó la lista entera y se adjudicaron los bienes según lo que Robin consideró más conveniente. Algunas cosas se apartaron sin tocarlas, y muchas se abrieron y dividieron en tres partes iguales: para caridad, para los proscritos y para los dueños. Y ahora todo el suelo estaba cubierto de sedas, terciopelos, paños de oro y cajas de ricos vinos, y así llegaron a la última línea de la lista: «Una caja perteneciente al lord obispo de Hereford».

Al oír estas palabras, el obispo se estremeció y la caja cayó al suelo.

—Milord obispo, ¿tenéis la llave de esta caja? —preguntó Robin.

El obispo negó con la cabeza.

—Ven, Will Scarlet —dijo Robin— tú eres el más fuerte de aquí; trae presto una espada y abre esta caja, si puedes.

Entonces Will Scarlet se fue y regresó al poco con un gran mandoble. Golpeó tres veces la fuerte caja de hierro, y al tercer golpe se abrió y de ella salió rodando un enorme montón de oro, que refulgía a la luz de las antorchas. Un murmullo de sorpresa recorrió la banda, como el sonido del viento que murmura en los árboles lejanos, pero nadie se acercó ni tocó el dinero.

—Tú mismo, Will Scarlet; tú, Allan de Dale y tú, Little John.

Tardaron mucho en contar todo el dinero y cuando finalizaron, Will Scarlet dijo que había mil quinientas libras de oro en total. Pero entremezclado con el oro encontraron un papel, que Will Scarlet leyó en voz alta, y todos oyeron que aquel dinero era la renta, las multas y confiscaciones de ciertas fincas pertenecientes al obispado de Hereford.

—Mi señor obispo —dijo Robin Hood— no os desnudaré como a un seto de invierno, por usar las palabras de Little John, pues recuperaréis un tercio de vuestro dinero. Un tercio nos lo podéis dar para sufragar vuestro entretenimiento y el de vuestro séquito, pues sois muy rico; y otro tercio tiene mejor destino en la caridad, pues, eminencia, he oído que sois un duro amo para los que están por debajo de vos, y un acaparador de ganancias que podríais dar a la caridad, mejor que gastarlo en vuestros caprichos.

Al oír esto, el obispo levantó la vista pero no articuló palabra; sin embargo, estaba agradecido por conservar parte de su fortuna.

Robin se volvió hacia sir Richard de Lea y dijo:

—Pues bien, sir Richard, la iglesia parecía querer despojaros de todo; por lo tanto, algo del excedente de las ganancias de la iglesia bien puede usarse para ayudaros. Tomaréis las quinientas libras destinadas a los más necesitados que el obispo, y con ellas pagaréis vuestras deudas a Emmet.

Sir Richard miró a Robin hasta que una niebla asomó a sus ojos, que hizo que todas las luces y los rostros se confundieran.

—Te agradezco de todo corazón, amigo, lo que haces por mí. Pero te digo esto: tomaré el dinero y pagaré mis deudas, y dentro de un año y un día te lo devolveré a ti o su eminencia el obispo de Hereford. En esto empeño mi más solemne palabra de caballero. Me siento libre de pedir prestado, pues no conozco a nadie más obligado a ayudarme que alguien tan encumbrado en esa iglesia que ha conducido a tan dura ganancia.

—En verdad, señor caballero —dijo Robin— no comprendo esos finos escrúpulos que pesan sobre los de vuestra clase; no obstante, todo se hará como deseáis. Mas será mejor que me traigáis el dinero a fin de año, pues tal vez yo pueda hacer mejor uso de él que el obispo.

Volviéndose a los que estaban cerca, Robin impartió sus órdenes, se contaron quinientas libras y se ataron en una bolsa de cuero para sir Richard. El resto del botín se dividió, una parte se llevó a la tesorería de la banda, y otra se guardó con las demás cosas para el obispo.

Entonces sir Richard se levantó.

—No puedo quedarme hasta más tarde, buenos amigos —dijo— pues mi señora se inquietará si no vuelvo a casa.

Robin Hood y todos sus alegres hombres se levantaron también, y Robin dijo:

—No podemos dejar que os vayáis sin vigilancia, sir Richard.

Little John dijo:

—Buen amo, permíteme elegir una veintena de hombres robustos de la banda, armémonos de una manera apropiada y sirvamos como criados de sir Richard hasta que él pueda conseguir otros en nuestro lugar.

—Has hablado bien, Little John, y así se hará —dijo Robin.

Entonces Will Scarlet añadió:

—Démosle una cadena de oro para colgar de su cuello, como corresponde a alguien de su alcurnia, y también espuelas de oro para llevar en los talones.

Robin Hood dijo:

—Has hablado bien, Will Scarlet, y así se hará.

Entonces Will Stutely dijo:

—Démosle ese fardo de rico terciopelo y ese rollo de tela de oro, para que se lo lleve a su noble esposa como regalo de Robin Hood y sus alegres hombres.

Al oír esto, todos aplaudieron de alegría y Robin dijo:

—Bien has hablado, Will Stutely, y así se hará.

Sir Richard de Lea miró a todos y se esforzó en hablar, pero no pudo hacerlo por los sentimientos que lo ahogaban; finalmente dijo con voz ronca y temblorosa:

—Veréis, buenos amigos, que sir Richard de Lea siempre os agradecerá vuestra amabilidad. Y si en algún momento os encontráis en extrema necesidad o en apuros, acudid a mí y a mi señora, y caerán los muros del cástillo de Lea antes de que os suceda nada. Yo...

No pudo decir nada más y se dio la vuelta precipitadamente.

Little John y los diecinueve robustos compañeros elegidos ya estaban listos para el viaje. Cada hombre llevaba una cota de malla, un yelmo de acero y una buena y robusta espada. Ofrecían un gallardo espectáculo al colocarse todos en fila. Robin se acercó y colgó una cadena de oro del cuello de sir Richard, Will Scarlet se arrodilló y le abrochó las espuelas de oro en el talón; Little John acercó el corcel de sir Richard, y el caballero finalmente montó. Miró a Robin fijamente, y de pronto se inclinó y le besó la mejilla. Todo el bosque resonó con el grito que se elevó cuando el caballero y sus criados se alejaron por el bosque, entre el resplandor de las antorchas y el brillo del acero.

Entonces, el obispo de Hereford dijo con voz afligida:

—Yo también tengo que partir, buen amigo, porque la noche acecha.

Pero Robin puso la mano sobre el brazo del obispo y lo detuvo.

—No os precipitéis, señor obispo —dijo—. Dentro de tres días sir Richard deberá pagar sus deudas a Emmet; hasta entonces, debes conformarte con quedarte conmigo, no sea que causes problemas al caballero. Prometo que te divertirás mucho, pues sé que te gusta cazar ciervos. Despójate de tu manto de melancolía, y esfuérzate por llevar una alegre vida de forajido durante tres días. Te prometo que lamentarás irte llegado el momento.

El obispo y su séquito permanecieron con Robin durante tres días, y su eminencia se divirtió mucho en ese tiempo; como Robin había anunciado, cuando llegó el momento de partir, lamentó dejar el bosque. Al cabo de tres días, Robin lo liberó y lo envió fuera de Sherwood con una guardia para impedir que los bandidos se llevaran lo que quedaba de los fardos y bultos.

Pero, ay, mientras el obispo se alejaba cabalgando, se juró a sí mismo que algún día haría que Robin lamentara haberlo retenido en Sherwood.

Ahora seguiremos a sir Richard; así que escucha y oirás lo que sucedió, cómo pagó sus deudas con el priorato de Emmet e igualmente, a su debido tiempo, también con Robin Hood.

CAPÍTULO XV

De cómo sir Richard de Lea pagó su deuda

El largo camino se extendía recto, gris y polvoriento bajo el sol. A ambos lados había acequias llenas de agua bordeadas de mimbreras, y a lo lejos se alzaban las torres del priorato de Emmet, rodeadas de elevados álamos.

Por la calzada cabalgaba un caballero con una veintena de fuertes hombres armados a sus espaldas. El caballero vestía una larga y sencilla túnica de sarga gris, ceñida con un ancho cinturón de cuero del que colgaban una larga daga y una robusta espada. No obstante, pese a la sencillez de su atuendo, cabalgaba sobre un noble corcel, cuyos arreos lucían ornamentos de seda y cascabeles de plata.

Así recorrieron la calzada entre las acequias, hasta que por fin llegaron a la grandiosa entrada del priorato de Emmet. Allí, el caballero llamó a uno de sus hombres y le ordenó que golpeara la pequeña entrada de la portería con la empuñadura de su espada.

El portero dormitaba en un banco dentro de su cubículo, pero en oyendo la llamada despertó, abrió la puerta, salió cojeando y saludó al caballero, mientras un estornino manso alojado en una jaula de mimbre en el interior piaba «In coelo quies!». Tales eran las palabras que el pobre portero cojo le había enseñado a pronunciar.

—¿Dónde está tu prior? —preguntó el caballero al vetusto portero.

Está comiendo, buen caballero, y esperando vuestra llegada —dijo el portero— pues, si no me equivoco, vos sois sir Richard de Lea.

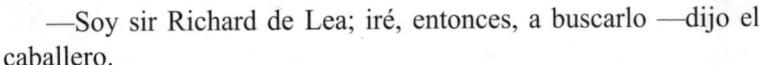
—Soy sir Richard de Lea; iré, entonces, a buscarlo —dijo el caballero.

—¿No deseáis que mande llevar a vuestro caballo al establo? —preguntó el portero—. Por Nuestra Señora, es el jamelgo más noble y mejor enjaezado que he visto en toda mi vida —añadió, acariciando el flanco del rocín.

—No —dijo sir Richard— los establos de este lugar no son para mí, así que abrid paso, os ruego.

El caballero franqueó las puertas del patio empedrado del priorato, seguido por sus hombres. Entraron con estrépito de acero y entrechocar de espadas, y también con el golpeteo de cascos de caballos sobre los adoquines, haciendo que una bandada de palomas que se pavoneaban al sol volase aleteando hacia las torres redondas.

Mientras el caballero y su séquito cabalgaban hacia Emmet, en el refectorio se celebraba un alegre banquete. El sol de la tarde entraba a raudales por las grandes ventanas arqueadas, y se derramaba en amplios cuadrados de luz sobre el suelo empedrado y la mesa cubierta con mantel de lino níveo, sobre el que se extendía un banquete principesco. Presidía la mesa el prior Vincent de Emmet, vestido con suaves ropajes de fina tela y seda; llevaba un gorro de terciopelo negro ribeteado en oro y una pesada cadena de oro al cuello, de la que pendía un gran medallón. Junto a él, en el brazo de su gran sillón, se posaba su halcón favorito, pues el prior era aficionado a la delicada disciplina de la volatería. A su derecha estaba el *sheriff* de Nottingham con lujosos ropajes color púrpura ribeteados en piel, y a su izquierda se sentaba un célebre doctor en leyes, ataviado con oscuro y sobrio traje. Junto a ellos comían el alto cillero de Emmet y otros cargos de la orden.

Reinaba la risa y la chanza, y todo era tan alegre como podía serlo. El rostro enjuto del jurista se retorcía en una sonrisa arrugada, pues en su bolsa había ochenta ángeles de oro que el prior le había pagado como honorarios por el litigio entre él y sir Richard de Lea. El docto jurista había cobrado de antemano, pues no tenía demasiada confianza en el venerable Vincent de Emmet.

Habló el *sheriff* de Nottingham.

—¿Pero estáis seguro, excelencia, de que tenéis las tierras garantizadas?

—Sí, descuidad —dijo el prior, relamiéndose después un buen trago de vino— lo he vigilado de cerca sin él percibirlo, y sé muy bien que no tiene dinero para pagarme.

—Es verdad —declaró el abogado con voz ronca— sus tierras están perdidas si no viene a pagar; pero, excelencia, debéis obtener su firma para la cesión, o de lo contrario no podréis esperar mantener la tierra sin que él os dé problemas.

—Así es —dijo el prior— y así me lo habéis dicho, pero este caballero es tan pobre que con gusto cederá sus tierras por doscientas libras contantes y sonantes.

Entonces el alto cillero dijo:

—Me parece una pena empujar a la miseria a un caballero tan desafortunado. Es una lástima que la propiedad más noble de Derbyshire le sea arrebatada por unas míseras quinientas libras. En verdad, yo...

—¿Cómo osáis? —interrumpió el prior con voz temblorosa, ojos brillantes y mejillas rojas de ira—. ¿Habláis así en mis barbas, señor? Por san Huberto, guardad vuestro aliento para enfriar el potaje, no se os vaya a quemar la boca.

El hombre de leyes apuntó con suavidad.

—Me atrevo a jurar que este caballero nunca llegará a un acuerdo, se mostrará reacio. No obstante, buscaremos algún medio para arrebatarle sus tierras, no temáis.

Mientras el jurista hablaba, se oyó un repentino ruido de cascos de caballos y un cascabeleo de herrajes en el patio. El prior se levantó, llamó a un hermano de menor categoría y le ordenó que mirara por la ventana para ver quién estaba abajo, aunque sabía que no podía ser otro que sir Richard.

El hermano fue a mirar y dijo:

—Veo abajo una veintena de robustos hombres de armas y un caballero que acaba de apearse de su caballo. Viste largos ropajes grises de pobre apariencia; pero su cabalgadura luce los mejores arreos que he visto nunca. El caballero ha desmontado, vienen hacia aquí y ahora están abajo, en el gran salón.

El prior Vincent dijo:

—Mirad, he aquí a un caballero con tan magra bolsa que apenas le alcanza para comprar un mendrugo, pero mantiene una banda de

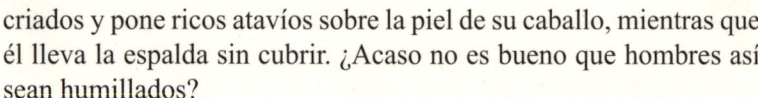

criados y pone ricos atavíos sobre la piel de su caballo, mientras que él lleva la espalda sin cubrir. ¿Acaso no es bueno que hombres así sean humillados?

—Pero, ¿estáis seguro de que este caballero no nos hará daño? —dijo el pequeño jurista—. Los de su calaña son feroces cuando se les molesta, y lleva una banda de hombres díscolos pisándole los talones. Tal vez convenga que le concedáis una prórroga de su deuda.

Así habló, temeroso de que sir Richard le hiciese daño.

—No debéis temer —dijo el prior, mirando al hombrecillo— este caballero es gentil y no está en él dañar a una ancianita timorata como vos.

Se abrió la puerta situada en el extremo inferior del refectorio, y por ella entró sir Richard, con las manos cruzadas y la cabeza inclinada sobre el pecho. Con esa humildad avanzó lentamente por el vestíbulo, mientras sus soldados permanecían en pie junto a la puerta. Cuando llegó al prior, hincó una rodilla.

—Dios os salve y os guarde, vuestra excelencia —dijo— he venido a cumplir mi acuerdo.

Lo primero que le dijo el prior fue:

—¿Habéis traído mi dinero?

—¡Ay, excelencia! No llevo ni un penique en mi cuerpo —dijo el caballero, despertando un brillo en los ojos del prior.

—Sois un deudor nefasto, lo sé —dijo el prior, que a continuación se dirigió al *sheriff*—. Sir *sheriff,* brindo por vos.

Pero el caballero seguía arrodillado sobre las duras piedras, por lo que el prior volvió a hablarle.

—¿Qué más queréis? —dijo hoscamente.

Las mejillas del caballero enrojecieron despacio, pero siguió arrodillado.

—Quisiera implorar vuestra misericordia —dijo—. Puesto que esperáis la gracia del cielo, tened piedad de mí. No me despojéis de mis tierras, no condenéis a la pobreza a un verdadero caballero.

—Vuestro acuerdo está roto y vuestras tierras perdidas —dijo el prior, animándose ante el humilde discurso del caballero.

Sir Richard continuó:

—Y vos, hombre de leyes, ¿no seréis un amigo en mi hora de penuria?

—No lo seré —dijo el jurista— yo estoy con este santo prior, pues ha abonado mis honorarios en oro duro, de modo que obligado estoy para con él.

—¿No me apoyaréis, sir *sheriff?* —dijo sir Richard.

—Líbreme el Altísimo de hacer tal cosa —dijo el *sheriff* de Nottingham, matizando— vive Dios que no es asunto mío, pero haré lo que pueda. Dio un codazo al prior por debajo del mantel—. ¿No aliviaréis alguna de sus deudas, excelencia?

El prior esbozó una sonrisa sombría.

—Pagadme trescientas libras, sir Richard —dijo— y ello saldará vuestra deuda.

—Sabéis, excelencia, que me resulta tan fácil pagar cuatrocientas libras como trescientas —dijo sir Richard—. ¿No me daréis otros doce meses para pagar?

—Ni uno más —atajó el prior con severidad.

—¿Y esto es todo lo que haréis por mí? —preguntó el caballero.

—¡Fuera de aquí, pardiez, falso caballero! —estalló el prior, enfurecido—. ¡O pagáis la deuda como he dicho, o liberáis la tierra y salís de mi sala!

Sir Richard se puso en pie.

—Tú, falso y mentiroso sacerdote —dijo con voz tan severa que el hombre de leyes se encogió— no soy un falso caballero, como bien sabes, pues siempre he mantenido alto el pabellón en pruebas y torneos. ¿Tan poca cortesía tenéis que deseáis ver a un verdadero caballero arrodillado todo este tiempo, o que cuando éste entra en vuestra sala no le ofrecéis comida ni bebida?

Entonces el hombre de leyes dijo con voz temblorosa.

—Es, sin duda, una manera aviesa de comentar asuntos de negocios; seamos suaves al hablar. ¿Cuánto pagaréis a este caballero, prior, para que os ceda sus tierras?

—Yo le habría dado doscientas libras —dijo el prior— pero ya que me ha hablado tan vilmente, no recibirá ni un gramo más de cien libras.

—Si me hubierais ofrecido mil libras, falso prior —dijo el caballero— no habríais conseguido ni una pulgada de mi tierra.

—A continuación, se dirigió a sus hombres de armas, situados cerca de la puerta—. Venid aquí —dijo, haciendo una seña con el dedo; el más alto se acercó y le entregó una bolsa de cuero.

Sir Richard cogió la bolsa y la vació sobre la mesa, descargando un brillante chorro de oro y dinero.

—Tened presente, prior —dijo— que me habéis prometido una pensión de trescientas libras. Ni un centavo más recibiréis.

Y diciendo esto, contó trescientas libras y se las dio al prior.

Las manos del religioso cayeron a sus costados, y su cabeza se inclinó sobre su hombro, pues no sólo había perdido la esperanza de obtener las tierras, sino que había perdonado al caballero cien libras de su deuda, y además le había pagado innecesariamente ochenta ángeles al jurista. Dirigiéndose a él, le exigió.

—Devuélveme el dinero que tienes.

—¡No! —exclamó el otro— lo que me pagaste son mis honorarios, y no te los devolveré.

—Ahora, excelencia —dijo sir Richard— he cumplido con mi compromiso y pagado todo lo exigido; así pues, como ya nada más nos une, abandono inmediatamente este pútrido lugar.

Diciendo esto, giró sobre sus talones y se alejó.

Durante todo ese tiempo, el *sheriff* había observado pasmado al hombre de armas más alto, que parecía tallado en piedra. Por fin exclamó:

—¡Reynold Greenleaf!

El hombre, que no era otro que Little John, se volvió sonriente hacia el *sheriff.*

—Buenas tardes tenga vuestra merced. Me gustaría decir, dulce *sheriff,* que he escuchado todas vuestras bonitas palabras de hoy, y que serán debidamente contadas a Robin Hood. Adiós, pues, hasta que volvamos a vernos en el bosque de Sherwood.

Entonces se volvió y siguió a sir Richard por el pasillo, dejando al *sheriff,* pálido y asombrado, encogido en su silla.

Alegre fue el festín al que acudió sir Richard, pero dejó tras de sí a un triste grupo, y poca hambre tenían ya de aquella principesca comida. Sólo el docto jurista estaba contento, pues conservaba sus honorarios.

Habían transcurrido doce meses y un día desde que el prior Vincent de Emmet se sentase en el banquete, y una vez más había llegado el suave otoño de otro año. Pero el año había traído grandes cambios a las tierras de sir Richard de Lea; porque donde antes crecían hierbas salvajes en los prados, ahora todo se extendía en rastrojos dorados, indicios de una cosecha rica y abundante. También el castillo había experimentado un gran cambio en un año, pues donde antes había fosos vacíos y por abandono se desmoronaba, ahora todo estaba ordenado y cuidado. El sol brillaba sobre las almenas y las torres, y en el aire azul del cielo una bandada de grajos volaba alrededor de la aguja y la veleta dorada. Entonces, en el resplandor de la mañana, el puente levadizo cayó sobre el foso con un traqueteo de cadenas, la puerta del castillo se abrió lentamente, y un grupo de hombres armados vestidos de acero, con un caballero con cota de malla, tan blanco como la escarcha sobre la zarza y el espino de una mañana de invierno, salió del patio del castillo. El caballero portaba una gran lanza, de cuya punta ondeaba un banderín rojo sangre tan ancho como la palma de la mano. Así salió esta tropa del castillo, y en medio de ella caminaban tres caballos de carga cargados de bultos de diversas formas y clases.

Cabalgó de esta guisa el buen sir Richard de Lea, para pagar su deuda a Robin Hood aquella mañana clara y alegre. Tomaron la calzada con el paso acompasado de los pies y el tintineo de la espada y el arnés. Avanzaron hasta llegar cerca de Denby, donde vieron, desde la cima de una colina, muchas banderolas alegres ondeando más allá del pueblo. Entonces sir Richard se volvió hacia el hombre de armas que tenía más cerca.

—¿Qué hay hoy en Denby?

—Vuestra Señoría —respondió el hombre de armas— hoy se celebra allí una alegre feria, y un gran combate de lucha al que ha acudido mucha gente, pues el premio es un barril de vino tinto, un hermoso anillo de oro y un par de guantes, todo ello para el mejor luchador.

—A fe mía —dijo sir Richard, quien gustaba mucho de los deportes varoniles— que esto será algo hermoso de contemplar. Creo que debemos hacer una parada en nuestro viaje y ver este alegre deporte. Dio un pequeño tirón a las riendas de su montura para desviarse a Denby, y hacia allí se dirigieron él y sus hombres.

Les esperaba una enorme algarabía. Ondeaban banderas y serpentinas, los saltimbanquis rodaban por el prado, sonaban gaitas y los jóvenes bailaban al son de la música. Pero la muchedumbre se concentraba, sobre todo, en torno a un cuadrilátero donde sucedía la lucha, y hacia allí dirigieron sus pasos sir Richard y sus hombres.

Cuando los jueces de la lucha vieron llegar al caballero, el de mayor rango bajó del banco donde se sentaban, fue hacia él y lo tomó de la mano, rogándole que tomara asiento con ellos y juzgara el deporte. Así que sir Richard descabalgó y fue con los otros al situado junto al cuadrilátero.

Aquella mañana se habían producido interesantes acontecimientos, pues un campesino llamado Egbert —procedente de Stoke, en Staffordshire— había derribado con enorme facilidad a todos sus oponentes; pero un hombre de Denby, conocido en toda la región como William Caracortada, había estado esperando su momento con el de Stoke; así que, cuando Egbert hubo derribado a todos los demás, el corpulento William saltó al cuadrilátero. Tras un duro combate, acabó por derribar a Egbert, por lo que el público prorrumpió en vítores y apretones de manos, pues los hombres de Denby se enorgullecían de su luchador.

Cuando sir Richard llegó, encontró al corpulento William, que se había crecido por los vítores de sus amigos, desafiando a cualquiera que intentara un lance con él.

—Vengan todos —decía— heme aquí, William Caracortada, contra cualquier hombre que se atreva. Si no hay nadie en Derbyshire que luche conmigo, que venga quien quiera, de Nottingham, Stafford o York, y si no hago que hunda sus narices en el suelo como un cerdo en los bosques, no me llaméis más «William el valiente».

Todos se echaron a reír, pero por encima de las carcajadas se oyó una voz que gritaba:

—¡Aquí viene uno de Nottinghamshire que quiere un lance contigo, amigo!

Un joven alto, con un bastón en la mano, se abrió paso a empujones entre la multitud y saltó por encima de la cuerda hacia el cuadrilátero. No pesaba tanto como el corpulento William, pero era más alto y ancho de hombros, y sus articulaciones eran ágiles. Sir

Richard lo miró atentamente y luego, dirigiéndose a uno de los jueces, inquirió:

—¿Sabes quién es este joven? Me parece haberlo visto antes.

—No —dijo él— no lo conozco.

Mientras tanto, sin decir palabra, el joven dejó a un lado su bastón, y comenzó a quitarse la ropa hasta quedar con los brazos y el cuerpo desnudos; era un hermoso espectáculo verlo así, porque sus músculos eran redondos, suaves y afilados como el agua que corre.

Ambos hombres se escupieron en las manos y, dándose palmadas en las rodillas, se pusieron en cuclillas observándose con agudeza. Entonces, como un rayo, saltaron a la vez y se oyeron vítores del público, pues William había logrado el mejor agarre de los dos. Forcejearon y se retorcieron durante un rato, y el fornido William recurrió a su más astuta zancadilla y lanzamiento, pero el desconocido lo recibió con más habilidad que él, por lo que la zancadilla fue en vano. Entonces, con un giro y un tirón repentinos, el desconocido se soltó y el de la cicatriz se vio encerrado entre un par de brazos que le hicieron crujir las costillas. Así permanecieron en tensión, con la respiración pesada y acalorada, con los cuerpos brillantes y grandes gotas de sudor resbalando por sus rostros. Pero el abrazo del forastero era tan fuerte que los músculos del corpulento William se ablandaron bajo su agarre y soltó un sollozo. El joven hizo acopio de todas sus fuerzas, dio un repentino toque con el talón y un empujón con la cadera derecha, y el corpulento William cayó con un golpe tremebundo y quedó tendido como si no fuera a volver a mover ni pies ni manos.

Ni un grito se oyó a favor del forastero, sino más bien un murmullo airado entre la multitud, tan fácilmente había ganado el combate. Uno de los jueces, pariente de William Caracortada, declaró con labios temblorosos y mirada torva.

—Si has matado a ese hombre, te irá mal, amigo.

Pero el desconocido respondió con serenidad.

—Él se arriesgó conmigo como yo me arriesgué con él. Ninguna ley puede tocarme, aunque lo haya matado, pues se procedió justamente en el cuadrilátero.

—Eso ya lo veremos —dijo el juez, mirando con el ceño fruncido al joven; un murmullo airado recorría de nuevo la multitud porque, como he dicho, los hombres de Denby apoyaban al corpulento William Caracortada. Entonces sir Richard alzó su noble voz.

—No —dijo— el chico tiene razón; si el otro muere, muere en el cuadrilátero, donde aprovechó su oportunidad y fue derrotado con justicia.

Tres hombres levantaron del suelo al corpulento William y comprobaron que no estaba muerto, aunque sí muy sacudido por la fuerte caída. El juez principal se levantó y sentenció:

—Joven, el premio es tuyo. Aquí tienes el anillo de oro rojo, aquí los guantes y allá el barril de vino para que hagas con él lo que quieras.

El muchacho, que había vuelto a vestirse y a coger su bastón, se metió los guantes en el cinto y se deslizó el anillo en el pulgar, saltó por encima de las cuerdas, se abrió paso entre la multitud y desapareció.

—Me pregunto quién será ese mozo —dijo el juez, volviéndose hacia sir Richard— parece un sajón robusto por sus mejillas rojas y su pelo rubio. Nuestro William es también un hombre fornido y nunca lo he visto perder un combate, aunque todavía no ha luchado con grandes como Thomas de Cornualles, Diccon de York y el joven David de Doncaster. Tiene un pie firme en el cuadrilátero, ¿qué creéis vos, sir Richard?

—A fe mía que sí, sin embargo, este joven lo derribó limpiamente y con una facilidad asombrosa. Me pregunto quién será —así habló sir Richard, pensativo.

El caballero charló un rato más con los jueces, pero al fin se levantó y se dispuso a partir, por lo que llamó a sus hombres y, apretando las cinchas de la silla de montar, subió de nuevo a su caballo.

Entretanto, el joven forastero se había abierto paso entre la multitud, pero oía murmurar comentarios como «¡Mira al gallito!», «¡Mira cómo se pavonea!», «¡Juraría que ha derrotado injustamente al buen William!», «Es verdad, ¿no ves mierda de pájaro en sus manos?», «¡Mejor sería cortarle la cresta al gallo!». El desconocido ignoró todo esto, y se paseó orgulloso como si no lo hubiera oído. Paseó por el prado hasta la caseta de baile y, asomándose a la puerta, contempló el espectáculo. Estando allí apostado, una piedra le golpeó el brazo con un golpe seco y, al volverse, descubrió que una multitud enfurecida lo había seguido desde el cuadrilátero. Al verlo girarse, se levantó un gran revuelo, y la gente salió corriendo de la caseta para ver qué sucedía. Entonces, un herrero alto, ancho de hombros y corpulento se adelantó, blandiendo un poderoso garrote con pinchos negros.

—¿Osas venir aquí, a nuestra bella ciudad de Denby, tú, fantoche, a vencer a un muchacho honesto con malabares y maniobras arteras? —gruñó como un toro enfurecido—. ¡Toma esto, entonces!

Le propinó un súbito mamporro al chico que habría derribado a un buey. Pero éste repelió el golpe diestramente y le devolvió otro, tan terrible que el hombre de Denby cayó con un gemido, como si lo hubiera alcanzado un rayo. Viendo derrotado a su líder, la turba profirió otro grito de rabia, pero el desconocido apoyó la espalda contra la tienda más cercana blandiendo su terrible bastón, y tan fuerte fue el golpe que asestó al fornido herrero que nadie se atrevió a acercarse a su garrote, y la turba se echó atrás como una jauría ante un oso acorralado. Pero una mano cobarde arrojó una piedra afilada y dentada que hirió en la coronilla al chico, que se tambaleó hacia atrás, y la sangre brotó del corte, corriéndole por la cara y el jubón. Viéndolo aturdido por este cobarde ataque, la multitud se abalanzó sobre él y lo arrolló hasta hacerlo caer.

Se oyeron gritos, relampagueó el acero y llovieron mandobles con las espadas en ristre, mientras por entre la multitud, sir Richard de Lea llegaba espoleando su blanco corcel. La caterva, viendo al caballero de armadura y a los hombres armados, se descompuso como nieve en el cálido hogar, dejando al joven en el suelo, ensangrentado y polvoriento.

Viéndose libre, el joven se levantó y se limpió la sangre del rostro, levantó la vista y dijo:

—Sir Richard de Lea, tal vez me hayáis salvado la vida hoy.

—¿Quién eres, que conoces tan bien a sir Richard de Lea? Me parece haber visto antes tus facciones.

—Así es —dijo el joven— pues me llaman David de Doncaster.

—¡Ja! —dijo sir Richard—. Me preguntaba si te conocía, David; pero tu barba se ha alargado, y tú mismo estás más afirmado en la virilidad. Entra en la tienda, David, y lávate la sangre de la cara. Y tú, Ralph, tráele enseguida un jubón limpio. Lo siento por ti, pero me alegra haber podido pagar una parte de mi deuda de amabilidad con tu buen amo Robin, pues podría haberte ido mal si yo no hubiera aparecido, jovencito.

El caballero condujo a David a la tienda, donde el joven se lavó la sangre de la cara y se puso el jubón limpio.

Entretanto, corrió el rumor de que se trataba nada menos que del gran David de Doncaster, el mejor luchador de todo el centro del país, que la primavera anterior había derrotado al robusto Adam de Lincoln en Selby, Yorkshire, y que ahora ostentaba el cinturón de campeón del centro del país. Cuando el joven David salió de la tienda junto con sir Richard, con la sangre lavada de la cara y el jubón limpio, no se oyeron gritos de enfado, sino que el gentío se aproximó a ver al joven, orgulloso de que uno de los grandes luchadores de Inglaterra hubiera entrado en el cuadrilátero de la feria de Denby. Porque así de voluble es una masa de hombres.

Sir Richard gritó:

—¡Amigos, este es David de Doncaster; así que no os avergoncéis de que vuestro hombre de Denby haya sido tumbado por semejante luchador! No os guarda rencor por lo ocurrido, pero que sirva de advertencia sobre cómo tratar a los forasteros de ahora en adelante. Si lo hubierais matado, habría sido un nefasto día para vosotros, pues Robin Hood habría atacado vuestra ciudad como el cernícalo el palomar. Le he comprado el tonel de vino, y ahora os lo doy libremente para que bebáis cuanto gustéis. Pero en lo sucesivo nunca os quejéis de un hombre por ser corpulento.

Al oír esto, prorrumpieron en vítores, pensando, en realidad, más en el vino que en las palabras del caballero. Entonces sir Richard, con David a su lado y sus hombres de armas alrededor, dio media vuelta y abandonó la feria.

Muchos años después, los espectadores de aquel combate ya estaban encorvados por la edad, mas cuando oían comentar algún juego recio, sacudían la cabeza y decían: «Tendrías que haber visto al gran David de Doncaster machacar a William Caracortada en la feria de Denby».

Robin Hood estaba en el alegre bosque verde con Little John y la mayoría de sus fornidos hombres, esperando la llegada de Richard. Por fin, un destello de acero se vislumbró por entre las hojas pardas, y sir Richard salió a la pradera a la cabeza de sus hombres. Se acercó directamente a Robin Hood y, descabalgando de un salto, lo estrechó entre sus brazos.

—Vaya, vaya —dijo Robin al cabo de un rato, apartando a sir Richard y mirándolo de arriba abajo— me parece que eres un pájaro más alegre que la última vez que te vi.

—Sí, gracias a ti, Robin —dijo el caballero, poniéndole la mano en el hombro—. De no ser por tu ayuda, estaría condenado a la miseria en un país lejano. Pero he cumplido mi palabra, Robin: te he traído el dinero prestado y lo he multiplicado por ocho, y así volverás a ser un hombre rico. Junto con él he traído un pequeño regalo para ti y tus valientes camaradas, de parte de mi querida esposa. Luego, dirigiéndose a sus hombres, pidió:

—¡Traed los caballos de carga!

Pero Robin lo detuvo.

—No, sir Richard —dijo— no me creas atrevido por cruzarme en tu camino, pero los de Sherwood no hacemos negocios hasta después de comer y beber.

Tomando a sir Richard de la mano, lo condujo al asiento situado bajo el verde árbol, mientras otros de los principales hombres de la banda se unían a ellos.

Robin preguntó:

—¿Qué hace el joven David de Doncaster con vosotros, sir Richard?

El caballero contó su visita a Denby y lo sucedido en la feria, y cómo le había ido mal al joven David. Tras contar la historia, explicó:

—Fue esto, buen Robin, lo que me retrasó tanto en el camino, pues de lo contrario habría llegado hace una hora.

Robin estrechó la mano del caballero.

—Tengo una deuda contigo que jamás podré pagar, sir Richard, pues preferiría perder mi mano derecha antes de que David de Doncaster sufriera un daño como el que le iban a infligir en Denby.

Así hablaron hasta que se sirvió el banquete. Al finalizar, el caballero llamó a sus hombres para que acercaran los caballos de carga, lo cual hicieron según sus órdenes. Entonces, uno de ellos llevó al caballero una caja fuerte, quien la abrió, sacó una bolsa y contó quinientas libras, la suma que había obtenido de Robin.

—Sir Richard —dijo Robin— nos complacerás a todos si guardas ese dinero como un regalo de Sherwood. ¿No es así, muchachos?

Todos gritaron al unísono un «Sí» muy potente.

—Os lo agradezco profundamente —dijo el caballero con seriedad— pero no penséis mal de mí si no puedo aceptarlo. Con mucho gusto lo he tomado prestado de vosotros, pero no puedo aceptarlo como regalo.

Robin Hood no añadió nada más y le dio el dinero a Little John para que lo guardara en el tesoro, pues era lo bastante sagaz como para saber que nada engendra tan mala voluntad, y amargura en el corazón, como los regalos impuestos a alguien que no puede elegir sino aceptarlos.

Sir Richard hizo que pusieran los paquetes en el suelo y los abrieran, tras lo cual se oyó un sincero murmullo impresionado que reverberó en todo el bosque, pues había decenas de arcos del mejor tejo español, todos bruñidos con brillo cegador, y cada arco iba grabado con filigranas en plata de figuras fantásticas, pero sin incrustaciones que estropearan su resistencia. Junto a ellos, había decenas de aljabas de cuero bordado con hilos de oro, y cada una contenía una veintena de flechas, con cabezas brillantes como la plata; cada asta estaba emplumada con plumas de pavo real, engarzadas con plata.

Sir Richard dio a cada hombre un arco y un carcaj de flechas, y a Robin le entregó un arco robusto con incrustaciones de oro, y cada flecha de su aljaba estaba recubierta de oro.

Todos volvieron a gritar de alegría por el hermoso regalo, y jurarón que morirían si fuera necesario por sir Richard y su dama.

Por fin llegó el momento en que sir Richard debía partir; Robin Hood convocó a su banda y cada hombre tomó una antorcha en la mano para iluminar el camino a través del bosque. Así llegaron al lindero del bosque de Sherwood, donde el caballero besó a Robin en las mejillas y se marchó.

De este modo, Robin Hood ayudó a un noble caballero a salir de sus terribles desgracias, que de otro modo habrían ahogado la felicidad de su vida.

CAPÍTULO XVI

De cómo Little John se convirtió en franciscano

El viejo invierno había pasado y había llegado la primavera. La espesura frondosa no cubría aún los bosques, pero las hojas incipientes colgaban como una tierna niebla sobre los árboles. En campo abierto, las praderas lucían un verde resplandeciente, y los maizales eran de un oscuro color aterciopelado, pues estaban espesos y suaves con las hojas ya crecidas. Los campesinos cantaban al sol, y en los surcos púrpuras recién movidos, bandadas de pájaros cazaban gordas lombrices. Toda la tierra ancha y húmeda sonreía bajo la cálida luz, y cada pequeña y verde colina aplaudía de alegría por el sol.

Robin Hood estaba sentado en una piel de ciervo, tendida frente al árbol de madera verde, tomando el sol como un viejo zorro. Inclinado hacia atrás, con las manos entrelazadas sobre las rodillas, observaba perezosamente a Little John enrollar una robusta cuerda de arco con largas hebras de hilo de cáñamo, mojándose las palmas de las manos de vez en cuando y enrollando la cuerda sobre su muslo. Cerca de él estaba sentado Allan de Dale, insertando una cuerda nueva a su arpa. Robin habló así:

—Creo que preferiría vagar por este bosque en la suave primavera que ser rey de toda la alegre Inglaterra. ¿Qué palacio en el ancho mundo es tan hermoso como este dulce bosque en este preciso instante, y qué rey tiene tanto apetito por los huevos de chorlito y las lampreas como yo por el jugoso venado y la espumosa cerveza? Gaffer Swanthold habla con tino cuando dice «Vale más un mendrugo contento que miel con el corazón amargado».

—Así es —concurrió Little John, aplicando cera de abejas en la cuerda de su arco recién hecho— la vida que llevamos es la ideal para mí. Hablas de primavera, pero hasta el invierno tiene sus placeres. Este invierno pasado, buen amo, hemos pasado más de un día alegre en el Jabalí Azul. ¿No recuerdas aquella noche que tú, Will Stutely, el fraile Tuck y yo pasamos allí con los dos mendigos y el fraile franciscano?

—Sí —dijo el alegre Robin, riendo— esa fue la noche en que Will Stutely le robó un beso a la rolliza posadera y le vaciaron una jarra de cerveza encima por su desfachatez.

—Así es, fue esa noche —dijo Little John, riendo también—. Era una buena canción la que cantaba el franciscano. Fray Tuck, tú que tienes buen oído para las melodías, ¿no la recuerdas?

—Algo retuve —dijo Tuck. Pensativo, se tocó la frente con el dedo índice, canturreando para sí y deteniéndose a veces, para encajar lo que había conseguido con lo que buscaba en su mente. Por fin lo encontró todo y, aclarándose la garganta, entonó alegremente:

> *En el seto floreciente,*
> *el petirrojo canta,*
> *pues el sol calienta alegre,*
> *y salta jubiloso y agita las alas,*
> *porque su corazón está henchido de deleite.*
> *Porque mayo florece hermoso,*
> *y pocas cuitas pesan*
> *y buena pitanza hay en el mes de mayo.*
>
> *Cuando todas las flores mueran,*
> *luego volará,*
> *para buscar calor en un viejo buen granero*
> *Donde la nieve y el viento ni muerdan ni enfríen.*
>
> *Y así es la vida del fraile,*
> *con mucha comida y buen vino,*
> *porque la buena esposa le guardará*
> *junto a la lumbre un sitio,*
> *y las muchachas bonitas sonreirán*
> *ante todos sus guiños.*
> *Entonces él tararea zumbón,*
> *mientras sigue su paseo,*
> *una alegre canción*
> *para salvar las almas.*
>
> *Cuando el viento sopla,*
> *con la llegada de la nieve,*
> *hay un lugar junto al fuego*

para este fraile bonachón,
y una manzana en el cuenco
para colmar su deseo.

Así cantó fray Tuck con voz rica y melosa, moviendo la cabeza de un lado a otro al compás de la música; cuando terminó, los otros aplaudieron y estallaron en risotadas, pues la canción le iba muy bien.

—En efecto —dijo Little John— es una gran canción y si no fuera un habitante del bosque de Sherwood, preferiría ser un franciscano más que nada en el mundo.

—Por mi fe que es una buena canción —dijo Robin Hood— pero los dos mendigos contaban mejores historias y llevaban una vida más alegre. ¿No recuerdas lo que contaba aquel tipo de barba negra sobre su mendicidad en la feria de York?

—Sí —dijo Little John— pero ¿qué dijo el fraile de la casa de Kentshire? Yo creo que llevó una vida más alegre que los otros dos.

—Es verdad, por el honor del hábito —dijo fray Tuck— yo coincido con mi buen amigo Little John.

Robin dijo:

—Me mantengo firme en mi opinión. Pero, ¿qué te parece, Little John, una alegre aventura en este hermoso día? Coge un hábito de fraile de nuestro baúl de prendas extrañas y póntelo, y yo detendré al primer mendigo que encuentre y me cambiaré de ropa con él. Vayamos, pues, al campo en este dulce día, y veamos qué nos sucede a cada uno.

—Me parece bien —dijo Little John.

Little John y el fraile Tuck fueron al almacén de la banda, donde eligieron un hábito gris. Al salir fueron recibidos por una gran carcajada, pues la banda nunca había visto a Little John de tal guisa y, además, el hábito le quedaba corto por un palmo. Pero Little John tenía las manos metidas en las mangas y los ojos fijos en el suelo, y de la cintura le colgaba un largo rosario con sus cuentas.

Little John cogió su robusto bastón, de cuyo extremo colgaba un pequeño y regordete odre de cuero como los que llevan los peregrinos en la punta de sus bastones; pero contenía algo más parecido a la buena malvasía que al agua fría de manantial de los piadosos peregrinos. Robin tomó también su robusto bastón y metió diez mo-

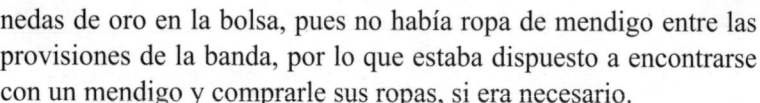

nedas de oro en la bolsa, pues no había ropa de mendigo entre las provisiones de la banda, por lo que estaba dispuesto a encontrarse con un mendigo y comprarle sus ropas, si era necesario.

Hechos los preparativos, se pusieron en camino, avanzando a grandes zancadas en la brumosa mañana. Caminaron por el sendero del bosque hasta que la calzada se dividió en dos, por un lado a Blyth y por el otro a Gainsborough. Allí se detuvieron.

El alegre Robin dijo:

—Toma tú el camino de Gainsborough, y yo tomaré el de Blyth. Que os vaya bien, santo padre, y que no tengáis que pasar cuentas de rosario por aciagas vivencias hasta que nos encontremos de nuevo.

—Buena guarida, buen mendigo ha de ser —dijo Little John— y que no tengas motivos para pedir clemencia antes de que te vuelva a ver.

Cada uno siguió su camino con paso firme hasta que una verde colina se alzó entre ellos, y el uno se ocultó de la vista del otro.

Little John caminaba silbando, pues no había nadie cerca. En los setos, los pajarillos trinaban alegremente, las verdes colinas se elevaban hacia el cielo y las nubes blancas de primavera rozaban lentamente sus copas en perezoso vuelo. Colina arriba y colina abajo caminaba Little John, con el viento fresco soplándole en la cara y el hábito ondeando tras de él, hasta que llegó a un cruce que conducía a Tuxford. Allí se encontró con tres bonitas muchachas, cada una con una cesta de huevos para el mercado. Little John dijo:

—¿Adónde vais, hermosas doncellas? —y se interpuso su camino, sosteniendo el bastón para detenerlas.

Las jóvenes se apiñaron, dándose codazos unas a otras, y una de ellas dijo:

—Vamos al mercado de Tuxford, santo fraile, a vender nuestros huevos.

Little John, mirándolas con la cabeza ladeada, dijo:

—¡Pues es una lástima que unas muchachas tan hermosas se vean obligadas a llevar huevos al mercado! Permitidme que os diga que, si yo tuviera la sartén por el mango en este mundo, las tres deberíais vestir las sedas más finas, cabalgar sobre corceles blancos como la leche, con pajes que os sirvieran, y alimentándoos sólo de fresas con nata, pues una vida así sería sin duda digna de vuestro aspecto.

Las tres hermosas doncellas bajaron la vista, ruborizadas y sonrientes. Una exclamó:

—¡Ay!

La otra dijo:

—Se burla de nosotras.

Y la tercera:

—Escuchad al religioso.

Pero al mismo tiempo, miraban de reojo a Little John.

—Mirad —dijo Little John— no puedo ver a damiselas tan hermosas como vosotras llevando cestas por un camino. Dejad que las lleve yo, y una de vosotras, si quiere, puede llevarme el bastón.

Una de ellas respondió:

—No puedes llevar tres cestas a la vez.

—Por mi fe que puedo —dijo Little John— te lo demostraré. Agradezco a san Wilfred que me haya dado un buen ingenio. Mirad. Cojo esta gran cesta, así; aquí ato el rosario alrededor del asa, así; y aquí deslizo el rosario sobre la cabeza y me cuelgo la cesta sobre la espalda, así.

Little John se colgó la canasta detrás como el zurrón de un buhonero; luego, dándole su bastón a una de las doncellas y tomando una cesta en cada brazo, se puso en marcha jovialmente hacia Tuxford, con una doncella risueña a cada lado y otra delante, portando el bastón. Todos los que encontraban por el camino se detenían, los miraban y reían, pues nadie había visto nunca tan alegre espectáculo como aquel franciscano, alto y fornido, con un hábito que le quedaba corto, cargado de huevos y recorriendo el camino con tres lindas muchachas. Aquello le importaba un comino a Little John, y cuando la gente le dirigía palabras jocosas, él contestaba con la misma alegría.

Así avanzaron hacia Tuxford, charlando y riendo, hasta llegar cerca del pueblo. Allí se detuvo Little John y dejó las cestas, pues no quería entrar por temor a encontrarse con hombres del *sheriff*.

—Melifluas muchachas —dijo— aquí debo dejaros. No había pensado venir por aquí, pero me alegro de haberlo hecho. Pero antes de separarnos, debemos brindar por la dulce amistad.

Dicho esto, desenganchó el pequeño odre del extremo de su bastón y, destapándolo, se lo entregó a la moza que había llevado su bastón, limpiando primero la boca del recipiente con la manga. Después, cada joven bebió un trago y Little John se terminó lo que quedaba, de modo que no se pudo exprimir ni una gota más. Luego, besándolas dulcemente, les deseó buena suerte y las dejó. Las jóvenes se quedaron mirándolo mientras se alejaba, susurrando.

—Qué lástima —dijo una— que un muchacho tan fuerte y apuesto esté en las órdenes sagradas.

—Por mi fe —se dijo Little John mientras caminaba— nada malo ha sucedido; san Dunstan me envía más de lo mismo.

Después de caminar un rato, empezó a tener sed, pues el día era caluroso. Agitó el odre junto a su oreja, pero ni una gota salió. Luego se lo llevó a los labios y lo inclinó hacia arriba, pero ni una gota cayó.

—Ay, Little John, Little John —se dijo tristemente, meneando la cabeza— las mujeres serán tu ruina si no te cuidas mejor.

Pero al fin llegó a la cima de una colina, y vio abajo una dulce posada con techo de paja, cómodamente situada en el valle, hacia donde el camino se inclinaba bruscamente. Al verla, una voz en su interior gritó: «¡Qué alegría, buen amigo, allí está la delicia de tu corazón! Un dulce descanso y una jarra de cerveza negra». Aceleró el paso colina abajo y llegó a una pequeña posada, de la que colgaba un letrero con una cabeza de ciervo pintada. Delante de la puerta, una gallina cacareaba con una nidada de pollos en los talones, los gorriones charlaban de asuntos domésticos bajo el alero, y todo era tan dulce y apacible que hacía sonreír al corazón de Little John. Junto a la puerta había dos robustos rocines, con anchas y suaves patas. Frente a ella, tres tipos alegres, un calderero, un buhonero y un mendigo, estaban sentados en un banco al sol, bebiendo cerveza negra.

—Buen día nos dé Dios, dulces amigos —dijo Little John, acercándose a grandes trancos hasta donde estaban sentados.

—Buen día a ti también, padre —dijo el alegre mendigo con una sonrisa—. Pero mira, el hábito te queda demasiado corto. Será mejor que arranques un trozo de la parte de arriba y lo pegues a la parte de abajo. Pero ven, siéntate a nuestro lado y prueba un poco de cerveza, si tus votos no te lo prohíben.

—No —dijo Little John, también sonriendo— el bendito san Dunstan me ha dado libre dispensa para toda indulgencia en ese terreno.

Y metió la mano en la bolsa en busca de dinero para pagar su cuenta.

—En verdad —dijo el calderero— sin que tu aspecto te desmienta, santo fraile, el buen san Dunstan era sabio, pues sin tal dispensa su devoto tiene muchas penitencias que hacer. Saca la mano de la bolsa, hermano, porque no pagarás este trago. ¡Posadero, una jarra de cerveza!

Trajeron la cerveza y se la dieron a Little John. Éste, soplando un poco la espuma para hacer sitio a sus labios, inclinó el fondo de la jarra cada vez más alto, hasta que apuntó al cielo y tuvo que cerrar los ojos para que no le deslumbrara la luz del sol. Luego retiró la jarra, ya vacía, y lanzó un profundo suspiro, mirando a los demás con los ojos húmedos y sacudiendo la cabeza.

—¡Posadero! —gritó el vendedor ambulante— trae a este buen tipo otra jarra de cerveza, porque es un espectáculo tener a alguien entre nosotros que pueda vaciar una cerveza con tanta vehemencia.

Hablaron entre ellos cordialmente, hasta que al cabo de un rato Little John preguntó:

—¿Quién monta a esos dos jamelgos de ahí?

—Dos hombres santos como tú, hermano —respondió el mendigo—. Ahora están celebrando un buen banquete, pues acabo de oler los vapores de una pularda estofada. La dueña dice que vienen de la abadía de la Fuente, en Yorkshire, y que van a Lincoln por asuntos de negocios.

—Son un par bien pavero —dijo el calderero— pues uno es tan flaco como el huso de una vieja y el otro tan gordo como un budín de sebo.

—Hablando de gordura —dijo el buhonero— no parecéis mal alimentado, santo fraile.

—No, por mi fe —dijo Little John— ves en mí lo que san Dunstan puede hacer con un puñado de guisantes secos y un chorrito de agua fría por quienes fielmente le sirven.

Estalló una gran carcajada.

—En verdad, es una cosa maravillosa —dijo el mendigo— mas juraría, por la maestría con que has vaciado esa jarra de cerveza, que no has probado el agua clara durante un par de años. ¿No te ha enseñado este san Dunstan alguna buena canción?

Little John respondió, sonriendo.

—Tal vez me haya ayudado a aprender alguna que otra tonada.

—Entonces, mequetrefe, oigamos qué te ha enseñado —dijo el calderero.

Little John se aclaró la garganta y, tras musitar algo sobre cierta ronquera que le preocupaba, cantó así:

> *Ay, bonita, bonita manceba,*
> *¿adónde vas? Yo te pido, yo te ruego,*
> *espera a tu amante mancebo,*
> *y recogeremos la rosa*
> *mientras sopla dulcemente esta brisa,*
> *pues los vientos alegres, manceba,*
> *están aullando con prisa.*

Parecía que las canciones de Little John nunca llegaban a cantarse, pues en ese momento se abrió la puerta de la posada y salieron los dos hermanos de la abadía de la Fuente, seguidos por el posadero que, como suele decirse, se lavaba las manos con humilde jabón. Pero cuando los hermanos vieron quién cantaba, y que vestía hábito gris de franciscano, se detuvieron en sus pasos, con el pequeño hermano regordete frunciendo sus pesadas cejas, y el hermano delgaducho retorciendo la cara como si tuviera cerveza agria en la boca. Entonces, mientras Little John cogía aire para un nuevo verso, el gordo rugió, con una voz que salía de él como un trueno de una nubecilla.

—¡Tú, imprudente! ¿Es éste un lugar apropiado para que alguien con tu atuendo beba y cante canciones profanas?

Little John respondió:

—Si no puedo beber y cantar, como su reverencia, en un lugar tan hermoso como la abadía de la Fuente, debo beber y cantar donde pueda.

—¡Descarado! —gritó el alto y delgado fraile con voz áspera—. Márchate de aquí, pues desmereces el hábito monacal con esa charla y ese porte.

—Pardiez, hermano —dijo Little John—. ¿Dices que lo desmerezco? Más vergonzoso es que alguien de nuestra clase exprima de la garganta de los pobres campesinos hambrientos los dineros ganados con tanto esfuerzo. ¿No es así, hermano?

Al oír esto, el calderero, el vendedor ambulante y el mendigo se codearon entre sí y sonrieron, y los frailes miraron severamente a Little John; pero no se les ocurrió nada más que decir, así que se volvieron hacia sus caballos. Entonces Little John se incorporó del banco y corrió hacia donde montaban los religiosos.

—Dejad que sujete las bridas de vuestros jamelgos. En verdad, vuestras palabras han herido mi corazón pecador, así que no permaneceré más en este antro de maldad, pues prefiero viajar con vosotros. Ninguna vil tentación caerá sobre mí en tan santa compañía.

—No, amigo —zanjó el flaco, viendo que Little John se burlaba de ellos— no queremos tu compañía, así que vete.

—Lamento de veras que no os gusten ni yo ni mi compañía; pero en cuanto a dejaros, no puede ser, pues mi corazón está tan conmovido que, sea como fuere, debo ir con vos por vuestra santa compañía.

Los que estaban en el banco sonrieron hasta que les brillaron los dientes, e incluso el posadero no pudo evitar hacerlo también. En cuanto a los frailes, se miraron con cara de perplejidad, sin saber qué hacer. Eran tan orgullosos que les avergonzaba marchar por la carretera acompañados de un fraile, con una túnica demasiado corta, corriendo a su lado, pero no podían detener a Little John en contra de su voluntad, porque sabían que, si se lo proponía, podía romperles los huesos a los dos en un abrir y cerrar de ojos. El hermano gordo habló con más suavidad que antes.

—No, buen hermano —dijo— pues cabalgaremos deprisa, y morirás de cansancio a nuestro paso.

—En verdad te agradezco que pienses en mí —dijo Little John—, pero no temas, hermano; mis miembros son robustos y podría correr como una liebre desde aquí hasta Gainsborough.

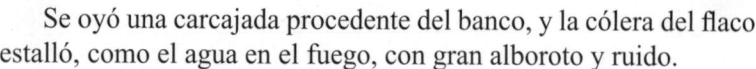

Se oyó una carcajada procedente del banco, y la cólera del flaco estalló, como el agua en el fuego, con gran alboroto y ruido.

—¡Fuera de aquí, descarado, inmundo! —gritó—. ¿No te da vergüenza deshonrar así nuestros hábitos? Quédate aquí, borracho, con estos cerdos. No eres buena compañía para nosotros.

—¡Ahora sí! —dijo Little John—. Oye, posadero; no eres digno de estos santos hombres; vuelve a la cervecería. Es más, si estos santísimos hermanos míos me dan la orden, te golpearé la cabeza con este robusto bastón hasta dejarla blanda como una tortilla.

Los que estaban en el banco prorrumpieron en carcajadas y el posadero enrojeció como una cereza de tanto ahogar la risa, pero contuvo las ganas, pues no deseaba atraer la mala voluntad de los hermanos de la abadía de la Fuente por una alegría impropia. Así que los dos religiosos, como no podían hacer otra cosa, montaron en sus jamelgos, volvieron sus narices hacia Lincoln y se alejaron cabalgando.

—No puedo quedarme más tiempo, dulces amigos —dijo Little John, metiéndose entre los dos caballos— por eso os deseo buena jornada. ¡Vamos los tres!

Dicho esto, se echó el bastón al hombro y se puso en marcha, midiendo su paso con el de los dos rocines.

Los frailes miraron despectivamente a Little John cuando se puso entre ellos, y se alejaron de él todo lo posible, de modo que mientras el campesino caminaba por mitad de la calzada, ellos cabalgaban por el sendero que flanqueaba el camino, cada uno por un lado. El calderero, el buhonero y el mendigo salieron corriendo al centro de la carretera, jarra en mano, y los observaron riendo.

Mientras estuvieron a la vista de los de la posada, los hermanos cabalgaron sobriamente. Sabían que empeoraría su imagen si los veían huir de Little John, pues pensaban cómo sonaría a oídos de la gente que dos religiosos se alejasen de un franciscano, como el Maligno cuando el bendito san Dunstan le soltó la nariz de las tenazas al rojo vivo donde la había sujetado. Pero cuando hubieron cruzado la cima de la colina y la posada se perdió de vista, el hermano gordo le dijo al hermano flaco:

—Hermano Ambrosio, ¿no sería mejor que mejoráramos nuestro paso?

—En verdad, amigo —dijo Little John— sería bueno hervir la olla un poco más rápido, pues el día está pasando. Así no sacudirá demasiado tu grasa. ¡Adelante! digo yo.

Ninguno de los frailes dijo nada, pero volvieron a mirar torvamente a Little John; luego, sin decir una palabra más, espolearon a sus caballos al galope, entre risas. Galoparon durante más de una milla, y Little John corría entre ellos tan ligero como un ciervo, sin que se le moviera un pelo con la carrera. Al fin, el hermano gordo tiró de las riendas de su caballo con un gemido, pues ya no podía soportar más el temblor.

—Ay —dijo Little John, sin dejar de respirar— temía que la rudeza de esta marcha sacudiera tu pobre barriga.

Sin decir palabra, el fraile gordo mantuvo la mirada fija al frente y se mordisqueó el labio inferior. Avanzaron con Little John en medio del camino silbando alegremente, y los dos frailes a cada lado sin decir una palabra.

Al poco se encontraron con tres vistosos juglares vestidos de rojo, que se quedaron mirando a aquel fraile con una túnica gris tan corta que caminaba por mitad de la calzada, y a dos hermanos, con la cabeza gacha de vergüenza, montados en rocines ricamente enjaezados avanzando por los senderos. Cuando se acercaron a los juglares, Little John meneó el bastón como un ujier despejando el camino.

—¡Abran paso! —exclamó—. ¡Abran paso! ¡Abran paso! Aquí vamos los tres.

Los juglares miraron y rieron. Pero el fraile gordo temblaba como si agonizase, y el flaco inclinaba la cabeza sobre la testuz de su caballo.

Después se encontraron con dos nobles caballeros ricamente ataviados, con un halcón en la muñeca, y también con dos hermosas damas vestidas de seda y terciopelo, montadas en nobles corceles. Todos se apartaron, mirando fijamente cuando Little John y los dos frailes llegaban por el camino. Little John se inclinó humildemente ante ellos.

—Salud, buenas damas y nobles caballeros —dijo— aquí vamos los tres.

Todos rieron, y una de las bellas damas exclamó:

—¿Qué tres quieres decir, alegre amigo?

Little John miró por encima del hombro, pues ya se habían cruzado, y respondió:

—Jack el grande, Jack el flaco y Jack el gordo.

El gordo lanzó un gemido y pareció como si fuera a caerse de la silla de vergüenza; el otro no dijo nada, pero miró hacia él con gesto pétreo.

Delante de ellos, el camino trazaba una curva repentina alrededor de un seto alto, y unos doscientos pasos más allá, otro camino se cruzaba con el suyo. Cuando llegaron a la encrucijada y se alejaron de los que habían dejado atrás, el fraile delgado tiró bruscamente de la rienda.

—Amigo —dijo con voz temblorosa de rabia— ya hemos tenido bastante de tu vil compañía y no queremos que se burlen de nosotros. Sigue tu camino y déjanos paz.

—Pero ¿qué oyen mis orejas? —dijo Little John—. Pensaba que estábamos en alegre compañía y mírate, ardes como grasa en la sartén. Pero ya he tenido bastante por hoy, aunque no puedo prescindir de vuestra compañía. Sé que me echaréis de menos, pero si volvéis a necesitarme, susurrad al buen viento y él me traerá noticias. Pero ya veis que yo soy pobre, y vosotros ricos. Os ruego que me deis uno o dos peniques para comprarme pan y queso en la próxima posada.

—No tenemos dinero, amigo —atajó el delgado fraile—. Vamos, hermano Thomas, avancemos.

Pero Little John agarró a los caballos por las riendas, una en cada mano.

—¿En verdad no lleváis ningún dinero encima? Os ruego, hermanos, que por caridad me deis algo para comprar un mendrugo de pan, aunque sólo sea un penique.

—¡Te digo, amigo, que no tenemos dinero! —vociferó el gordo frailecillo.

—En verdad, ¿no tenéis dinero? —preguntó Little John.

—Ni un chavo —respondió el delgado fraile con amargura.

—Ni una monedilla —dijo el gordo fraile en voz alta.

—No, no debe ser así —dijo Little John—. Que el altísimo me libre de ver a hombres tan santos como vosotros partir sin dinero. Bajad ambos inmediatamente de los caballos, arrodillémonos aquí en la encrucijada y roguemos al bendito san Dunstan que nos envíe algo de dinero para continuar nuestro viaje.

—¿Qué dices, criatura demoníaca? —exclamó el delgado fraile, rechinando los dientes de rabia—. ¿Me pides a mí, el gran cillero de la abadía de la Fuente, que baje de mi montura y me arrodille en el sucio camino para rezar a un santo mendigo sajón?

—Aclarémonos —dijo Little John— tengo muchas ganas de partirte la cabeza por hablar así del buen san Dunstan. Baja presto, pues mi paciencia no durará, y puedo olvidar que pertenecéis a una orden sagrada. —Diciendo esto, hizo girar su robusto bastón hasta que empezó a silbar.

Ambos frailes se pusieron pálidos como masa de pan. El hermano gordo bajó del caballo por un lado, y el flaco por el otro.

—Hermanos, arrodillaos y rezad —dijo Little John; entonces, poniendo sus manazas sobre los hombros de ambos, los obligó a arrodillarse y lo hizo él también.

Little John comenzó a suplicar dinero a san Dunstan en voz muy alta. Después de rogar así al santo durante un rato, ordenó a los frailes que rebuscaran en sus morrales y vieran si el santo había enviado algo; metieron la mano lentamente cada uno en su bolsa, pero no sacaron nada.

—¡Ja! —dijo Little John—. ¿Tan poca virtud tienen vuestras oraciones? Pues hagámoslo de nuevo.

Enseguida comenzó a rezar de nuevo a san Dunstan, más o menos así «¡Oh bondadoso san Dunstan! Envía algún dinero a esta pobre gente, no sea que el gordo se consuma y quede tan magro como el flaco, y el flaco se consuma hasta quedar en nada antes de llegar a Lincoln; pero envía sólo diez chelines a cada uno, no sea que se envanezcan de orgullo.

—Ahora —dijo levantándose— veamos lo que tiene cada uno—. Metió la mano en su bolsa y sacó cuatro ángeles de oro. —¿Vosotros qué tenéis, hermanos?

Una vez más, cada fraile metió lentamente la mano en su bolsa, y una vez más la sacó sin nada dentro.

—¿No tenéis nada? —dijo Little John—. No, no, os aseguro que algo se ha colado por las costuras de vuestros zurrones, y por eso se ha perdido. Dejadme ver.

Fue primero a ver al fraile flaco y, metiendo la mano en el zurrón, sacó una bolsa de cuero, y de ella ciento diez libras en monedas de oro.

—Creí que habías perdido en algún rincón de tu bolsa el dinero que el santo bendito te había enviado. Y ahora déjame ver si tú también tienes algo, hermano.

Metiendo la mano en el zurrón del gordo, sacó de él una bolsa como la otra y contó setenta libras.

—Mira —dijo— ya sabía yo que el buen santo te había enviado alguna limosna que tú también habías perdido.

Después, dándoles una libra para los dos, metió el resto del dinero en su propio morral, diciendo:

—Me disteis vuestra santa palabra de que no teníais dinero. Siendo hombres santos, confío en que no faltáis a vuestro decir, por lo que sé que el buen san Dunstan ha enviado esto en respuesta a mis plegarias. Pero como sólo pedí que se os enviaran diez chelines a cada uno, todo lo demás me pertenece por derecho, y así lo tomo. Os deseo buena suerte, hermanos, y que tengáis un buen viaje en lo sucesivo.

Diciendo esto, se alejó de ellos a grandes zancadas. Los frailes se miraron con cara de pena, y lenta y tristemente montaron de nuevo en sus caballos y se alejaron sin decir palabra.

Pero Little John volvió sus pasos hacia el bosque de Sherwood, silbando alegremente por el camino.

Y ahora veremos lo que le ocurrió a Robin Hood en su aventura como mendigo.

CAPÍTULO XVII

De cómo Robin Hood se convirtió en mendigo

Tras dejar a Little John en el cruce, Robin siguió caminando alegremente bajo los suaves rayos de sol. De cuando en cuando saltaba y brincaba, o entonaba alguna canción, por la pura alegría del día; la dulzura de la primavera había henchido su corazón como el de un potro libre en el pasto. A veces caminaba un largo trecho, contemplando las nubes blancas en el cielo azul; luego se detenía y se empapaba de la plenitud de todas las cosas, de los setos que brotaban tiernamente y la hierba de los prados que crecía larga y verde. O escuchaba el canto de los pajarillos en los matorrales, o el quiquiriquí del gallo que retaba al cielo a llover, y reía, pues poco necesitaba el corazón de Robin para llenarse de alegría. Así avanzaba con paso firme, siempre dispuesto a detenerse por una u otra razón, y siempre listo para charlar con las alegres muchachas que encontraba. Así transcurrió la mañana, pero no vio a ningún mendigo con quien intercambiar su atavío. Se dijo «Si no cambia rápido mi suerte, será un día perdido, pues ya casi ha pasado la mitad y, aunque he tenido un paseo encantador, no sé nada de la vida de mendigo». Al cabo de un rato, empezó a tener hambre, dejó de pensar en la primavera, las flores y los pájaros, y empezó a fantasear con capones guisados, malvasía, pan blanco y otros apetitosos manjares. Se dijo «Ojalá tuviera el gabán de los deseos de Willie Wynkin; sé muy bien lo que pediría». A continuación, marcó en su mano izquierda con el índice de la mano derecha las cosas que anhelaba. En primer lugar, pastel de alondras tiernas, pero no asado en seco, sino con un buen chorro de salsa para sopetear. Después, una hermosa pularda bien cocinada, con tiernos huevos de paloma cortados en rodajas. Acompañando, una fina hogaza de pan de trigo cocido en el hogar; debe estar caliente, con la corteza de un marrón dorado como el cabello de mi doncella Marian, y tan crujiente y quebradiza como el fino hielo blanco de las primeras mañanas de invierno. Esto bastará para las cosas sólidas; pero con ellas debo tomar tres cuencos, gordos y redondos, uno lleno de malvasía, otro de

vino canario y otro rebosante de mi querido jerez». Así pensaba Robin, con la boca hecha agua por las delicias recreadas en su mente.

Así llegó, hablando consigo mismo, a donde el camino polvoriento giraba bruscamente en torno al seto, tierno del verdor de las hojas nacientes; allí vio a un corpulento vagabundo sentado en un poste, balanceando las piernas ociosamente. Alrededor de este bribón colgaban más de una docena de bolsas y sacos de diferentes tamaños y clases, con grandes bocas abiertas como hambrientas crías de águila. Llevaba el gabán ceñido a la cintura, con tantos remiendos como rayas tiene un palo de mayo. En la cabeza lucía un gorro alto de cuero y sobre sus rodillas descansaba un robusto bastón de espino negro, tan largo y pesado como el de Robin. Era un mendigo alegre como todos los que pisan los caminos de Nottinghamshire, pues sus ojos grises como la pizarra clara titilaban, centelleaban y bailaban con alegría, y su pelo negro caracoleaba ensortijado en su cabeza.

—Hola, buen amigo —dijo Robin—, ¿qué haces aquí en este alegre día en que las flores brotan y los capullos engordan?

El otro guiñó un ojo y se puso a canturrear alegremente:

> *Me siento en la valla,*
> *y canto una tonada,*
> *mientras espero a mi bella amada,*
> *porque el sol brilla,*
> *y las hojas danzan*
> *y las avecillas aquí cerca cantan*
> *pues todas ya saben*
> *que aquí viene mi amada.*

—Bonita canción —dijo Robin— si estuviera en condiciones, soportaría oír más; pero tengo dos serias peticiones para ti.

El mendigo ladeó la cabeza como una urraca.

—Soy mal cántaro para cosas pesadas, buen amigo y, si no me equivoco, pocas palabras serias puedes decir generalmente.

—No —dijo el alegre Robin— el primero es, para mí, el más serio de todos los pensamientos: ¿dónde consigo algo para comer y beber?

—¿Eso crees? —dijo el mendigo—. Por mi fe que yo no pienso tan seriamente sobre ese asunto. Yo como cuando puedo, y mastico la corteza cuando no hay migajas; asimismo, cuando no hay cerveza, me lavo el polvo de la garganta con un chorrito de agua fría. Cuando llegaste estaba pensando si debía romper mi ayuno o no. Me encanta dejar que el hambre se desate poderosamente antes de comer, porque entonces un mendrugo seco es tan bueno para mí como una empanada de venado con sebo y pasas lo es para el corpulento rey Enrique. Ahora tengo un hambre canina, pero creo que en poco tiempo madurará hasta convertirse en un suave apetito.

—Por mi fe —dijo riendo el alegre Robin— tienes una lengua pintoresca entre los dientes. Pero, ¿es verdad que no tienes más que una corteza reseca? Tus zurrones son gordos y lujosos para tan magra pitanza.

—Tal vez haya en ellos algún otro plato frío —dijo el mendigo, socarrón.

—¿Y no tienes nada más para beber que el agua fría?

—Ni una gota —dijo el mendigo—. Más allá de aquella arboleda hay una posada encantadora. Pero no voy, porque me tratan mal. Una vez, cuando el prior de Emmet cenaba allí, la dueña puso a enfriar en el alféizar de la ventana una deliciosa tartita de manzanas y azúcar de cebada; temiendo que se extraviara, me la llevé hasta que pudiera encontrar a su dueño. Desde entonces se han portado muy mal conmigo; sin embargo, la verdad me obliga a decir que tienen la mejor cerveza que jamás haya rozado mi lengua.

Robin soltó una carcajada.

—Pardiez —dijo— te han tratado mal por tu bondad. Pero dime de verdad, ¿qué tienes en las bolsas?

—Aquí hay un buen trozo de pastel de pichón, envuelto en hoja de col para contener la salsa. También veo un buen trozo de carne, y aquí un pedazo de pan blanco. Hay cuatro tortas de avena y un codillo frío de jamón. ¡Ja! Qué extraño, aquí veo seis huevos venidos por accidente de un corral de esta zona. Están crudos, pero asados a la brasa y untados con un trozo de mantequilla que veo...

—¡Paz, buen amigo! —exclamó Robin, levantando la mano—. Haces que mi pobre estómago llore de alegría por lo que tan dulcemente me cuentas. Si me das de comer iré enseguida a esa posada de la que hablas, y traeré un odre de cerveza para ti y para mí.

—No digas más —dijo el mendigo, bajando del poste—. Te daré un banquete con lo mejor que tengo, y bendigo a san Cedric por tu compañía. Pero, dulce amigo, te ruego que traigas al menos tres cuartos de cerveza, uno para tu bebida y dos para la mía, pues mi sed es tal que creo que puedo beber cerveza como las arenas del río Dee beben agua salada.

Robin dejó al mendigo, que se dirigió a un tilo en ciernes detrás del seto, donde extendió su festín sobre la hierba y asó los huevos en una pequeña fogata de leña, con la destreza adquirida por largo tiempo en el oficio. Al rato volvió Robin con un buen pellejo de cerveza al hombro, que depositó sobre la hierba. Después, mirando el festín esparcido por el suelo —y era un hermoso espectáculo— se frotó el estómago con la mano, pues a sus ojos hambrientos era la visión más hermosa que había contemplado en toda su vida.

—Amigo —dijo el mendigo— déjame sentir el peso de esa piel.

—Claro —dijo Robin— sírvete, dulce amigo y, mientras tanto, déjame comprobar si tu pastel de pichón está fresco.

El uno se apoderó de la cerveza y el otro del pastel de pichón, y durante un rato no se oyó nada más que el masticar de la comida y el gorgoteo de la cerveza al salir del odre.

Por fin, tras un largo rato, Robin se quitó la comida de encima y lanzó un gran suspiro de profunda satisfacción, pues se sentía como recién hecho.

—Y ahora, buen amigo —dijo, apoyándose en un codo— quisiera hablarte de ese otro asunto serio que mencioné antes.

—¡Imposible! —reprochó el pordiosero—. No hablemos de cosas serias con una cerveza como ésta.

—Descuida —dijo Robin, riendo—. No quiero quitarte la sed, bebe mientras te hablo. Quiero que sepas que me he aficionado a tu oficio, me gustaría probar la vida de un mendigo.

El pedigüeño respondió:

—No me extraña que te guste, buen amigo, pero «gustar» y «hacer» son cosas distintas. Se requiere un largo aprendizaje para llegar a ser un mendigo itinerante como yo.

—Tal vez sea así —dijo Robin— pues ya se dice que «zapatero a tus zapatos». Sin embargo, tengo ganas de probar la vida de un mendigo, y sólo necesito que el atuendo sea convincente.

El pordiosero advirtió:

—Por mucho que te vistieras como san Wynten, patrón de nuestro oficio, jamás te harías mendigo. Apuesto a que el primer viajero que apareciera te molería a palos por meter las narices en oficio ajeno.

—No obstante, me gustaría intentarlo —dijo Robin— y me cambiaré de ropa contigo pues tu atuendo es vistoso, por no decir hermoso. Pero no sólo nos cambiaremos las ropas, sino que además te regalaré dos ángeles de oro. He traído mi bastón, por si tenía que aporrearle la cabeza a alguno de tus semejantes para argumentar mi petición, pero te estimo por el festín que me has dado, y no levantaría contra ti ni el dedo meñique, así que no temas.

El mendigo escuchó con los brazos en jarras y, cuando Robin terminó, ladeó la cabeza y se metió la lengua en la mejilla.

—Pardiez, sube aquí —dijo— levanta un dedo contra mí si estás tan loco. Me llamo Riccon Hazel y vengo de Holywell, en Flintshire, junto al río Dee. Te digo, bribón, que he partido la sesera a hombres mejores que tú, y te escaldaría la coronilla si no fuera por la cerveza que me has dado. No tendrás ni un jirón de mi capa, ni aunque ello te salve de la horca.

Robin dijo:

—No me gustaría destrozarte esa hermosa cabeza, pero no dudes de que si no fuera por este festín, te haría algo que te impediría viajar durante muchos días. Chitón, muchacho, o la suerte se te saldrá por la boca al hablar.

—¡Vete presto! ¡Ay de ti, pues hoy te has condenado! —gritó el mendigo, cogiendo su bastón—. Agarra el garrote y defiéndete, amigo, porque además de machacarte, te desplumaré y no dejaré ni un céntimo para ungüentos que te alivien la maltrecha coronilla. Defiéndete, te digo.

Robin saltó y tomó también su bastón.

¡Coge mi dinero, si puedes! —dijo—. Prometo darte hasta el último chavo si me tocas —declaró, girando el bastón entre sus dedos hasta hacerlo silbar.

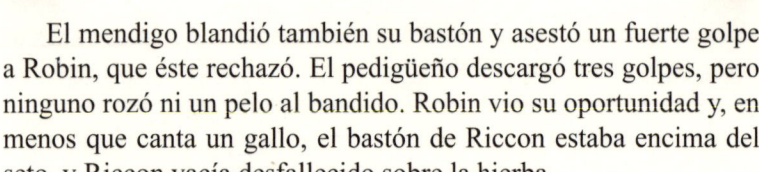
El mendigo blandió también su bastón y asestó un fuerte golpe a Robin, que éste rechazó. El pedigüeño descargó tres golpes, pero ninguno rozó ni un pelo al bandido. Robin vio su oportunidad y, en menos que canta un gallo, el bastón de Riccon estaba encima del seto, y Riccon yacía desfallecido sobre la hierba.

El alegre Robin rio.

—¿Quieres mi piel o mi dinero, compadre?

Pero el otro no articuló palabra. Robin, viendo su aturdimiento, cogió el odre de cerveza y vertió un poco en la cabeza del mendigo y otro poco en su garganta; éste abrió los ojos y miró a su alrededor, como preguntándose por qué estaba tirado en el suelo.

Viendo que el mendigo había recobrado un poco el sentido, dijo:

—Ahora, buen amigo, ¿nos intercambiamos la ropa, o tendré que atizarte de nuevo? Aquí tienes dos ángeles de oro a cambio de todos tus harapos, tus bolsas, tu gorro y tus cosas. Si no me los das gratis, mucho me temo que... —y miró ostentosamente su bastón.

Entonces Riccon se incorporó, y se acarició el chichón de la coronilla.

—¡Fuera de aquí! Pensaba embriagarte, amigo. No sé cómo, he comprado más cerveza de la que puedo beber. Si debo renunciar a mis ropas, así sea, pero antes dame tu palabra de verdadero vasallo que no me quitarás nada más que mi atavío.

—Tienes mi palabra de noble campesino —dijo Robin, pensando que el tipo tenía algunos centavos que ahorrar.

El mendigo sacó un cuchillito y, rasgando el forro de su gabán, extrajo diez libras de oro brillante, que depositó en el suelo guiñando astutamente un ojo a Robin.

—Ahora te cedo gustoso mi atavío —dijo—. Podrías haberlo recibido a cambio del tuyo sin que te costara un solo centavo, y mucho menos dos ángeles de oro.

—Pardiez, eres un tipejo astuto —dijo Robin, riendo— si hubiera sabido que llevabas tanto dinero, tal vez no lo habrías conservado, pues estoy seguro de que no lo obtuviste honradamente.

Se despojaron de sus ropas y se pusieron las del otro. Robin Hood ofrecía un maravilloso aspecto de mendigo. Riccon de Holywell saltaba, brincaba y bailoteaba de alegría con el hermoso traje verde Lincoln.

Dijo:

—Ahora soy ave de alegre plumaje. Mi querida Moll Peascod nunca me reconocería así vestido. Quédate con las sobras frías del banquete, amigo, pues pienso vivir jubilosamente mientras me dure el dinero y mi ropa sea alegre.

Dándose la vuelta, dejó allí a Robin y se marchó. El proscrito lo oyó cantar una tonada desde más allá del seto mientras se alejaba:

Polly sonríe y Molly se alegra
cuando el mendigo entra por la puerta,
y Jack y Dick lo creen buen muchacho,
y la posadera se lleva un aplauso.

Entonces oye, Willy Waddykin,
quédate, Billy Waddykin,
que fluya la cerveza negra libremente,
fluya libremente,
este mendigo es hombre para mí.

Robin también cruzó la verja hacia el camino, pero se dirigió en dirección contraria a la del pedigüeño. La calzada conducía a una suave colina y por ella caminó Robin, con media veintena o más de bolsas colgando. Caminó largo rato, pero sin encontrar otra aventura. La ruta estaba desierta, pues era mediodía, el momento más tranquilo después del crepúsculo. Toda la tierra estaba silenciosa en el reposo de la hora de comer; los caballos de arado comían en el surco con grandes bolsas sobre sus testuces, dos labradores se sentaban bajo el seto, comiendo también; cada uno sostenía un gran trozo de pan en una mano y un gran trozo de queso en la otra. Así Robin, con todo el camino vacío para él sólo, avanzó silbando alegremente, con las bolsas y zurrones balanceándose y colgando de sus muslos. Por fin llegó a un pequeño sendero de hierba que salía de la carretera y, tras pasar un poste, bajó una pequeña colina que conducía a una pequeña hondonada, cruzaba un arroyo en el valle y subía hasta llegar a un molino de viento sobre la cima de un monte, donde el viento mecía los árboles. Robin miró el lugar y le gustó y, sin otra razón que su deseo, tomó el sendero y caminó por la soleada ladera reverdecida de la pradera, y así llegó a la pequeña hondonada; antes de que pudiera decir «esta boca es mía», dio con cuatro tipos vigorosos sentados en el suelo con las piernas extendidas en torno a un buen festín.

Eran cuatro alegres pedigüeños, todos con una tablita colgando del cuello apoyada sobre el pecho. En una de ellas decía «Soy ciego»; en otra «Soy sordo», en otra «Soy mudo» y en la cuarta «Ten piedad del cojo». Pese a que estas vicisitudes escritas en las tablas parecían tan graves, los cuatro muchachos festejaban tan alegremente como si la mujer de Caín nunca hubiera abierto la vasija de las desgracias, y las hubiera liberado como una nube de moscas.

El sordo fue el primero en oír a Robin, y dijo «Hermanos, oigo que viene alguien». Y el ciego fue el primero en verlo, y dijo «Es hombre honrado, hermanos, y de oficio semejante al nuestro». Entonces el mudo lo llamó con un gran chorro de voz.

—¡Bienvenido, hermano; siéntate aquí mientras queda algo de pitanza y un poco de malvasía!

Oyendo esto, el cojo, que se había quitado la pata de palo y desatado la de verdad, y estaba sentado con ella extendida en la hierba para descansarla, hizo sitio a Robin entre ellos.

—Nos complace tu visita, hermano —dijo, tendiéndole la petaca de malvasía.

—Pardiez —dijo Robin, riendo y sopesando la petaca en la mano antes de beber— es de justicia que todos os alegréis de verme, puesto que traigo la vista a los ciegos, el habla a los mudos, el oído a los sordos, y una pierna vigorosa a un cojo. Brindo por vuestra felicidad, hermanos, no pudiendo beber por vuestra salud, puesto que ya la tenéis.

Todos sonrieron, y el mendigo ciego —que era el rufián más importante, más ancho de hombros y más avispado de todos—, golpeó a Robin en el hombro, jurando que era un alegre bribón.

—¿De dónde vienes, muchacho? —inquirió el mudo—. Veréis —dijo Robin— he venido esta mañana de pasar la noche en Sherwood.

—Ni por todo el dinero que llevamos entre los cuatro a Lincoln dormiría una noche en Sherwood. Si Robin Hood pillara a uno de los nuestros en sus bosques, me parece que le cortaría las orejas.

—A mí también me lo parece —dijo Robin, riendo—. Pero, ¿qué dinero es ése del que habláis?

El cojo contestó:

—Nuestro rey, Pedro de York —dijo— nos ha enviado a Lincoln con los dineros que...

—Silencio, hermano Hodge —interrumpió el ciego—. Yo no dudaría de nuestro hermano, pero ten en cuenta que no lo conocemos. ¿Qué eres, hermano? ¿Recto varón, buhonero, pedigüeño, mercachifle o sacacuartos?

Robin los miró, uno por uno, boquiabierto.

—En verdad, confío en ser un hombre correcto, o me esfuerzo por serlo; pero no sé qué quiere decir semejante jerga, hermano. Sería mucho mejor que el mudo, con su voz dulce, nos cantara una canción.

Se hizo el silencio y, al rato, el ciego volvió a hablar:

—Bromeas cuando dices no entender estas palabras. Respóndeme: ¿Le has zurrado la badana a algún pajarraco para que soltase la mosca?

—Basta ya —dijo Robin Hood con tono burlón—, si os reís de mí con semejantes sandeces, os irá mal a todos. Ardo en deseos de romperos la crisma a los cuatro, y lo haría de no ser por la dulce malvasía que me habéis dado. Hermano, pásame la jarra para que no se enfríe.

Los cuatro mendigos se incorporaron de un salto, el ciego agarró un pesado garrote que yacía a su lado sobre la hierba, y lo mismo hicieron los otros. Robin ignoraba qué pasaba pero, viendo que las cosas le irían mal, se puso en pie de un salto y, cogiendo su fiel bastón, apoyó la espalda contra el árbol y se puso en guardia contra ellos.

—¡Qué queréis! —gritó, haciendo girar su bastón entre sus dedos—. ¿Acaso cuatro tipos fornidos van a atacar a un hombre solo? Atrás, bribones, u os atizaré hasta marcaros como la puerta de una cabaña. ¿Estáis locos? No os he hecho ningún daño.

—Mientes —dijo el falso ciego que, por ser el villano más avispado, era el jefe de la cuadrilla— pues has venido a nosotros como un vil espía. Ya has oído demasiado para el bien de tu cuerpo, y no saldrás de aquí si no es con los pies por delante, pues hoy morirás. ¡Vamos, hermanos, todos juntos! ¡Abajo con él!

Blandiendo su garrote, se abalanzó sobre Robin como un toro furioso sobre un trapo rojo. Pero Robin estaba preparado para todo.

¡Pim!, ¡pam!, asestó dos golpes rápidos como un guiño, y el ciego cayó rodando sobre la hierba.

Los otros retrocedieron y se quedaron a poca distancia, mirando a Robin con el ceño fruncido.

—¡Vamos, escoria! —gritó él alegremente— aquí hay pasteles y cerveza para todos. ¿Quién quiere ser el siguiente?

Los mendigos no respondieron ni una palabra a esto, pero miraron a Robin como el gran Blunderbore miraba a Jack Matagigantes, como queriendo devorarlo hasta el último hueso; sin embargo, no les importaba acercarse más a él y a su terrible bastón. Al verlos vacilar, Robin saltó sobre ellos, golpeándolos. Cayó el mudo, y su garrote voló de su mano al caer. Los otros se agacharon para evitar otro porrazo y echaron a correr en todas direcciones, como si el viento del oeste les soplase en los pies. Robin los siguió con la mirada, riendo, pues nunca había visto tan veloz corredor como el cojo; pero ninguno de los mendigos se detuvo ni se volvió, pues temían el viento del garrote de Robin sobre sus orejas.

Robin se fijó en los robustos cuchillos que yacían en el suelo. Se dijo «estos tipos hablaron de un dinero que llevaban a Lincoln; creo que lo encontraré en este robusto ciego, que tiene una vista tan aguda como un leñador de Nottingham o del condado de York. Sería una lástima dejar que el buen dinero se quedara en los bolsillos de semejantes bribones». Se inclinó sobre el granuja y buscó entre sus harapos, hasta que prestamente sus dedos notaron una bolsa de cuero, colgada alrededor del cuerpo bajo su abrigo remendado y andrajoso. Se la quitó y, pesándola en sus manos, se dio cuenta de que estaba muy cargada. «Sería estupendo» se dijo «si en vez de peniques de cobre llevara oro». Sentándose en la hierba, abrió la bolsa y encontró cuatro rollos de piel de oveja; abrió uno y se quedó boquiabierto, con los ojos casi saliendo de las órbitas, pues ¿qué vio sino cincuenta libras de oro? Abrió las otras bolsas y encontró lo mismo, cincuenta libras de oro nuevo y brillante. Robin se dijo «He oído con frecuencia que los mendigos son un gremio muy rico, pero nunca pensé que enviaran a su tesorería sumas como ésta. Me llevaré este dinero, pues estará mejor empleado en caridad y en el bien de mi alegre banda que en enriquecer a bribones como estos». Volvió a enrollar el dinero en la piel de oveja y, guardándola en la bolsa, se la metió en el pecho. Luego, cogió la petaca de malvasía, la acercó a los dos tipos tirados en la hierba, y dijo:

—Queridos amigos, bebo a vuestra salud, os agradezco lo que tan amablemente me habéis dado hoy, y os deseo buena suerte.

Tomando su bastón, se alejó del lugar y continuó alegremente su camino.

Cuando los dos mendigos que habían sufrido golpes en la cabeza despertaron y se incorporaron, y los demás se recuperaron del susto y regresaron, estaban tan afligidos como cuatro ranas en sequía, pues dos de ellos tenían la cabeza magullada, se les había acabado la malvasía y no tenían ni un cuarto de penique.

Robin salió de la pequeña hondonada alegremente, cantando mientras caminaba, y era un mendigo tan fornido y alegre, y además tan fresco y limpio, que todas las muchachas que encontraba le dedicaban, sin miedo, alguna dulce palabra. Incluso los perros, que suelen odiar a los mendigos, le olfateaban las piernas amistosamente y movían el rabo con alegría, pues los perros reconocen al hombre honesto por su olor, y Robin era un hombre honesto, a su manera.

Por fin llegó al cruce de caminos cerca de Ollerton y, algo cansado, se sentó. «Se acerca la hora de regresar a Sherwood» se dijo. «Sin embargo, me agradaría tener una alegre aventura más antes de volver con mi banda».

Miró a ambos lados del camino para ver quién venía, hasta que por fin alguien se acercó montado en un caballo. Cuando el viajero se acercó, Robin se rio, pues pintaba una extraña estampa. Era flaco y enjuto, y era imposible saber si tenía treinta años o sesenta, tan reseco estaba hasta la piel y los huesos. En cuanto al jamelgo, era tan escuálido como el jinete; parecían haber sido cocidos en el horno de la madre Huddle, donde se seca a la gente para que viva para siempre.

Aunque Robin rio ante la cómica visión, sabía que el viajero era un rico mayorista de maíz de Worksop, que más de una vez había comprado todo el grano del país y lo había guardado hasta que casi alcanzase precios de hambruna, ganando así un dineral a costa de las necesidades de los pobres, y por ello era odiado de cerca y de lejos por todos los que sabían de él.

Al cabo de un rato, el comerciante se acercó cabalgando hasta Robin; entonces el alegre bandido se adelantó, con todos sus harapos y andrajos, sus bolsas y zurrones colgando, y puso la mano sobre la rienda del caballo, pidiéndole que se detuviera.

—¿Quién eres tú, que osas detenerme así en la calzada del rey?

—Compadeceos de un pobre mendigo —pidió Robin—. Dadme sólo un penique para comprarme un trozo de pan.

—¡Fuera de aquí! —gruñó el otro—. Los pícaros como tú están mejor en galeras, o colgando en el aire con una cuerda de cáñamo al cuello, que paseando libremente por la carretera.

—Caracoles —dijo Robin—. ¡Cómo hablas! Tú y yo somos hermanos. ¿Acaso no tomamos de los pobres lo que no les sobra? ¿No nos ganamos la vida sin hacer nada bueno? ¿No vivimos los dos sin levantar un dedo en trabajo honrado? ¿Nos hemos frotado alguna vez las manos por unos cuartos ganados honradamente? ¡Vamos, hombre! Somos hermanos, te digo, sólo que tú eres rico y yo pobre; por tanto, te lo ruego una vez más, dame un penique.

—¡¿Así me hablas, descarado?! —gritó enfurecido el comerciante—. Haré que te azoten si alguna vez te encuentro en una ciudad donde lo permita la ley. En cuanto a darte un centavo, te juro que no tengo ni una sola moneda en mi bolsa. Si Robin Hood en persona me apresara, podría registrarme de la cabeza a los pies sin encontrar la más mínima pieza de dinero. Soy demasiado astuto para viajar tan cerca de Sherwood con dinero en la bolsa, y con ese ladrón suelto por los bosques.

El alegre Robin miró a ambos lados para comprobar que no había nadie cerca y después, acercándose al mercader, se puso de puntillas y le susurró al oído.

—¿Crees que soy un mendigo? Mírame bien. No tengo ni una mota de mugre en las manos, ni en la cara o el cuerpo. ¿Has visto alguna vez a un mendigo así? Soy un hombre tan honesto como tú. Mira, amigo —entonces sacó de su pecho la bolsa de dinero y mostró al comerciante las brillantes piezas de oro—. Estos harapos sólo sirven para ocultar a un hombre rico y honesto de los ojos de Robin Hood.

—¡Guarda tu dinero, insensato! —gritó rápidamente el otro—. Eres tonto si confías en que los harapos de un mendigo te protegerán de Robin Hood. Si te atrapa, te arrancará la piel a tiras, pues odia a los mendigos prósperos tanto como a los curas gordos o a los de mi clase.

—Si lo hubiera sabido, tal vez no habría venido aquí con este atavío. Pero debo partir ahora, pues mucho depende de mi viaje. ¿Adónde vas, amigo?

—Voy a Grantham —respondió el mayorista— pero esta noche me alojaré en Newark, si llego a tiempo.

—Yo también voy camino de Newark —dijo Robin— así que, como dos hombres honrados son mejores que uno en caminos acechados por ese tipejo de Robin Hood, trotaré contigo, si no te desagrada mi compañía.

—Como eres hombre honrado y rico, no me molesta tu compañía; pero, en verdad, no siento gran afición por los mendigos —dijo el comerciante.

—Entonces, adelante —dijo Robin— porque el día termina y oscurecerá antes de que lleguemos a Newark.

Así partieron, el magro caballo cojeando y Robin corriendo a su lado, aguantando la risa ya que no se atrevía a carcajearse en voz alta, no fuera a ser que el comerciante sospechase. Avanzaron hasta llegar a una colina en las afueras de Sherwood. Allí, el hombre delgado puso al paso a su flaco caballo, porque el camino era empinado y deseaba conservar las fuerzas del jamelgo, pues aún faltaba mucho para llegar a Newark. Luego giró sobre la montura y se dirigió a Robin por primera vez desde la encrucijada.

—Aquí está tu mayor peligro, amigo —dijo— pues estamos muy cerca del vil ladrón Robin Hood y del lugar donde vive. Regresemos a campo abierto, y así estaremos más seguros en nuestro viaje.

—Desearía tener tan poco dinero como tú, pues hoy temo que Robin Hood se lleve hasta el último centavo de mi riqueza —dijo Robin.

El otro le guiñó un ojo astutamente.

—Te digo, amigo, que tengo casi tanto como tú, pero está escondido de tal modo que ni un bribón de Sherwood podría encontrarlo.

—Sin duda, bromeas —dijo Robin—. ¿Cómo podría uno esconder doscientas libras en su persona?

—Como eres un hombre tan honesto y, además, mucho más joven que yo, te contaré lo que no he contado nunca a nadie, y así no volverás a cometer la estupidez de creer que un atuendo de mendigo te puede proteger de Robin Hood. ¿Ves estos zuecos que calzo?

—Sí —rio Robin— son tan grandes que hasta un ciego los vería.

—Tranquilo, amigo —dijo el comerciante— que esto no es cosa de broma. Las suelas de estos zuecos no son lo que parecen, pues cada una es una cajita; torciendo el segundo clavo desde la punta, la parte superior del zapato y parte de la suela se levantan como una tapa; dentro hay noventa brillantes libras de oro en cada zapato, todas envueltas en pelo, para evitar que tintineen y se delaten.

Robin rio a carcajadas y, poniendo las manos sobre la rienda de la brida, detuvo al jamelgo tristón.

—Detente, buen amigo —dijo con alegría— eres el viejo zorro más astuto que he visto nunca. Si alguna vez vuelvo a confiar en un hombre de aspecto pobre, ¡aféitame la cabeza y píntamela de azul! Sabe más el diablo por viejo que por diablo.

Robin volvió a reírse hasta temblar de alegría.

El hombre lo miraba fijamente, con la boca abierta de asombro.

—¿Estás loco? No hables así, tan alto y en este lugar. Avancemos, y ahórrate la risa hasta que estemos sanos y salvos en Newark.

Robin, con las lágrimas de alegría húmedas en las mejillas, respondió:

—Pensándolo bien, no iré más lejos, pues tengo buenos amigos por aquí. Puedes avanzar si te apetece, amigo, pero hazlo descalzo, pues me temo que tus zapatos se quedan rezagados. Quítatelos, amigo, porque te digo que me he encaprichado de ellos.

Al oír estas palabras, el hombre se puso pálido como una sábana.

—¿Quién eres tú que hablas así?

Robin volvió a reír, y dijo:

—Por aquí me llaman Robin Hood; así que, dulce amigo, cumple mi orden y dame tus zapatos, y te ruego que lo hagas con presteza, o de lo contrario no llegarás a la bella ciudad de Newark hasta la noche.

Al oír el nombre de Robin Hood, el hombre tembló de miedo y tuvo que agarrarse de las crines de su penoso jamelgo para no caer del lomo. Enseguida, y sin mediar palabra, se quitó los zuecos y los dejó caer sobre el camino. Robin, sosteniendo aún las riendas, se inclinó y los recogió. Luego dijo:

—Buen amigo, suelo pedir a aquellos con quienes trato que festejen en Sherwood conmigo. No te lo pediré a ti, a causa de nuestro agradable viaje juntos, pues te digo que en Sherwood algunos no serían tan gentiles contigo como lo he sido yo. Tu nombre deja un regusto amargo en la lengua de todos los hombres honrados. Hazme caso y no te acerques más a Sherwood, si no quieres encontrarte un día con una flecha entre las costillas. Así que, con esto, te doy las buenas tardes.

Acto seguido, dio una palmada en el flanco del caballo y se alejaron jamelgo y jinete; éste llevaba el rostro empapado de sudor por el susto y nunca más, lo sé, volvió a acercarse tanto al bosque de Sherwood.

Robin se quedó mirándolo y, cuando por fin desapareció de su vista, entró en el bosque, riendo y con los zapatos en la mano.

Aquella noche, en el dulce bosque de Sherwood, las hogueras danzaban rojas entre los árboles y arbustos, y los miembros de la banda se congregaban en torno a ellas para oír a Robin Hood y a Little John contar sus aventuras. Escuchaban con atención, y cada poco tiempo el bosque retumbaba con sus risas.

Cuando acabaron de contar anécdotas, habló fray Tuck.

—Buen amo —dijo— te has divertido mucho, pero me atengo a mi dicho de que la vida del fraile franciscano es la más alegre de las dos.

—No —repuso Will Stutely— yo creo que Robin ha tenido más diversión, pues ha librado dos buenos combates.

Así que algunos de la banda estaban con Robin Hood y otros con Little John. En cuanto a mí... Te dejo que escojas con quién te quedas tú.

CAPÍTULO XVIII

De cómo Robin Hood disparó ante la reina Leonor

La calzada se extendía, blanca y polvorienta, bajo el sol ardiente de la tarde de verano, y los árboles inmóviles jalonaban ambos lados de la línea del camino. El aire caliente temblaba en los prados, y en las límpidas aguas del arroyo atravesado por un puentecillo de piedra, los peces flotaban inmóviles sobre la arena amarilla, y las libélulas permanecían quietas, posadas en la punta de los juncos con las alas brillando al sol.

Por el camino viajaba un joven montado en un hermoso corcel berberisco, blanco como la leche, y la gente se detenía a contemplarlo, pues nunca se había visto en Nottingham un muchacho tan encantador ni tan elegantemente ataviado. No tendría más de dieciséis años y era tan hermoso como una doncella. Sus largos cabellos dorados ondeaban tras él mientras cabalgaba, todo vestido de seda y terciopelo, con las joyas brillando y la daga tintineando contra el pomo de la silla. Así llegaba el joven Richard Partington, paje de la reina, desde la peligrosa ciudad de Londres hasta Nottinghamshire, para buscar a Robin Hood en el bosque de Sherwood por orden de su majestad. El camino era caluroso y polvoriento, y el viaje había sido largo, pues llevaba recorridas desde la ciudad de Leicester unas veinte leguas o más. El joven Partington se alegró mucho cuando vio una dulce posada, sombreada y fresca bajo los árboles, en cuya puerta colgaba un cartel con el dibujo de un jabalí azul. Paró, ató las riendas de su montura y pidió a gritos una jarra de vino renano, pues la cerveza del país era una bebida demasiado tosca para este joven caballero. Frente a la puerta de la posada, bajo la agradable sombra de un amplio roble, había cinco parroquianos sentados en un banco, bebiendo cerveza y más cerveza, y todos observaban al hermoso y gallardo muchacho. Dos de los más corpulentos vestían de verde Lincoln, y junto a cada uno de ellos había un gran y pesado bastón de roble apoyado en el nudoso tronco del árbol.

El posadero llevó al paje una jarra de vino y un vaso alargado sobre una bandeja mientras aún estaba sentado en el caballo. El joven Partington escanció el vino dorado y, alzando el vaso, exclamó:

—Brindo por la salud y la larga felicidad de mi ama, la noble reina Leonor; que mi viaje y sus deseos culminen pronto, y que encuentre al robusto hombre llamado Robin Hood.

Los parroquianos lo observaron, y los fornidos hombres de verde comenzaron a cuchichear entre sí. Uno de los dos, que a Partington le pareció el tipo más alto y corpulento que había visto nunca, tomó la palabra y dijo:

—¿Qué queréis de Robin Hood, maese paje? ¿Y qué desea de él nuestra buena reina Leonor? No pregunto por necedad, sino porque sé alguna cosilla de ese robusto hombre.

—Si es cierto eso —dijo el joven Partington— le harás un buen servicio y un gran placer a nuestra reina ayudándome a encontrarlo.

El otro campesino, que era un tipo apuesto de rostro tostado por el sol y cabello rizado, castaño como la nuez, añadió:

—Tenéis un aspecto honrado, paje, y nuestra reina es amable y leal con todos los campesinos. Creo que mi amigo y yo podríamos guiaros con confianza hasta Robin Hood, pues sabemos dónde se encuentra. Pero os aseguro que no queremos que le ocurra nada malo.

—Tranquilízate, pues nada malo traigo —dijo Partington—. Tengo un amable mensaje para Robin de parte de nuestra reina; si sabéis dónde se encuentra, os ruego que me guiéis hasta él.

Los dos hombres intercambiaron otra mirada, y el más alto dijo:

—Parece seguro hacer esto, Will —a lo que el otro asintió.

Ambos se levantaron, y el alto declaró:

—Creemos que sois sincero, vuestra merced, y que no traéis con vos ningún mal, por lo que os guiaremos hasta Robin Hood como deseáis.

Entonces Partington pagó la cuenta, y se pusieron en camino.

Bajo el verdor del árbol, en la fresca sombra que bañaba el césped, Robin Hood y muchos de su banda yacían sobre la hierba suave escuchando a Allan de Dale cantar y tocar su melodiosa arpa. Reinaba el silencio, pues el canto del joven Allan les brindaba un inmenso gozo, pero súbitamente se oyó el sonido de los cascos de un caballo, y al instante Little John y Will Stutely irrumpieron desde el sendero al claro abierto, con el joven Richard Partington entre ellos en su corcel blanco como la nieve. Los tres se acercaron a Robin Hood bajo la mirada escrutadora de los demás, impresionados por la hermosa estampa ofrecida por el joven paje, tan ricamente ataviado de sedas y terciopelos, oro y joyas. Robin salió a su encuentro, Partington saltó de su caballo y, quitándose la gorra de terciopelo carmesí, se aproximó a él.

—¡Bienvenido! —exclamó Robin—. Bienvenido seáis, hermoso joven; decidme ¿qué trae a alguien de tan bella presencia y tan nobles ropajes a nuestro humilde bosque de Sherwood?

El joven Partington dijo:

—Si no me equivoco, eres el famoso Robin Hood, y ésta tu fiel banda de forajidos. Traigo saludos de nuestra noble reina Leonor. Con frecuencia ha oído hablar de ti y de tus meritorias acciones, y mucho desea ver tu rostro; por ello, quiere que sepas que si vienes pronto a Londres, hará todo lo que esté a su alcance para protegerte de cualquier daño, y regresarás sano y salvo al bosque de Sherwood. Dentro de cuatro días, en los campos de Finsbury, nuestro bueno y renombrado rey Enrique celebrará un gran torneo de tiro al que asistirán los más famosos arqueros de la alegre Inglaterra. Nuestra reina desearía que te midieses con ellos, pues está segura de que si vienes te llevarías el premio. Además te envía, como señal de buena voluntad, este anillo de oro de su bello pulgar, que pongo en tus manos.

Robin Hood inclinó la cabeza y, tomando el anillo, lo besó lealmente y se lo puso en el dedo meñique.

—Antes perdería mi vida que este anillo; y antes de que se separe de mí, mi mano morirá fría o me será arrancada de la muñeca. Vuecencia, cumpliré la orden de nuestra reina y marcharé presto con vos a Londres; pero antes, os ofreceré un banquete en el bosque con lo mejor que tenemos.

—No puede ser —dijo el paje— pues no hay tiempo que perder; prepárate enseguida y si hay alguien de tu banda a quien quieras llevar, nuestra reina me ruega que le dé la bienvenida.

—En verdad, tienes razón —dijo Robin— tenemos poco tiempo, me prepararé prontamente. Elegiré a tres hombres para que me acompañen, que serán Little John, mi verdadera mano derecha, Will

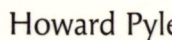

Scarlet, mi primo y Allan de Dale, mi juglar. Id ligeros, muchachos, organizaos con premura y partiremos enseguida. Will Stutely, tú serás el jefe de la banda mientras yo esté fuera.

Little John, Will Scarlet y Allan de Dale corrieron, llenos de alegría, para prepararse, mientras Robin también se organizaba para el viaje. Al poco salieron los cuatro, y con un excelente aspecto, pues Robin vestía de azul de la cabeza a los pies, Little John y Will Scarlet de verde Lincoln, y Allan de Dale de escarlata desde la coronilla hasta los dedos de sus puntiagudos escarpines. Cada hombre llevaba bajo la gorra un pequeño yelmo de acero bruñido con remaches de oro y bajo el coleto una cota de malla entrelazada, fina como la lana de carda, pero tan resistente que ninguna flecha la podía atravesar. Viendo que todo estaba listo, el joven Partington montó en su corcel y, tras las despedidas, los cinco emprendieron la marcha.

Hicieron noche en Melton Mowbray, en Leicestershire, y la noche siguiente se hospedaron en Kettering, en Northampton-shire; a continuación en Bedford Town y después en St. Albans, Hertfordshire. Salieron de allí de madrugada y viajaron veloces por el tierno amanecer del día de verano, cuando el rocío destellaba en los prados y la niebla se cernía en los valles, cuando los pájaros pia-ban dulcemente y las telarañas brillaban como telas de plata, hasta llegar por fin a las torres y murallas de la famosa ciudad de Londres, cuando la mañana todavía estaba joven y dorada hacia el este.

La reina Leonor estaba en su alcoba, a través de cuyas ventanas abiertas entraba el dulce sol derrochando su luz dorada. Sus damas de compañía charlaban en voz baja, mientras ella ensoñaba, sentada donde entraba el aire suave, cargado con los perfumes frescos de las rosas rojas que florecían en el enorme jardín interior. Alguien entró para informarla de que su paje, Richard Partington, acompañado de cuatro fornidos plebeyos, la esperaba en el patio bajo. La reina Leonor se levantó alegremente y ordenó que los condujeran a su presencia de inmediato. Así fue que Robin Hood, Little John, Will Scarlet y Allan de Dale se presentaron ante la reina en su alcoba. Robin hincó una rodilla ante ella con las manos cruzadas sobre el pecho, diciendo sencillamente:

—Aquí estoy, soy Robin Hood. Vos me pedisteis que viniera y yo cumplo vuestra petición. Me entrego a vos como vuestro siervo verdadero, y cumpliré vuestras órdenes hasta derramar la última gota de sangre de mi vida, si es necesario.

La buena reina Leonor sonrió agradablemente, ordenándole que se levantara. Luego dispuso que todos se sentaran a descansar tras su largo viaje. Les sirvieron ricas viandas y vinos nobles, y la reina cedió a sus pajes para que atendiesen las necesidades de los criados. Por fin, cuando hubieron comido hasta hartarse, los interrogó sobre sus aventuras. Ellos le contaron todos los hechos por los que eran conocidos, entre otros la historia del obispo de Hereford y sir Richard de Lea, cuando el obispo había permanecido tres días en el bosque de Sherwood. Al oír esto, la reina y las damas rieron con ganas, pues se imaginaban al orondo obispo morando en el bosque con Robin, como uno más de su banda. Cuando terminaron, la reina pidió a Allan que cantara, pues su fama de juglar había llegado hasta la corte de Londres. Allan tomó el arpa en la mano y rasgó delicadamente las cuerdas, extrayendo de ellas su dulce sonido, y entonó una canción.

> Río manso, río manso,
> brillantes fluyen tus aguas
> deslizánse do tiemblan los álamos,
> deslizánse do soplan los lirios,
> cantando sobre bajíos de guijarros,
> besando las flores en cortesía,
> bajo las acuáticas golondrinas
> purpurando donde sopla la brisa.
>
> Flotando en tu pecho para siempre
> por tu corriente podría deslizarme;
> la pena y el dolor nunca me alcanzan
> en tu brillante y suave marea.
>
> Mi doliente corazón procura el tuyo, amor,
> allí para encontrar paz y reposo
> porque, amando, la dicha es mía, amor,
> y mis cuitas, por incontables, siempre cesan.

Mientras cantó Allan, con todos los ojos puestos en él, ni un solo sonido rompió la quietud, e incluso cuando acabó, el silencio se mantuvo unos instantes. Así transcurrió el tiempo hasta la hora del gran torneo de tiro con arco en los campos de Finsbury. El famoso lugar era un alegre guirigay en aquella esplendorosa mañana de verano. En el prado estaban las casetas de las diferentes bandas de arqueros, pues los vasallos del rey se organizaban en compañías de ochenta hombres, y cada una tenía un capitán al mando. Así, en la pradera se alzaban diez casetas de lona a rayas, una por cada banda de arqueros reales; en lo alto ondeaba una bandera con el color del capitán de cada banda. De la caseta central pendía la bandera amarilla de Tepus, el famoso arquero del rey; a un lado estaba la bandera azul de Gilbert Manoblanca, y al otro el banderín rojo sangre del robusto joven Clifton de Buckinghamshire. Los otros siete capitanes arqueros tenían también gran renombre; entre ellos estaban Egberto de Kent y Guillermo de Southampton; pero los primeros eran los más famosos de todos. Desde el interior de las casetas salía el ruido de muchas voces que hablaban y reían, y los criados entraban y salían de ellas como hormigas de un hormiguero; algunos llevaban cerveza, y otros portaban fardos de cuerdas de arco o gavillas de flechas. A ambos lados del campo de tiro se sucedían filas de asientos que llegaban hasta el alto, y en el centro del lado norte se alzaba un estrado elevado para el rey y la reina, sombreado por lonas de vivos colores y rodeado de banderines de seda rojos, azules, verdes y blancos. Todavía no habían llegado los monarcas, pero los bancos estaban ya llenos de gente, una multitud de cabezas tan grande que daba vértigo mirar. A ochenta yardas del punto desde donde dispararían los arqueros había diez dianas, marcadas con una bandera del color de quien iba a disparar. Todo estaba preparado para la llegada de los reyes.

Por fin sonó un estruendoso toque de clarines, y entraron en el prado seis heraldos con trompetas de plata, de las que colgaban estandartes de terciopelo decorados con ricas filigranas de plata y oro. Detrás venía el corpulento rey Enrique montado en un semental gris rucio, con su reina a su lado en un palafrén de un blanco níveo. Marchaban flanqueados por hombres de su guardia, con la luz del sol rutilando en las hojas pulidas de las alabardas de acero que portaban. Tras ellos venía la corte en gran multitud, y todo el prado se llenó de colores vivos, de seda y terciopelo, de penachos ondeantes y oro reluciente, de joyas y empuñaduras de espada relumbrantes; un espectáculo galante en aquel diáfano día estival.

Todo el pueblo se levantó y gritó, y sus voces tronaron como la tormenta en la costa de Cornualles, cuando las olas oscuras corren sobre la orilla, y saltan y rompen entre la rocalla. En medio de los rugidos y el alborozo popular, y del ondear de pañuelos y bufandas, los reyes bajaron de sus corceles, ascendieron las anchas escaleras hasta el estrado, y allí tomaron asiento en dos tronos adornados con sedas púrpuras y paños de plata y oro.

Reinó el silencio, sonó una corneta, y los arqueros salieron ordenadamente de sus tiendas. Eran en total cuarenta, la banda de hombres más robusta que se podía encontrar en todo el mundo. Llegaron en fila y se detuvieron frente al estrado donde estaban el rey Enrique y su reina. El rey Enrique los miró de arriba abajo con orgullo y el corazón henchido ante tan gallardo grupo de soldados. Luego ordenó a su heraldo, sir Hugh de Mowbray, que proclamara las reglas que regían la competición. Sir Hugh anunció que cada hombre dispararía siete flechas a la diana correspondiente y que, de los ochenta hombres de cada banda, se elegiría a los tres que hubiesen disparado mejor. Estos tres tirarían tres flechas cada uno, y se elegiría de nuevo al mejor. A continuación, cada seleccionado dispararía de nuevo tres flechas, el que disparase la mejor obtendría el primer premio, el que tirase la siguiente mejor recibiría el segundo y el que disparase la siguiente mejor se haría con el tercer premio. Cada uno de los demás participantes recibiría ochenta peniques de plata por su tiro. El primer premio consistiría en doscientas diez libras de oro, un cuerno de corneta de plata con incrustaciones de oro y una aljaba con diez flechas blancas con punta de oro y plumas blancas de cisne. El segundo premio consistiría en cincuenta de los corzos más gordos que corren por Dallen Lea, a abatir cuando el finalista eligiese. El tercer premio consistiría en dos barriles de buen vino renano.

Así habló sir Hugh, y cuando acabó todos los arqueros agitaron los arcos en alto y gritaron. A continuación, cada banda marchó ordenadamente de regreso a su lugar.

Y así comenzó el concurso. Los capitanes se colocaron en posición y dispararon sus flechas, después abrieron paso a los hombres que tiraban tras ellos. En total se dispararon doscientas ochenta flechas, con tanta destreza que, al terminar, cada diana parecía el lomo de un erizo importunado por el perro de la granja. Mucho se tardó en disparar; al terminar, los jueces se acercaron, miraron atentamente las dianas y anunciaron los tres mejores arqueros de cada equipo. Se levantó una entusiasmada algarabía, pues el público coreaba el nombre de su arquero favorito. A continuación, se presentaron diez nuevas dianas, y los ruidos callaron cuando los arqueros volvieron a ocupar sus puestos.

Esta vez el tiro fue más rápido, ya que cada banda disparó sólo nueve flechas. Ninguna erró las dianas, pero en la de Gilbert Manoblanca, cinco saetas se apretaban en el pequeño punto blanco que marcaba el centro; de estas cinco, tres eran de Gilbert. Los jueces se acercaron de nuevo, y mirando las dianas, pronunciaron en voz alta los nombres del arquero elegido como el mejor de cada equipo. De ellos, Gilbert Manoblanca iba en cabeza, pues seis de sus diez flechas se habían clavado en el blanco, aunque el corpulento Tepus y el joven Clifton le pisaban los talones; sin embargo, los demás tenían bastantes posibilidades de lograr el segundo o tercer puesto.

En medio de los rugidos de la multitud, los diez arqueros que quedaban regresaron a las tiendas para descansar un rato y cambiar las cuerdas de sus arcos, pues nada debía fallar en la siguiente ronda, ninguna mano debía temblar ni ningún ojo nublarse por el cansancio.

Entonces, con el zumbido y el murmullo de las conversaciones sonando a su alrededor como el fragor del viento en un frondoso bosque, la reina Leonor se volvió hacia el rey y le dijo:

—¿Crees que estos hombres así elegidos son los mejores arqueros de toda la alegre Inglaterra?

—Así es, en verdad —dijo el rey, sonriendo muy contento— y te digo que no sólo son los mejores arqueros de toda Inglaterra, sino de todo el mundo.

—Pero, ¿qué dirías si yo encontrara a tres arqueros para igualar a los tres mejores de toda tu guardia? —dijo la reina Leonor.

—Diría que has hecho lo que yo no podría hacer —contestó el rey, riendo— pues te aseguro que no hay en el mundo tres arqueros que puedan igualar a Tepus, Gilbert y Clifton de Buckinghamshire.

—Pues bien —dijo la reina— sé de tres hombres, y en verdad los he visto hace poco, que no temería enfrentar a cualquiera de los tres que elijas tú de entre tus cuarenta y tantos arqueros; y además, los enfrentaré aquí, hoy mismo. Pero sólo los mediré con tus hombres a condición de que concedas libre perdón a los que vengan en mi favor.

El rey soltó una larga carcajada, y dijo:

—Te metes en asuntos extraños para una reina. Si traes a esos tres tipos de los que hablas, te prometo fielmente darles libre indulto durante cuarenta días, para que vayan o vengan adonde quieran, y no les tocaré ni un pelo en todo ese tiempo. Además, si estos que traes disparan mejor que mi guardia, hombre por hombre, tendrán los premios merecidos según su puntería. Puesto que te has aficionado de repente a este tipo de deportes, ¿te apetece apostar?

—Por mi fe, confieso que no sé nada de esos asuntos, pero si tienes intención de hacerlo de esa manera, me esforzaré por complacerte. ¿Qué apostarías con tus hombres?

El alegre rey volvió a reír, pues le encantaban las bromas, y dijo en medio de su risa.

—Te apuesto diez barriles de vino renano, diez barriles de la cerveza más fuerte y decenas de arcos de tejo español templado, con aljaba y flechas a juego.

Todos los que estaban alrededor sonrieron, pues parecía una apuesta inadecuada de un rey a una reina, pero la reina Leonor asintió.

—Aceptaré tu apuesta —dijo—. Sé bien dónde colocar esos artículos. Ahora bien, ¿quién está de mi parte en este asunto?

Miró alrededor, pero nadie habló ni quiso apostar con la reina contra arqueros como Tepus, Gilbert y Clifton. Entonces la monarca volvió a hablar:

—Vamos, ¿quién me respaldará en esta apuesta? ¿Queréis vos, mi señor obispo de Hereford?

—No —zanjó el obispo— no es propio de alguien de mi linaje ocuparse de tales asuntos. Además, no hay arqueros como los de su majestad el rey en todo el mundo, por lo que perdería mi dinero.

—Me parece que vuestro oro os pesa más que el agravio a vuestra casulla —dijo la reina, sonriendo ante la carcajada general, pues todos sabían cuánto apreciaba el obispo su dinero.

Entonces la reina se dirigió un caballero cercano, llamado sir Robert Lee.

—¿Me apoyaréis en esta apuesta? Seguramente sois lo bastante rico como para arriesgar tanto por el bien de una dama.

A lo que él replicó:

—Por complacer a mi reina lo haré, pero por nadie más en todo el mundo apostaría un chavo, porque no hay hombre capaz de superar a Tepus, Gilbert y Clifton.

Volviéndose hacia el rey, la reina Leonor declaró:

—No quiero tanta ayuda como la que me ofrece sir Robert; pero contra tu vino, tu cerveza y tus robustos arcos de tejo apuesto esta faja engastada en joyas de mi cintura; seguramente vale más que tu premio.

—Acepto tu apuesta —dijo el rey—. Manda traer tus arqueros enseguida. Aquí vienen los otros; que disparen, y entonces los que ganen se medirán contra los tuyos.

—Que así sea —dijo la reina.

Acto seguido, haciendo una seña al joven Richard Partington, le susurró algo al oído, el paje hizo una reverencia y abandonó el lugar por el prado hacia el otro lado de la loma, donde se perdió entre la multitud. Todos los presentes cuchichearon entre sí, preguntándose qué significaba todo aquello y qué tres hombres iba a oponer la reina a aquellos famosos arqueros de la guardia del rey.

Los diez arqueros de la guardia real volvieron a ponerse en pie, y la gran multitud enmudeció ante la quietud de su concentración. Lenta y cuidadosamente, cada hombre disparaba sus flechas, y tan profundo era el silencio que se podía oír el golpe de cada saeta contra la diana. Entonces, cuando la última flecha voló, resonó un gran rugido; el disparo, por mi fe, fue digno de ese sonido. Una vez más, Gilbert había clavado tres flechas en el blanco, Tepus fue segundo, con dos en el blanco y una en el negro, pero el corpulento Clifton

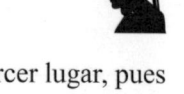

había caído y Hubert de Suffolk había ocupado el tercer lugar, pues Clifton había perdido un tiro en el cuarto anillo y Hubert había conseguido uno en el tercero.

Todos los arqueros de la caseta de Gilbert gritaron de euforia hasta quedarse afónicos, lanzando sus gorras al aire y estrechándose la mano.

En medio del griterío, cinco hombres caminaron por el césped hasta el pabellón del rey. El primero era Richard Partington, conocido por la mayoría de los presentes, pero los otros eran extraños para todos. Junto al joven paje marchaba un varón vestido de azul, y detrás venían dos de verde Lincoln y uno de escarlata. Este último llevaba tres robustos arcos de tejo, dos con incrustaciones de plata y uno de oro. Mientras los cinco avanzaban por el prado, un mensajero salió corriendo de la tienda del rey y llamó a Gilbert, a Tepus y a Hubert para que lo acompañaran. Los gritos cesaron, pues parecía avecinarse algo insólito, de modo que la gente se levantó y se inclinó para ver qué pasaba.

Cuando Partington y los demás llegaron hasta el rey y la reina, los cuatro desconocidos hincaron las rodillas y se descubrieron la cabeza. El rey Enrique los miró atentamente, y el obispo de Hereford, al ver sus rostros, se sobresaltó como si le hubiera picado una avispa. Abrió la boca para hablar, pero vio que la reina lo observaba con una sonrisa, así que se mordió el labio inferior en silencio mientras su rostro adquiría el rojo de una cereza picota.

La reina habló con voz segura:

—Locksley —dijo— he apostado con el rey que tú y dos de tus hombres podéis ganar a los tres que él envíe contra ti. ¿Harás lo mejor que puedas por mí?

—Sí —sentenció Robin Hood, destinatario de las palabras de la reina— haré todo lo que pueda por vos y, si fracaso, juro no volver a tocar la cuerda del arco.

Aunque Little John se había mostrado cohibido en la alcoba de la reina, recuperó la confianza en el hombretón que era cuando sintió la verde hierba bajo sus pies, así que dijo audazmente:

—Dios bendiga vuestro dulce rostro, digo yo. Si existiera un hombre que no hiciera lo mejor por vos, me gustaría ver cómo se descalabra su cabeza de bribón.

—Calma, Little John —murmuró Robin apresuradamente, pero la buena reina Leonor se rio en voz alta, y un murmullo de júbilo resonó por toda la caseta.

El obispo de Hereford no se rio, ni tampoco el rey, sino que le preguntó a la reina:

—¿Quiénes son estos hombres que traes ante nosotros?

El obispo habló, incapaz de callar por más tiempo.

—Majestad, aquel tipo de azul es un ladrón proscrito llamado Robin Hood; aquel villano alto y fornido se hace llamar Little John; el otro de verde es un caballero envilecido, conocido como Will Scarlet; el de rojo es un pícaro juglar del norte, llamado Allan de Dale.

Ante estas palabras, el rey frunció el ceño y se volvió hacia la reina.

—¿Es esto cierto? —dijo severamente.

—Sí —dijo la reina, sonriendo— el obispo dice la verdad; y debe de conocerlos bien, pues él y dos de sus frailes pasaron tres días de asueto con Robin Hood en el bosque de Sherwood. No creí que el buen obispo traicionara así a sus amigos. Pero tened presente que habéis dado vuestra palabra de garantizar la seguridad de estos buenos hombres durante cuarenta días.

—Cumpliré mi promesa —dijo el rey, con un tono grave que delataba la cólera de su corazón— pero cuando pasen los cuarenta días, que ese forajido guarde cuidado, pues tal vez las cosas no le vayan tan bien como quisiera.

Luego se dirigió a sus arqueros, que estaban asombrados ante los acontecimientos. El monarca dijo:

—Gilbert, Tepus, y Hubert, me he comprometido a que disparéis contra estos tres tipos. Si superáis en puntería a los truhanes, llenaré vuestras gorras de peniques de plata; si fracasáis, perderéis los premios que habéis ganado tan justamente, y serán para los que tiren contra vosotros, de hombre a hombre. Esforzaos, muchachos, y si ganáis este combate os alegraréis de ello hasta los últimos días de vuestra vida. Id, ahora.

Los tres arqueros del rey regresaron a sus puestos, y Robin y sus hombres se dirigieron a la marca de disparo. Engarzaron los arcos y se prepararon, revisando las flechas y escogiendo las más redondas y con mejor pluma. Pero cuando los arqueros del rey entraron en sus tiendas, contaron a sus amigos lo sucedido, y también que aquellos cuatro hombres eran el famoso Robin Hood y tres de su banda, a saber, Little John, Will Scarlet y Allan de Dale. La noticia corrió como la pólvora entre los arqueros de las casetas, pues no había hombre que no hubiera oído hablar de ellos. Pronto la noticia llegó a la multitud, de modo que todo el público se puso en pie, estirando el cuello para ver a los famosos forajidos.

Seis dianas nuevas se colocaron, una para cada hombre que iba a disparar, tras lo cual Gilbert, Tepus y Hubert salieron de las casetas. Entonces Robin Hood y Gilbert Manoblanca lanzaron un cuarto de penique al aire para ver quién lideraba el tiro, y la suerte cayó del lado de Gilbert, quien llamó a Hubert de Suffolk para que empezara.

Hubert se colocó, plantó firme el pie en el suelo y encajó una flecha limpia y lisa en el arco; luego, respirando en la punta de los dedos, tensó la cuerda lenta y cuidadosamente. La flecha salió y se clavó en el blanco; disparó de nuevo y volvió a dar en el centro; lanzó una tercera flecha, pero esta vez falló y dio en el negro, aunque a no más de un dedo de distancia del blanco. Se oyeron vítores, porque era el mejor tiro que Hubert había hecho aquel día.

El alegre Robin se echó a reír y dijo:

—No te será fácil mejorar esa ronda, Will, pues ahora te toca a ti. Prepárate, muchacho, y no avergüences a Sherwood.

Entonces Will Scarlet tomó su lugar pero, por exceso de cuidado, estropeó el blanco de la primera flecha, pues tocó el anillo siguiente al negro, el segundo desde el centro. Robin se mordisqueó los labios.

—Muchacho, muchacho —dijo— no sostengas la cuerda tanto tiempo. Ya te he advertido lo que dice Gaffer Swanthold: «El celo excesivo derrama la leche». Will Scarlet hizo caso, y la siguiente flecha se alojó justamente en el anillo central; volvió a disparar, y de nuevo dio en el blanco; pese a todo, el robusto Hubert lo había superado en tiro, y tenía el mejor blanco. Los espectadores aplaudieron de gozo porque Hubert había vencido al forastero.

—Si vuestros arqueros no disparan mejor, perderéis la apuesta, señora —dijo el rey a la reina.

Pero la reina Leonor sonrió, pues esperaba cosas mejores de Robin Hood y de Little John.

Tepus tomó su lugar para disparar. Él también vigiló lo que hacía y cayó en el error de Will Scarlet. La primera flecha dio en el centro del anillo, pero la segunda erró el blanco e hirió la mancha negra; la última flecha tuvo suerte, pues dio en el centro mismo de la diana, en la mancha negra que lo marcaba. Robin Hood dijo:

—Ése es el tiro más dulce que se ha disparado; no obstante, amigo Tepus, tu pastel se ha quemado. Little John, ahora te toca a ti.

Little John se colocó en su sitio y disparó rápidamente sus tres flechas. No bajó el brazo del arco en todo el turno, y encajó cada flecha con el arco largo levantado; sin embargo, sus tres saetas dieron en el centro, a poca distancia del negro. Ningún grito se oyó, porque, aunque era el mejor turno de aquel día, a la gente de Londres no le gustaba ver al corpulento Tepus vencido por un maleante del bosque, aunque fuera tan famoso como Little John.

El corpulento Gilbert Manoblanca ocupó su lugar y disparó con sumo cuidado; y de nuevo, por tercera vez en un día, clavó las tres flechas en el blanco.

—Bien hecho, Gilbert —dijo Robin Hood, golpeándolo en el hombro—. Te juro que eres uno de los mejores arqueros que han visto mis ojos. Deberías ser un hombre del bosque libre y alegre como nosotros, muchacho, pues eres más apto para la verde floresta que para los adoquines y muros grises de la ciudad de Londres.

Diciendo esto, Robin se colocó en su sitio y sacó de la aljaba una flecha hermosa y redonda, que hizo girar una y otra vez antes de ajustar a la cuerda del arco.

El rey murmuró bajo su barba:

—Ahora, bendito san Huberto, si sacudieras el codo de ese bribón para hacerlo dar incluso en el segundo anillo, regalaré ocho veintenas de velas de cera del grosor de tres dedos a tu capilla de Matching.

Pero san Huberto debía tener los oídos tapados con estopa, porque no pareció oír la oración del rey.

Habiendo conseguido tres flechas a su gusto, el alegre Robin examinó cuidadosamente la cuerda del arco antes de disparar.

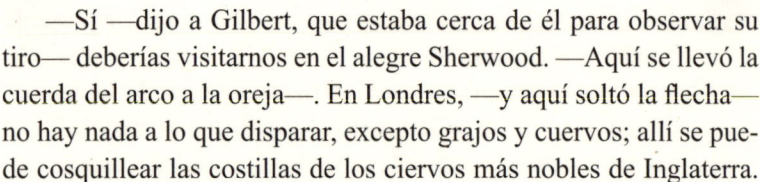

—Sí —dijo a Gilbert, que estaba cerca de él para observar su tiro— deberías visitarnos en el alegre Sherwood. —Aquí se llevó la cuerda del arco a la oreja—. En Londres, —y aquí soltó la flecha— no hay nada a lo que disparar, excepto grajos y cuervos; allí se puede cosquillear las costillas de los ciervos más nobles de Inglaterra.

Robin así tiró mientras hablaba, pero la flecha se alojó a no más de media pulgada del centro mismo.

—¡Por mi alma! —gritó Gilbert—. ¿Eres acaso el diablo vestido de azul, para disparar de ese modo?

—No lo soy —dijo Robin, riendo— no soy tan malo, espero.

Tomó otra flecha y la ajustó a la cuerda. Volvió a lanzar, y de nuevo clavó la flecha cerca del centro; una tercera vez soltó la cuerda del arco y clavó la saeta justo entre las otras dos, y en el centro mismo, y las plumas de las tres se erizaron al unísono, formando desde lejos una única flecha gruesa.

Corría un murmullo entre la gran multitud, pues Londres nunca había visto un tiro así, y nunca más lo volvería a ver después de aquel día. Los arqueros del rey habían sido derrotados, y el corpulento Gilbert chocó su palma con la de Robin, afirmando que jamás podría tañer la cuerda de un arco como Robin Hood o Little John. Pero el rey, lleno de ira, no lo permitió, aunque sabía que sus hombres no podrían ganar.

—¡No! —gritó, apretando las manos sobre los brazos del asiento—. Gilbert aún no ha sido vencido.

—¿Acaso no disparó tres veces? Aunque yo haya perdido la apuesta, él no ha perdido aún el primer premio. Volverán a tirar hasta que él o ese bribón de Robin Hood sean los mejores. Ve tú, sir Hugh, y ordénales que disparen otra ronda, y luego otra más, hasta que uno u otro haya vencido.

Sir Hugh, viendo el enojo del rey, marchó veloz a cumplir su orden; llegó a donde estaban Robin Hood y el otro arquero, y les contó lo que el rey había dispuesto.

—Pues claro —dijo el alegre Robin— dispararé desde ahora hasta mañana, si eso complace a mi graciosísimo señor y rey. Ocupa tu lugar, Gilbert, y dispara.

Gilbert disparó una vez más, pero erró, porque se levantó un poco de viento y su saeta falló el anillo central, pero por no más que el ancho de una paja.

—Vaya, vaya, Gilbert —dijo Robin riendo, y soltó una flecha que volvió a clavarse en el círculo blanco del centro.

El rey se levantó de su asiento sin decir palabra y con mirada torva; habría sido un mal día para quien mostrara felicidad en el rostro en aquel momento. Entonces él, su reina y toda la corte abandonaron el lugar, pero el corazón del monarca ardía de ira.

Cuando el rey se marchó, todos los soldados de la guardia de arqueros, acompañados de muchos espectadores, se agolparon alrededor de Robin, Little John, Will y Allan, para echar un vistazo a los célebres camaradas de la campiña. Así sucedió que los bandidos, con quienes Gilbert hablaba, fueron rodeados por una multitud que formó un círculo a su alrededor.

Al rato se presentaron los tres jueces encargados de repartir los premios, y el principal se dirigió a Robin para decirle:

—Según lo acordado, el primer premio te corresponde a ti; así que aquí te doy el cuerno de plata, aquí el carcaj de diez flechas de oro, y aquí una bolsa de treinta y dos libras de oro.

Le entregó el premio a Robin, y luego se volvió a Little John.

—A ti —dijo— te corresponde el segundo premio, a saber, cincuenta de los mejores ciervos que corren por Dallen Lea. Puedes dispararles cuando quieras.

Por último, se dirigió al corpulento Hubert.

—Tú —dijo— te has medido con los otros arqueros y te has quedado con el premio que te corresponde, es decir, dos barriles de buen vino renano. Te serán entregados cuando lo desees.

Luego llamó a los otros siete arqueros del rey que habían disparado en último lugar y dio a cada uno ochenta peniques de plata.

Robin se levantó y dijo:

—Esta corneta de plata la guardo en honroso recuerdo de este torneo de tiro; pero tú, Gilbert, eres el mejor arquero de toda la guardia del rey, y a ti te doy libremente esta bolsa de oro. Tómala, y ojalá fuera diez veces mayor, pues eres hombre de bien, bueno y verdadero. Además, a cada uno de los diez que dispararon en último lugar les doy una de estas astas de oro a cada uno. Tenedlas

siempre cerca, para que podáis contar a vuestros nietos, si sois bendecidos con ellos, que sois los hombres más fuertes de todo el ancho mundo.

Todos lo aclamaron con enorme alborozo, pues les complacía oír a Robin hablar así de ellos.

Entonces habló Little John.

—Buen amigo Tepus —dijo— no querré esos ciervos de Dallen Lea sino ahora, porque en verdad tenemos más que suficientes en nuestro rincón. Treinta y dos te cedo para que los caces, y cinco doy a cada grupo de arqueros reales para que los cacen ellos.

Se oyó otro clamor, y muchos alzaron sus gorras y juraron que nunca habían pisado el suelo mejores hombres que Robin Hood y sus amigos.

Entre el bullicio, se acercó un hombre alto de la guardia del rey y tomó a Robin de la manga.

—Buen señor, tengo algo que deciros al oído; cosa necia, Dios sabe, para que un robusto vasallo se la diga a otro, pero un joven paje, un tal Richard Partington, os buscaba infructuosamente entre la multitud y, no pudiendo encontraros, me dijo que os traía un mensaje de cierta dama conocida por vos. Me pidió que os lo dijera en privado, palabra por palabra. Era así: «El león gruñe. Cuidado con tu cabeza».

—¡Pardiez! —exclamó Robin sobresaltado, pues sabía que era la reina quien enviaba el mensaje, y que hablaba de la ira del rey—. Os doy las gracias, buen amigo, me habéis prestado un servicio mayor de lo que creéis.

Robin reunió a sus tres amigos y les dijo que era mejor que pusiesen pies en polvorosa, pues sería mal negocio estar cerca de Londres. Así que, sin más dilación, se abrieron paso entre la multitud hasta salir del tumulto. Sin detenerse, abandonaron Londres y se alejaron hacia el norte.

CAPÍTULO XIX

Donde se cuenta la persecución de Robin Hood

Robin Hood y sus compañeros abandonaron los campos de Finsbury y emprendieron sin demora el viaje de vuelta. Bien hicieron en salir pitando, pues apenas habían avanzado tres o cuatro leguas cuando seis soldados de la guardia del rey llegaron corriendo a la multitud en busca de Robin y sus hombres para apresarlos. Romper su promesa fue, sin duda, una mala acción por parte del rey, pero todo sucedió por obra del obispo de Hereford, como veremos a continuación.

Después que el rey abandonase el campo de tiro, se dirigió directamente a su gabinete con el obispo de Hereford y sir Robert Lee; pero el monarca no pronunció ni una palabra a estos dos, sino que se sentó royéndose el labio inferior con el corazón destrozado por lo sucedido. Por fin, el obispo murmuró con voz apesadumbrada.

—Es una lástima, vuestra majestad, que se haya dejado escapar así a este bribón forajido, pues en cuanto regrese sano y salvo al bosque de Sherwood, se pondrá a maniobrar contra el rey y sus hombres.

El rey miró con severidad al obispo:

—Mostraré a su debido tiempo cuánto os equivocáis, pues cuando pasen los cuarenta días me apoderaré de ese ladrón, aunque tenga que derribar todo Sherwood para encontrarlo. ¿Creéis, acaso, que un pobre bribón sin amigos ni dinero va a evadir las leyes del rey de Inglaterra?

El obispo insistió, con su voz aterciopelada.

—Perdonad mi osadía, majestad, y creed que sólo tengo en el corazón el bien de Inglaterra y los deseos de vuestra majestad; pero ¿qué cambiaría que mi piadoso señor arrancara de raíz todos los árboles de Sherwood? ¿No hay otros lugares para que se esconda Robin Hood? Cannock Chase no está lejos de Sherwood, y el gran bosque de Arden no está lejos de Cannock Chase. Además, hay muchos otros bosques en Nottingham y Derby, Lincoln y York, donde a vuestra majestad le sería tan fácil atrapar a Robin Hood como encontrar una aguja en un pajar. No, majestad, si pone un pie en un bosque, está perdido para la ley.

Al oír estas palabras, el rey golpeó la mesa, irritado.

—¿Qué queréis que haga, obispo? ¿No me oísteis dar mi palabra a la reina? Vuestra palabrería es estéril como aire de fuelle sobre brasas muertas.

El taimado obispo repuso:

—Lejos de mí señalar el camino a alguien tan lúcido como vuestra majestad; pero, si yo fuera rey de Inglaterra, vería el asunto de esta manera: he prometido a mi reina, que durante cuarenta días el más astuto bribón del país tendrá libertad para ir y venir, pero si encuentro a este forajido entre mis garras, ¿qué haré? ¿Aferrarme tontamente a una promesa hecha con premura? Supongamos que yo hubiera prometido cumplir las órdenes de vuestra majestad, si ella me ordenase que me matara; ¿debería, entonces, cerrar los ojos y correr sobre mi espada? Así sería mi dilema. Además, me diría a mí mismo que una dama ignora las cosas que atañen al gobierno del Estado; asimismo, sé que la mujer siempre es propensa a los antojos, pues arranca una margarita del camino y luego la tira cuando se le pasa el olor; por lo tanto, aunque se haya encaprichado de este proscrito, esto pronto se desvanecerá y será olvidado. En cuanto a mí, tengo acorralado al mayor villano de toda Inglaterra; ¿abriré, pues, la mano y dejaré que se me escurra entre los dedos? Así, majestad, me hablaría a mí mismo, si yo fuera el rey de Inglaterra.

El rey escuchó sus pérfidos consejos hasta que, al cabo de un rato, se dirigió a sir Robert Lee y le ordenó que enviara a seis soldados de la guardia real para apresar a Robin Hood y a sus tres hombres.

Sir Robert Lee era un caballero gentil y noble, y se sintió muy apenado al ver que el rey rompía su promesa; sin embargo, nada dijo, pues veía con cuánta amargura el monarca se había dispuesto en contra de Robin Hood, pero no envió de inmediato a los hombres de la guardia, sino que acudió primero a la reina, le contó lo sucedido y le pidió que avisara a Robin del peligro. No lo hizo por el bien de Robin Hood, sino por salvar el honor de su señor. Así sucedió que cuando los guardias fueron al campo de tiro, no halla-

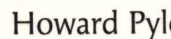

ron a Robin ni a los otros, por lo que no consiguieron pasteles en aquella feria.

La tarde ya había avanzado cuando Robin Hood, Little John, Will y Allan emprendieron la marcha de regreso a casa, caminando alegremente en la tenue luz de la tarde, que se tornó de un rojo rosado mientras el sol se ocultaba en el cielo. Las sombras se alargaron hasta fundirse con el gris del suave crepúsculo. La carretera blanca destacaba contra las oscuras hileras de setos, y por ella caminaban cuatro tipos como cuatro sombras, pisando fuerte y con las voces resonando claras en el silencio del aire. La luna redonda flotaba en el cielo oriental cuando vieron las luces centelleantes de Barnet Town, a unas diez o doce leguas de Londres. Cruzaron las calles pedregosas y pasaron junto a las acogedoras casas con aguilones, ante cuyas puertas se sentaban los burgueses y artesanos con sus familias a la suave luz de la luna, hasta llegar por fin a una pequeña posada, tapizada de rosas y enredaderas, al otro lado de la aldea. Ante ella se detuvo Robin Hood, pues le complacía su aspecto.

—Aquí descansaremos esta noche, pues estamos lejos de Londres y de la ira de nuestro rey. Seguro que encontraremos buenos aposentos aquí. ¿Qué decís, muchachos?

—En verdad, buen amo —dijo Little John— lo que tú pides y lo que yo deseo encajan siempre como la empanada y la cerveza. Yo digo que entremos.

Will Scarlet repuso:

—Siempre estoy dispuesto a hacer lo que digas, tío, pero desearía que estuviéramos más lejos antes de buscar hospedaje. No obstante, si te parece mejor, pernoctemos aquí.

Entraron y pidieron lo mejor que ofrecía el lugar, que resultó ser buen festín con dos botellas de vino, servido por la moza más lozana del país. Little John, que era avispado para las muchachas hermosas aun con viandas y bebida de por medio, levantó los brazos en alto y la miró fijamente, guiñándole un ojo cada vez que la veía mirarlo. La muchacha reía a carcajadas y miraba a Little John de reojo con hoyuelos en las mejillas, pues el tipo tenía un don con las mujeres.

Cuando finalmente terminaron de comer —aunque parecía que no acabarían nunca—, disfrutaron de la sobremesa con unas copas de vino dulce. Estando de esta guisa sentados, irrumpió el posadero y dijo que había alguien en la puerta, un joven escudero llamado Richard Partington, de la casa de la reina, que deseaba ver al muchacho de azul y hablar con él sin perder tiempo. Robin se levantó rápidamente y, pidiendo al posadero que no lo siguiera, dejó a los otros intercambiando miradas y preguntándose qué sucedía.

Robin salió y encontró al joven Richard Partington sentado sobre su montura a la blanca luz de la luna, esperando su llegada.

—¿Qué noticias traéis, querido paje? —dijo Robin—. Confío en que no sean desafortunadas.

—No son poca cosa —dijo el joven Partington—. El rey ha sido azuzado torticeramente contra ti por ese vil obispo de Hereford. Envió a la guardia a arrestarte a los campos de tiro de Finsbury, pero al no encontrarte allí, ha reunido a cincuenta o más hombres armados y los está enviando a la carrera por este mismo camino a Sherwood, ya sea para apresarte en la ruta o para impedir que vuelvas a los bosques. Ha dado al obispo de Hereford el mando sobre estos hombres, y ya sabes lo que puedes esperar del obispo: palabras escuetas y soga larga. Ya hay dos destacamentos de jinetes en camino, no muy rezagados de mí, así que será mejor que te marches inmediatamente; si te demoras más, esta noche dormirás en una helada mazmorra. La reina me ha ordenado que te avise.

—Richard Partington —dijo Robin— ésta es la segunda vez que me salvas la vida, y si llega el momento adecuado, te demostraré que Robin Hood nunca olvida estas cosas. En cuanto a ese obispo de Hereford, como lo vuelva a atrapar cerca de Sherwood, las cosas le irán mal. Puedes decirle a la buena reina que abandonaré presto este lugar, y que haré creer al posadero que vamos a Saint Albans, pero cuando estemos de nuevo en la carretera, yo iré por un camino y enviaré a mis hombres por el otro, de modo que si uno cae en manos del rey los otros puedan escapar. Iremos por vías secundarias y así, espero, llegaremos a Sherwood a salvo. Y ahora, maese paje, me despido de vos.

—Adiós, eres un hombre valiente —dijo el joven Partington—. Deseo que llegues sano y salvo a tu escondite.

Se estrecharon la mano y el muchacho cabalgó de vuelta hacia Londres, mientras Robin entraba en la posada una vez más.

Sus camaradas esperaban su regreso en silencio y acompañados del casero, quien tenía curiosidad por saber qué unía a maese Partington con el hombre de azul.

—Arriba, mis alegres hombres —dijo Robin— éste no es lugar para nosotros, pues nos persiguen aquellos con quienes no tendremos salvación si caemos en sus manos. Avanzaremos sin detenernos hasta llegar a Saint Albans.

Entonces, sacando su bolsa, pagó la cuenta al dueño y salieron de la posada.

Al llegar a la carretera, ya fuera de la población, Robin paró y les contó lo acordado con el joven Partington, pues la guardia real los perseguía como alma que lleva el diablo. Les explicó que se dividirían; ellos tres irían hacia el este y él hacia el oeste, bordearían los caminos principales y llegarían por senderos secundarios a Sherwood.

—Sed astutos —dijo Robin— y alejaos de los caminos del norte hasta que hayáis llegado bien al este. Y tú, Will Scarlet, toma la delantera, pues tu ingenio es astuto.

Entonces Robin besó a los tres en las mejillas, y ellos lo besaron a él, y así se separaron.

Al rato, aproximadamente una veintena de hombres del rey llegaron con gran estrépito hasta la puerta de la posada de Barnet Town. Saltaron de sus caballos, rodearon el lugar, y el jefe de la banda y otros cuatro entraron en la sala donde habían estado los bandidos. Allí vieron que sus pájaros habían vuelto a volar, y que el rey había sido burlado por segunda vez.

—Me pareció que eran unos tipos traviesos —dijo el anfitrión al saber a quién buscaban—. Oí decir a ese bribón de azul que irían directamente a Saint Albans; si os apresuráis, tal vez los alcancéis en el camino.

El jefe agradeció la pista al hospedero y, reuniendo a sus hombres, se puso de nuevo en marcha, galopando hacia Saint Albans a la caza de un ganso salvaje.

Little John, Will Scarlet y Allan de Dale salieron de la carretera cerca de Barnet, y viajaron hacia el este sin detenerse, tan veloces como sus piernas pudieron llevarlos, hasta alcanzar Chelmsford, en Essex. Desde allí giraron al norte y atravesaron Cambridge y Lincolnshire hasta la ciudad de Gainsborough. Luego, avanzando hacia el oeste y el sur, divisaron por fin los lindes septentrionales del bosque de Sherwood, sin haber encontrado en todo el viaje ni una sola banda de hombres del rey. Así viajaron ocho días hasta refugiarse sanos y salvos en el bosque, pero cuando llegaron al claro, descubrieron que Robin aún no había regresado.

Porque Robin no tuvo tanta suerte como sus hombres, como veréis ahora.

Tras abandonar la gran calzada del norte, giró hacia el oeste, y así pasó por Aylesbury al bello Woodstock, en Oxfordshire. Desde allí dirigió sus pasos al norte, recorriendo una gran distancia por la ciudad de Warwick hasta llegar a Dudley, en Staffordshire. Tardó siete días, y luego pensó que había llegado lo bastante lejos en dirección norte, así que volvió a dirigirse al este, evitando los caminos principales y escogiendo senderos y vías frondosas más ocultas; tomó el camino de Litchfield y Ashby de la Zouch hacia Sherwood, hasta llegar a un lugar llamado Stanton. El corazón de Robin se regocijó, pues pensó que el peligro había pasado y que pronto volvería a respirar el aire especiado de los bosques. Pero hay muchos resbalones entre la copa y el labio, como Robin pronto descubriría.

Cuando la guardia real vio frustrada su búsqueda en Saint Albans, y no pudo encontrar a Robin y sus hombres por ninguna parte, no supo qué hacer. Enseguida llegó otro grupo de jinetes, y otro, hasta que todas las calles iluminadas por la luna se llenaron de hombres armados. Entre la medianoche y el amanecer, otro destacamento llegó a la ciudad, y con él llegó el obispo de Hereford. Al enterarse de que Robin Hood había esquivado de nuevo la trampa, no se detuvo ni un minuto, reunió a los hombres y avanzó hacia el norte a toda velocidad, dando instrucciones de que todas las tropas que llegaran a Saint Albans lo siguieran sin detenerse. Al atardecer del cuarto día llegó a la ciudad de Nottingham, donde dividió a sus hombres en grupos de seis o siete y los envió por toda la campiña, bloqueando las carreteras y caminos hacia el este, el sur y el oeste de Sherwood. El *sheriff* de Nottingham convocó también a todos sus hombres y se unió al obispo, viendo la magnífica oportunidad que se le presentaba de vengarse de Robin Hood. Will Scarlet, Little John y Allan de Dale acababan de esquivar a los hombres del rey al este, pues al día siguiente de cruzar el lindero y entrar en Sherwood, los caminos por los que habían viajado estaban bloqueados; si se hubieran demorado, habrían caído en manos del obispo.

Pero Robin no sabía nada de todo esto y silbaba alegremente por el camino más allá de Stanton, con el corazón tan libre de preocupaciones como la yema de un huevo lo está de telarañas. Por fin llegó a un pequeño arroyo que rebosaba sobre el camino formando una charca poco profunda, que titilaba al juguetear sobre su lecho de grava dorada. Robin se detuvo, se arrodilló, sediento, y formó un cuenco con las manos para beber. A ambos lados del camino, a gran distancia, había matorrales enmarañados de arbustos y árboles jóvenes, y el corazón de Robin se alegraba al oír el canto de los pajarillos, pues le recordaba a Sherwood y le parecía que llevaba una vida entera sin respirar el aire de los bosques. Pero de pronto, mientras bebía agachado, algo silbó junto a su oído y salpicó la grava y el agua. Rápido como un rayo, Robin se levantó de un salto, cruzó el arroyo y el borde del camino y se zambulló de cabeza en la espesura sin mirar a su alrededor, pues sabía que lo que había siseado tan venenosamente junto a su oreja era una flecha de ganso gris, y que un segundo de retraso significaba la muerte. Mientras se internaba en la maleza, seis flechas más lo persiguieron entre las ramas, una de las cuales le perforó el jubón y se le habría clavado profundamente en el costado de no ser por la resistente malla de acero que llevaba. En ese momento, algunos hombres del rey subieron por el camino a toda velocidad. Saltaron de sus caballos y se adentraron en la floresta tras el proscrito. Pero Robin conocía el terreno mejor que ellos, de modo que arrastrándose por aquí, agachándose por allá y corriendo a través de algún pequeño claro, los dejó muy atrás y salió por fin a otro camino, a unos ochocientos pasos del que había dejado. Allí se quedó unos instantes, escuchando los gritos lejanos de los siete hombres, que rebuscaban en la maleza como sabuesos que han perdido el rastro de la presa. Luego, ciñéndose más el cinturón, echó a correr velozmente por el camino en dirección este, hacia Sherwood.

Pero no había avanzado más de tres estadios cuando llegó a la cima de un monte y divisó otro destacamento de la guardia real; estaban sentados a la sombra en el camino que recorría, allá abajo, el valle. Robin no se detuvo ni un segundo, pues, sabiéndose aún camuflado, dio media vuelta y echó a correr por donde había venido, pues era preferible arriesgarse y escapar de los soldados que aún estaban en la espesura, que precipitarse en los brazos de los que estaban en el valle. Volvió a toda velocidad y, cuando aún no había entrado en el refugio aportado por los matorrales, los siete hombres salieron al camino abierto. Emitieron un enorme grito al verlo, como el que da el cazador cuando el ciervo sale de la maleza, pero Robin ya estaba a un cuarto de milla de distancia. Cada vez se alejaba más de ellos, corriendo por el terreno como un galgo; sin aflojar el paso, corrió, milla tras milla, hasta aproximarse a Mackworth, más allá del río Derwent, cerca de la ciudad de Derby. Extenuado, bajó el ritmo y al fin tomó asiento bajo un seto, donde la hierba era más larga y la sombra más fresca, para descansar y recuperar el aliento. «Por mi alma, Robin» se dijo «ha sido la huida por los pelos más peliaguda de mi vida. La pluma de esa malvada flecha me cosquilleó la oreja cuando pasó zumbando. Esta carrera me ha dado un enorme apetito de comida y bebida. Le ruego a san Dunstan que me envíe pronto algo de carne y cerveza».

Como si san Dunstan respondiera a su plegaria, por el camino llegó arrastrando los pies un zapatero llamado Quince, de Derby, que había llevado un par de zapatos a un granjero cercano a Kirk Langly y ahora regresaba a casa, con un buen capón asado en la bolsa y una jarra de cerveza en el costado, que el granjero le había dado en agradecimiento por tan robusto par de zapatos. El buen Quince era un hombre honrado pero con la mollera medio hueca, como masa sin cocer, y lo único que se le pasaba por la cabeza era «Tres chelines con seis peniques por tu zapato, buen Quince; tres chelines con seis peniques por tu zapato», y le daba vueltas y más vueltas, sin que le entrara otro pensamiento en la sesera, como un guisante da vueltas y vueltas dentro de una olla vacía.

—Hola, buen amigo —dijo Robin desde debajo del seto—. ¿Adónde te diriges tan alegremente en este día luminoso?

El zapatero se detuvo y, viendo a un forastero bien vestido de azul, le habló con toda cortesía.

—Buen señor, os diré que vengo de Kirk Langly, donde vendí unos zapatos y obtuve tres chelines y seis peniques por ellos, el dinero más dulce que jamás hayáis visto, y además ganado honradamente, os lo hago saber. Pero si me permitís el atrevimiento, amigo, ¿qué hacéis bajo el seto?

—Pardiez —dijo el alegre Robin— estoy bajo el seto para echar sal en las colas de los pájaros de oro; pero tú eres el primer polluelo de valor que he visto en este bendito día.

Los ojos del zapatero se abrieron de par en par y la boca se redondeó de asombro, como un nudo en la madera de una cerca.

—Vaya, vaya —dijo—. Nunca he visto esos pájaros dorados. ¿Y están en estos setos, buen amigo? Dime, ¿hay muchos? Me gustaría encontrarlos a mí también.

—Pues claro —dijo Robin—, abundan tanto aquí como los arenques frescos en Cannock Chase.

—Vaya, vaya —repitió el zapatero, estupefacto—. ¿Y los atrapas echándoles sal en las colitas?

—Así es —dijo Robin— pero esta sal es diferente, te digo, pues sólo puede obtenerse hirviendo un cuarto de galón de rayos de luna en una bandeja de madera, hasta que se reduzcan y sólo quede una pizca. Pero dime ahora, amigo perspicaz, ¿qué hay en esa bolsa y en esa vasija que llevas?

El zapatero bajó la vista hacia las cosas que mencionaba el alegre Robin, pues los pensamientos sobre el pájaro dorado las habían alejado de su mente, y le costó un poco recordarlas.

—En una hay buena cerveza de marzo y en la otra un gordo capón. Verdaderamente, hoy Quince el zapatero disfrutará de un buen festín.

—Dime, buen Quince —inquirió Robin—, ¿tienes intención de venderme esas cosas? Porque suenan dulces a mis oídos. Te daré este alegre atavío azul que llevo puesto, y diez chelines por tus ropas, tu delantal de cuero, tu cerveza y tu capón. ¿Qué dices, bravucón?

—Digo que bromeas —declaró el zapatero— pues mi ropa es tosca y remendada, y la tuya es de fina tela y muy hermosa.

—No hay chanza —dijo Robin—. Ven, quítate la chaqueta y te lo mostraré, pues te digo que me gusta tu ropa. Además, seré benévolo contigo, pues pienso devorar la pitanza presto e invitarte a compartirla.

Robin comenzó a quitarse el jubón y el zapatero, viéndolo tan serio, comenzó también a desvestirse, pues le chispeaban los ojos ante el atuendo del bandido. Cada uno se puso la ropa del otro, y Robin le entregó al honrado zapatero diez nuevos y brillantes chelines. El alegre Robin afirmó:

—He sido muchas cosas en mi vida, pero nunca un honrado zapatero. Vamos a comer, amigo, pues algo en mí cacarea muy alto por ese gordo capón. Se sentaron para dar cuenta de las viandas; al terminar, los huesos del capón estaban tan pelados como la caridad.

Robin estiró las piernas con un dulce sentimiento de consuelo en su interior.

—Por el tono de tu voz, buen Quince, sé que tienes una o dos canciones hermosas sueltas en la cabeza como potros en un prado. Te ruego que me saques una.

—Una o dos canciones tengo —dijo el zapatero— pobres tonadas son, pero bienvenido seas a una ellas.

Y así, humedeciéndose la garganta con un trago de cerveza, cantó:

De todos los placeres, aquel que yo más amo,
canta, ay, mi alegre Nan,
y el que más mueve mi alma,
es aquel tintineo de la lata.

Cualquier otra dicha yo desecharía,
canta, ay, mi alegre Nan,
pero esto...

El buen zapatero no llegó más lejos en su canción, pues seis jinetes irrumpieron donde estaban sentados y agarraron bruscamente al honrado artesano, poniéndolo en pie con tal rudeza que casi le arrancaron la ropa al hacerlo. El jefe de la banda rugió satisfecho.

—¡Eres nuestro al fin, bribón de azul! Bendito sea el nombre de san Huberto, ya somos ochenta libras más ricos que antes, pues el buen obispo de Hereford ha prometido ese importe al destacamento que te lleve ante él. ¡Oh, rufián! ¡Pareces tan inocente! Pero te conocemos, viejo zorro. Ven con nosotros para que te corten el melón de inmediato.

Al oír estas palabras, el pobre zapatero miró en derredor con los grandes ojos azules tan redondos como los de un pez muerto, mientras su boca se entreabría como si se hubiera tragado las palabras y perdido el habla.

Robin también se quedó boquiabierto y miró asombrado, como lo habría hecho el zapatero en su lugar.

—Por todos los santos del cielo, no sé si estoy sentado aquí o en tierra de nadie. ¿Qué significa este revuelo, queridos caballeros? Sin duda, éste es un tipo bueno y honrado.

—¿«Honrado» dices, payaso? —ladró uno de los hombres—. Éste es el bribón sarnoso al que llaman Robin Hood.

El zapatero se quedó más boquiabierto que nunca, pues su cabeza alojaba tal batiburrillo de ideas que tenía el ingenio nublado por el polvo y la paja. Además, al mirar a Robin Hood y ver que el bandido se parecía tanto a lo que él creía ser, un zapatero, empezó a dudar y a pensar que tal vez él mismo era el gran forajido en realidad. Entonces dijo, con voz pensativa:

—¿Soy yo en verdad ese tipo?, ya había pensado que... pero no, Quince, te equivocas; pero ¿lo soy? En verdad, nunca pensé que pasaría de ser un humilde artesano a tan gran señor.

—¡Pardiez! —protestó Robin Hood—. ¡Mirad!, ¡ved cómo vuestros malos tratos han cuajado el ingenio de este pobre muchacho y lo han agriado. Yo soy Quince, el zapatero de la ciudad de Derby.

—¿Ah, sí? —dijo Quince—, entonces, en efecto, yo soy otro, y no puedo ser más que Robin Hood. Prendedme, amigos, pero os diré que le habéis puesto la mano encima al más robusto de los hombres que jamás pisaron los bosques.

—Así que te haces el loco, con que esas tenemos... —dijo el hombre al mando—. Giles, trae una cuerda y átale las manos a este granuja. Te aseguro que recobrará el juicio cuando lo llevemos ante nuestro obispo en Tutbury.

Le ataron las manos por detrás y se lo llevaron con una cuerda, como el granjero lleva al ternero que trae de la feria. Robin los siguió con la mirada y cuando se fueron rio hasta que las lágrimas le rodaron por las mejillas, pues sabía que no le ocurriría nada malo a aquel hombre honrado, y se imaginó la cara del obispo cuando el buen Quince fuese llevado ante él como Robin Hood. Volviendo sus pasos hacia el este una vez más, marchó con el pie derecho primero hacia Nottinghamshire y el bosque de Sherwood.

Pero Robin Hood había pasado más contratiempos de lo esperado. El viaje desde Londres había sido duro y largo, y en una noche había recorrido más de setenta leguas. Pensaba continuar sin detenerse hasta llegar a Sherwood, pero antes de haber recorrido diez leguas sintió que sus fuerzas cedían como la orilla de un río socavado por las aguas. Se sentó y descansó, pero sabía que no podría llegar más lejos aquel día, pues sentía los pies como bloques de plomo, de tan pesados que estaban por el cansancio. Una vez más se levantó y siguió adelante, pero después de recorrer un par de leguas se vio obligado a abandonar el asunto; al llegar a una posada entró y le pidió al dueño que le mostrara una habitación, aunque el sol apenas se ocultaba en el cielo occidental. No había más que tres dormitorios en el lugar, el dueño mostró a Robin Hood el más miserable, pero poco le importaba al bandido el aspecto del lugar, pues podría haber dormido sobre un lecho de piedras rotas. Despojándose de sus ropas sin más preámbulos, se metió en la cama y se durmió casi antes de que su cabeza tocara el colchón.

Poco después de que Robin se hubiera retirado a descansar, una gran nube asomó ennegrecida sobre las colinas, hacia el oeste. Cada vez se elevaba más, hasta amontonarse en la noche como un cúmulo de oscuridad. Bajo ella refulgía de vez en cuando un relámpago, rojo y apagado, y se oía un murmullo sombrío que anunciaba un trueno. Entonces llegaron cuatro robustos burgueses de la ciudad de Nottingham, pues ésta era la única posada en cinco leguas a la redonda y no querían verse sorprendidos por una tormenta como la que se les venía encima. Dejando sus jacos al mozo de cuadras, entraron en la mejor sala de la posada, con frescos juncos verdes esparcidos por el suelo, y allí pidieron la más suculenta comida que el lugar ofrecía. Después de comer copiosamente, pidieron al dueño que los acompañara a sus aposentos, pues estaban cansados de cabalgar todo el día desde Dronfield. Así marcharon, refunfuñando por tener que dormir dos en una cama, pero sus problemas a este respecto, así como todos los demás, pronto se perdieron en la tranquilidad del sueño.

Entonces llegó la primera ráfaga de viento, que pasó a toda velocidad por el lugar, golpeando puertas y postigos, y anunciando el olor de la lluvia que se avecinaba, y todo quedó envuelto en una nube de polvo y hojas. Como si el viento hubiera traído a un huésped, la puerta se abrió de golpe y entró un fraile del priorato de Emmet, y era uno de alcurnia, como lo demostraban el lustre de sus ropas y la riqueza de su rosario. Llamó al casero y le pidió que primero alimentara y arrumbara bien a su mula en el establo, y que luego le trajera a él lo mejor de la casa. Así pues, le sirvieron un sabroso guiso de callos y cebollas con pequeños buñuelos regordetes, así como una buena jarra de malvasía. El fraile se puso a comer con gran valor y entusiasmo, y en poco tiempo no quedó más que un pequeño charco de salsa en el centro de la fuente, no lo bastante grande como para mantener con vida a un ratón hambriento.

Entretanto estalló la tormenta. Otra ráfaga de viento azotó la casa y con ella cayeron unos cuantos goterones de lluvia, que al poco rato se precipitaron en chaparrones, tamborileando contra las ventanas como los dedos de cien manos. Fulgurantes relámpagos iluminaban cada gota de lluvia, y con ellos llegaban los truenos, que retumbaban y golpeaban como si san Swithin hiciera rodar grandes barriles de agua sobre el áspero suelo. Las muchachas gritaban, y los oportunos mozos de la taberna les rodeaban la cintura con los brazos para tranquilizarlas.

Por fin, el santo fraile pidió al dueño que le mostrara su habitación; pero cuando se enteró de que iba a dormir con un zapatero, se sintió enfurecido. No había nada que hacer, y debía dormir allí o en ninguna parte, así que, tomando su vela, se marchó, refunfuñando como el trueno ya lejano. Al llegar al dormitorio, sostuvo la luz sobre Robin y lo miró de pies a cabeza; entonces se sintió complacido, pues en vez de un tipo tosco de barba sucia, vio a un muchacho tan fresco y limpio como se podría desear. Se desvistió y se acurrucó también en la cama, donde Robin, gruñendo y refunfuñando en sueños, le hizo sitio. Robin estaba más profundamente dormido de lo que lo había estado en muchos días, pues de otro modo nunca habría descansado tan tranquilamente con un fraile tan cerca. En cuanto al fraile, si hubiera sabido quién era Robin Hood, podéis creer que habría preferido dormir con una víbora que con el hombre que tenía por compañero de cama.

Robin pasó la noche con bastante comodidad, pero al amanecer abrió los ojos y giró la cabeza sobre la almohada. Se quedó boquiabierto al ver a un tipo completamente afeitado y rapado, pues supo que era un miembro de las órdenes sagradas. Se pellizcó bruscamente, pero al comprobar que estaba despierto, se sentó en la cama, mientras el otro dormía tan plácidamente como si estuviera sano y salvo en su alcoba del priorato de Emmet. «Me pregunto cómo ha podido caer esto en mi cama durante la noche», se dijo. Robin se levantó suavemente para no despertar al otro, y divisó las ropas del fraile tendidas sobre un banco cerca de la pared. Primero miró la ropa, luego miró al fraile y guiñó lentamente un ojo. Dijo:

—Buen hermano como-te-llames, ya que te has metido en mi cama tan gratuitamente, yo me meteré en tu ropa a cambio.

Robin se vistió rápido con el hábito del religioso y dejó amablemente en su lugar los andrajos del zapatero. Luego salió a la frescura de la mañana y el mozo de cuadras, que estaba levantado y en los establos, abrió los ojos como si tuviera un ratón verde delante, pues los hombres como los frailes de Emmet no solían ser madrugadores; pero el mozo reprimió sus pensamientos y sólo preguntó a Robin si quería que le trajera su mula del establo.

—Sí, hijo mío —dijo Robin, que nada sabía de la mula— y tráela presto, te lo ruego, pues se hace tarde y debo salir rápido.

El mozo de cuadras sacó la mula, Robin la montó y siguió alegre su camino.

En cuanto al santo fraile, cuando despertó se vio en un buen brete, pues sus ricas y suaves ropas habían desaparecido, así como su bolsa con diez libras de oro, y no le quedaba más que ropas remendadas y un delantal de cuero. Se enfureció y maldijo como un gañán, pero como sus maldiciones no arreglaban nada y el posadero no podía ayudarle, y como, además, debía estar en el priorato de Emmet aquella misma mañana, prefirió ponerse la ropa del zapatero que recorrer el camino desnudo. Se vistió y, todavía furioso y jurando venganza contra todos los zapateros de Derbyshire, emprendió el camino a pie; pero sus males aún no habían acabado, pues no había llegado muy lejos cuando cayó en manos de la guardia real, que lo condujo a la ciudad de Tutbury y al obispo de Hereford. En vano juró que era un hombre santo y mostró su tonsura; lo prendieron, pues nada les servía, sino que él era Robin Hood.

Mientras tanto, Robin cabalgaba contento, pasando sin consecuencias dos destacamentos de la guardia real, hasta que su corazón comenzó a bailar por la cercanía de Sherwood. Viajó siempre hacia el este hasta que, de repente, halló a un noble caballero en un sendero sombreado. Robin detuvo su mula al instante y saltó de su lomo.

—Bien hallado, sir Richard de Lea —exclamó— pues prefiero ver tu rostro hoy que el de cualquier otro de toda Inglaterra.

Entonces le contó a sir Richard todo lo sucedido, y también que por fin se sentía a salvo, tan cerca de Sherwood de nuevo. Pero cuando terminó, sir Richard sacudió tristemente la cabeza.

—Ahora corres más peligro que nunca, Robin, pues ante ti hay brigadas de hombres del *sheriff* que bloquean todos los caminos y no dejan pasar a nadie sin examinarlo de cerca. Yo mismo lo sé, pues acabo de cruzarlas. Tienes delante a los hombres del *sheriff* y detrás a los del rey, y no podrás cruzar por ninguno de los dos lados, porque a estas horas ya sabrán de tu disfraz y estarán esperándote para apresarte. Mi castillo y todo lo que hay en él es tuyo, pero no ganas nada yendo allí, porque no puedo mantenerlo contra una fuerza como la que hay ahora en Nottingham, de los hombres del rey y del *sheriff.*

Sir Richard inclinó la cabeza, pensativo, y Robin sintió que su corazón se hundía dentro de él, como el del zorro que oye a los sabuesos pisándole los talones y encuentra su guarida bloqueada con tierra.

—Una cosa puedes hacer, Robin. Vuelve a Londres y ponte a merced de nuestra buena reina Leonor. Ven enseguida a mi castillo. Quítate ese atuendo y ponte el que llevan mis criados. Iré a Londres con una tropa de hombres detrás de mí y te mezclarás con ellos, y así te llevaré a donde puedas hablar con la reina. Tu única esperanza es llegar a Sherwood, porque allí nadie puede alcanzarte, y nunca llegarás a Sherwood si no es de esta manera.

Robin se fue con sir Richard de Lea y siguió sus consejos, porque vio la sabiduría de lo que el caballero advertía, y que ésta era su única oportunidad de salvarse.

La reina Leonor paseaba por su jardín real viendo las rosas que florecían, y con ella caminaban seis damas de compañía, charlando alegremente. Entonces, un hombre saltó a lo alto del muro desde el otro lado y, colgando un momento, se dejó caer ligeramente sobre la hierba del interior. Todas las damas de compañía chillaron ante su llegada, pero el hombre corrió hacia la reina y se arrodilló a sus pies, y ella vio que era Robin Hood.

—¿Por qué ahora, Robin, cómo osas venir a las fauces del león furioso? ¡Pobre desgraciado! Estás perdido si el rey te encuentra aquí.

Robin dijo:

—Sé muy bien que el rey me busca, y por eso he venido. Ciertamente, ningún mal puede ocurrirme cuando él ha dado su real palabra de garantizar mi seguridad a vuestra majestad. Además, conozco la bondad y dulzura de corazón de vuestra majestad, y por eso pongo mi vida libremente en vuestras bondadosas manos.

—Entiendo lo que dices, Robin Hood —afirmó la reina—, y es lo mejor que puedes hacer, pues sé que no he hecho por ti lo que debería. Sé muy bien que debes haber estado muy acorralado, para saltar tan audazmente a un peligro para escapar de otro. Una vez más te prometo mi ayuda, y haré todo lo que pueda para que regreses sano y salvo al bosque de Sherwood. Espera aquí hasta mi regreso.

Así dejó a Robin en el jardín de las rosas, y se ausentó un largo rato.

Cuando regresó, sir Robert Lee la acompañaba; las mejillas de la reina estaban encendidas y sus ojos centelleaban, como si hubiera estado hablando con lenguaje altisonante. Sir Robert se acercó hasta donde estaba Robin Hood y le habló con voz fría y severa:

—Nuestro bondadoso soberano el rey ha mitigado su ira contra ti, amigo, y ha prometido una vez más que partirás en paz y seguro. No sólo ha prometido esto, sino que dentro de tres días enviará a uno de sus pajes para que te acompañe y vele por que nadie detenga tu viaje de regreso. Agradeced a vuestra patrona el tener tan buena amiga en nuestra noble reina, pues de no ser por su persuasión, seríais hombre muerto, os lo aseguro. Que este peligro por el que has pasado te enseñe dos lecciones. Primero, sé más sincero. Segundo, no seas tan audaz en tus idas y venidas. Un hombre que camina en la oscuridad como tú puede escapar por un tiempo, pero al final seguramente caerá en el pozo. Has puesto tu cabeza en la boca del león furioso, y has escapado de milagro. No vuelvas a intentarlo.

Diciendo esto, dejó a Robin y se fue.

Tres días permaneció Robin en Londres alojado con la reina, y al cabo de ese tiempo llegó el paje mayor del rey, Edward Cunningham, que partió hacia el norte, camino de Sherwood, llevando consigo al proscrito. De cuando en cuando se cruzaban con destacamentos de la guardia real que regresaban a Londres, pero ninguno los detuvo y así, por fin, llegaron a la dulce y frondosa floresta.

CAPÍTULO XX

Donde se narra el encuentro de Robin Hood y Guy de Gisbourne

Largo tiempo pasó tras la gran persecución, y Robin siguió una parte del consejo de sir Robert Lee en cuanto a ser menos audaz en idas y venidas; pues, aunque no fuese más honrado (según se entiende generalmente la honradez), tuvo buen cuidado de no viajar tan lejos de Sherwood como para no poder regresar ni fácil ni rápidamente.

Grandes cambios se produjeron en ese tiempo, pues el rey Enrique falleció y el rey Ricardo accedió a la merecida corona a través de numerosas y amargas vicisitudes, y también de aventuras tan fascinantes como las de Robin Hood. Pese a estos cambios, empero, las sombras no llegaron al corazón de Sherwood, pues allí Robin Hood y sus hombres vivían tan alegremente como siempre, con cacerías y banquetes, cantos y alegres deportes de bosque; pues poco les preocupaban los afanes exteriores del mundo.

Un día de verano amaneció tan fresco y brillante que los pájaros piaban melodiosos en una colosal algarada de sonidos. Tan fuerte era su canto que despertó a Robin Hood donde yacía dormido, el bandido se agitó, se revolvió y finalmente se levantó. También lo hicieron Little John y todos los alegres hombres; desayunaron, y después se atarearon aquí y allá con los quehaceres del día.

Robin Hood y Little John caminaban después por un sendero del bosque, y a su alrededor las hojas bailaban en el temblor de la brisa, con la luz del sol pestañeando entre su aleteo. Robin Hood dijo:

—Por mi fe, Little John, me pica la sangre en las venas en esta jubilosa mañana. ¿Qué te parece si buscamos aventuras cada uno por su cuenta?

—Maravilloso, de todo corazón —dijo Little John—. Hemos vivido numerosas gestas separados, buen amo. He aquí dos caminos; toma tú el de la derecha y yo tomaré el de la izquierda, y continuemos en línea recta hasta caer en alguna aventura.

—Me complace tu plan —dijo Robin— separémonos aquí. Pero Little John, no te metas en líos, por nada del mundo quisiera que te aconteciese nada malo.

—Pardiez —dijo Little John—, ¡qué cosas dices! Me parece que te sueles enredar tú mucho más que yo.

Robin Hood se echó a reír.

—Ciertamente, Little John, tu tosquedad y tu cabeza dura conspiran para que caigas de pie, pero veamos quién sale mejor parado hoy.

Se estrecharon la mano y cada uno tomó su camino, y los árboles taparon enseguida al uno de la vista del otro.

Robin Hood siguió hasta llegar a un amplio camino boscoso. Arriba, las ramas de los árboles se entrelazaban en un follaje titilante, dorado donde lo atravesaba la luz del sol; bajo sus pies, el suelo se mullía blando y húmedo a cuenta de aquella sombra protectora. En este glorioso paraje le aconteció a Robin Hood la aventura más intensa de su vida.

Caminando por el sendero del bosque, sin pensar en otra cosa que el canto de los pájaros, llegó a un hombre sentado sobre las raíces musgosas, bajo la sombra de un roble de gran envergadura. Robin Hood vio que el sujeto no lo había avistado, así que se detuvo a examinarlo antes de continuar. El varón era digno de ser observado, pues iba vestido de la cabeza a los pies con una piel de caballo, con el pelo y la piel hacia fuera. Sobre la cabeza llevaba una capucha que le ocultaba el rostro, creada con la piel del caballo, cuyas orejas sobresalían como las de un conejo. En el cuerpo vestía una chaqueta hecha de piel, y sus piernas estaban cubiertas igualmente con el pellejo peludo. A su lado tenía un mandoble y un puñal de doble filo. Una aljaba de suaves flechas redondas colgaba de sus hombros, y su robusto arco de tejo se apoyaba en el árbol que tenía al lado.

—Hola, amigo —saludó Robin, acercándose al fin—, ¿quién sois, que estáis ahí sentado? ¿Y qué lleváis sobre el cuerpo? Juro que nunca había visto algo semejante en toda mi vida. Si hubiera hecho algo malo, o me remordiera la conciencia, os temería, pensando que erais alguien del piso de abajo que me traía un mensaje de Belcebú.

El otro no respondió ni una palabra, pero se apartó la capucha y mostró un ceño fruncido, una nariz aguileña y un par de ojos negros, fieros e inquietos; el rostro en conjunto hizo pensar a Robin en un halcón. Pero además, había algo en las líneas de la cara del desconocido, en la boca delgada y cruel, y en el duro brillo de los ojos, que ponía los pelos de punta.

—¿Quién sois, bribón? —dijo al fin con voz fuerte y áspera.

—Chist, chist —chasqueó el alegre Robin— no habléis tan agriamente, hermano. ¿Habéis desayunado vinagre y ortigas esta mañana para hacer vuestras palabras urticantes?

—Si no os gustan mis palabras —atajó el otro ferozmente— más os vale salir corriendo, pues os digo claramente que mis hechos están a la altura de ellas.

—No, no, me encantan vuestras palabras, melifluo querubín —dijo Robin, acuclillándose en la hierba frente al otro—. Es más, vuestro decir es tan ingenioso y divertido como el que más.

Sin añadir nada, el otro clavó a Robin una mirada malvada y torva, como un perro feroz a un hombre antes de lanzarse a degollarlo. Robin se la devolvió con inocencia, sin una sombra de sonrisa en los ojos ni en las comisuras de los labios. Así permanecieron, mirándose durante largo rato, hasta que el desconocido rompió el silencio.

—¿Cómo os llamáis, amigo?

—Me alegra mucho oíros hablar —contestó Robin— pues empezaba a temer que os hubierais quedado mudo. En cuanto a mi nombre, puede ser éste o aquél; pero es más apropiado que me deis el vuestro, ya que sois el forastero en estos parajes. Os ruego, dulce amigo, que me expliquéis por qué lleváis esa delicada vestimenta sobre vuestro hermoso cuerpo.

El otro soltó una carcajada breve y áspera.

—Por los huesos del demonio Odín, sois el hombre más audaz que he visto en mi vida. No sé por qué no os machaco ahí mismo donde estáis sentado, pues hace sólo dos días ensarté a un hombre en Nottingham por decir menos de la mitad de lo que vos me habéis dicho. Llevo esta vestimenta, pedazo de imbécil, para mantenerme caliente; además, es casi tan buena como una malla de acero contra un golpe de espada. En cuanto a mi nombre, no me importa quién lo sepa. Es Guy de Gisbourne, puede que lo hayáis oído antes. Vengo de los bosques de Herefordshire, de las tierras del obispo de esa zona. Soy un forajido, me gano la vida por las buenas y por las malas de una manera que no viene al caso contar. No hace mucho, el obispo me mandó llamar y me aseguró que si hacía un servicio para el *sheriff* de Nottingham, me conseguiría el indulto y, además, me daría decenas de miles de libras. Así que fui a Nottingham y hablé con el *sheriff,* ¿y qué creéis que quería de mí? Pues que viniera a Sherwood a cazar a un tal Robin Hood, también proscrito, y a capturarlo vivo o muerto. Parece que aquí nadie puede con ese audaz forajido y por eso me enviaron a buscar a Herefordshire. Ya conocéis el viejo dicho «Un ladrón caza a un ladrón». En cuanto a la muerte de este hombre, no me molesta en absoluto, pues derramaría la sangre de mi propio hermano por cien libras.

Robin escuchó todo esto con una sensación de desprecio en la garganta. Conocía bien a ese Guy de Gisbourne y todas las acciones sangrientas y asesinas que había cometido en Hereford, pues sus tropelías eran famosas en todo el país. Sin embargo, aunque detestaba la sola presencia de aquel hombre, guardó silencio, pues quería escucharlo.

—En verdad, he oído hablar de vuestras gentiles acciones. Creo que no hay nadie en todo el mundo a quien Robin Hood preferiría conocer antes que a vos.

Guy de Gisbourne soltó otra carcajada.

—Es cosa alegre pensar en un forajido robusto como Robin Hood encontrándose con otro forajido robusto como Guy de Gisbourne. Sólo que en este caso será un mal encuentro para Robin Hood, pues el día que conozca a Guy de Gisbourne morirá.

—¿No creéis, gentil y noble espíritu, que tal vez este Robin Hood sea mejor que vos? Lo conozco bien, y muchos piensan que es uno de los hombres más fuertes de por aquí.

—Puede que sea el más fuerte de los hombres de por aquí —dijo Guy de Gisbourne— pero esta pocilga no es el ancho mundo. Apostaría mi vida a que soy el mejor de los dos. ¡Se dice un proscrito! He oído que no ha derramado sangre en toda su vida, salvo cuando llegó al bosque. Algunos lo creen un gran arquero; voto a tal, yo no temería enfrentarme a él cualquier día del año con un arco en la mano.

—Algunos lo consideran un gran arquero —dijo Robin Hood— pero los de Nottinghamshire somos famosos por nuestra destreza con el arco largo. Incluso yo, un simple aficionado, no temería intentar un combate con vos.

Guy de Gisbourne miró perplejo a Robin, y soltó otra carcajada estruendosa que hizo temblar el bosque.

—Sois un tipo audaz diciendo esas palabras. Me complace vuestro espíritu, pues pocos hombres se han atrevido a hablarme de esta guisa. Cuelga una guirnalda, muchacho, y probaré un combate contigo.

—No, no, nada de guirnaldas —dijo Robin— aquí eso lo hacen los niños. Pondré una buena marca de Nottingham.

Robin se levantó y, dirigiéndose a un matorral de avellanos no muy lejano, cortó una vara del grosor del pulgar de un hombre. Le quitó la corteza y, afilando la punta, la clavó en el suelo delante de un gran roble. Desde allí midió ochenta pasos, lo que le llevó junto al árbol donde estaba sentado el otro.

—Ahí está la marca a la que disparan los hombres de Nottingham. Partid esa vara si os consideráis arquero.

Guy de Gisbourne se levantó.

—¡Estáis loco! —gritó—. Ni el mismísimo diablo podría dar en el blanco.

—Puede que sí y puede que no —dijo Robin— pero no lo sabremos hasta que hayáis disparado ahí.

Guy de Gisbourne miró a Robin con el ceño fruncido, pero como aún parecía un campesino inocente de mala intención, reprimió sus palabras y tensó su arco en silencio. Disparó dos veces, pero ninguna dio en la vara, pues erró la primera vez por un palmo y la segunda por más de un palmo. Robin reía y reía.

—Ya veo —dijo— que ni el mismísimo diablo podría dar en el blanco. Buen amigo, si no sois mejor con el mandoble que con el arco y la flecha, nunca venceréis a Robin Hood.

Guy de Gisbourne lanzó una mirada salvaje a Robin.

—Sois ligero de lengua, villano, pero cuidaos de no soltarla demasiado u os la arrancaré de la garganta.

Robin Hood tensó el arco y se colocó en su posición sin decir palabra, aunque el corazón le temblaba de rabia y de odio. Disparó dos veces, la primera a un palmo de la vara y la segunda partiéndola por la mitad. Luego, sin dar al otro ni una oportunidad de hablar, arrojó el arco al suelo.

—¡Ahí lo tenéis, perro sarnoso! —gritó ferozmente—. Que valga para demostrar cuán poco sabéis de deportes varoniles. Y ahora mirad por última vez la luz del día, porque esta buena tierra ya ha sido mancillada el tiempo suficiente por vos, vil alimaña. Hoy, si Nuestra Señora así lo quiere, moriréis. Yo soy Robin Hood.

Diciendo esto, Robin blandió su espada cegadora a la luz del sol.

Guy de Gisbourne escrutó a Robin unos instantes, como si hubiera perdido el juicio; pero su asombro se tornó rápidamente en furia salvaje.

—¿Vos sois Robin Hood? Me alegro de conoceros, pobre desgraciado. Moveos, pues no podréis hacerlo cuando acabe con vos.

Y diciendo esto, desenvainó también su espada.

Y así comenzó la lucha más feroz que Sherwood haya visto jamás, porque los dos sabían que el uno o el otro debía morir, y que no habría piedad en la batalla. Lucharon arriba y abajo, hasta que toda la verde hierba quedó aplastada y molida bajo sus talones. Más de una vez, la punta de la espada de Robin Hood probó la suavidad de la carne ajena, y al poco tiempo el suelo comenzó a motearse de brillantes gotas rojas, mas ninguna provenía de las venas de Robin. Por fin, Guy de Gisbourne asestó una feroz estocada mortífera a Robin Hood, de la que éste retrocedió dando un saltito, pero al hacerlo se enganchó el talón en una raíz y cayó pesadamente de espaldas.

—Ayúdame, santa María —murmuró Robin, mientras el otro saltaba hacia él con una sonrisa de rabia en el rostro.

Guy de Gisbourne lo atacó ferozmente con el mandoble, pero Robin atrapó la hoja con la mano desnuda y, aunque le cortó la palma, apartó la punta de modo que se clavó profundamente en el suelo, cerca de él. Antes de que pudiera asestarle un nuevo golpe, se puso de pie de un brinco, con su buena espada en la mano. Y ahora la desesperación nubló el corazón de Guy de Gisbourne como una nube negra, y miró a su alrededor salvajemente, como un halcón herido. Viendo que se le iban las fuerzas, Robin saltó hacia adelante y, como un rayo, le atizó una estocada de revés bajo el brazo de la espada. El mandoble cayó de las manos de Guy de Gisbourne, que se tambaleó al recibir el golpe y, antes de que pudiera recobrarse, la espada de Robin le atravesó el cuerpo. Guy de Gisbourne giró sobre sus talones y, alzando las manos con un alarido agudo y salvaje, cayó de bruces sobre el verde césped.

Robin Hood limpió su espada y la guardó de nuevo en la vaina y, acercándose a donde yacía Guy de Gisbourne, se detuvo con los brazos cruzados, hablando consigo mismo mientras tanto.

—Es el primer hombre que mato desde aquel guardabosques del rey en los calurosos días de mi juventud. Aún hoy pienso con amargura en aquella primera vida que segué, pero de ésta estoy tan contento como si hubiera cazado a un jabalí que destrozaba una hermosa campiña. Puesto que el *sheriff* de Nottingham ha enviado a alguien como éste contra mí, me pondré su atuendo y saldré a buscar a su adorado jefe, y por ventura pagarle algo de la deuda que tengo con él por este asunto.

Dicho esto, Robin Hood despojó al muerto de sus velludas vestiduras y se las puso, ensangrentadas como estaban. Luego, se ató la espada y la daga del otro alrededor de su cuerpo y portó la suya en la mano junto con los dos arcos de tejo, se cubrió el rostro con la capucha de piel de caballo para que nadie supiera quién era y salió del bosque, dirigiendo sus pasos hacia el este, a la ciudad de Nottingham. Hombres, mujeres y niños se escondían de él al pasar por caminos rurales, pues el terror al nombre de Guy de Gisbourne y a sus crueles fechorías se había extendido por doquier.

Y ahora veamos lo que ocurrió a Little John mientras sucedían estos hechos.

Little John siguió su camino a través de los senderos del bosque hasta salir a los campos de cebada y de maíz, y a las verdes praderas que se desplegaban sonrientes al sol. Así llegó a la calzada, y a una casita con techado de paja oculta tras el ramaje de unos manzanos en flor. Se detuvo de repente, pues le pareció oír el sonido de alguien que se lamentaba. Escuchó, y descubrió que procedía de la cabaña; así que empujó la puerta y entró en el lugar. Vio a una mujer canosa, sentada junto a una fría chimenea, que se balanceaba y lloraba amargamente.

Little John tenía un corazón tierno para las penas ajenas, así que se acercó a la anciana y le dio una palmadita cariñosa en el hombro, le dedicó palabras reconfortantes, y le pidió que se animara y le contara sus problemas, pues tal vez él podría hacer algo para aliviarlos. La buena señora negó con la cabeza, pero aun así las amables palabras del proscrito la calmaron un poco y, al cabo de un rato, le contó sus inquietudes. Aquella misma mañana tenía a sus tres hijos, hermosos y altos como lo mejor de Nottinghamshire, pero le habían sido arrebatados y estaban a punto de perecer en la horca. Harto de vivir acuciados por la necesidad, el hijo mayor había salido al bosque la noche anterior y había matado a una corza a la luz de la luna, pero los guardabosques del rey habían seguido el rastro de la sangre sobre la hierba hasta llegar a su casa, donde habían encontrado la carne de la cierva en la alacena; como ninguno de los hijos menores quería traicionar a su hermano, los guardabosques se habían llevado a los tres, pese a que el mayor decía que sólo él había matado al animal; mientras se marchaban, había oído a los guardias comentar entre ellos que el *sheriff* había jurado que pondría coto a la gran matanza de ciervos. El *sheriff* les dijo que llevasen a los tres jóvenes a la posada de la Cabeza del Rey, cerca de Nottingham, donde él se encontraba aquel día, esperando el regreso de cierto hombre enviado a Sherwood a la procura de Robin Hood.

Little John escuchó todo esto moviendo tristemente la cabeza.

Cuando la buena señora terminó su explicación, Little John dijo:

—¡Ay! ¿Quién será ése que va a Sherwood en busca de Robin Hood, y por qué va a buscarlo? Pero eso no importa ahora; sólo desearía que Robin Hood estuviera aquí para aconsejarnos. Sin embargo, no perderemos tiempo buscándolo ahora, si queremos salvar la vida de vuestros tres hijos. Decidme, ¿tenéis por aquí alguna ropa que pueda ponerme en lugar de mi atuendo verde? Por vuestra fe que si nuestro *sheriff* me pilla sin disfraz, me liquidarán más rápido que a vuestros hijos, permitidme la expresión, señora.

La anciana dijo que tenía en casa algunas ropas de su buen marido, fallecido hacía sólo dos años. Se las llevó a Little John, quien, despojándose de su traje verde Lincoln, se las puso. Luego, haciéndose una peluca y una barba postizas de lana sin cardar, se cubrió el cabello y la barba castaños y, poniéndose un sombrero grande y alto que había pertenecido al viejo campesino, tomó su bastón en una mano y su arco en la otra, y partió a toda velocidad hacia donde el *sheriff* se había instalado.

A una milla o más de la ciudad de Nottingham, y no lejos de los límites meridionales del bosque de Sherwood, se alzaba la acogedora posada de la Cabeza del Rey. Aquella luminosa mañana reinaban el bullicio y la agitación, pues el *sheriff* y una veintena de sus hombres se habían apostado allí a esperar el regreso de Guy de Gisbourne del bosque. En la cocina trabajaban con gran alboroto, y en el sótano golpeaban y repiqueteaban barriles de vino y cerveza. El *sheriff* estaba sentado dentro, saboreando alegremente lo mejor que el lugar ofrecía, y sus hombres estaban sentados en el banco delante de la puerta exterior, bebiendo cerveza, o tumbados bajo la sombra de los anchos robles, hablando, bromeando y riendo. Alrededor estaban sus caballos, con su sonido de pisotones y su agitar de colas. A esta posada llegaron los guardabosques del rey, conduciendo a los tres hijos de la viuda. Los tres jóvenes tenían las manos fuertemente atadas a la espalda, y una cuerda de cuello a cuello los sujetaba a todos juntos. Los llevaron a la sala donde comía el *sheriff* y se mostraron temblorosos ante él, que los miraba con severidad.

El *sheriff,* con voz airada y atronadora, les dijo:

—Así que habéis cazado furtivamente ciervos del rey ¿verdad? Pues os voy a dar una buena lección, porque os colgaré a los tres como un granjero colgaría tres cuervos para ahuyentar a otros del campo. Nuestro hermoso condado de Nottingham ha sido demasiado tiempo refugio de bribones indisciplinados como vosotros. He soportado estas cosas muchos años, pero ahora les pondré fin de una vez por todas, empezando por vosotros.

Uno de los pobres tipos abrió la boca para hablar, pero el *sheriff* le gritó que se callara y ordenó a los guardabosques que se los llevaran, hasta que él hubiera terminado de comer y pudiera ocuparse de los asuntos que les concernían. Así que los tres pobres muchachos esperaron fuera con la cabeza gacha y el corazón desesperado, hasta que salió el *sheriff.* Convocó a sus hombres y dijo:

—Estos tres villanos serán ahorcados directamente, pero no aquí, no sea que traigan mala suerte a esta buena posada. Los llevaremos allá, a esa zona boscosa, porque deseo colgarlos en los árboles de Sherwood para mostrar a esos forajidos sarnosos lo que pueden esperar de mí, cuando finalmente les ponga la mano encima.

Tras esto, montó a caballo como sus hombres de armas, y todos juntos partieron hacia el cinturón de bosques elegido, con los pobres muchachos caminando en medio, custodiados por los guardabosques. Llegaron por fin al destino, donde les ataron sogas al cuello y arrojaron los extremos por encima de la rama de un gran roble. Los tres jóvenes cayeron de rodillas y suplicaron clemencia al *sheriff,* pero éste rio desdeñosamente.

—Quisiera tener aquí un sacerdote que confesara, pero como no hay ninguno a mano, tendréis que seguir vuestro tránsito con los pecados a cuestas, y confiar en que san Pedro os deje entrar en el paraíso como a tres buhoneros en una ciudad.

En ese momento, un anciano se acercó, se apoyó en el bastón y se quedó mirando. Tenía el pelo y la barba blancos y rizados, y a la espalda llevaba un arco de tejo que parecía demasiado pesado para que lo pudiese sostener él. Cuando el *sheriff* miró a su alrededor, tras ordenar que ataran a los jóvenes al roble, sus ojos se posaron en aquel extraño anciano. El *sheriff* le hizo señas, diciendo:

—Venid aquí, padre, tengo unas palabras que deciros.

Little John, pues el anciano no era otro que él, se acercó, y el *sheriff* lo miró, pensando que algo le sonaba de aquel rostro.

—Me parece que te he visto antes. ¿Cómo te llamas, padre?

—Saludos, vuestra merced —dijo Little John con voz quebrada como la de un anciano—, soy Giles Hobble, al servicio de vuestra excelencia.

—Giles Hobble, Giles Hobble... —murmuró para sí el *sheriff*, dando vueltas a los nombres conocidos para encontrar el que encajaba con aquella cara—. No nos conocemos —dijo al fin— pero no importa. ¿Te apetece ganarte seis peniques en esta luminosa mañana?

—Por mi fe que sí —respondió Little John— pues el dinero no me sobra, como para tirar seis peniques si pudiera ganármelos honradamente. ¿Qué quiere vuecencia que haga?

—Aquí hay tres hombres que merecen la horca más que nadie que yo haya visto. Si quieres colgarlos, te pagaré dos peniques por cada uno. No me gusta que mis soldados se conviertan en verdugos. ¿Quieres probar?

—A decir verdad —contestó Little John, todavía con voz de anciano— nunca he hecho cosa tal; pero si se pueden ganar seis peniques tan fácilmente, igual da que lo haga yo que otro cualquiera. Pero por mi fe, ¿están confesados estos granujillas?

—No —rio el *sheriff*— en absoluto; pero puedes hacer eso también si así lo deseas. Date vida, te lo ruego, porque quiero volver a mi posada ya mismo.

Little John se acercó a los tres jóvenes temblorosos y, acercando la cara a la mejilla del primero como si lo escuchara, le susurró suavemente.

—Quédate quieto, hermano, cuando sientas que te cortan las ataduras, y cuando me veas quitarme la peluca y la barba de lana, suéltate la soga del cuello y corre hacia el bosque.

Entonces, astutamente, cortó la cuerda que ligaba las manos del joven, quien, por su parte, permaneció inmóvil como si aún estuviera atado. Luego se dirigió al segundo joven, le habló de la misma manera y también le cortó las ataduras. Lo mismo hizo con el tercero, pero todo con tal astucia que el *sheriff,* que reía sentado a lomos de su caballo, no cayó en la cuenta de la maniobra, al igual que sus hombres.

Little John se volvió hacia el *sheriff.*

—Os lo ruego, vuestra merced, ¿me dais licencia para tensar mi arco? Me gustaría abreviar a estos tipos su trance cuando se balanceen, con una flecha bajo las costillas.

—Te doy licencia de buen grado —dijo el *sheriff*— sólo que, como dije antes, debes actuar con premura.

Little John se colocó la punta del arco en el empeine y encordó el arma con tanta destreza que todos se asombraron de ver a un anciano tan fuerte. Luego sacó una buena flecha lisa de su aljaba y la ajustó a la cuerda; a continuación, comprobando que el camino estaba despejado, se quitó súbitamente la lana de la cabeza y la cara, y gritó:

—¡Corred!

Rápidos como centellas, los jóvenes se soltaron las sogas del cuello y cruzaron a toda velocidad el claro hacia el bosque, mientras la flecha salía disparada del arco. Little John también voló hacia el bosque como un galgo, mientras el *sheriff* y sus hombres lo seguían con la mirada, estupefactos ante aquella acción repentina. Pero antes de que el proscrito se hubiera alejado, el *sheriff* despertó.

—¡Detenedlo! —rugió, reconociendo con quién había estado hablando, y extrañándose de no haberlo identificado antes.

Little John oyó al *sheriff* y como no podía llegar al bosque antes de que se le echaran encima, se detuvo y se giró, sosteniendo el arco como si estuviera a punto de disparar.

—¡Atrás! —gritó con fiereza—. ¡El primero que avance un pie o roce la cuerda del arco, muere!

Los hombres del *sheriff* se quedaron quietos como un cepo, sabedores de que Little John cumplía su palabra y que desobedecerlo significaba la muerte. En vano el *sheriff* les rugió, llamándolos cobardes y urgiéndolos a avanzar en grupo, pues no movieron ni un músculo y se quedaron con los ojos clavados en Little John, que se alejaba lentamente hacia el bosque con la mirada fija en ellos. Cuando el *sheriff* vio que su enemigo se le escapaba, enloqueció de rabia. Giró la cabeza de su caballo, le clavó las espuelas en los costados, prorrumpió en un alarido y, levantándose en los estribos, cayó sobre Little John rápido como el viento. Little John levantó el arco y se llevó la pluma de ganso gris a la mejilla. Pero ¡ay de él!, pues antes de que pudiera soltar la flecha, el buen arco que tanto tiempo le había servido se partió entre sus manos y la flecha cayó, inofensiva, a sus pies. Los hombres del *sheriff* lanzaron un grito de victoria y, siguiendo a su amo, se abalanzaron sobre Little John. Pero el *sheriff* se adelantó y alcanzó al forajido antes de que llegara al abrigo del bosque; entonces, inclinándose hacia adelante, le asestó un poderoso golpe. Little John se agachó y la espada del *sheriff* giró en su mano, pero la parte plana de la hoja golpeó a Little John en la cabeza y lo derribó, aturdido y sin conocimiento.

—Mucho me complace no haber matado a este hombre en mi premura —dijo el *sheriff*, cuando los hombres comprobaron que Little John no había muerto—. Prefiero perder quinientas libras a que muera así en vez de ahorcado, como debe morir tan vil ladrón. Ve a buscar agua de la fuente, William, y viértesela sobre la cabeza.

El hombre cumplió la orden, y al poco rato Little John abrió los ojos y miró a su alrededor, aturdido y desconcertado por el golpe. Le ataron las manos a la espalda y lo pusieron sobre el lomo de uno de los caballos, con la cara pegada a la cola y los pies atados bajo el vientre. Así lo transportaron de vuelta a la posada de la Cabeza del Rey, riendo y regocijándose. Mientras tanto, los tres hijos de la viuda se habían puesto a salvo y se habían ocultado en el bosque.

Una vez más, el *sheriff* de Nottingham se sentó en la posada Cabeza del Rey. Su corazón bailaba por haber logrado al fin lo anhelado durante años: apresar a Little John.

—Mañana a esta hora, el granuja colgará de la horca frente a la entrada de la ciudad de Nottingham, y así saldaré mi larga cuenta pendiente con él —dijo, y bebió un buen trago de vino canario. Pero parecía como si el *sheriff* se hubiera tragado un pensamiento con el vino, porque sacudió la cabeza y dejó la copa precipitadamente—. Ahora bien —murmuró para sí— ni por mil libras dejaría que este hombre se me escapara de las manos; no obstante, si su amo esquiva a ese asqueroso Guy de Gisbourne, quién sabe lo que podría hacer, pues Robin Hood es el bribón más astuto de todo el mundo. Creo que será mejor no esperar a mañana para colgar a este felón.

Decidido, echó la silla atrás apresuradamente y salió de la posada para reunir a sus hombres.

—No esperaré más para ahorcar a este bribón, se hará inmediatamente, y desde el mismo árbol donde salvó a aquellos tres villanos, interponiéndose entre ellos y la ley. Preparaos de inmediato.

Volvieron a sentar a Little John sobre el caballo, con la cara hacia los cuartos traseros, y de esta guisa, con un guardia guiando el rocín donde iba sentado y los otros cabalgando a su alrededor, avanzaron hacia el árbol de cuyas ramas habían colgado a los cazadores furtivos. Avanzaron traqueteando y tintineando por el camino hasta llegar al árbol. Allí, uno de los hombres se dirigió al *sheriff*.

—¡Vuestra Señoría! —exclamó—. ¿No es ese hombre que viene hacia nosotros el mismo Guy de Gisbourne a quien enviasteis al bosque a la procura de Robin Hood?

El *sheriff* entornó los ojos y lo escrutó con impaciencia.

—Ciertamente, es el mismo. Pardiez ¡quiera el cielo que haya liquidado al apestoso ladrón, como nosotros liquidaremos a este hombre en breves instantes!

Cuando Little John oyó estas palabras, levantó la vista y se le descoyuntó el corazón, pues no sólo las ropas de aquel hombre estaban cubiertas de sangre, sino que llevaba el cuerno de Robin Hood, y portaba su arco y su espada.

—¿Cómo ha ido? —inquirió el *sheriff* cuando Robin Hood, vestido de Guy de Gisbourne, se acercó a ellos—. ¿Qué suerte has corrido en el bosque? Tus ropas están manchadas de sangre.

—Si no te gustan mis ropas —dijo Robin, con la aspereza de Guy de Gisbourne— puedes cerrar los ojos. Voto a tal, que la sangre que me cubre es la del más pútrido forajido que jamás haya pisado los bosques, al cual he matado hoy, aunque no sin sufrir heridas yo mismo.

Entonces habló Little John, por primera vez desde su caída a manos del *sheriff*.

—¡Sanguinario y maligno desgraciado! Te conozco, Guy de Gisbourne, pues ¿quién hay que no haya oído hablar de ti y te haya maldecido por tus viles crímenes de sangre y rapiña? ¿Es entonces por tu mano que el corazón más bondadoso que jamás haya latido se apaga en la muerte? Verdaderamente, eres un instrumento a la medida de este cobarde *sheriff* de Nottingham. Muero felizmente, y ni me importa cómo muera, pues la vida ya no es nada para mí.

Así habló Little John, con lágrimas saladas surcando sus mejillas morenas.

El *sheriff* de Nottingham aplaudió de alegría.

—¡Guy de Gisbourne! —exclamó— si lo que cuentas es cierto, hoy será el mejor día que hayas pasado en toda tu vida.

—Lo que he dicho es verdad, y no miento —dijo Robin, todavía hablando como Guy de Gisbourne—. ¿No es ésta la espada de Robin Hood, no es éste su arco de tejo, y no es éste su cuerno? ¿Crees que se los habría dado a Guy de Gisbourne por su propia voluntad?

El *sheriff* se echó a reír de alegría.

—¡Hoy es un buen día! —gritó—. El gran forajido muerto y su mano derecha en mi poder. Pídeme lo que quieras, Guy de Gisborne, y te será concedido.

—Entonces, esto te pido —dijo Robin—. Puesto que he matado al amo, ahora quiero matar al hombre. Poned la vida de este hombre en mis manos, sir *sheriff*.

—Pues sí que eres tonto —se burló el *sheriff*—. Habrías tenido dinero suficiente para el rescate de un caballero si lo hubieras pedido. No quiero que este hombre se me escape de las manos pero, como te lo he prometido, tuyo es.

—Te agradezco de todo corazón tu regalo —dijo Robin—. Hombres, bajad al pícaro del caballo y apoyadlo contra aquel árbol, mientras os enseño cómo se pega a un cerdo de donde yo vengo.

Al oír estas palabras, algunos hombres del *sheriff* sacudieron la cabeza, pues, aunque no les importaba que ahorcaran o no a Little John, odiaban verlo asesinado a sangre fría. Pero el *sheriff* los llamó en voz alta, ordenándoles que bajaran al bandido del caballo y lo apoyaran contra el árbol, como el otro había indicado.

Mientras lo hacían, Robin Hood tensó su arco y el de Guy de Gisbourne, aunque nadie se percató de que lo hacía. Entonces, cuando Little John se apoyó contra el árbol, Robin desenvainó la afilada daga doble de Guy de Gisbourne.

—¡Atrás, atrás! —gritó—. ¿Os amontonáis así a mi antojo, bribones sin modales? ¡Atrás, os digo! ¡Más lejos todavía!

Los soldados retrocedieron en tropel, como él había ordenado, muchos apartando la mirada para no ver lo que estaba a punto de suceder.

—¡Vamos! —gritó Little John—. Aquí está mi pecho. Es justo que la misma mano que mató a mi querido amo me destroce a mí también. ¡Te conozco, Guy de Gisbourne!

—Paz, Little John —musitó Robin—. Dos veces has dicho que me conocías, y, sin embargo, no me conoces en absoluto. ¿Me lo dirías bajo la piel de esta bestia salvaje? Allí, justo delante de ti, están mi arco y mis flechas, así como mi espada. Tómalos cuando corte tus ataduras. ¡Toma! ¡Cógelas rápido!

Robin cortó las ataduras y Little John, veloz como una centella, saltó y tomó el arco, las flechas y la espada. Al mismo tiempo, Robin se quitó la capucha de piel de caballo e inclinó el arco de Guy de Gisbourne, con una flecha afilada y puntiaguda en la cuerda.

—¡Atrás! —gritó con severidad—. El primero que roce la cuerda del arco, muere. He matado a vuestro hombre, *sheriff;* tened cuidado de que el próximo no sea vuestro turno.

Luego, comprobando que Little John se había armado, se llevó la corneta a los labios y tocó tres veces una llamada fuerte y estridente.

Cuando el *sheriff* de Nottingham vio de quién era el rostro que ocultaba la capucha de Guy de Gisbourne, y oyó las notas de la corneta sonar en su oído, sintió que había llegado su hora.

—¡Robin Hood! —rugió, y sin decir otra palabra, giró su caballo en el camino y se alejó en medio de una nube de polvo.

Los hombres del *sheriff,* al ver que su amo huía para salvar la vida, pensaron que no convenía demorarse más, así que, clavando las espuelas a sus rocines, se lanzaron también tras él. Pero aunque el *sheriff* de Nottingham cabalgaba velozmente, no podía superar a una flecha. Little John tiró de la cuerda de su arco con un grito, y cuando el *sheriff* atravesó a toda velocidad las puertas de Nottingham, una saeta de ganso gris asomó tras de él como un gorrión con una sola pluma en la cola. Durante un mes, el humillado *sheriff* sólo pudo sentarse sobre los cojines más blandos que pudieron conseguirle.

Así fue cómo el *sheriff* y una veintena de hombres huyeron de Robin Hood y Little John, de modo que cuando Will Stutely y una docena o más de robustos camaradas salieron de su escondite, no vieron a los enemigos de su amo, pues el *sheriff* y sus secuaces ya estaban lejos, ocultos en una nube de polvo atormentada.

La banda se internó de nuevo en la floresta, donde encontraron a los tres hijos de la viuda, que corrieron hacia Little John y le besaron las manos. Pero no les convenía seguir deambulando por el bosque; así que prometieron que, después de ir a contar la huida a su madre, regresarían esa misma noche al árbol de madera verde, donde se convertirían en miembros de la banda de Robin Hood.

CAPÍTULO XXI

De cómo el rey Ricardo llegó al bosque de Sherwood

Habían pasado más de dos meses desde que Robin Hood y Little John vivieran esas trepidantes aventuras; todo Nottinghamshire era presa de la agitación y el alboroto, pues el rey Ricardo Corazón de León estaba recorriendo la alegre Inglaterra, y se esperaba que llegara a la ciudad de Nottingham en su viaje. Los heraldos iban y venían entre el *sheriff* y el rey, hasta que por fin se fijó la fecha en que su majestad visitaría Nottingham como invitado del *sheriff*.

Ahora había más bullicio que nunca, se trajinaba de aquí para allá con los preparativos, bajo golpeteos de martillos y murmullos de voces que sonaban por doquier, pues se estaban construyendo grandes arcos por las calles, por debajo de los cuales pasaría el monarca, y estos arcos se cubrían con estandartes de seda y coloridas serpentinas. También reinaba una caótica algarabía en el salón del gremio de la ciudad, pues allí se ofrecería un gran banquete para honrar al rey y a los nobles de su séquito, y los mejores maestros carpinteros se afanaban en construir un trono donde el monarca y el *sheriff* se sentarían a la cabecera de la mesa, el uno junto al otro.

A las buenas gentes del lugar les parecía que nunca verían el día que llevara al rey a la ciudad; pero acabó llegando, con un sol que brillaba en las calles adoquinadas, rebosantes de una inquieta marea popular. A ambos lados del camino, pobladores de la ciudad y del campo se agolpaban como arenques secos en una caja, y los hombres del *sheriff,* alabardas en ristre, apenas podían contenerlos para dejar espacio a la comitiva real.

—¡Cuídate de a quién empujas! —gritó un fraile corpulento a uno de aquellos hombres—. ¿Queréis hincarme los codos, señor? Por la Dama de la Fuente, si no me tratáis con más deferencia, os partiré la testa aunque seáis uno de los hombres del poderoso *sheriff.*

Ante estas palabras, un estallido de risa brotó de entre un grupo de robustos campesinos de verde que engordaban la multitud; pero uno, que parecía tener más autoridad que los demás, dio un codazo al santo fraile.

—Calma, Tuck —dijo—, ¿no me prometiste, antes de venir, que refrenarías tu lengua?

—Sí, pardiez —refunfuñó el otro— pero no pensé que un bribón con piedras por pies pisotearía mis pobres dedillos como si no fueran más que bellotas del bosque.

Súbitamente, cesaron las discusiones, pues un límpido sonido de clarines penetró serpenteando calle arriba. La gente miró abajo, en la dirección de donde procedía el sonido, y la aglomeración, los empellones y los forcejeos aumentaron más todavía. Una gallarda formación de soldados hizo su aparición, resplandeciente a la vista, y los vítores del pueblo se extendieron por la multitud como fuego que se apodera de la hierba seca.

Veintiocho heraldos ataviados de terciopelo y paño de oro se adelantaron cabalgando. Sobre sus cabezas flotaba un penacho de plumas blancas como la nieve, y cada heraldo portaba una larga trompeta de plata que tocaba melodiosamente. De cada instrumento pendía un pesado estandarte de terciopelo y tela de oro, con el blasón de la casa real de Inglaterra. Tras ellos cabalgaban cincuenta nobles caballeros en fila de a dos, completamente armados, a excepción de sus cabezas descubiertas. Sostenían en las manos altas alabardas, de cuyas puntas ondeaban pendones de muchos colores y ornamentos. Al lado de cada caballero caminaba un paje vestido con ricas ropas de seda y terciopelo, y cada paje portaba en las manos el yelmo de su señor, del que ondeaban largos y ondulantes penachos de plumas. Nunca había visto Nottingham tan hermoso espectáculo como el de aquellos cincuenta nobles caballeros, en cuyas armaduras resplandecía el sol cegador, montados en sus grandes corceles de guerra al son del choque metálico de las armas y el tintineo de las cadenas. Detrás de los caballeros venían los barones y los nobles del centro del país, ataviados de seda y paño de oro, con doradas cadenas en el cuello y joyas en la cintura. Tras ellos marchaba un enorme destacamento de soldados con lanzas y alabardas en las manos y, en medio de ellos, dos jinetes cabalgaban al alimón. Uno era el *sheriff* de Nottingham, vestido con sus ropajes oficiales. El otro, que le sacaba una cabeza en altura, lucía un atuendo rico pero sencillo, con una ancha y pesada cadena al cuello. Sus cabellos y su barba eran como hilos de oro, y sus ojos tan azules como el cielo de verano. Mientras cabalgaba, saludaba inclinándose a derecha e izquierda, y un fervoroso clamor popular despertaba a su paso, pues éste era el rey Ricardo.

Por encima de todo el tumulto y el griterío, se oyó un vozarrón que bramaba.

—¡Que el cielo y sus santos te bendigan, nuestro rey Ricardo, y también Nuestra Señora de la Fuente!

El rey Ricardo, mirando hacia donde procedía el sonido, vio a un sacerdote alto y fornido, de pie delante de toda la multitud, con las piernas separadas y apoyado contra los de atrás.

—Por mi alma, *sheriff* —rio el rey— tenéis en Nottinghamshire los curas más altos que he visto en toda mi vida. Aunque el cielo fuera sordo a sus plegarias, me parece que ese hombre recibiría bendiciones, pues podría hacer que la estatua de piedra de san Pedro se frotara las orejas y escuchara. Ojalá tuviera un ejército como él.

El *sheriff* no respondió ni una palabra, la sangre se vació de sus mejillas y se agarró al pomo de la silla para no caer, pues también él vio al hombre que gritaba así, y supo que era fray Tuck, y detrás de él vio los rostros de Robin Hood, Little John, Will Scarlet y Will Stutely, y Allan de Dale y otros más de la banda.

—¡Pardiez! —dijo el rey, preocupado—. ¿Estáis enfermo, *sheriff*, que os ponéis tan blanco?

—No, majestad, es sólo un padecimiento repentino que ya desapareció.

El *sheriff* se avergonzaba de que el rey supiera que Robin Hood lo temía tan poco que se atrevía a cruzar las puertas de la ciudad de Nottingham.

Así entró el rey en la ciudad de Nottingham en aquella luminosa tarde de principios de otoño; y nadie se regocijó más que Robin Hood y sus alegres camaradas de verlo presentarse tan noblemente a su pueblo.

Al anochecer, terminaba el gran festín en el Salón del Gremio de Nottingham, y el vino corría sin freno. Brillaban las llamas de mil velas a lo largo de la mesa, a la que se sentaban lores y nobles, caballeros y escuderos, en magnífica formación. A la cabecera, en un trono cubierto de oro, estaba sentado el rey Ricardo con el *sheriff* de Nottingham a su lado.

—Mucho he oído hablar de las acciones de unos tipos de por aquí, un tal Robin Hood y su banda, forajidos que habitan en el bosque de Sherwood. ¿Podéis contarme algo de ellos, sir *sheriff*? Tengo entendido que habéis tenido tratos con ellos más de una vez.

El *sheriff* de Nottingham bajó la mirada sombríamente y el obispo de Hereford, también presente, se mordisqueó el labio inferior. El *sheriff* dijo:

—Poco puedo contar a vuestra majestad sobre las fechorías de esos malhechores, salvo que son los felones más audaces de todo el país.

Entonces intervino el joven sir Henry de Lea, un gran favorito del rey, bajo cuyo mando había luchado en Palestina.

—Si le place a vuestra majestad —dijo— os contaré que, cuando estaba en Palestina recibí muchas noticias de mi padre, y en la mayoría de los casos mencionaban a este mismo tipo, Robin Hood. Si vuestra majestad lo desea, os contaré cierta aventura de este forajido.

El rey, divertido, lo animó a que contara su historia, y él narró cómo Robin Hood había ayudado a sir Richard de Lea con dinero prestado por el obispo de Hereford. El rey y los presentes estallaban en carcajadas una y otra vez, mientras el pobre obispo enrojecía de ira, pues el asunto le causaba un profundo bochorno. Cuando sir Henry de Lea finalizó, otros comensales se animaron a contar más historias sobre Robin y sus alegres camaradas, viendo cuánto había disfrutado el rey de la narración.

—Por la empuñadura de mi espada —dijo el corpulento rey Ricardo— es el bribón más sagaz y más zumbón que jamás ha llegado a mis oídos. Por mi fe que debo ocuparme de este asunto y hacer lo que vos no pudisteis, *sheriff;* es decir, limpiar el bosque de él y de su banda.

Aquella noche, el rey tomó asiento en los aposentos que le estaban reservados en Nottingham. Con él estaban el joven sir Henry de Lea y otros dos caballeros y tres barones de la región, pero la mente del rey seguía ocupada en Robin Hood.

—Daría cien libras por conocer a ese pícaro Robin Hood y ver algo de lo que hace en el bosque de Sherwood —declaró.

Sir Hubert de Guingham se levantó riendo:

—Si tenéis tal deseo, no es difícil de satisfacer. Si vuestra majestad está dispuesto a perder cien libras, yo me comprometo a hacer que no sólo conozcáis a este hombre, sino que compartáis un banquete con él en Sherwood.

—Pardiez, sir Hubert —dijo el rey— vuestra idea me agrada. Pero, ¿cómo haréis que me encuentre con Robin Hood?

—Vuestra majestad y los aquí presentes nos pondremos las vestiduras de siete miembros de la orden de los frailes negros, y vuestra majestad colgará una bolsa de cien libras debajo de su hábito; mañana cabalgaremos desde aquí hasta la ciudad de Mansfield y, si no me equivoco, nos encontraremos con Robin Hood y cenaremos con él antes de que pase el día.

—Me gusta vuestro plan, sir Hubert —dijo el rey alegremente— mañana lo probaremos y veremos si hay virtud en él.

A la mañana siguiente, muy temprano, cuando el *sheriff* llegó a la morada de su señor para cumplir con su deber de anfitrión, el rey le contó lo hablado la noche anterior y la alegre aventura que deseaban emprender esa mañana. Al oír esto, el *sheriff* se golpeó la frente con el puño.

—¡Ay, qué mal consejo os han dado! ¡Ay, majestad, no sabéis lo que hacéis! Este villano que así procuráis no tiene reverencia ni por el monarca ni por las leyes reales.

—¿Pero no oí bien, acaso, cuando me dijeron que este Robin Hood no ha derramado sangre desde que fue proscrito, salvo sólo la de ese vil Guy de Gisbourne, por cuya muerte todos los hombres de bien deberían dar gracias?

—Sí, majestad —dijo el *sheriff*— habéis oído bien. Sin embargo...

—Entonces —dijo el rey, interrumpiendo el discurso del *sheriff*—. ¿Qué debo temer al encontrarme con él, si no le he hecho ningún mal? En verdad, no hay peligro en esto. Pero tal vez vengáis con nosotros, *sheriff*.

—¡No!, ¡no lo quiera el cielo!

Entonces unos criados llegaron con siete hábitos como los que usan los frailes negros, el rey y sus acompañantes se los pusieron y su majestad colgó una bolsa con cien libras de oro debajo de sus ropas, después salieron y montaron en unas mulas que esperaban en la puerta. El rey ordenó al *sheriff* que informara de lo que hacían, y se pusieron en camino. Marcharon riendo y bromeando hasta llegar a la campiña, cruzando campos desnudos donde se había recogido la cosecha, y claros dispersos que comenzaban a espesarse, hasta llegar a la pesada sombra del bosque. Viajaron por la floresta durante varias leguas sin encontrar a quien buscaban, hasta llegar a la parte del camino más cercana a la abadía de Newstead.

—Por san Martín —dijo el rey— quisiera tener mejor cabeza para recordar cosas de gran necesidad. Hemos venido hasta aquí y no hemos traído ni una gota de nada para beber. Ahora daría quinientas libras por algo con que calmar mi sed.

Apenas hubo hablado el rey, salió de un cobertizo al borde del camino un hombre alto, de barba y cabellos rubios y alegres ojos azules.

—En verdad, santo hermano —dijo, poniendo la mano sobre la rienda del rey— sería poco cristiano no dar respuesta a tan humilde cuita. Tenemos una posada por aquí, y por cincuenta libras no sólo te daremos un buen trago de vino, sino que te ofreceremos tan noble festín como jamás hayas disfrutado.

Diciendo esto, se llevó los dedos a los labios y lanzó un agudo silbido. Al instante, los arbustos y las ramas a ambos lados del camino se agitaron y crepitaron, y tres veintenas de hombres de anchos hombros, vestidos de verde Lincoln, salieron del escondite.

—Vaya, vaya, amigo —dijo el rey—. ¿Quién eres, pícaro? ¿No tienes consideración por hombres santos como nosotros?

—Ni un ápice —dijo el alegre Robin Hood, pues así era él—, porque en verdad toda la santidad de los amigos ricos, como sois vosotros, podría caber en un dedal. En cuanto a mi nombre, es Robin Hood, puede que lo hayas oído antes.

—Márchate, te pido —dijo el rey Ricardo—. Eres un tipo audaz y travieso, y también un fuera de la ley, como he oído a menudo. Ahora, por favor, deja que mis hermanos y yo avancemos en paz y tranquilidad.

—No, no —dijo Robin— no nos complace dejar que tan santos hombres sigan adelante con el estómago vacío. No dudo de que portas buena bolsa para pagar la cuenta en nuestra posada, ya que tanto ofrecías por un pobre trago de vino. Muéstrame tu bolsa, reverendo hermano, si no quieres que te despoje de tus ropas para buscarla yo mismo.

—No uses la fuerza —dijo el rey con severidad—. He aquí mi bolsa, pero no pongas tus desleales manos sobre nosotros.

—Ay, ay, ay —dijo el alegre Robin—. ¿Qué palabras orgullosas son ésas? ¿Eres el rey de Inglaterra para hablarme así? Toma, Will, coge esto y mira lo que hay dentro.

Will Scarlet cogió el monedero y contó el dinero. Luego Robin le ordenó que se quedara con cincuenta libras, y devolvió las otras cincuenta a la bolsa y se la entregó al rey.

—Toma, hermano —dijo— toma la mitad de tu dinero y agradece a san Martín, a quien antes invocaste, haber caído en manos de unos bribones gentiles que no te desnudarán, aun pudiendo. Pero ¿no te quitas la capucha? Porque me gustaría ver tu rostro.

—No —dijo el rey, echándose hacia atrás— no puedo quitarme la capucha, pues los siete hemos jurado no mostrar nuestros rostros durante veinticuatro horas.

—Entonces mantenedlos cubiertos en paz —dijo Robin— pues lejos de mí está el haceros romper vuestros votos.

Así que llamó a siete de sus criados y les ordenó que cada uno tomara una mula por la brida; luego, volviendo los rostros hacia las profundidades del bosque, siguieron adelante hasta llegar al claro abierto y al árbol de madera verde.

Little John, con sesenta compañeros a la zaga, también había salido aquella mañana para vigilar los caminos y llevar a un invitado adinerado al claro de Sherwood si le sonreía la suerte, pues muchos bolsillos abultados recorrían los caminos aquellos días en que en Nottinghamshire ocurrían cosas tan importantes. Aunque Little John y los otros se habían marchado, fray Tuck y más de doscientos camaradas descansaban bajo el gran árbol, y cuando Robin y los demás llegaron se pusieron en pie de un salto para salir a su encuentro.

—Por mi alma —dijo el alegre rey Ricardo al bajar de su mula— en verdad te rodeas de un buen grupo de jóvenes, Robin. Creo que el mismísimo rey Ricardo se alegraría de contar con semejante escolta.

—Estos no son todos mis compañeros —dijo Robin con orgullo— pues otros sesenta están de viaje con mi lugarteniente, Little John. Pero en cuanto al rey Ricardo, te digo, hermano, que no hay un solo hombre entre nosotros que no vertería su sangre como agua por él. Vosotros, los religiosos, no entendéis bien a nuestro rey, pero los campesinos lo admiramos lealmente por sus valerosas acciones, tan parecidas a las nuestras.

El fraile Tuck llegó corriendo.

—Buenas tardes, hermanos —dijo—. Mucho me complace dar la bienvenida a mis semejantes en este pícaro paraje. En verdad, creo que estos bribones forajidos no tendrían ni una oportunidad de salvación si no fuera por las oraciones del santo Tuck, que tanto labora por su bienestar.

El fraile guiñó un ojo astutamente y guardó la lengua en la mejilla.

—¿Quién sois, sacerdote loco? —inquirió el rey con voz seria, aunque sonriendo bajo su capucha.

Fray Tuck miró despacio a su alrededor.

—Mirad —dijo— que no os oiga decir nunca más que no soy hombre paciente. He aquí un fraile bribón que me llama «sacerdote loco», y, sin embargo, no lo golpeo. Me llamo fray Tuck, amigo, el santo fray Tuck.

—Tuck —terció Robin— ya has dicho bastante. Por tu fe, deja de hablar y trae el vino. Estos santos hombres están sedientos, y han pagado tan ricamente por su bebercio que deben degustar el mejor.

Fray Tuck se enfurruñó al verse silenciado, pero marchó presto a cumplir la orden de Robin; trajeron un gran barril y sirvieron vino para todos los invitados y para Robin Hood. Entonces Robin levantó su copa.

—¡Quietos! —exclamó—. No bebáis hasta que proponga un brindis. Brindo por el buen rey Ricardo, de merecido renombre, y por que el Altísimo confunda a todos sus enemigos.

Entonces todos bebieron a la salud del rey, incluido el rey.

—Me parece, buen amigo —dijo— que has bebido en contra de ti mismo.

—Ni un ápice —respondió el alegre Robin— porque los de Sherwood somos más leales a nuestro señor el rey que los de tu orden. Daríamos nuestras vidas por su bien, mientras que vosotros os contentáis con manteneros indolentemente apoltronados en vuestras abadías y prioratos, sea quien sea el que ocupe el trono.

El rey se echó a reír.

—Es posible que el bienestar del rey Ricardo sea más importante para mí de lo que crees, amigo. Pero basta de este asunto. Hemos pagado buen dinero por nuestro banquete, así que ¿no puedes ofrecernos un alegre entretenimiento? He oído a menudo que sois unos dotadísimos arqueros ¿no nos mostraréis algo de vuestra destreza?

—De todo corazón —contestó Robin— siempre nos complace mostrar a nuestros huéspedes el mejor deporte que se puede ver. Como dice Gaffer Swanthold «Tiene un corazón de piedra el que no da lo mejor a un estornino enjaulado», y estorninos enjaulados sois, aquí con nosotros. ¡Ea, muchachos! Colgad una guirnalda al final del claro.

Mientras los mancebos corrían a cumplir las órdenes de su amo, Tuck se volvió hacia uno de los falsos frailes.

—¿Oís lo que dice nuestro amo? —dijo con un guiño socarrón—. Cada vez que suelta un chascarrillo de dudoso ingenio, se lo atribuye inmediatamente a este Gaffer Swanthold, quienquiera que sea; el pobre hombre viaja a cuestas con todos los cachivaches, trastos y harapos del cerebro de nuestro amo.

Así habló fray Tuck, en voz baja para que no lo oyera Robin, pues se sentía algo molesto por sus constantes interrupciones.

Mientras tanto, colocaron la marca a la que debían disparar a una distancia de sesenta pasos. Era una guirnalda de hojas y flores, de dos palmos de ancho, colgada de una estaca frente a un tronco ancho.

—Allí tenéis una buena marca, muchachos. Cada uno de vosotros disparará tres flechas; si alguno falla como mínimo un tiro, recibirá un almuerzo de puñetazo asado de Will Scarlet.

—¡Escuchad lo que dice! —exclamó fray Tuck—. Vaya, vaya, amo, repartes golpes de tu fornido sobrino como si fueran besitos de una mozuela jovial. Debes de estar muy seguro de poder atinar en la guirnalda tú mismo, pues no quedarías tan libre de golpes si no fuese así.

Primero disparó David de Doncaster e incrustó sus tres flechas en la guirnalda.

—¡Buen trabajo, David! —exclamó Robin— hoy te has salvado de que te calienten las orejas. Luego disparó Midge, el molinero, y también él clavó sus saetas en la guirnalda. Después Wat, el calderero, pero ¡ay de él!, pues uno de sus tiros erró el blanco por el ancho de dos dedos.

—Ven aquí, amigo —dijo Will Scarlet, con su tono suave y gentil—. Te debo algo que te pagaré inmediatamente.

Entonces Wat, el calderero, se colocó frente a Will con cara de aprehensión y los ojos cerrados, como si ya sintiera que le zumbaban los oídos con el almuerzo que iba a recibir. Will Scarlet se subió la manga y, poniéndose de puntillas para dar mayor impulso a su brazo, le arreó con contundencia. La palma de la mano golpeó la cabeza del calderero, y el robusto Wat cayó patas arriba sobre la hierba, como cae la imagen de madera en la feria cuando un hábil jugador le lanza un garrote. Mientras el calderero se incorporaba, frotándose la oreja y parpadeando a las brillantes estrellas que bailoteaban ante sus ojos, los campesinos rugieron de alegría. En cuanto al rey Ricardo, rio hasta que las lágrimas le corrieron por las mejillas. Así disparó la banda, uno por uno, algunos saliendo indemnes y otros ganándose un almuerzo que siempre los lanzaba a la hierba. Por último, Robin ocupó su lugar y todo quedó en silencio. La primera flecha partió un trozo de la estaca donde colgaba la guirnalda; la segunda se alojó a menos de una pulgada de la otra. «Voto a bríos», se dijo el rey Ricardo «¡daría mil libras porque este hombre fuera uno de mis guardias!». Por tercera vez, Robin disparó; pero, ¡ay de él! La flecha estaba mal emplumada y, oscilando hacia un lado, cayó a una pulgada de la guirnalda.

Resonó un enorme abucheo, y los bandidos que estaban sentados en la hierba se revolvieron entre risotadas, pues nunca habían visto a su amo errar tanto el blanco. Robin arrojó el arco al suelo con disgusto.

—¡Fuera de aquí! —gritó—. Esa flecha tenía mala pluma, ya la noté al salir de mis dedos. Dadme una flecha limpia, y partiré la estaca con ella.

Los bandidos rieron aún más fuerte.

—No, tío —corrigió Will Scarlet dulcemente— has tenido tu oportunidad y has errado. La saeta era tan buena como cualquiera de las que se han lanzado hoy. Venid, os debo algo y os lo pagaré con gusto.

—Presto, buen amo —rugió fray Tuck— y que mi bendición os acompañe. Has impuesto con gran libertad estos golpes de amor de Will Scarlet. Era una lástima que no hubieras recibido tu parte.

—No puede ser —objetó Robin—. Yo reino aquí, y ningún súbdito puede levantar la mano contra el rey. Pero incluso nuestro gran rey Ricardo puede someterse al santo papa sin vergüenza, e incluso recibir de él una colleja a modo de penitencia; por lo tanto, yo me someteré a este santo fraile, que parece tener autoridad, y recibiré de él mi castigo.

Entonces se dirigió al rey:

—Te ruego, hermano, que tomes mi castigo en tus santas manos.

—Con gusto —aceptó el alegre rey Ricardo, levantándose—. Te debo algo por haberme liberado de una onerosa carga de cincuenta libras. Hacedle sitio en el prado, muchachos.

—Si me haces caer —dijo Robin— te devolveré con gusto las cincuenta libras; pero te digo, hermano, que si no me haces sentir la hierba en la espalda, te quitaré hasta el último centavo que poseas por tus jactanciosas palabras.

—Que así sea —dijo el rey— estoy dispuesto. A continuación, se remangó y mostró un brazo, que hizo que los campesinos lo observasen. Pero Robin, con los pies bien separados, se mantuvo firmemente plantado, esperando al otro con una sonrisa. El rey echó el brazo atrás y, tras equilibrarse un instante, descargó sobre Robin un puñetazo como un rayo del cielo. Robin cayó de cabeza sobre la hierba, pues el golpe habría derribado un muro de piedra. Los bandidos aullaron de risa hasta que les dolieron las costillas, pues no habían visto tamaño tortazo en su vida. En cuanto a Robin, se incorporó y miró a su alrededor como si hubiera caído de una nube a un lugar desconocido. Al rato se llevó suavemente las yemas de los dedos a la oreja y la palpó con cuidado.

—Will Scarlet —dijo— descuéntale a este hombre sus cincuenta libras; no quiero saber nada más de su dinero ni de él. Puede quedarse con sus libras y sus golpes, creo haber saldado mi deuda, pues me ha machacado el oído para que no vuelva a oír.

Entre las carcajadas de la banda, Will Scarlet contó las cincuenta libras y el rey volvió a dejarlas caer en su bolsa.

—Te doy las gracias, amigo —dijo— y si alguna vez deseas otro orejazo igual a éste, acude a mí y te lo daré gratis.

Así habló el alegre rey; pero de pronto se oyó mucho vocerío y de la espesura salieron Little John y sesenta hombres, acompañados de Richard de Lea. Atravesaron el claro corriendo y, mientras llegaban, sir Richard gritó a Robin.

—¡Date prisa, querido amigo, reúne a tu banda y ven conmigo! El rey Ricardo ha salido de Nottingham esta misma mañana para buscarte en los bosques. No sé cómo ha venido, pues sólo me ha llegado un rumor; sin embargo, sé que es verdad. Así pues, apresúrate con todos tus hombres y venid al castillo de Lea, donde podréis ocultaros hasta que pase el peligro. ¿Quiénes son esos desconocidos que te acompañan?

—Vaya, vaya —dijo Robin, levantándose de la hierba— son unos gentiles huéspedes que nos han acompañado desde el camino de la

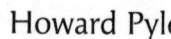

abadía de Newstead. Desconozco sus nombres, pero me he familiarizado a fondo con la rugosa palma de este robusto bribón. Pardiez, el placer de este encuentro me ha convencido de hacer oídos sordos y, además, ¡me ha costado cincuenta libras!

Sir Richard observó al corpulento fraile quien, en pie, devolvió la mirada al caballero. Súbitamente, las mejillas de sir Richard palidecieron, pues sabía a quién estaba mirando. Saltó como un rayo del lomo de su corcel y se arrodilló ante el fraile. El rey, viendo que sir Richard lo reconocía, se echó atrás la capucha, de modo que todos los campesinos vieron su rostro y lo conocieron también, pues habían estado entre la multitud de Nottingham y lo habían visto cabalgar codo con codo con el *sheriff*. Cayeron de rodillas, sin poder decir palabra. Entonces el rey miró alrededor con severidad, hasta que sus ojos se posaron en sir Richard de Lea.

—¿Qué es esto, sir Richard? —dijo severamente—. ¿Cómo osas interponerte entre estos tipos y yo? ¿Y cómo osas ofrecerles tu castillo de Lea como refugio? ¿Vas a cederlo como madriguera a los más renombrados forajidos de Inglaterra?

Sir Richard de Lea alzó los ojos hacia el rostro del rey.

—Nada más lejos de mi intención el hacer algo que atraiga sobre mí la ira de vuestra majestad. No obstante, prefiero enfrentarme a la cólera real que permitir que caiga cualquier mal sobre Robin Hood y su banda, pues a ellos les debo la vida, el honor, todo. ¿Debo, entonces, abandonarlo cuando más me necesita?

Antes de que el caballero terminara de hablar, uno de los falsos frailes que viajaban con el rey se adelantó y se arrodilló junto a sir Richard, y echando hacia atrás su capucha mostró el rostro del joven sir Henry de Lea. El joven tomó la mano de su padre y dijo al monarca.

—Ante vos se arrodilla uno que os ha servido bien, rey Ricardo y, como sabéis, ha mediado entre vos y la muerte en Palestina; sin embargo, yo me debo a mi amado padre, y aquí declaro que también yo daría refugio libremente a este noble forajido, Robin Hood, aunque ello desatara vuestra ira sobre mí, pues el honor y el bienestar de mi padre me son tan queridos como los míos propios.

El rey Ricardo miró a ambos caballeros arrodillados, y al fin su ceño se relajó y una sonrisa se dibujó en la comisura de sus labios.

—Pardiez, sir Richard —dijo el rey— sois un caballero de valiente palabra, y vuestra libertad de lengua no pesa en mi contra. Este joven hijo vuestro se parece a su padre tanto por la audacia de sus palabras como por la de sus hechos pues, como dice, se alzó una vez entre la muerte y yo, por lo que os perdonaría aunque hubierais hecho más de lo que habéis hecho. Levantaos, hoy no sufriréis ningún daño, pues sería una lástima que una tarde tan alegre se torciera.

Todos se levantaron, y el rey hizo señas a Robin Hood para que se acercara.

—¿Sigue tu oído demasiado sordo para oírme hablar?

—Mis oídos se ensordecerían con la muerte antes de dejar de oír la voz de vuestra majestad —dijo Robin—. En cuanto al monárquico mamporro que vuestra majestad me ha reverendísimamente arreado, diría que, aunque mis pecados son multitud, considero que el monto total ha sido abonado.

—¿Eso piensas? —cuestionó el rey con un pellizco de severidad—. Si no fuera por tres cosas: mi misericordia, mi aprecio por un robusto hombre del bosque y la lealtad que me has confesado, tus oídos tal vez se habrían cerrado para siempre. No hables a la ligera de tus pecados, buen Robin. Pero ven, mira. Tu peligro ha pasado, te perdono a ti y a toda tu banda, mas no puedo permitiros campar por el bosque como hasta ahora; por eso te tomo la palabra. Dijiste que me serviríais, y volveréis a Londres conmigo. Nos llevaremos a ese rufián de Little John, también a tu primo, Will Scarlet, y al juglar, Allan de Dale. En cuanto al resto de la banda, anotaremos sus nombres y los inscribiremos debidamente como guardabosques reales de los ciervos en Sherwood; mejor esto que dejarlos patrullar salvajes en el bosque como asesinos proscritos. Pero ahora, pardiez, preparad un festín: me gustaría ver cómo vivís.

Robin ordenó a sus hombres que prepararan un gran banquete. Prendieron enormes hogueras, en las que asaron dulcemente suculentos manjares. Mientras tanto, el rey le pidió a Robin que llamara a Allan de Dale, pues quería oírlo cantar. Así que se dio la orden de llamar al juglar con su arpa.

Cuando lo vio, el rey declaró:

—Si tu canto está a la altura de tu aspecto, será bien hermoso. Te lo ruego, deléitanos con una tonada.

Allan rasgó ligeramente el arpa, y todos los sonidos se acallaron mientras sonaba.

Ay, ¿dónde has estado, hija mía?
Ay, ¿dónde has estado este día, hija mía?

He estado a la orilla del río,
allá donde yacen cenicientas las aguas
el cielo cae gris en la marea de plomo,
y el viento estridente suspira su esfuerzo.

¿Qué viste, hija mía?
¿Qué viste allí, hija mía?

Vi un barco a la deriva,
donde los trémulos juncos silban y bullen,
y el agua susurra en su gorgoteo,
y el viento estridente suspira su esfuerzo.

¿Quién navegaba en la barca, hija mía?
¿Quién navegaba en la barca este día, hija mía?

Uno todo ataviado de blanco,
y a su rostro rodeaba una luz pálida,
y sus ojos punzaban como estrellas en la noche,
y el viento estridente suspiraba su esfuerzo.

¿Y qué te dijo, hija mía?
¿Qué te dijo este día, hija mía?

Nada dijo, mas esto hizo:
Me besó en los labios tres veces,
y mi corazón se contrajo en una dicha espantosa,
y el viento estridente suspiró su esfuerzo.

¿Por qué te tornas tan fría, hija mía?
¿Por qué tornas tan fría y tan blanca, hija mía?

Ni una palabra habló la hija,
mas se sentó enhiesta con cabeza caída,
pues su corazón yacía pétreo y su rostro lucía muerto:
Y el viento chillón suspiraba tan terso.

Se hizo el silencio, y cuando Allan de Dale terminó, el rey Ricardo exhaló un suspiro.

—Por el hálito de mi cuerpo, Allan, tienes una voz tan deliciosamente dulce que me conmueve el corazón de un modo extraño. Pero, ¿qué triste balada es ésta en labios de un campesino? Preferiría oírte cantar una canción de amor y batalla que una cosa tan triste como ésta.

—No sé, majestad —dijo Allan, sacudiendo la cabeza— a veces canto las cosas que no entiendo bien.

—No te aflijas, sólo te digo esto, Allan: deberías dedicar tus canciones a asuntos de amor o de guerra; en verdad tienes una voz más dulce que la de Blondell, y creía que él era el mejor juglar que yo había escuchado.

Llegó aviso de que el banquete estaba listo, así que Robin Hood llevó al rey Ricardo y a sus acompañantes hasta la deliciosa comida dispuesta sobre hermosas telas de lino blanco en la suave hierba verde. El rey Ricardo se sentó, y festejó, y bebió; al terminar, juró rotundamente que nunca había disfrutado de un banquete tan extraordinario en toda su vida.

Aquella noche durmió en el bosque de Sherwood, sobre un lecho de dulces hojas verdes, y a primera hora de la mañana siguiente partió de los bosques hacia Nottingham. Robin Hood y sus camaradas fueron con él. Podéis imaginar el revuelo que se armó en la ciudad cuando los famosos forajidos aparecieron en sus calles. En cuanto al *sheriff,* no supo qué decir ni adónde mirar cuando vio que el rey tenía en tan alta estima a Robin Hood, y su corazón se emponzoñó de hiel por aquella ofensa.

Al día siguiente, el rey se despidió de la ciudad de Nottingham; Robin Hood, Little John, Will Scarlet y Allan de Dale se estrecharon la mano con todos los demás camaradas, besando sus mejillas y jurando que visitarían Sherwood con frecuencia. Después, los compinches montaron en sus corceles y se alejaron cabalgando, unidos al séquito del rey.

EPÍLOGO

Así concluyen las alegres aventuras de Robin Hood pues, a pesar de su promesa, pasó mucho tiempo hasta que volviese a contemplar la espesura del bosque de Sherwood.

Después de uno o dos años en la corte, Little John regresó a Nottinghamshire, donde llevó una vida ordenada, aunque siempre a la vista de Sherwood, y alcanzó una enorme celebridad como campeón de Inglaterra de lucha con báculo. Al cabo de un tiempo, Will Scarlet regresó a su hogar, de donde había huido por la desafortunada muerte del mayordomo de su padre. Los demás integrantes de la banda cumplían con su cometido de guardabosques reales. Pero Robin Hood y Allan de Dale no volvieron a Sherwood tan pronto, pues así aconteció:

Robin, por su extraordinaria destreza como arquero, se convirtió en favorito del rey y ascendió de rango rápidamente hasta convertirse en el jefe de todo el servicio. Al fin, el rey, viendo cuán fiel y leal era el antiguo bandido, lo ordenó conde de Huntingdon; el cargo implicaba acompañar al rey a las guerras, y sus jornadas estaban tan llenas que no halló oportunidad de regresar a Sherwood ni siquiera un día. En cuanto a Allan de Dale y su esposa, la bella Ellen, siguieron a Robin Hood y participaron en todas las peripecias de su vida.

Y ahora, querido amigo, tú que has viajado conmigo por estos alegres hechos, no te pediré que me sigas más lejos, sino que dejaré caer tu mano aquí con un «buenas noches», pues lo que viene a continuación habla de la desintegración de las cosas y muestra cómo aquellas alegrías y placeres que han muerto y partido no pueden volver a ponerse en pie para caminar de nuevo. No me detendré demasiado en el asunto, sino que contaré lo más someramente que pueda cómo aquel robusto hombre, Robin Hood, murió como había vivido, no en la corte como conde de Huntingdon, sino con el arco en la mano, el corazón en el bosque, y él mismo como un auténtico campesino.

El rey Ricardo pereció en el campo de batalla y se convirtió en un rey con corazón de león, como tú mismo, sin duda, ya sabes; así que, después de un tiempo, el conde de Huntingdon —o Robin

Hood, como todavía lo llamamos—, no hallando nada que hacer en el extranjero, regresó de nuevo a la alegre Inglaterra. Con él venían Allan de Dale y su esposa, la bella Ellen, pues ambos habían sido los jefes de la casa de Robin desde su partida del bosque de Sherwood.

Era primavera cuando desembarcaron de nuevo en las costas de Inglaterra. Las hojas estaban verdes y los pajarillos cantaban alegremente, como hacían en el hermoso Sherwood cuando Robin Hood vagaba por las sombras del bosque, con corazón libre y talón ligero. La dulzura del clima y el jolgorio primaveral devolvieron a la memoria de Robin su vida anterior, y lo embargó un intenso anhelo de contemplar los bosques una vez más. Acudió de inmediato a ver al rey Juan, y solicitó licencia para visitar Nottinghamshire durante una corta temporada. El rey le concedió permiso para ir y venir, pero le impuso la condición de no pasar más de tres días en Sherwood. Así fue que Robin Hood y Allan de Dale partieron sin demora hacia Nottinghamshire y el bosque de Sherwood. La primera noche se hospedaron en la ciudad de Nottingham, pero no se presentaron a rendir cortesía al *sheriff,* pues su excelencia guardaba muchos y amargos rencores contra Robin Hood, resentimientos que no se habían aplacado con el ascenso del bandido en la corte. A la mañana siguiente, muy temprano, montaron en sus rocines y partieron hacia los bosques. En su avance por el camino, Robin sentía que conocía cada palo y cada piedra que sus ojos miraban. Allá un sendero que él recorría en las idílicas tardes con Little John; acá otro ya casi ahogado por las zarzas, por donde había caminado con sus compinches en busca de cierto fraile.

Así marcharon lentamente, hablando de cosas pasadas y recordadas, viejas y nuevas a la vez, pues exprimían de ellas más de lo pensado. Llegaron por fin al claro abierto, y al ancho y extenso árbol verde que fue su hogar durante tantos años. Ninguno de los dos habló al ver el árbol. Robin miraba a su alrededor, a las cosas tan bien conocidas, tan parecidas a lo que eran antes y, sin embargo, tan diferentes; pues donde antaño reinaba el bullicio de los camaradas atareados, callaba ahora la quietud de la soledad; y, mientras miraba, los bosques, el verdor y el cielo se fundían en su vista nublada por lágrimas de sal, pues tan grande era la añoran-

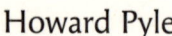

za que lo invadía al mirar estas cosas (conocidas para él como los dedos de su mano derecha), que no podía contener el torrente que manaba de sus ojos.

Aquella mañana se había echado al hombro su vieja corneta y ahora, azuzado por la nostalgia, lo dominó un poderoso anhelo de hacer sonar el cuerno. Se lo llevó a los labios y sopló. «Tirilá, tirilá», las notas dulces y claras recorrieron los senderos del bosque, volviendo de nuevo desde las sombras boscosas más lejanas en sutiles ecos de sonido, «tirilá, tirilá, tirilá, tirilá», que se desvaneció y se perdió.

Sucedió que, aquella misma mañana, Little John caminaba por una vereda del bosque para encargarse de ciertos asuntos y mientras paseaba, sumido en sus meditaciones, llegaron a sus oídos las notas débiles y claras de una corneta lejana. Como salta el ciervo cuando siente la flecha en el corazón, así brincó Little John cuando aquel sonido remoto alcanzó sus oídos. Toda la sangre de su cuerpo parecía correr como una llamarada hacia sus mejillas, mientras él agachaba la cabeza para escuchar mejor. De nuevo llegó el silbido de la corneta, fino y claro, y otra vez más volvió a sonar. Entonces Little John lanzó un aullido de nostalgia, de alegría y de dolor y, bajando la cabeza, se lanzó a la espesura. Embistió hacia delante, crujiendo y desgarrándose como un jabalí que se precipita a través de la maleza. Poco le importaban las espinas y las zarzas que le arañaban la carne y le rasgaban la ropa, pues sólo pensaba en llegar por el camino más corto al claro de bosque verde, de donde sabía que procedía el sonido del cuerno. Salió por fin de la maleza, con una lluvia de ramitas rotas cayendo a su alrededor, arremetió hacia delante sin detenerse ni un momento y se arrojó a los pies de Robin. Luego rodeó las rodillas de su amo con los brazos y todo su cuerpo se estremeció entre grandes sollozos; ni Robin ni Allan de Dale pudieron hablar, sino que se quedaron mirando a Little John, con las lágrimas rodando por sus mejillas.

Mientras estaban así, siete guardabosques reales encabezados por Will Stutely se abalanzaron sobre ellos y estallaron en un grito de júbilo al ver a Robin. Al cabo de un rato, llegaron cuatro más, jadeantes por la carrera, entre los que estaban Will Scathelock y Midge, el molinero; todos habían oído el cuerno de Robin Hood, y todos corrieron hacia Robin y le besaron las manos y la ropa, en un mar de llanto emocionado.

Al rato, Robin miró a su alrededor con los ojos irritados por las lágrimas y dijo:

—Juro que nunca más abandonaré estos queridos bosques. He estado lejos de ellos y de vosotros demasiado tiempo. Ahora renuncio al nombre de Robert, conde de Huntingdon, y vuelvo a tomar ese otro título, mucho más noble: Robin Hood, el Campesino. Ante esta declaración, los camaradas aplaudieron y vitorearon y se estrecharon las manos de puro gozo.

La noticia de que Robin Hood había vuelto a morar en Sherwood corrió como un reguero de pólvora por todo el país, y antes de que pasara una noche, casi todos sus antiguos secuaces se habían congregado de nuevo a su alrededor. Pero cuando la nueva llegó a oídos del rey Juan, juró y perjuró, y formuló la solemne promesa de que no descansaría hasta tener a Robin Hood en su poder, vivo o muerto. Se hallaba presente en la corte cierto caballero, sir William Dale, un soldado tan galante como jamás haya vestido arneses. Sir William Dale conocía bien el bosque de Sherwood, pues era el guardián principal de la zona que lindaba con la buena ciudad de Mansfield; el rey le ordenó que tomara un ejército y marchara de inmediato en busca de Robin Hood. Asimismo, el monarca confió a sir William su anillo de sello para entregárselo al *sheriff* y autorizarlo a que reuniera a sus hombres armados para colaborar en la persecución de Robin. Sir William y el *sheriff* se pusieron en camino para cumplir la orden del rey y encontrar a Robin Hood; y durante siete días lo buscaron por todas partes, pero sin éxito.

Ahora bien, si Robin hubiera sido tan pacífico como antes, todo podría haber terminado en humo, como siempre sucedió con otras aventuras semejantes; pero había luchado durante años bajo el mando del rey Ricardo, y había cambiado. Huir así de sus perseguidores, como un zorro acosado huye de los sabuesos, mancilló hondamente su pundonor. Así sucedió que Robin Hood y sus hombres se encontraron con sir William y el *sheriff* y sus ejércitos en el bosque, y se produjo un sangriento combate. El primer hombre muerto en esa lucha fue el *sheriff* de Nottingham, que cayó del caballo con una flecha atravesada en la sesera antes de que volasen media veintena de saetas siquiera. Muchos hombres mejores que el *sheriff* besaron el suelo aquel día, pero al final, sir William Dale, herido y con la mayoría de sus hombres muertos, aceptó la derrota y abandonó el bosque. Decenas de hombres buenos quedaron tras él, tendidos y rígidos bajo las verdes ramas.

Aunque Robin Hood había liquidado a sus enemigos en una lucha justa, todo esto pesaba mucho en su mente, y le dio vueltas y más vueltas hasta que se vio postrado con una fuerte calentura. Durante tres días las fiebres se apoderaron de él, y aunque se esforzó por combatirlas, al final se vio obligado a rendirse. Así fue como, en la mañana del cuarto día, llamó a Little John y le dijo que no podía librarse de la calentura y que iría a ver a su prima, la priora del convento cercano a Kirklees, en York. Le pediría que le abriera una vena del brazo y le sacara un poco de sangre para mejorar su estado. Luego rogó a Little John que se preparara para partir también, pues tal vez necesitaría ayuda en su viaje. Entonces Little John y él se despidieron de los demás, y Robin Hood delegó en Will Stutely la capitanía de la banda hasta su regreso. Tomaron rutas fáciles y caminos cómodos, y viajaron sin prisa hasta llegar al convento de Kirklees.

Robin había hecho mucho por ayudar a esta prima, pues había sido nombrada priora del convento por el afecto que el rey Ricardo profesaba al antiguo proscrito. Pero nada en el mundo se olvida tan fácilmente como la gratitud; por eso, cuando la priora de Kirklees se enteró de que su primo, el conde de Huntingdon, había renunciado a su condado y regresado a Sherwood, se sintió muy afligida y temió que su parentesco con él atrajera también sobre ella la cólera del rey. Así sucedió que, cuando Robin le comunicó que deseaba contar con sus dotes curativas para hacerle sangrías, ella comenzó a maquinar perfidias contra él, pensando que haciéndole mal podría encontrar el favor de sus enemigos. Pero todo se lo guardó para sí y recibió a Robin con aparente amabilidad. Lo condujo por la empinada escalera de piedra hasta una habitación justo debajo del alero de una torre alta y redonda, pero no permitió que Little John lo acompañara.

El pobre campesino apartó los pies de la puerta del convento y dejó a su amo en manos de las mujeres. Pero, aunque no entró, tampoco se alejó mucho, pues se apostó en un pequeño claro cercano para vigilar el lugar donde Robin moraba, como un gran perro fiel que no se aparta de la puerta por la que ha salido su amo.

Después de que las mujeres llevaran a Robin Hood a la habitación bajo el alero, la priora despidió a todo el mundo; luego, tomando un cordoncillo, lo ató fuertemente al brazo de Robin, como si fuera a sangrarlo. Y lo sangró, pero la vena que punzó no era una de las que yacen cerradas y azules bajo la piel; cortó más profundo y abrió una de esas venas por las que la sangre roja y brillante corre saltando desde el corazón. Robin no sabía nada de esto, pues, aunque veía manar la sangre, no lo hacía lo bastante rápido como para hacerle pensar que hubiera algo malo en ello. Después de esta pérfida acción, la priora se marchó y dejó a su primo, cerrando la puerta tras de sí. Durante todo aquel largo día, la sangre salió del brazo de Robin, que no pudo contenerla, pese a todos sus esfuerzos. Una y otra vez pidió ayuda, pero esta no llegó, pues su prima lo había traicionado y Little John estaba demasiado lejos para oír su voz. Así que sangró y sangró, y sintió que se le iban las fuerzas. Entonces se levantó dando tumbos y, apoyando las palmas de las manos contra la pared, alcanzó por fin su corneta. La hizo sonar tres veces, pero muy débilmente, pues su respiración se agitaba por la enfermedad y la pérdida de fuerzas; no obstante, Little John la oyó desde el claro y, con el corazón enfermo de miedo corrió hacia el convento. Aporreó la puerta y gritó para que lo dejaran entrar, pero la puerta era de roble macizo, estaba fuertemente atrancada y tachonada de púas, por lo que las monjas se sintieron seguras y pidieron a Little John que se marchara.

El corazón de Little John enloqueció de pena y de temor por la vida de su amo. Miró con desconcierto a su alrededor, y su vista se posó en un pesado mortero de piedra, que sólo tres hombres juntos podrían levantar hoy en día. Little John dio tres pasos adelante y, doblando la espalda, levantó el mortero de piedra de donde estaba profundamente incrustado. Tambaleándose bajo su peso, lo arrojó contra la puerta. La puerta reventó, y las asustadas monjas huyeron chillando. Little John entró a grandes zancadas sin decir palabra, y subió los sinuosos escalones de piedra hasta llegar a la habitación donde estaba su amo. Allí también encontró la puerta cerrada pero, apoyando el hombro contra ella, reventó los cerrojos como si estuvieran hechos de hielo quebradizo.

Al entrar vio a su querido amo apoyado contra el muro de piedra gris, con el rostro blanco y demacrado, y la cabeza balanceándose de un lado a otro por la debilidad. Entonces, con un alarido de amor, dolor y piedad, Little John tomó a Robin Hood en sus brazos. Lo levantó como una madre levanta a su hijo y, llevándolo a la cama, lo acostó con ternura.

La priora se apresuró a entrar y, asustada por su acto maligno y temerosa de la venganza de Little John y la banda, cortó la hemorragia con apretados vendajes. Little John, sombrío, no se apartó de su lado y, cuando terminó, le ordenó severamente que se marchara; la priora obedeció, pálida y temblorosa. Luego, Little John dedicó palabras alentadoras a su amigo, riendo a carcajadas y diciendo que todo aquello era un susto de niño, y que ningún robusto campesino moriría por perder unas gotitas de sangre.

—Ya verás —dijo— en una semana estarás vagando por los bosques con tanta audacia como siempre.

Pero Robin sacudió la cabeza y sonrió débilmente.

—Mi queridísimo Little John, que el cielo bendiga tu bondadoso y rudo corazón. Pero, querido amigo, nunca volveremos a vagar juntos por los bosques.

—¡Pues claro que lo haremos! —exclamó Little John—. ¿Pero qué diantre dices? ¿Quién se atreve a decir que te ocurrirá algún daño más? ¿No estoy yo aquí, acaso? A ver quién se atreve a tocar... —Aquí se interrumpió abruptamente, pues se le atragantaron las palabras. Por fin consiguió hablar, con voz grave y ronca—. Si te ocurre algún daño por lo que te han hecho hoy, juro por san Jorge que el gallo rojo cantará sobre el tejado de esta casa, pues las llamas ardientes lamerán hasta su última rendija. En cuanto a esas mujeres diabólicas —rechinó los dientes— será un mal día para ellas.

Pero Robin Hood tomó el puño áspero y bronceado de Little John entre sus manos blancas y lo regañó suavemente con un hilo de voz, preguntándole desde cuándo Little John pensaba en hacer daño a las mujeres, incluso como venganza. Así habló hasta que, por fin, el otro prometió con voz ahogada que ningún mal caería sobre el lugar, pasara lo que pasara. Entonces se hizo el silencio y

Little John se sentó con la mano de Robin Hood en la suya, mirando por la ventana abierta, tragando de vez en cuando un gran nudo que le cerraba la garganta.

El sol caía lentamente hacia el oeste, y todo el cielo estalló en pura gloria carmesí. Entonces Robin, vacilante, pidió a Little John que lo incorporara para contemplar una vez más los bosques. El campesino lo levantó en brazos y Robin Hood recostó la cabeza sobre el hombro de su amigo. Lo contempló largamente, con una mirada amplia y persistente, mientras el otro permanecía sentado con la cabeza inclinada y las lágrimas ardientes rodando una tras otra de sus ojos, y goteando sobre su pecho, pues sentía que era el momento de la despedida. Robin Hood le pidió que tensara el arco y escogiera una flecha de la aljaba. Little John obedeció, sin molestar a su amo ni levantarse de su asiento. Los dedos de Robin Hood envolvieron amorosamente su buen arco, y sonrió débilmente cuando lo sintió en su puño, luego encajó la flecha en esa parte de la cuerda que las yemas de sus dedos conocían tan bien.

—Little John, Little John, mi querido amigo y a quien amo más que a nadie en el mundo, fíjate bien dónde se clava esta flecha y cava allí mi tumba. Colócame con la cara hacia el este, Little John, procura que mi lugar de reposo esté siempre verde y que nada perturbe a mis cansados huesos.

Cuando terminó de hablar, Robin se incorporó. Sus antiguas fuerzas parecieron volver a él y, acercándose la cuerda del arco a la oreja, lanzó la flecha fuera de la ventana abierta. Mientras la saeta cruzaba el cielo, su mano se hundió lentamente con el arco hasta quedar sobre sus rodillas, y su cuerpo se cobijó de nuevo en los amorosos brazos de Little John; pero algo había salido de aquel cuerpo, igual que la flecha alada salió del arco.

Durante unos minutos, Little John permaneció inmóvil; después, juntando las manos sobre el pecho de Robin y cubriéndole el rostro, abandonó la habitación sin decir palabra.

En la empinada escalera se encontró con la priora y algunas de las hermanas principales. Temblando, les dijo:

—Si os acercáis a menos de treinta pies de esa habitación, derribaré este gallinero sobre vuestras cabezas, y no dejaré piedra sobre piedra. Recordad bien mis palabras, pues las digo en serio.

Entonces, se marchó; al poco lo vieron correr velozmente por el claro, hacia la caída del crepúsculo, hasta ser engullido por el bosque. La plata de la mañana apenas comenzaba a matizar el cielo negro hacia el este, cuando Little John y seis más de la banda cruzaron la entrada abierta del convento. No vieron a nadie, pues todas las hermanas estaban escondidas, aterrorizadas por las palabras de Little John. Los camaradas subieron corriendo la escalera de piedra y, acto seguido, resonó un coro de sollozos desgarradores; cuando éste cesó, se oyó el arrastrar de los pies de los hombres bajando un gran peso por las tortuosas escaleras. Salieron, pues, del convento; al atravesar sus puertas, un lamento profundo y prolongado retumbó en el claro, aún sombrío en el amanecer, como si muchos hombres ocultos en las sombras hubiesen alzado la voz en señal de dolor.

Así murió Robin Hood en el convento de Kirklees, en el hermoso Yorkshire, con perdón en su corazón hacia quienes habían sido su perdición, del mismo modo que había mostrado misericordia por los descarriados y piedad por los débiles durante todo el tiempo que duró su vida.

A partir de entonces, sus campesinos se dispersaron, pero no sufrieron grandes males, pues un *sheriff* más justo y que no los conocía bien sucedió al anterior, y aunque se separaron aquí y allá por la campiña, vivieron en paz y tranquilidad, y transmitieron estas historias a sus hijos, y a los hijos de sus hijos.

Se dice que en una piedra de Kirklees hay una antigua inscripción escrita en inglés antiguo, que dice así:

Aquí yace, bajo esta fría losa, Robert,
conde de Huntingdon.
Nunca existió un arquero como él,
y la gente lo llamaba Robin Hood.
Inglaterra no volverá a ver bandidos
como él y sus amigos.

Obiit 24 Kal Decembris 1247.

Y ahora, querido amigo, también nosotros debemos separarnos, pues nuestros viajes han terminado y aquí, en la tumba de Robin Hood, regresamos a casa, cada uno recorriendo su camino.

ÍNDICE

Howard Pyle